國家古籍整理出版專項資助項目

況周頤全集

五

況周頤　著

鄧子勉　編輯校點

人民文學出版社

織餘瑣述

二卷

《織餘瑣述》二卷，卷端下題『吴縣況卜娱清姒』，前有況周頤序，云是書泰半述蕙風之言。卜氏爲況氏内人，一般認爲是書實爲況氏所著，而託名其夫人。此據一九一九年活字印本錄入。

序

況周頤

《織餘瑣述》泰半述蕙風之言，間有一二心得，蕙風容或弗克辨，是則關係性靈，於掌錄舌學曷與焉？淨昔壬辰春，清姒始來歸，綢髮覆額，嫽釥爾，嫛婗爾，未能任織，何有於述？越數年，略能通雅訓諸字誼，嗜讀《稽神》、《括異》諸小說、唐宋名家詩詞，夙嫥靜，近士行，其所匹孋，則又涑水所謂迂夫朝斯夕斯，形影而神明之。環堵之室，圖帙四壁，同夢虖？其中百年猶不足，曷止偕老云爾。嘗戲語蕙風：吾二人誠比目魚，然而非鰈，迺是蠹爾。時或粉匳脂盝，羼緤入故紙堆，需之亟而弗獲，則相眡而笑。當是時，無論塵事澹忘，雖飢寒，曷嘗爲意矣？如是者又有年，耳目之所近習，一書癡外，無非書，與夫書之類積擩染與俱化則竝已。而亦癡古今學修之塗，唯癡爲能詣精，而亦非可蹴致。吾清姒近十年來，嬰脂弄墨，能爲數十數百言，而《瑣述》於是虖作，卽吾清姒亦冉冉老矣。以二十餘稔珠玉華茂之光陰，廑乃易此一知半解、藟星冷澹之陳迹，吾清姒感慨係之矣。清姒述蕙風之言夥矣，緤佩以報之，謂何烏可無述吾清姒者。蕙風，躃虒之士，謀生拙，嗜好多，嘗見一舊本、一佳拓，市估居奇索高訾，欲得，則絀於力；舍去，又有恫厥心，忐忑不能以自決，則據梧沈默，若坐忘。清姒習見虖此度也。曰：『欲之，斯受之爾。』曰：『直安出？』曰：『某衣在笥，適未易質劑也。』猗歟！凡吾清姒所可述，庸有喻於此者虖？若夫《瑣述》之作，竝世金閨諸彥耽玩羣籍者優爲之，烏足爲增重？然而眾人固不識矣。

上元己未先長至四日，臨桂況周頤序於海上賃廡之天春樓。

織餘瑣述卷上

宋人王周士詞，汪周佐夫婦五月六日同生《慶雙椿》云：『問政山頭景氣嘉。仙家綠酒薦菖芽。仙郎玉女共乘槎。　學士文章舒錦繡，夫人冠帔爛雲霞。壽香來是道人家。』夫婦同月日生，殊僅見，亦詞壇佳話也。

宋章楶《水龍吟·柳花》詞云：『時見蜂兒，仰黏輕粉，魚吞池水。』用杜少陵『仰蜂黏墜粉』句意，其換頭云：『蘭帳玉人睡覺。怪春衣、雪沾瓊綴。』則從壽陽公主梅花點額事運化而出，語雋而新。白石道人《疏影》換頭云：『猶記深宮舊事，那人正睡裏，飛近蛾綠。』命意約略相似。

延安夫人立春寄季順妹《臨江仙》過拍云：『春來何處最先知。平明隄上柳，染徧鬱金枝。』讀此，便覺『春江水暖鴨先知』句殊少標韻。歇拍云：『憑誰說與到家期。玉釵頭上勝，留待遠人歸。』雖小言，卻有深致。

延安夫人詞悃款入情，語無泛涉。蕙風外子譔《香海棠館詞話》有云：『真字是詞骨，情真，景真，所作必佳。』觀於延安詞，益信。

孫夫人道絢詠雪《清平樂》歇拍云：『無奈熏鑪烟霧，騰騰扶上金釵。』此景冷豔清奇，非閨人不能寫出。

沖虚居士詞麗而有則，豐不垂腴。

阮逸女詞，情移畫裏，景赴筆端，純任性靈，不假琱飾。

幽栖居士詞如初月展眉，新鶯弄舌。

易安居士詞如初蓉迎曦，嬌杏足雨。

吳則禮《北湖詩餘》當得一『清』字。

李祁詞如微風振簫，幽鳴可聽。

溫陽七聖殿繞殿石榴花，皆太真手植，見洪氏《雜俎》。《花外集·慶清朝》詠榴花云：『誰在舊家殿閣，自太真仙去，埽地春空。』用此故事。

《山中白雲詞·水龍吟》詠白蓮云：『記小舟夜悄，波明香遠，渾不見、花開處。』幽敻空靈，不減陸魯望『月曉風清』之句。《西子妝》云：『楊花點點是春心，替風前萬花吹淚。』較蘇東坡詞『點點是離人淚』，更覺纖新。

宋左譽詞《眼兒媚》『樓上黃昏』闋後段云云，可與杜少陵『今夜鄜州月』一律同看。

宋呂濱老《聖求詞·千秋歲》歇拍云：『怎奈向、繁陰亂葉梅如豆。』『怎奈向』，宋人方言。秦少游《八六子》云：『怎奈向、歡娛漸隨流水。』亦用此語。

宋陳克《赤城詞·鷓鴣天》云：『薄情夫壻花相似，一片西飛一片東。』語豔而質。嘗記國初人句云：『儂似飛花郎似絮，東風捲起卻成團。』古今人不相及處，消息可參。

宋陳鵠《耆舊續聞》嘗謂後輩作詞，無非前人已道底句，特善於轉換爾。葉夢得《石林詞》與幹譽、才卿步西園始見青梅《定風波》歇拍云：『待得微黄春亦暮。烟雨。半和飛絮作濛濛。』用賀方回『一川烟草，滿城風絮，梅子黄時雨』，所謂善能轉换，亦復景中有情，特高渾不逮方回耳。石林有熙春臺與王取道、賀方回、曾公衮會别《臨江仙》詞，則猶及與方回唱酬矣。

宋趙師使《坦菴詞・蝶戀花》歇拍云：『茶飲不歡猶自可，臉兒瘦得旹娘大。』『旹』字僅見。《字彙補》云：音未詳。據《坦菴詞》，當作平聲讀矣。《元史・哈麻傳》：元順帝號所處曰旹，卽兀該，言事事無礙也。元已前書未見用此字者。『旹娘』，當是人名，此名絕奇。又《小重山》題云：『農人以夜雨晝晴爲夜春。』『夜春』二字亦新。

『今夜故人來不來，教人立盡梧桐影』，唐吕洞賓題景德寺僧房句也，調名《明月斜》，見《詩話總龜》，宋人李玉用之。『嘶騎不來銀燭暗，枉教人立盡梧桐影』，只此七字，入吕詞，但覺其清；入李詞，便覺其豔。

宋張樞《謁金門》詞歇拍云：『款步花陰尋蛺蝶，玉纖和粉捻。』寫閨人情態如畫。

蔣捷《竹山詞・賀新郎》句云：『月又微黄籬無影，挂牽牛、數朵青花小。』昔人云牽牛花日出卽萎，故此詞云然。

宋洪咨夔《平齋詞・風流子》詠芍藥句云：『金繫花腰，玉匀人面。』八字工麗可喜。又《水調歌頭・送曹侍郎歸永嘉》句云：『氣脈《中庸》、《大學》，體統《采薇》、《天保》，幾疏柘袍紅。』《中庸》、《大學》字入詞，絕奇，『體統』字亦僅見。

《姑溪詞・阮郎歸》云：『朱脣玉羽下蓬萊，佳時近早梅。』自注：『朱脣玉羽，湖湘間謂之倒挂子，嶺南謂之梅花使，十二月半方出。』桉：　東坡梅詞『倒挂綠毛幺鳳』，白石詞有『翠禽小小，枝上同宿』，馬古洲詞『枝上青禽休訴』，曰綠毛，曰翠禽，曰青禽，皆用《龍城錄》趙師雄游羅浮梅花樹下『翠羽啾嘈』語，而端叔獨言玉羽，不知其何所本也？

《丹陽詞》章圃賞瑞香《臨江仙》句云：『更攜金鑿落，來賞錦薰籠。』桉：《苕溪漁隱叢話》：陳子高《九日瑞香盛開有詩》云：『宣和殿裏春風早，紅錦薰籠二月時。』因此詩遂號瑞香爲錦薰籠，葛詞用之。桉：瑞香，白色，以錦薰籠爲號，似乎未合，詎宋人所詠瑞香非白色耶？

石孝友《金谷遺音·眼兒媚》云：『愁雲淡淡雨蕭蕭。暮暮復朝朝。別來應是，眉峯翠減，腕玉香銷。　小軒獨坐相思處，情緒好無聊。一叢萱草。幾竿修竹，數葉芭蕉。』過拍三句，用秦少游『也應似舊，盈盈秋水，淡淡春山』句意，而稍變化之，究不如秦句渾雅。

宋人集中壽詞，太半數敷衍無味之作。然如張綱《華陽長短句·浣溪沙·榮國生日》三首其二云：『臘日銀甖翠管新。潘輿迎臘慶生辰。捲簾花簇錦堂春。　百和寶薰籠瑞霧，一聲珠唱駐行雲。流霞深勸莫辭頻。』其三云：『象服華年兩鬢青。喜逢生日是嘉平。何妨開宴雪初晴。　酒勸十分金鑿落，舞催三疊玉娉婷。滿堂歡笑祝椿齡。』未嘗不清新流麗也。

宋周紫芝《竹坡詞·漢宮春》題云：『別乘趙季成以山谷道人反魂梅香材見遺，明日劑成，下幃一炷，恍然如身在孤山。雪後園林，水邊籬落，使人神氣俱清。又明日乃作此詞，歌於妙香寮中，亦僕西來一可喜事也。』詞云：『香滿箱奩，看沈犀弄水，濃麝含薰。荀郎一時舊事，盡屬王孫。殘膏賸馥，須傾囊、乞與蘭蓀。金獸暖，雲窗霧閣，爲人洗盡餘醺。　依稀雪梅風味，似孤山盡處，馬上烟邨。從來甲煎淺俗，那忍重聞。蘇臺燕寢，下重幃、深閉孤雲。都占得，橫斜亂影，伴他月下黄昏。』又《菩薩蠻·賦疑梅香》云：『寶薰拂拂濃如霧。暗驚梅蕊風前度。依約似江邨。餘香馬上聞。　畫橋風雨暮。零落知無數。收拾小窗春。金爐檀炷深。』返魂梅香、疑梅香，二名絶韻。『別乘』當卽『別駕』，此稱謂亦新，於此僅見。

杜陵詩『水荇牽風翠帶長』，趙嘏詩『紅衣落盡渚蓮愁』，草窗詞《惜餘春慢》『魚牽翠帶，燕掠紅衣』句用此。

宋曹冠《燕喜詞·鳳栖梧》云：『飛絮撩人花照眼。天闊風微，燕外晴絲卷。』狀春晴景色絶佳。每值香南研北，展卷微吟，便覺日麗風暄，淑氣撲人眉宇，全帙中似此佳句，竟不可再得。

宋李邴詠美人書字《玉樓春》詞，楊湜謂是《雲龕集》中最纖麗者，詞云：『沈吟不語晴窗畔。小字銀鉤題欲遍。雲情散亂未成篇，花骨欹斜終帶軟。　重重說盡情和怨。珍重提攜常在眼。暫時得近玉纖纖，翻羨縷金紅象管。』《曝書亭集》詠金指環云：『愛他金小小，曾傍玉纖纖。』似從此詞末二句脱出。

宋史浩《鄮峯真隱詞·臨江仙·詠閨人寫字》云：『檻竹敲風初破睡，楚臺夢雨精神。背屏斜映小腰身。山明雙翦水，香滿一釵雲。　鑪裊金絲簾窣地，綺窗秋靜無塵。半鉤春筍帶湘筠。蘭亭初寫就，愁殺衛夫人。』『背屏』句極能橅繪閨娃神態，又詞題中有扇鼓、遷哥鞻，其制並待攷。

劉巨濟《清平樂》云：『深沈院宇。枕簟清無暑。睡起花陰初轉午。一霎飛雲過雨。　雨餘隱隱殘雷。夕陽卻照庭槐。莫把珠簾垂下，妨他雙燕歸來。』寫夏閨晚景絶佳。歇拍云云，卽陸放翁『待燕歸來始下簾』句意。

宋晁端禮桃花詞調《水龍吟》云：『嶺梅香雪飄零盡，紅杏枝頭猶未。小桃一種天饒，偏占春工用意。微噴丹砂，半含朝霧，粉墻低倚。正春寒露井，高樓簾外，爭凝睇，東風裏。　好是佳人半醉。近橫波、一枝嬌媚。玄都觀裏，武陵溪上，空隨流水。悄悵妖紅，雨風不定，五更天氣。念當年門裏，如今陌上，灑離人淚。』此詞自『微噴』句已下婉麗清空，不黏不脱，尤能熨帖入妙，移詠它花不得。嘗謂北宋詞不易學，此等詞卻與人以可學處，其寫情景有含蓄，及其用事靈活處，具有消息可參。

燈煤碾極細，用以畫眉，可代石黛，宋人小説嘗言之。鄭谷《貧女吟》有『笑翦燈花學畫眉』之句，潘元質詞：『旋翦燈花，兩點翠眉誰畫？』

唐錢起《湘靈鼓瑟》詩末句：『曲終人不見，江上數峯青。』滕子京嘗在巴陵以前兩句填《臨江仙》詞云：『湖水連天天連水，秋來分外澄清。君山自是小蓬瀛。氣蒸雲夢澤，波撼岳陽城。　帝子有靈能鼓瑟，淒然依舊傷情。微聞蘭芷動芳馨。曲終人不見，江上數峯青。』范文正爲滕子京作《岳陽樓記》『至若春和景明，波瀾不驚。上下天光，一碧萬頃。沙鷗翔集，錦鱗游泳。岸芷汀蘭，郁郁青青』云云，與滕詞前段意境政合，雖記言春，詞言秋，時序不同，其爲天情闓朗、景物澄鮮，一也。兩賢襟抱略同，於此可見。

李昴英《文溪詞·摸魚兒》云：『愁絶處，怎忍聽，聲聲杜宇深深樹。』疊字頗可喜。

宋程珌《洺水詞·西江月·壬辰自壽》首句『天上初秋桂子』，自注云：『今歲七月，月中桂子下。』此典絶新甚，惜其語焉而弗詳也。

《空同詞·月華清·春夜對月》云：『況是風柔夜暖。正燕子新來，海棠微綻。不似秋光，只照離人腸斷。』用蘇文忠公王夫人語意，絶佳。上三句亦勝情徐引。

『翻騰妝束鬧蘇隄』，宋馬子嚴《阮郎歸》詞句，形容鸞釵膩粉，可謂妙於語言。天與娉婷，何有於翻騰妝束？適成其爲鬧而已。

宋徐照《清平樂》後段云：『迎人捲上珠簾。小螺未拂眉尖。貪教玉籠鸚鵡，楊花飛滿妝匳。』描寫閨娃憨態，饒絃外音。

《飄然集·玉樓春》云：『歸時桂影射簾旗，沈水烟消深院悄。』『簾旗』二字甚新，卽簾旌，謂簾額也。

宋李處全《晦菴詞·念奴嬌·京口上元雪夜》云：『我亦低窗翻蠹紙，失喜瑤花盈尺。』《水調歌頭》云：『睡起推窗凝睇，失喜柔桑微綠，便擬作春衣。』『失喜』，當是宋人方言。《減字木蘭花》菊云：『色莊香重。』此四字亦甚新。

官署前當門築垣若屏，施以彩繪，俗呼照墻，亦曰照壁。宋郭應祥《笑笑詞·西江月》題云：『遯齊生日，有以喜神之軸來爲壽者，懸之照壁，爲賦此解。』則宋時已有此稱矣。

宋吳潛詞《念奴嬌·詠白蓮》云：『天然縞質，想當年此種，來從太素。』自注：『太素，國名，出荷花。』此國名甚新，殆卽所謂香國耶？《滿江紅·爲蒼雲堂後桂樹作》云：『劉安笑，淹留耳。吳猛約，何時是？』吳猛，卽吳剛也。《青玉案·四明窗會客》云：『歸去來兮，不如歸去，鐵定知今是。』『鐵定』字入詞，亦新。

宋汪莘《方壺詩餘·西江月·賦紅梅》歇拍云：『自開自落有誰來，與汝上林相待。』自注：『上林院有朱梅。』梅以朱名，殆必深紅，如榴花，是誠奇葩，惜不可得見。海棠之鐵梗者，亦朱海棠也。

《澗泉詩餘·減字浣溪沙》云：『半怯夜寒褰繡幌，尚餘嬌困剔銀燈。』『尚餘』句極能寫出閨人情態。

《玉照堂詞·宜雨亭詠千葉海棠》云：『紫膩紅嬌扶不起，好是未開時候。半怯春寒，半便晴色，養得臙脂透。』宋邵康節云『好花看到半開時』，此更於未開時著眼，豈稼軒詞所謂『惜春長怕花開早』耶？蕙風外子句云：『玉奴羯鼓悔催花，花若遲開應未落。』才人之筆，往往恉趣略同，而抒詞愈變愈工也。

宋曹良史《江城子》句云：『背燈暗卸乳鴦帬，酒初醒，夢初醒。』乳鴦帬，未知出處。《香海棠館詞話》云邵復孺詞『魚吹翠浪柳花行』，小而不纖，最有生氣。比讀《陽春白雪》王玉《朝中措》云：『戲數翠萍幾靨，星未礙圓荷。』亦小言之佳妙者，『靨』字尤新雋可憙。

《花菴詞選》謝懋《杏花天》歇拍云：『餘酲未解扶頭嬾。屏裏瀟湘夢遠。』昔人盛稱之，不如其過拍云：『雙雙燕子歸來晚。薔落紅香過半。』此二語不曾作態，恰妙造自然，蕙風論詞之恉如此。

宋胡忠簡詞《青玉案》云：『宜霜開盡秋光老。』芙蓉名拒霜，詎又名宜霜耶？糇攷。

宋嚴仁詞《醉桃源》云：『拍隄春水蘸垂楊，水流花片香。弄花嚌柳小鴛鴦。一雙隨一雙。』描寫芳春景物，極娟妍鮮翠之致，微特如畫而已，政恐刺繡妙手，未必能到。

宋張榘詞《應天長·詠蘇隄春曉》云：『秋千架，閒曉索，正露洗繡鴛痕窄。』此等句卻不嫌纖豔，以境韻勝也。又詠雷峯夕照『磬圓樹杪』句，『圓』字亦極形容之妙。

《江湖後集》万俟紹之《婢態》詩云：『纔入園中便折花，廚頭坐話是生涯。不時搯數週年限，每事誇稱舊主家。遷怒故將甌椀擲，傚矉剛借粉脂搽。隔屏竊聽賓朋語，汲汲訛傳又妄加。』此詩題目頗新，惜語不求韻。其所賦者，殆非泥中稱詩、竹裏煎茶之選矣。

《全芳備祖》岳東几《木蘭花慢・詠梅花》歇拍云：『多謝膽瓶重見，不堪三弄横羌。』羌謂羌笛，以羌爲笛，猶之以單于爲角也，桉：岳珂，號東几。

宋沈瀛詞《減字木蘭花》歇拍云：『成也蕭何。敗也蕭何更是多。』此等諺語，在宋人已爲沿用，其所自始弗可得而攷矣。

《陽春白雪》徐寶之《桂枝香》歇拍云：『思王漸老，休爲明璫，沈吟洛涘。』昔人稱葛亮、稱馬相如，皆省姓之上一字，此思王，卽陳思王，省地名之上一字，殊厪見。

偶閱《閩詞鈔》，宋陳以莊《菩薩蠻》云：『舉頭忽見衡陽鴈。千聲萬字情何限。叵耐薄情夫，一行書也無。泣歸香閣恨。和淚淹紅粉。待鴈卻回時。也無書寄伊。』歇拍云云，略失敦厚之恉，所謂盡其在我，何也？然而以謂至深之情，亦無不可。

宋張震詞《鷓鴣天》換頭云：『金底背，玉東西。前歡贏得兩相思。』玉東西，卽酒杯，金底背，未知何物之別名，疑卽鏡也。或以銀鑿落、花十八對玉東西，不如底背對東西，尤工。

宋汪晫《康範詩餘・水調歌頭・次韻荷淨亭小集》云：『落日水亭靜，藕葉勝花香。』與秦湛『藕葉香風勝花氣』句同意。藕葉之香，非靜中不能領略。淨而後能靜，無塵則不囂矣。只此起二句，便恰是詠荷淨亭，不能移到它處，所以爲佳。

宋張輯《東澤綺語債·如此江山》寓《齊天樂》過拍云：『欲下斜陽，長淮渺渺正愁予。』此『予』字同『余』，訓與上渡、古、去、樹叶，殊厘見。

宋牟巘《陵陽詞·滿江紅·壽樞密》云：『七莢新春，問底事、以人爲日。記貞觀、鄭公恰至，名因人得。』桉《西京雜記》〔一〕：魏鄭公徵嘗出行，以正月初七日謁太宗，太宗勞之曰：『卿今日至，可謂人日矣。』牟詞用此，殊典切雅稱，蓋樞密初度值人日也。

【校記】

〔一〕西京雜記：下引故事出劉餗《隋唐嘉話》等。

宋吳存《樂庵詩餘·水龍吟》云：『趁輕風徑上，蓬萊頂𩕢，去天尺五。』𩕢，乃挺切，寧上聲，《玉篇》：『頂，𩕢也。』此字入詞，厘見。

《石湖詞》『春若有情春莫去，花如無恨花休落』，與『天若有情天亦老，月如無恨月長圓』句法政同，未知孰先後也。

宋王質《雪山詩餘·浣溪沙·和王通一韻》云：『何藥能醫腸九回。榴蓮不似蜀當歸。』『榴蓮』字作『留連』用，必有所本。又《西江月·借江梅蠟梅爲意壽董守》云：『試將花蘂數層層，猶比長年不盡。』此意甚新，似亦未經人道。

宋趙善括《應齋詞·醉落魄·江閣》云：『天公著意秤停著。寒色人情，都恁兩清薄。』『秤停』猶言『平亭』，權衡之意。《廣韻》：秤，俗『稱』字。

宋程公許詞《沁園春·用履齋多景樓韻》歇拍云：『憑誰問、借天河一挽，洗甲休鬥。』『鬥』字作平叶，僅見。《集韻》：鬥，當矦切，音兜，交爭也。

宋姜特立《梅山詞·菩薩蠻》云：『苗葉萬珠明。露華圓更清。』『圓更清』三字，其所以然未易說出，卻有無限真趣深致，決非鈍根人所能領會耳。又《蝶戀花》云：『明日尊前無覓處。咿軋籃輿，只向雙溪路。』『籃輿』入詞，似乎前此未有。『咿軋』，肖其聲，妙。

宋尹煥詠柳《眼兒媚》句云『一好百般宜』，五字可作美人評語。明王彥泓詩『亂頭粗服總傾城』，所謂『一好百般宜』也。

宋李好古《碎錦詞·菩薩蠻》過拍云：『春水曉來深。日華嬌漾金。』語絕新豔，亦唯芳晨麗旭足以當之，與易安居士『落日鎔金』句同工各妙。

宋陳成父字汝玉，寧德人。辛棄疾持憲節來閩，聞其才名，羅致賓席，而妻以女。有《和稼軒詞》、《默齋集》，臧於家，見《萬姓統譜》。辛壻工詞，庶幾玉潤，惜所作至今無傳耳。

《陽春白雪》蘇茂一《點絳脣》云：『竹翠藏烟，杏紅流水歸何處。透簾穿戶。更灑黃昏雨。織錦題書，誰寄愁情去。渾無緒。綠楊千縷。不似真眉嫵。』歇拍三句，語亦非甚新奇，卻似未經人道。又《祝英臺近》云：『結垂楊，臨廣陌，分袂唱《陽關》。穩上征鞍。目極萬重山。歸鴻若到伊行，丁寧須記，寫一封書、報平安。　漸春殘。是他紅褪香收，綃淚點斑斑。枕上盟言。都作夢中看。銷魂啼鴂聲中，楊花飛處，斜陽下、愁倚闌干。』此調叶平韻，宋詞中不多見，萬氏《詞律》未之載也。

宋應灋孫詞《賀新涼》云：『記年時翠樓寒淺，竇笙慵吸。』八音中，凡竹製，皆以吹鳴，唯『笙』字半用吸氣成聲。潘岳《笙賦》：『應吹噏以往來，隨抑揚以虛滿。』《廣韻》：噏，與吸同。吹，出氣；噏，入氣。昔人詩詞言笙者夥矣，笙而曰吸，似乎於此廑見。

宋陳坦之《沁園春》云：『愁無際，被東風吹去，綠黯芳洲。』此警句，有神韻。趙汝茪《戀繡衾》云：『怪別來臙脂慵傅，被東風、偷在杏梢。』命意略同，彼何其纖也！

宋王之望《漢濱詩餘・好事近》云：『弓韡三寸坐中傾，驚歎小如許。子建向來能賦。過淩波仙浦。』此詞當是之望宦蜀時作，蜀中纖足之風，至今猶未改也。又《臨江仙》云：『遠山思翠黛，蔓草記羅裙。』此十字非甚新奇，而自覺其佳。高觀國《少年游・詠草》云：『萋萋多少，江南舊恨。翻憶翠羅裙。』並用杜詩『蔓草見羅裙』句意。

石正倫詞《漁家傲》過拍云：『貪聽新聲翻歇指。工尺字。窗前自品瓊簫試。』桉張炎《詞源》：古今譜字，南呂爲工，林鐘爲尺，管色應指。字譜𠃌爲工，人爲尺。宋人詞用工尺字，前此殆未經見。

《睹棊山莊詞話》：宋諺謂吹笙爲竊嘗，見張仲宗《蘆川詞》。桉《蘆川詞・浣溪沙》序云：『范才元自釀色香玉如，直與綠萼梅同調，宛然京洛風味也，因名曰萼綠春。且作一首，諺以竊嘗爲吹笙云。』詞後段：『竹葉傳杯驚老眼，松醪題賦倒綸巾。須防銀字暖朱脣。』竊嘗，嘗酒也，故末句云云。樂器竹製者，唯笙用吸氣，吸之恆輕，故以喻竊嘗。諺謂竊嘗爲吹笙，如謂吹笙爲竊嘗，則誤矣。

韓元吉《南澗詩餘・霜天曉角》起調云：『幾聲殘角。月照梅花薄。』歇拍云：『莫把玉肌相映愁。花見也羞。』落花羞玉肌，其海棠、芍藥之流亞乎？對於梅花，殊未易言，人世幾曾見此玉肌也。

宋洪文惠《盤洲詞》，余最憙其《生查子》歇拍云：『春色似行人，無意花間住。』《漁家傲引》後段云：『半夜繫船橋北岸。三杯睡著無人唤。睡覺只疑橋不見。風已變。纜繩吹斷船頭轉。』意境亦空靈可憙。蕙風云：『余所憙異於是。』《漁家傲引》云：『子月水寒風又烈。巨魚漏網成虚設。圉圉從它歸丙穴。謀自拙。空歸不管旁人說。　昨夜醉眠西浦月。今宵獨釣南溪雪。妻子一船衣百結。長歡悦。不知人世多離别。』委心任運，不失其爲我，知足長樂，不願乎其外，詞境有高於此者乎？是則非娱所能識矣。

姜夔《題楊冠卿〈客亭類藁〉》云：『楊侯筆力天下奇，早歲豪彦相追隨。一斑略見客亭藁，文采炳蔚驚羣兒。長安城中擇幽棲，静退不願時人知。大書前榮號霧隱，意與風虎雲龍期。人皆炫燿身陸離，見草而悦忘臯比。南山十日不下食，君子一變誰能窺？正論不作世道微，通都大邑多狐貍。惜君爪牙不得施，公超五里亦奚爲？』此詩《白石道人集》不載。

宋呂勝己《渭川居士詞·醉桃源》云：『去年手種十株梅。而今猶未開。山翁一日走千迴。今朝蝶也來。　高樹杪，暗香微。慳香越惱懷。更燒銀燭引春回。英英露粉顋。』來、顋二韻，意趣絶佳，來韻更勝。

又《蝶戀花·觀雪作》云：『白玉裝成全世界。江湖點染微瑕纇。』前調前題云：『玉女凝愁金闕下。褪粉殘妝，和淚輕揮灑。』兩意均新，似未經人道過。

又《浣溪沙》云：『直繫腰圍鶴間霞。雙垂項帕鳳穿花。新妝全學内人家。』寫閨人妝束如畫。

又《鷓鴣天》云：『門前恰限行人至。喜鵲如何聖得知。』聖得知，宋人方言。韓昌黎《盆池》詩

『夜半青蟲聖得知』，則唐賢有用之者。

又《瑞鶴仙・栽梅》云：『南州春又到。向臘盡冬殘，冰姑先報。』《江城子・盆中梅》云：『年年臘後見冰姑。』梅稱冰姑，甚新，於此厪見。

蕙風云：詞有穆之一境，靜而兼厚重大也。淡而穆不易，濃而穆更難，知此，可以讀《花間集》。

又云：《花間》至不易學，其蔽也，襲其貌似，其中空空如也，所謂麒麟楦也。或取前人句中意境而紆折變化之，而雕琢句勒等弊出焉。以尖爲新，以纖爲豔，詞之風格日靡，真意盡漓，反不如國初名家本色語，或猶近於沈著濃厚也，庸詎知《花間》高絕？即或詞學甚深，頗能闚兩宋堂奧，對於《花間》，猶爲望塵卻步耶？

宋魏文靖《鶴山長短句・水調歌頭・壽李參政》云：『輦路升平風月，禁陌清時鐘鼓，嗺送紫霞觴。』自注：『嗺，子須反，撮口也。』《念奴嬌・鮮于安撫勸酒》云：『嗺送春江舡上水，笑指□山歸去。』《鷓鴣天・十六日再賦觀燈》云：『被人嗺送作遨頭。』按《廣韻》：『嗺嗺，送歌。』『嗺送』二字本此，其歌不知何云，殆亦勸酒之意。又《水調歌頭・壽李提刑》云：『溥露浸秋色，零雨濯湖弦。』《浣溪沙・次韻李參政》云：『亭亭雙秀倚湖弦。』『湖弦』字亦新，湖邊也。

鶴山詞有《清平樂・即席和李參政白笑花》，又《次韻李提刑白笑詞竝呈李參政》，此花未見它家題詠，殆宋時有之，今不可得矣。

劉辰翁《須溪詞》詠牡丹《一捻紅》云：『當年掌上開元寶。半是楊妃爪。』按：唐開元通寶錢背文作新月形。鄭虔《會粹》云：『初進蠟模，文德皇后掐一甲痕，故錢上有掐文。』今謂之月，即掐文也。一説謂是楊妃爪印，劉詞用之。

又詠牡丹《魚尾壽安》云：『向來染得渭脂紅。又自細搖花，浪動春風。』『渭脂』二字新，用唐杜牧《阿房宮賦》：『渭流漲膩，棄脂水也。』

又詠海棠《御愛紫》云：『離披正午盛時休。閒爲思王，重賦洛神愁。』陳思王作思王，與徐寶之《桂枝香》同。寶之句，見前。

金蔡松年《明秀集》魏道明注《浣溪沙》云：『芍藥弄香紅撲暖，酴醾趁雪翠綃長。』注：紅撲，猶紅蕾也。此二字新。

《明秀集·滿江紅》句云『雲破春陰花玉立』，七字寫出花之精神，至爲妙肖。

《明秀集·念奴嬌·浩然勝友生朝》注：『勝友，名勝之友，或云勝己之友。《論語》云：「無友不如己者。」』桉：唐王勃《滕王閣序》：『十旬休暇，勝友如雲。』注未引此。

蕙風近詞《定風波》題云《九月五日詠牡丹》，或曰非時。漚尹曰：『非非時，偶閱元《草堂詩餘》會心。彭泰翁安成有《念奴嬌·詠秋日牡丹》句云：「岸蓼汀蘋成色界。未必天香人識。」詞題與蕙風略同，唯蕙風此詞恉別有託耳。』

《列女傳》：齊姜曰：『人生安樂，孰知其它？』蕙風語娛：『斯語渾厚沖夷，取之自足，不圖於壼閫間得之，政恐班、謝輩未易道得。』

元白朴《天籟集·滿庭芳》小序『婁欲作茶詞，未暇也。近選宋名公樂府黄、賀、陳三集中凡載《滿庭芳》四首，大槩相類，互有得失。復雜用元寒、刪先韻，而語意苦不倫』云云。近人詞此四韻多通叶，昔賢不謂然也。夫詞雖慢調，韻不踰十，卽如寒、刪兩韻本韻之字，卽獨用，不患不敷，矧已通叶，何必再闌入元、先部乎？其爲取便，亦已甚矣。

宋田不伐，名爲，見《碧雞漫志》，所箸詞名《芉嘔集》〔一〕，見《天籟集·水龍吟》小序，嚮來選家未經攷出。

【校記】

〔一〕芉：底本作『洋』，據四印齋刊《天籟集》之《水龍吟》『綵雲蕭史臺空』一詞序文改。

宋閨秀妳閫花樣，屈蕙纕舊臧。閫，襴媘，抹胷也。花樣，羅紋紙，淡縹色，高六寸五分，闊一尺一寸。右方稍上題『妳閫』二字，字徑四分，閫从東，不从柬，冃旁作尸，就尸之下横畫，作東上之横畫，結體絕奇。花樣，縱三寸九分，衡四寸三分，兩樣竝列，仿菱花六出式，花分兩層，中各畫一鳳，外層分六格，繚以烏絲，縈迴相屬。正中一格當紉帶處畫一飛蝶。右樣有，左無，蓋畫猶未竟也。左樣右方有『侯淑君借珠花一枝』八字，『三月十二日』五字各一行，當日隨筆寫記。近於以代簿籍意者。花樣別有正本，此其副耶？ 校：侯淑君，宋侯寘女。寘，字彥周，東武人，晁說之甥。紹興中以直學士知建康府，所箸《嬾窟詞》一卷，刻入汲古閣《六十名家詞》。有《菩薩蠻·小女淑君索賦晚春》詞『東風吹夢春酲惡』云云。花樣不箸畫者姓名，以侯媛時代證之，知其作於紹興間，距今垂七百年。古香奇豔，爲寶幾何矣。屈蕙纕，字逸珊，臨海人。署鳳陽知府王詠霓室，有《含青閣詩餘》一卷，刻入《小檀欒室彙刻閨秀詞》。

《嬾窟詞·菩薩蠻·木犀十詠·簪髻》云：『玉蘂縱妖嬈。恐無能樣嬌。』桉《廣韻》：能，奴登切，音傰，北語對我而言曰傰，蓋你之聲轉，能、傰音同。侯寘，北人，用方音入詞耳。奴登切之登，讀若丁，丁有當誼，粵語卽時曰登時，丁、當、登，亦聲轉。

又《菩薩蠻·湖上卽事》云：『終日倚危闌。故人湖上山。』眼前語，卻似未經人道。

又《阮郎歸·爲邢魯仲小鬟賦》云：『淡妝濃態楚宮腰。梅枝雪未消。』美人丰姿清潤，『梅枝』句妙於形容。

姚雲文《齊天樂》云：『唬鳥窗幽，晝陰人寂，慵困不如飛絮。』『慵困』句是加一倍寫法，易安居士『人比黃花瘦』，言人比黃花更瘦，與雲文句法略同，特韻致較勝耳。

明楊慎云：李後主《擣練子》二闋，嘗見一舊本，俱是《鷓鴣天》。其『深院靜』闋前段云：『塘水初澄似玉容。所思還在別離中。誰知九月初三夜，露似珍珠月似弓。』蕙風曩譔詞話，謂是楊氏臆造，《擣練子》平仄與《鷓鴣天》後段不同也。然『塘水』句，余甚憙之。又蕙風舊輯《薇省詞鈔》有潘瀛選順治朝，宜興人。《新荷葉》云：『日麗風柔，水邊天氣鮮新。閒坐斜橋，數完幾折溪痕。酒旗戲鼓，怯餘寒、未滿前村。小紅乍，乳鶯聲，一巷纔勻。　節過收燈，風光尚未踰旬。粉糝疏籬，誰家香玉粼粼。雛晴嫩霽，似垂髫、好女盈盈。江南烟景，殢人猶在初春。』此詞亦韶令可憙。塘水初澄，雛晴嫩霽，比喻美人，並皆匪夷所思。苟非其人，身有仙骨，來自羣玉山頭、瑤臺月下，烏足與語斯恉？

蕙風嘗讀梁元帝《蕩歸思秋賦》，至『登樓一望，唯見遠樹含烟。平原如此，不知道路幾千』。呼娛而詔之曰：『此至佳之詞境也，看似平淡無奇，卻情深而意真，求詞詞外，當於此等處得之。』

西林閨秀顧太清春詞名《東海漁歌》，歲在癸丑，蕙風得其手稿，付聚珍版印行，爲之序云：『太清詞得力於周清真，旁參白石之清雋，深穩沈著，不琢不率，極合倚聲消息。求其詣此之繇，大槩明已後詞未嘗寓目，純乎宋人法乳，故能不煩洗伐，絕無一豪纖豔涉其筆端。』觀於蕙風此論，凡操觚學詞者，當知所謹避矣。苟中其病而求去之，而信能去之矣。以視太清之天然純粹，相隔何止一塵？

《東海漁歌》有《唐多令·十月十日屏山姊月下使蒼頭送糠一袋以飼豬率成小令申謝》歇拍云：『穀膜米皮中有道，君莫笑，察雞豚。』飼豬鄙事入太清詞，乃韻絕無倫。

《漁歌·鷓鴣天》句云：『世人莫戀花香好，花到香濃是謝時。』蕙風評云：『具大澈悟。』娛則嫌其說得太盡，乏絃外音，質之蕙風，亦以爲然。

《漁歌》詞題尤韻絕者：『古春軒老人有《消夏集》，徵詠夜來香，鸚哥紉素馨以爲架，蓋雲林手製也。』《定風波》歇拍云：『閒向綠槐陰裏挂。長夏。悄無人處一聲蟬。』蕙風評情景絕佳，詠物聖手。

歸安楊鳳苞《西湖秋柳詞》注引《湖上名園記》：張循王真珠園有奎藻樓，臧御敕之所刊石者，皆高宗御書。凡七通，悉貯樓下，其一爲循王妾章氏封咸寧郡夫人誥詞，有曰『朕眷禮勳臣，既極異姓王之貴；疏恩私室，并侈如夫人之榮。以爾脩態橫生，芳性和適云云〔一〕。紹興二十一年十月日。』章氏，卽張穠也。穠知書，嘗代循王文字，後封榮國夫人。循王以爲繼室，嫌同姓，改章氏。『脩態』句入制誥，絕奇。

【校記】

〔一〕『脩態橫生』二句：底本作『芳和適性，脩態橫生』，茲據周煇《清波雜志》卷七『王言有疑』條改。

《西湖秋柳詞》，鳳苞弟知新注。宋人說部傳於世者，南渡已後較少。注引說部數十種，多南宋人之作，泰半嚮所未見，或并其目亦未之前聞。注或引一二則，或三數則，大都碻見是書，一何博洽乃爾！蕙風屬摘記其目，備它日訪求焉。蔣捷《竹山漫錄》、方勺《雲茅漫錄》、毛幵《樵隱筆錄》、周端臣《葵窗小史餘錄》、奚滅《秋崖津言》、薛夢桂《蓀壁瑣言》、翁夢寅《淮南雜錄》、李萊老《餘不谿二隱叢說》、周淙《輦下紀事》、朱昺孫《介亭舊話》、胡仲弓《葦航識小錄》、邵桂子《雪舟塵談》、錢抱金《湖上名園記》茅止生該博堂傳鈔本、陳塤《分水退閒錄》、孫鋭《畊間偶記》、宋復一《足齋小乘》、陸起潛《皆山樓餘話》、陳子兼《窗間紀聞》、陳隨應《南宋行宮記》疑陳世崇隨隱、張沄《瑤阜詩話》、李景文《東谷筆談》、趙與圻《借竹軒書畫評》、趙克非《荷畔老漁話舊》、甘泳《東谿聆善錄》、褚仁穫《雙名志》、吳震元《宋相眼》、《德壽宮起居注》、元桉：是書已佚，從明潘曾紘所臧《宋外史記鈔》中錄之，無譔人姓名。《紫霞偶筆》、無譔人姓名，疑楊纘。元王執禮《竹寮瑣筆》、周溥《東圃紀談》、姚雲文《江邨詩詞賸語》、曾遇《學古齋臆記》、陳文增《谿雲閣雜記》，最三十三種。

織餘瑣述卷下

蕙風外子愛日本櫻花，尤酷愛綠櫻花。甲寅、乙卯間作櫻花詞如干闋，刻入《餐櫻詞》，自號櫻癡，名填詞處曰餐櫻廡。嘗訪求日人所箸書，甄采櫻花故實入詞小序。惜所獲無多，有序所未備三事，蓋詞成後始得之，茲爲綴述如左。日本名將楫公將出師，別其子於櫻井地名，以日皇所賜劍付之，勉令矢忠於國。楫公旋戰死，後人作《櫻井曲》歌詠其事，盛行國中。日人詩有句云『唱出琵琶櫻井曲』。又明祝允明《懷星堂集略·和日本僧省佐詠其國中源氏園白櫻花》詩：『翦雲雕雪下瑤空，綴向蒼柯翠葉中。晉代桃源何足問，蓬山異卉是仙風。』又明朱文恭《舜水遺書·游後樂園賦》并序：『水戶侯宰相公以苑中櫻花盛開，集史館諸臣以賞之，因特使相招，況前已夙戒余即時遄往。先後諸賢徘徊瞻眺，悅目娛心，留連無已。』已下不錄。賦云：『己酉春三月十九日，櫻花燦發，繁麗徧及，萬卉咸奮，敷紺綠以乘暄。上公乃召儒臣以燕樂，特開邸第之芳園。余以異邦檮杌，倚蒹葭於玉樹之藩，轉落英之曲逕，經臥波之長橋，爭妍競豔，目炫心招。輯羣櫻以作廻廊，蹀躞芬芳聯數里；結蟠藤而成夏屋，旖旎組紃列三千。』已下不錄。日本櫻花入中國，人賦詠，祝、朱二氏之前，殆未曾有。

《宋詩紀事·補遺》：劉光斷句：『仙館無人春寂寂，一林紅日鍊櫻丹。』『櫻丹』二字絕新。光，字元輝，生宋季，有《曉窗吟卷》。

金王若虛《滹南遺老集・詩話》：蕭閒云：『風頭夢，吹無跡。』蓋雨之至細，若有若無者謂之夢，田夫野婦皆道之。而雷溪注以爲夢中雲雨，又曰雲夢澤之雨，謬矣。賀方回有『風頭夢雨吹成雪』之句，又云『長廊碧瓦。夢雨時飄灑』，豈亦如雷溪之說乎？娱桉：唐李商隱《重過聖女祠》詩：『一春夢雨常飄瓦，盡日靈風不滿旗。』爲東山詞『長廊碧瓦』云云所從出。昔人稱引，乃不之及，何耶？《莊子》：『雖有忮心者，不怨飄瓦。』

《歲時記》：『介子推三月五日爲火所焚，國人哀之，每歲春暮不舉火，謂之禁烟，犯之，則雨雹傷田。』《鄴中記》：『并州俗爲介子推斷火，冷食三日，作乾粥，今之糗是也。』此說相沿舊矣。洪武本《草堂詩餘》：陸務觀《水龍吟・春游摩訶池》云：『挑菜初閒，禁烟將近，一城絲管。』注：《周禮》：司烜氏仲春以木鐸徇火，禁於國中。此又一說。

宋大寧夫人韓氏遊靈巖觀音道場，題紀磨崖全文云：『大寧夫人韓氏朝拜東嶽回，遊靈巖觀音道場。四絕之所，崇峯列翠，宛若屏圍。而北主峯峻然五里之聳，而肩有殿，號曰證明，謂其如來化跡，祈應如響。於是發精確志，不懼巇嶮，乘興而步其上。仰瞻紺像，欣敬不已。及觀巖麓，木怪石奇，景與世別。眺寓移時，頓忘塵慮。若□聖力所加從心之年焉。能至此，於內自省，尤爲之幸。仍知名山勝槩，傳不誣矣。時政和改元季春念五日，孫男左侍禁曹洙、三班奉職深、右班殿直涇。侍行使女憙、奴孫倩，奴喬□、奴□□、奴張吉、奴祝美、奴楊蘂、奴朱采、奴薛珍、奴張望、奴董從行，洙奉命題紀嵓石。』使女名入石刻，於此厪見，亟記之。拓本高二尺三寸，寬一尺五寸，字徑一寸，正書，微帶行。

元柯九思以說書侍英宗潛邸，至治末去伏田里。見虞集《書訓忠碑記》。桉：九思以仁宗皇慶元年壬子生，至英宗至治元年辛酉，方十歲，以說書侍英宗潛邸，則尚在十歲前。至治僅三年，去伏田里時，亦止十二三歲。《東洲草堂文鈔·訓忠碑記墨蹟跋》。古今人早達，殆無逾九思，年止十二三，即已解職歸田，誠近於異聞矣。五代《晉贈太傅羅周敬墓誌》：『周敬年九歲，梁主授檢校尚書、禮部員外郎。明年權知滑州軍州事、檢校禮部尚書，授宣義軍節度使、檢校尚書右僕射。年十二，移鎮許田，加檢校尚書左僕射。』以視九思，達尤早，而秩益顯。唯是九思以文學登進，周敬則累代王公之裔，得蒙不次擢遷，未幾，且尚主矣。

《唐詩三百首》所署蘅塘退士，不知何許人。數年前，或問蕙風外子，未有以對也。比閱某近人筆記，有云：『乾、嘉間，太倉李氏有兄弟五人，曰錫瓚、錫晉、錫鬯、錫珪、錫康，皆登顯第。錫鬯字秬香，所選《能與集》及《唐詩三百首》尤膾炙人口。』其於《三百首》則自署蘅塘退士，蓋晚年所輯也，亟記之。

侯方域，字朝宗，河南歸德人。順治中副榜貢生。見《皇朝經世文編》『姓名總目』。暇日整理書冊，偶然幡帋得此，甚爲李香君惜。

蕙風得舊本書，輒屬娛捺臧印，閒或記其槩略，甚愧語焉弗詳。其書易米久矣，俛印陳迹，曷勝惘然？

宋巾箱本《五經》源出唐本。孔平仲云：『《齊宗室傳》：「衡陽王鈞嘗手自細寫《五經》，置巾箱中。」巾箱《五經》自此始也。』《經義考》卷二百九十三引。此本丁氏持靜齋曾臧，紙淡緹色，界五寸一分依工部營造尺，眉占五分，半幅三寸三分。《易經》一冊，二十一葉；《書經》一冊，二十六葉；《詩經》二冊，第一冊二十三葉，第二冊二十四至四十七葉；《禮記》四冊，第一冊二十四葉，第二冊二十五至四十四葉，第三冊四十五至七十葉，第四冊七十一至九十三葉；《左傳》八冊，第一冊二十二葉，第二冊二十三至四十七葉，第三冊四十八至七十葉，第四冊七十一至九十五葉，第五冊九十六至一百二十葉，第六冊一百二十一至一百四十二葉，第七冊一百四十三至一百六十九葉，第八冊一百七十至一百九十八葉，最十六冊，三百八十五葉。每半葉二十行，行二十七字，上下單線，兩旁雙線，白口，雙魚尾，顛倒相向，上魚尾距線五字，下魚尾距線六字，魚尾上並無細線。書名曰《易》、曰《書》、曰《詩》、曰《記》、曰《左傳》，在上魚尾下；計葉數一二等字，在下魚尾上，並大字居中。最近下線刻手民姓名，小字，偏右。有『王氏嘉樂堂收藏圖書』此印刻畫不工，『僅初』雙連印，又『僅初』、『至樂處』二印，各印並方式朱文。

宋本《新唐書・藝文志》，界六寸五分弱，幅四寸二分半。每半葉十行，行大字十九，或十八，小字二十三。黑口，書心狹，雙魚尾，並向下，上魚尾上無細線，下魚尾上有細線。書名有詳略之殊，曰『唐書藝文志四十九』，曰『唐藝文志五十』，曰『唐藝五十』，曰『藝文志五十』，曰『文志五十』，它卷略仿此數目，字在下魚尾下，行書。有『汪印士鐘』白文印、『閬源真賞』朱文印，並方式。

元大德本《爾雅》三卷，郭璞註。界四寸六分彊，幅三寸二分彊。序三葉，郭璞撰。卷上二十九葉，卷中二十七葉，卷下三十二葉。《爾雅音釋》卷上四葉，卷中四葉，卷下八葉。每半葉八行，行十五字。序每半葉五行，行十一字。上下單線，兩旁雙線，黑口，雙魚尾，並向下。上魚尾距線四字，書名『爾雅上』中、下同。在其下，下魚尾距線六字，數目字在其下，上下魚尾上並有細線，數目字下又有細橫線，下象鼻與此橫線連，最近上線象鼻之兩旁右刻大若干，左刻小若干，計本葉字數也。《音釋》葉數與正文通連，序第三葉後半正中有木記，長方式，高三寸四分，寬一寸六分，四圍有雙線，文曰：『一物不知，儒者所恥，聞患乎寡而不患乎多也。《爾雅》之書，漢初嘗立博士矣。其所載，精粗鉅細畢備，是以博物君子有取焉。今得郭景純集註善本，精加訂正，殆無毫髮訛舛，用鋟諸梓，與四方學者共之。大德此字損壞己亥，平水曹氏進德齋謹誌。』六行，行十五字。有『稽瑞樓』白文長方印，在每卷首行。『瞿氏鑒藏金石記』白文長方印、『恬裕齋藏』朱文方印，在卷尾。

元本《韓君平集》三卷，共一冊，紙絸色。三卷葉數連貫，與宋版《玉臺新詠》同。卷上至十三止，卷中至二十八止，卷下至四十止，無序跋。界五寸八分，幅四寸一分弱，每半葉十行，行十八字，單線，白口，單魚尾，魚尾上有細線。距上線四字下，當魚尾處有細橫線，距下線四字。書名『君平集上』在魚尾下，字扁，四字當書之二字中下同。有『琴心劍膽』、『願作鴛鴦不羨仙』兩橢圓印，『紹仁之印』、『張印學安』兩方印，並朱文，在卷上首行。『讀異齋藏』方印，朱文，在卷尾。詩中闕十三字，七古：『匈奴破盡□看歸』《送孫潑赴雲中》、『竹映春舟渡□水』《送修縣劉主簿楚》、『雙筆遙揮□左吾』《送中兄典邵州》、『百□清江十月天』《送萬巨》、『禮門前直事□郎，腰垂青綬領□陽』《送王侍御赴江西兼寄李袁州》、『五律軍中□□端』《送皇甫大夫赴浙東》。七律：『□斗帆□桂爲墻』《送齊明府赴東陽》、『掉頭歸去又□風』《送齊山人歸長白山》。雜言：『鶯聲亂凋鵲□』《河上寄故人》。

元本《道園學古錄》五十卷，白綿紙，八厚冊。界六寸三分彊，幅四寸二分弱。無序，有目錄，每卷首署『雍虞集伯生』，無補遺。後有『至正元年十二月門人李本謹識』一葉，字較大。每半葉十三行，行二十三字，雙線，黑口，雙魚尾，並向下。上魚尾距線五字，下魚尾距線八字，書名在上魚尾下，或『學古錄』，或『道園』，二字下並綴卷數，如二十一、三十二云云。其葉數一二等字在下魚尾下，上下魚尾上並有細線，葉數字下又有細橫線，下象鼻與此橫線連。有『風塵逸客』方印、『澤存樓』長方印，並朱文。『御史之章』方印白文，『季印振宜』、『滄葦』兩方印，並朱文。在目錄第一葉。『呂氏藏書』之印、『難尋幾世好書人』、『養志自娛齋』三長方印，並朱文，在李跋末下角。

舊鈔本宋趙彥衛《雲麓漫鈔》二十卷、續二卷，蕙風於某坊肆見之，鉅帙隃尺，價奇昂，弗克致，僅移錄其序目，述具如左：《皇朝雲麓漫鈔序》：『古之史者，載籍極博，其所表見，皆不虛書其軼，乃時時見於小說雜史，不可不知也。小說其書載自秦漢，迄東晉，雖與諸史時有異同，然皆細事，史官所宜略，多取唐人語林志怪等，已詳事故，鈔之特略。然其自□小說，則宜於多識。稗官小史列之九流，可觀聖人之□訓也。余僑寓銀□居，多暇日，因集皇朝百家小史、雜語怪異之說，採摭事實，編纂成書，分正續二十二卷，曰《雲麓漫鈔》，可以資治體，助名教，供談笑，廣見聞。如嗜常珍，不廢異饌，下箸之處，水陸具陳矣，覽者其詳擇焉。時紹熙三年五月通判徽州趙彥衛景安書序。』目錄：卷一：玉潤、野客、貴耳、感應、談錄、中朝、步里、吹劍、聞見、西溪、娛書、嬾真、夜語、紀聞、該聞、緗素、鑑戒、禽徵。卷二：雜說、銅山、墨客、逸史、西征、冐縈、說□、卓異、集異、歲時、獺髓、宜政、洛陽。卷三：綠珠、梅妃、太真、燕北、異聞、骹說、博載。卷四：雜綴、新錄、真臘、投轄。卷五：友會、南窗、三楚、慎子、野說、公談。卷六：室□、駿鸞、吳船、攬轡、舊聞、耳目、臆乘。卷七：林說、野人。卷八：孫公、平泉、樂頌、詩論。卷九：善錄、續積、行錄、漫堂、瑣語、暇語、五國、韓魏、魏公、九河、羯鼓、聞顏、善謔、觀時、臨漢、諧記、異記。卷十：鯨背、蕃露、姑蘇、雪舟、大業、江表。卷十一：怪志、謚號、阿堵、蔗字。卷十二：筆衡、碧雞。卷十三：北邊、孝武、大觀、雜錄、席上、石林、文子。卷十四：聖祖。卷十五：

揮麈、餘語。卷十六： 桃源、手澤、坦齋、遺記、傳永、碧湖。卷十七： 欽儀、昭德、玉堂。卷十八：河源、倦游、野史、琴書、撫青。卷十九： 釋常、善誘、官箴、翰墨。卷二十： 歌曲、北曲、聳氏、天清。續卷上： 酒。卷下： 馬圖紅、安雅堂。目後題記：『皇朝紹熙庚申年九月麻沙書市刊於建安堂。』

校： 據目後題記云云，則此鈔本源出宋本，每半葉十行，行二十二字，是否未改宋本舊式，不可攷。有『季滄葦藏書印』朱文、『得此書，費辛苦，後之人，其監我』白文，並長方印。『歙西長塘鮑氏知不足齋藏書印』、『錢江何氏夢華館藏』兩方印，『簡莊埶文』長方印，並朱文。蕙風云：《雲麓漫鈔》、《稗海》本四卷，《守山閣叢書》本十五卷，《文獻通攷》載《雲麓漫鈔》二十卷續二卷，藏書家未嘗得見，則想望擬議，以謂是書至足之本也。今觀此目錄，竊疑其不然。《雲麓漫鈔》，趙彥衛所自箸，《皇朝雲麓漫鈔》，乃摘錄前人說部，薈萃成書，兩書雖出一人手筆，而各不相蒙，非此足彼不足也。《皇朝雲麓漫鈔》序作於紹熙三年，是時彥衛通判徽州。《雲麓漫鈔》序作於開禧二年，自署『新安郡守』，蓋書成在後，序又自謂其書可敵葉石林《避暑錄話》，尤爲是其自箸之碻證。獨惜此舊鈔本當時市估居奇，僅乃匆匆幡帋，且猶吝見於色，未能叚歸細讀，與四卷、十五卷本互勘異同，今不知流落何所矣。覈其目中所列，間有已佚之書，卽至今存者，亦足資斠讎，此其所以可貴耳。

宋元版書書名在魚尾下，明刻本書名在魚尾上，反是者，殆不經見。

『鈔』字从金，於寶鈔之誼爲近。『抄』字从手，於手寫之誼爲近。或以抄代鈔，未可指爲誤字。抄訓謄寫，見增韻。

覆東吳郭雲鵬校梓本《柳河東全集》，序云：『余行部入龍城，訪柳子厚刺龍城時所作東軒及植柳種甘遺處，無能舉其名跡者已。問公集盛傳於世，古今不苐廢，柳其故桐鄉地，宜有殺青，告云闕如，因嘆名跡久湮，陵谷代變，昔所品題隨作荒烟，無足多怪。當公沒後三年，有僧自永告劉夢得曰：『愚溪無復曩時矣。』夢得泫然悲感，詩爲殘陽寂寞之詠，爾時便摧，何況今？茲可復問哉！獨怪公之精神在文章，英魄在羅池，列之四大家，傳之數千載。柳以子厚重，而文乃無全本，此屬文獻一大缺陷事。因語郡林丞裕陽覓得善本。還桂，屬桂李葉文華、梧李嚴九岳、藩幕王松齡、學博蕭貽校而刻之成，以歸於龍城，俾善貯之，毋令後徵者杞宋茲郡焉耳。庚戌夏，孟清源、呂圖南書於桂林之冰玉公署中。』『爾搏甫』、『壁觀居士』兩印，並方式白文。是書爲吾廣右刻本，尤宜永寶勿替。詎亦易米久矣。蕙風自丁巳已還，託悲憫於空觀，嘗與娱言，雖形骸猶土木，矧身外物乎？顧烏可弗記也。全書校讎絶精，字亦精楷，校者不具名氏，僅婁見科桉云云，所據書有宋大字本、小字本、正統本，乃至《文苑英華》、《唐文粹》諸書，雖筆畫小異，亦辨析靡遺，是亦可貴矣。

浭陽托活絡忠敏端方所藏金石，悉經蕙風審定，因得其精拓本，有黄丙午葬磚文云：『政通三年三月，黄丙午葬。』政通年號，史籍無徵。又《唐趙氏夫人墓志》，吴郡顧方肅譔，有云：『以元和十五年少帝卽位，二月五日改號爲永新元年。』所謂少帝，自指穆宗而言。穆宗初改號永新，新舊《唐書》並無其事，亦異聞也。

漢西王母鏡，徑漢尺七寸五分，背文六乳，分六格，一格畫女仙，題『西王母』三字；一格一女鼓琴，一格一女折旋而舞，一格龍，一格獸，獨角而馬蹏，一格一女羽衣，若擊球，其舞女手據地而足騰起，足乃絶纖。蕙風云：『可爲漢時已有纖足之證。』此鏡花紋精深，拓墨朖皙，其足爲證，且甚確也。鏡銘『尚方作竟真大巧，上有山人不知老，渴飲玉泉兮』十九字。山，仙省。

明太倉陳瑚《東野集·詠史》二首，其一云：『南史何人執簡勞，董狐亦是偶揮毫。千秋笑罵馮長樂，詎識同時有鄭韜。』自注：薛居正《五代史》載韜事真僞十一君，比道事四姓九君較甚，今史鑑俱不載。如鄭韜其人者，自今日而上溯千古，殆猶不能有二。

庚戌秋，蕙風訪獲蘇文忠書《如意輪經》於宣城縣北門外雙墖寺。文忠書無論碑版磨崖，方宋黨禁嚴時，悉數剷削。其後禁弛，悉依拓本覆鐫，乃致癡肥臃腫，盡失廬山面目。蕙風嘗言生平所見，唯麥嶺題名在杭州西湖、雪浪盆銘，及此經爲未經剷削真蹟，書勢秀勁絶倫，其它殆不多覯。此經嚮來金石家未嘗得見，金石書不箸其目。乃石刻訪獲未久，又購得明精拓本，較新拓多二十二字，爾時葺窗棐几，焚香共讀，歡喜無量，庸詎知不如意事即在怛刹那間，令人不堪回首耶？經呪刻石各一，經石高一尺二寸五分，寬二尺七寸五分，二十六行，行十五字至十七字不等。首行『觀自在菩薩如意輪陀羅尼』，經不錄，凡二十一行，連音注三百蘦八字。末題：『元豐四年二月二十七日，責授黄州團練副使眉陽蘇軾書，以贈宣城廣教院模上人。新拓本「贈」字、「城」字泐。紹聖四年五月朔〔一〕，宛陵郡人孫村汪遵昱施財上石〔二〕，新拓本「五月」二字泐。乾明寺楞嚴講院行者徐懷義謹勸摹刊受持。』新拓本此行十八字全泐，石亦斷缺。呪石高一尺蘦四分，寬一尺五寸。石寬不止此，此據拓本，其無字處則氈椎弗及耳。十六行，行約十五字，首行『觀自在菩薩如意輪陀羅尼曰』，呪不錄，凡七行，連音注一百蘦二字。末題：『元豐四年二月二十七日，責授黄州團練副使眉陽蘇軾書，贈宣城廣教院模上人。紹聖三年六月旦日，宛陵乾明寺楞嚴講院童行徐懷義摹刊於石，普勸受持，同增善果。』又呪音二行，連切音二十四字。此石完整如新，雖新拓本，亦無缺字，尤爲可憙。

攷蘇文忠當時未到宣城，蓋自黃州寫寄者也。又桉：宋高似孫《緯略》有《如意輪畫贊》一則，宣和御題，曹仲元觀音像相好，極莊嚴，趺坐蓮花上，圍以火輪，左手仗劍，不似世所見大士像，考之，乃知爲如意輪觀音像。唐顧況有『如意輪畫贊極其瓌妙』云云，並載偈言經讚，可與拓本互參。

【校記】

〔一〕五月：底本作『三』，茲據《安徽金石略》卷一、《寧國府志》卷二十改。下同。

〔二〕村：底本無。該郡旌德有孫村，據補。

裛，《說文》：『書囊也。』《字林》：『香裛衣也。』三蒼，露坌花也，杜詩『雨裛紅蕖冉冉香』，乃露坌花誼，此三字新豔可憙。

梁吳均《吳城賦》：『不見春荷夏槿，唯聞秋蟬冬蝶。』冬蝶容或有之，春荷未之前聞，卽唐花，恐亦不辨。

世俗小說有所謂驪山老母，乃見於《新唐書·藝文志》丙部子錄，李筌《驪山母傳陰符玄義》一卷，注：筌號少室山達觀子，於嵩山虎口巖得《黃帝陰符本》，題云：『魏道士寇謙之傳諸名山，筌至驪山，老母傳其說。』

又蘇渙詩，渙少喜剽盜，善用白弩，巴蜀商人苦之，號白跖，以比莊蹻。後折節讀書，進士及第，湖南崔瓘辟從事。瓘遇害，渙走交廣，與哥舒晃反，伏誅渙。以剽盜而能詩，而讀書，而第進士，辟從事而卒以反誅，絕奇。

刻書鈔書工匆，謂之斷手。杜詩《浣花草堂》句云『斷手寶應年』，則是築室落成亦云斷手矣。

洪州娉婷市，五代鍾傳侍兒所居，後以名市，見元陸友《硯北雜志》。攷《唐書》列傳，鍾傳以負販起家，由盜而王。嘗醉，與虎鬭，迹其爲人，雖羊羔党尉弗如也。而其流風餘韻，乃有市號娉婷，斯亦至奇之事矣。

雍正乙巳，歙項絪刻本《絕妙好詞》字體秀勁，刻工尤精。卷端有題記：『道光庚子五月望後三日，瞑姝女史斠竟。』字徑五分，仿玉筯篆，秀骨珊珊，非閨人弗克辦，蕙風絕珍弆之。比年編箸《歷朝詞人彙攷》，間或引用是書，必手自移寫，然後付胥，不令暫經它人手也。瞑姝，未詳誰氏，或云是殆好事者，因莊周瞑瞑姝姝之言而爲是狡獪，與後之得是書者戲耳。蕙風知其不然，以彼未見是書，卽亦置弗與辨。偶閱錢塘陳文述《頤道堂詩外集》卷十三《西溪漁婦詞魏滋伯明經屬爲姬人周瞑姝琴作》云：『雙髻臨波影亦香，白鷗相近水雲鄉。金釵問字蟬娟子，更有簪花世外妝。』元注：瞑姝近以詩來問字，故云。三首錄一。因知瞑姝確有其人，且知其能詩矣。以語蕙風，爲之欣快累日。

謎，卽古之廋辭。《說文》：『謎，隱語也。』《文心雕龍》：『謎也者，迴互其辭，使昏迷也。』又云：『讔者，隱也，遯辭以隱意。』讔，卽謎也。於文藝爲至末，而閨閣則鮮能。國朝張元賡《卮言》：『王碩園先生之幼女，名畹蘭，能詩，尤妙臨池。時爲其父代筆，閨秀中之傑出者也。其賦性唯嗜讀書，善爲隱謎，極工雅，嘗詰難於其父，碩園先生對之而喜，每爲之加餐。』閨人能製謎者，稽諸往籍，於此僅見。采錄謎語入筆記中，宋周密《齊東野語》已開其例，不以瑣屑爲嫌也。畹蘭所作，胡不爲之箸錄一二，惜哉！

宋陳郁《話腴》以星曆攷之，牽牛去織女，隔銀河七十二度，斯語運用入詩詞，頗新。

北漢鴻臚卿劉繼融於柏谷置銀冶，募民鑿山，取鑛烹銀。北漢主取其銀以輸契丹，歲千斤，因即其治建寶興軍，見宋彭百川《太平治蹟統類》，此中國銀鑛故事，『烹銀』二字新。

吳孫休時，烏程人有得困病及瘥能以響言者，言於此而聞於彼，自其所聽之，不覺其聲之大也，自遠聽之，如與對言，不覺其聲之自遠來也。聲之所往，隨其所向，遠者至十數里。其鄰有責息於外，歷年不還，乃假之，使責讓，懼以禍福，負物者以爲鬼神，即畀還之，其人亦不自知所以然也，見《晉史》。其在于今，吾知必曰電爲之也，凡人身中有電之説，茲事能爲之佐證否？『響言』二字亦新。

應劭《風俗通義·窮通第七》：『孟軻絶糧於鄒薛，困殆甚，退與萬章之徒序《詩》、《書》仲尼之意，作書，中外十一篇。』與孔子絶糧陳、蔡事絶類。

《漢堂邑令費鳳碑》：『太守旌功，轉在堂邑。垂拱不言，而民帥服。』縣令小官，而曰『垂拱』，絶奇。帥服，『帥』字亦異文。

班固《通幽賦》：『恐魍魎之責景兮，慶未得其云已。』『慶』作『羌』用，絶新。

宋沈與求《龜谿集》句云：『卷白欲傾東海酒，閉門貪鈔北堂書。』鈔書之鈔作去聲用，僅見。

《清波別志》：舊説有以簡問疾云：『不知台額上尊瘸子稍減尊痛否？』瘸子與痛亦以『尊』稱，奇絶。

《別志》述許仲啓云：『酈道元《水經注》：錢唐湖，本名神聖湖。』今《水經注》無此文，唯云『錢唐縣南江側有明聖湖』，自元、明已還，記載西湖諸書，亦絶不云舊名神聖也。

宣和間衣著曰韻纈，果實曰韻梅，詞曲曰韻令，見《清波雜志》。以梅爲果實總稱，亦奇。又宋人工詞曲者稱聲家，一曰聲黨，見《碧雞漫志》。

秋波，月也，謂目美如秋月之澄澈，見《翰墨羣書》，亦别解之可意者。

唐楊炯《浮漚賦》：『細而察之，若美人臨鏡開寶匳；大而望也，若馮夷剖蚌列明珠。』以匳比漚，絶豔可意。

楊夔《湖州録事參軍新廳記》：『其察也，鑑焉，臧否無匿；其信也，潮焉，朝夕不忒。俗茹其正，吏飲其直。』鑑、潮、茹、飲，字絶錬。

《天一閣書目》卷端：乾隆三十九年上諭云：『天一閣純用甎甃，不畏火燭，自前明相傳至今，並無損壞，其法甚精。著諭寅著親往該處，看其房間制造之法若何，是否專用甎石，不用木植，並其書架款式若何，詳細詢察，燙具準樣〔一〕，開明丈尺，呈覽。』樣曰燙具，殆以火炙簡，如古殺青之制歟？燙具之樣，較準於楮墨所橅繪歟？惜無它書之言可攷證也。

【校記】

〔一〕燙具：《纂修四庫全書檔案》第一五八乾隆三十九年六月二十五日上諭作『燙成』。

帝嚳，姬姓，母曰不見，見《尚書·堯典》疏，以不見爲名，絶奇。

《書》疏引《世本》，堯是黄帝玄孫，舜是黄帝八代之孫，堯女於舜之曾祖爲四從姊妹，以之爲妻，於義不可説，亦新奇。

《書・堯典》『静言庸違』疏，蕙風屬摘記之，憙其陳義甚高也。明君聖主，莫先於堯。求賢審官，王政所急，乃有放齊之不識是非，驩兜之朋黨惡物，共工之巧言令色，崇伯之敗善亂常，聖人之朝不才總萃，雖曰難之，何其甚也。此等諸人才實中品，亦雖行有不善，未爲大惡，故能仕於聖代，致位大官。以帝堯之末洪水爲災，欲責非常之功，非復常人所及，自非聖舜登庸，大禹致力，則滔天之害未或可平。以舜、禹之成功，見此徒之多罪，勳業既謝，愆釁自生，爲聖所誅，其咎益大。且虞史欲盛彰舜德，歸過前人。《春秋》：史克以宣公比堯，辭頗增甚，知此等並非下愚，未有大惡，其爲不善，惟帝所知。將言求舜，以見帝之知人耳。娛桉：此則云云，持論甚大，述之，不爲瑣矣。《瑣述》之作，蕙風亟奬藉之，平時校讀羣籍，見有豔字新誼，則必以詔娛爲之講解，俾筆之於書，增益其篇幅，伊茲事之可樂，以眡歸來堂賭書潑茶，有過之無弗及也。

《書》：『華夏蠻貊。』疏：『冕服采章』對『被髮左袵』，則爲有光華也。解『華』字甚新，而誼欠閎括。

蕙風嘗輯藏書話，積稿踰寸，屢欲編次成書，塵𡨋苦無暇也。明顧炎武《菰中隨筆》有『鈔書八弊』，蕙風補之，亦得八事，坿綴餘話數條。自謂詹詹小言，然而愛護書籍之意至矣，亟爲錄而存之：顧氏『鈔書八弊』：鈔手麤率，捲腦折角；墨汁蠅矢垢汙；衆手傳接，揉熟紙本；開卷不收；分手鈔謄，拆釘散亂；鈔寫有誤，恐被對出，反將元稿塗改；欲記起止，輒將元稿加圈加句；黏補錯字，撦用書角片紙。蕙風補鈔書八弊：緟帋時用指爪重刮，不遺餘力，其紙薄而舊者，十九破裂，其稍厚稍新者，則留無數爪痕，橫斜深皺，苦無熨帖之法；元注：余所藏精本書，於書首護葉鈐一木印，文曰：『爪傷書，痛切膚。翻閱者，其慎諸。』鈔時將書壓在袖底，致汙書趾，鈔通本則通本汙，鈔數葉則數葉汙，其汙數葉者，如深黑線一條，尤爲刺目； 將書翻摺，取便鈔時，一半著案，鈔此葉之後半，則彼葉之前半汙，鈔彼葉之前半，則此葉之後半汙，乃至無葉不汙，唯近夾縫處獨白，刺目極矣，案不墊紙，爲害尤烈，墊紙日久不換，與不墊同； 書人用硯磨墨，硯有宿墨稜結，與墨觸牾，致墨瀋迸濺汙書； 書人手拈餅餌，時時咀嚼，手不經滌，輒復繙帋，書被餹黏鹽漬，永無乾時； 書人耆淡巴菰，旋鈔旋吸，菸屑或燼灰落入書夾縫中，斗拂難淨； 書人有友來訪，輟鈔敘譚，書攤案頭，友輒狂翻漫置，致被汙損，炎天汗手，尤爲可畏； 鈔斁不糇面交，將元書及新鈔交牰直僕嫗繳納，並不用紙裹護，致煩薰祓。 自已書人再三告戒，婉切丁寧，猶未必盡如人意，矧借人付鈔乎？ 往往書借人鈔，人獲是書，而吾書幾乎無有矣。 昔人以不借名草鞵，余謂當以名書，非敢爲吝也，不得已也。 大雅宏達，庶幾亮余。 書能自鈔最佳，萬不獲已，託之書人，慎選得人，書猶難免稍損，苟非其人，必貽無及之悔，不可不慎之又慎也。 書人新來，必令先鈔尋常之書數種，試可，而後用之。 至早十日之後，彼亦坐稍定，氣稍靜，心稍細，略知我之性情，及鈔書之規則，然後以精本付鈔，尤必再四諄諄告戒，庶不至牰率從事，蹈右列各種弊端。 鈔書必須特別靜室，僕嫗闌入，斷乎不可，兒童嬉戲，亦在禁例，否則書人之心不專，書亦易致汙損。 鈔書祇求字體端潔，少錯落，不必求工，書人不必通文理。 凡書手誤字不通者，易校出，可通者，難校出。 不通文理之人，尤無予智任性等弊。 鈔書切忌黏補，一經霉天，黏紙脱落，此字遂缺。 鈔書不可寫省俗字，尤必須悉依元書，此字元書如何寫便如何寫，一筆一畫，不可更改。 尤切忌妄疑元誤，自命更正，擅改元書，雖校勘嫥家猶非所敢出，矧鈔胥乎？ 每葉行數字數若干，亦宜悉依元書籍，存舊刻款式，亦便校勘。已下尚有護書之法一則，蕙風云辭費，甚勿贅也。蕙風愛書，根於天性。案頭一篋，精枏爲之，人離案，書必歸篋，無論如何悤遽，如何困瘁，不改乎此度也。取書必先盥手，有時屬娛代取，亦非盥手不可。嘗戲語娛，所謂愛翫有終焉之志，萬一在彼不在此，其爲至愛，蔑以加已。嘅自辛壬已還，滄桑幾歷，萬念皆灰，一切身外之物，付之夢幻泡影，從前性命，以之手不忍觸者，十九以易米舍去，往往與書臨別，不敢稍一繙帙，懼益傷心慘目，卽娛亦相對黯然，無一言可以相慰藉。天之阨吾二人至是，容亦出於弗克自已耶？

書神名長恩，呼其名祀之，則藏本不蠹，見《致虛閣雜俎》。謬司，希臘女神，專司文埶者，曩於書見之，不能舉其名矣。

北齊造名无量聲佛座拓本，佛像已佚，僅存佛座。高二寸四分，寬一尺五寸五分，十四行，行二字，字徑八分，正書，末行稍狹，字較小。文曰：『天保七年敬造名无量聲佛，若有文名者，禮拜供養，滅无量罪，德无量福。』蕙風屬安吉吳俊卿補繪佛像，裝爲立軸，海寧王國維題云：『湖海聲名四十年，詞人老去例逃禪。憑君持此歸何處，石榻茶烟一惘然。』『不思議光無量聲，人天何處有虧成。蟪蛄十里違山耳，不聽頻伽只聽經。』元和孫德謙題云：『栗里詩人隱逸宗，當年蓮社想高風。詞家自有月泉社，此意應教契遠公。』『不妨綺語當談禪，慧業文人得道先。我更祝君無量壽，千秋長續一燈傳。』吳君字缶廬，王君字靜盦，孫君字隘盦，蕙風近十年來文字交也。

歲在己未十月之望，仿聚珍版排印。竟卷，是夕五星連珠，予初刻見于西北方。卜娛自記。

漱玉詞箋

一卷補遺一卷坿錄一卷

《漱玉詞箋》一卷補遺一卷坿録一卷，有一九二五年上海中國圖書館石印夲，本編據以録入。坿録俞正燮《癸巳類藁·易安居士事輯》、陸心源《儀顧堂題跋·癸巳類稿易安事輯書後》、李慈銘《越縵堂乙集·書陸剛甫觀察儀顧題跋後》三種，見其採集文獻之功，故亦保留。

漱玉詞箋

鳳凰臺上憶吹簫

香冷金猊，被翻紅浪，起來慵自梳頭。任寶奩塵滿，日上簾鉤。生怕離懷別苦，多少事、欲說還休。新來瘦，非干病酒，不是悲秋。　休休。這回去也，千萬徧《陽關》，也則難留。念武陵人遠，烟鎖秦樓。唯有樓前流水，應念我、終日凝眸。凝眸處，從今又添，一段新愁。

《古今詞論》：張祖望曰：『唯有樓前流水，應念我、終日凝眸。』癡語也，如巧匠運斤，毫無痕跡。

聲聲慢

尋尋覓覓。冷冷清清，悽悽慘慘戚戚。乍暖還寒時候，最難將息。三杯兩盞淡酒，怎敵他、晚來風急。雁過也，正傷心，卻是舊時相識。　滿地黃花堆積。憔悴損，如今有誰堪摘。守著窗兒，獨自怎生得黑。梧桐更兼細雨，到黃昏、點點滴滴，這次第、怎一箇愁字了得。

以一婦人能創意出奇如此。

《鶴林玉露》：近時李易安詞云：『尋尋覓覓。冷冷清清，悽悽慘慘戚戚。』起頭連疊七字，以一婦人能創意出奇如此。

《貴耳集》曰：李易安詞首下十四箇疊字，乃公孫大娘舞劍法，本朝非乏能詞之士，未有下此十四箇疊字者，蓋用《文選》諸賦格也。後『到黄昏、點點滴滴』，又疊四字，而無斧鑿痕，婦人中有此，殆間氣也。

《詞品》：宋人中填詞，李易安亦稱冠絶，使在衣冠，當與秦七、黄九爭雄，不獨雄於閨閣也。其《聲聲慢》一闋，最爲婉妙。

《詞苑叢談》：李清照《聲聲慢》秋閨詞首句連下十四箇疊字，真似大珠小珠落玉盤也。

《七頌堂詞繹》：周美成不止不能作情語，其體雅正，無旁見側出之妙。柳七最尖穎，時有俳狎，故子瞻以是呵少游。若山谷亦不免，如『我不合太撋就』，下此則蒜酪體也。唯易安居士『最難將息』、『怎一箇愁字了得』，深妙穩雅，不落蒜酪，亦不落絶句，真此道本色當行第一人也。

《兩般秋雨盦隨筆》：詩有一句疊三句者，吴融《秋樹》詩『摵摵淒淒葉葉同』是也；有一句連三字者，劉駕詩『樹樹樹梢啼曉鶯，夜夜夜深聞子規』是也；有兩句連三字者，白樂天詩『新詩三十軸，軸軸金玉聲』是也；有一句疊四字者，《古詩》『行行重行行』，《木蘭詩》『唧唧復唧唧』是也；有兩句互疊字者，王胄詩『年年歲歲花常發，歲歲年年人不同』是也；有三聯疊字者，《古詩》『青青河畔草』六句是也；有七聯疊字者，昌黎《南山》詩『延延離又屬』十四句是也。至李易安詞『尋尋覓覓。冷冷清清，淒淒慘慘戚戚』，連下十四疊字，則出奇制勝，真匪夷所思矣。

壺中天慢

蕭條庭院，有斜風細雨，重門須閉。寵柳嬌花寒食近，種種惱人天氣。險韻詩成，扶頭酒醒，別是閒滋味。征鴻過盡，萬千心事難寄。　樓上幾日春寒，簾垂四面，玉闌干慵倚。被冷香消新夢覺，不許愁人不起。清露晨流，新桐初引，多少游春意。日高烟斂，更看今日晴未。

花菴詞客云：前輩嘗稱易安『綠肥紅瘦』爲佳句，余謂此篇『寵柳嬌花』之語亦甚奇俊，前此未有能道之者。

《詞眼》：寵柳嬌花。

《詞苑叢談》：毛稚黄先舒曰：李易安《春情》『清露晨流，新桐初引』，用《世說》全句，渾妙。嘗論詞貴開宕，不欲沾滯，忽悲忽喜，乍遠乍近，所爲妙耳。如遊樂詞，微須著愁思，方不癡肥。李《春情》詞本閨怨，結云『多少遊春意，更看今日晴未』，忽爾開拓，不但不爲題束併，不爲本意所苦，直如行雲舒卷自如，人不覺耳。

《金粟詞話》：李易安『被冷香銷新夢覺，不許愁人不起』、『守著窗兒，獨自怎生得黑』，皆用淺俗之語發清新之思，詞意竝工，閨情絕詞。

黄了翁云：只寫心緒落漠，近寒食更難遣耳，陡然而起，便爾深邃。至前段云『重門須閉』，後段云『不許不起』，一開一合，情各戛戛生新，起處雨，結句晴，局法渾成。

漁家傲 記夢

天接雲濤連曉霧，星河欲轉千帆舞。彷彿夢魂歸帝所，聞天語，殷勤問我歸何處。我報路長嗟日暮，學詩謾有驚人句。九萬里風鵬正舉，風休住，蓬舟吹取三山去。

黄了翁云：此似不甚經意之作，卻渾成大雅，無一毫釵粉氣，自是北宋風格。

一翦梅

紅藕香殘玉簟秋。輕解羅裳，獨上蘭舟。雲中誰寄錦書來，雁字回時，月滿西樓。花自飄零水自流。一種相思，兩處閒愁。此情無計可消除，才下眉頭，卻上心頭。

《瑯嬛記》：易安結褵未久，明誠卽負笈遠遊，易安殊不忍別，覓錦帕書《一翦梅》詞以送之。

苕溪漁隱云：近時婦人能詩文者，如趙明誠妻李易安，長於詞，有《漱玉集》二卷行世，此詞頗盡離別之情，當爲拈出。

古詞：「一種相思，兩處愁。」

《古今詞話》周永年曰：《一翦梅》唯易安作爲善，「雲中誰寄錦書來」，「此情無計可消除」，來字、除字，不必用韻，似俱出韻。玉梅詞隱曰：易安精研宮律，所作何至出韻？周美成倚聲嫭家，爲南北宋關鍵。其《一翦梅》云：『一翦梅花萬樣嬌。斜插疏枝，略點眉梢。輕盈微笑舞低回，何事尊前，拍手相招。　夜漸寒深酒漸消。袖裏時聞，玉釧輕敲。城頭誰恁促殘更，銀漏何如，且慢明朝。』又周紫芝《一翦梅·送楊師醇》云：『無限江山無限愁。兩岸斜陽，人上扁舟。闌干吹浪不多時，酒在離尊，情滿滄洲。　早是霜華兩鬢秋。目送飛鴻，那更難留。問君尺素幾時來，莫道長江，不解西流。』第四句均不用韻，詎皆出韻耶？竊謂《一翦梅》調當以第四句不用韻一體爲最早，輓近作者，好爲靡靡之音，徒事齰沓，乃添入此叶耳。

《花草蒙拾》：俞仲茀小詞云：『輪到相思沒處辭，眉間露一絲。』視易安『纔下眉頭，卻上心頭』，可謂此兒善盜。然易安亦從范希文『都來此事，眉間心上，無計相迴避』語脱胎，李特工耳。

《兩般秋雨盦隨筆》：易安《一翦梅》詞起句『紅藕香殘玉簟秋』，七字便有呑梅嚼雪，不食人間烟火氣，其實尋常不經意語也。

如夢令

常記溪亭日暮。沈醉不知歸路。興盡晚回舟，誤入藕花深處。爭渡。爭渡。驚起一灘鷗鷺。

前調

昨夜雨疏風驟。濃睡不消殘酒。試問捲簾人，卻道海棠依舊。知否。知否。應是綠肥紅瘦。

《苕溪漁隱叢話》：近時婦人能文詞，如李易安，頗多佳句，如云『綠肥紅瘦』，只此語甚新。

《詞眼》：綠肥紅瘦。

《詞苑叢談》：王弇州曰『人瘦也，比梅花瘦幾分』，又『天還知道，和天也瘦』，又『應是綠肥紅瘦』，又『簾捲西風，人比黄花瘦』，又『人共博山烟瘦』，瘦字俱妙。

《花草蒙拾》：前輩謂史梅溪之句法、吴夢窗之字面，固是確論。尤須雕組而不失天然，如『綠肥紅瘦』、『寵柳嬌花』，人工天巧，可稱絕唱。若『柳腴花瘦』、『蝶悽蜂慘』，卽工，亦巧匠琢山骨矣。

查初白曰：可與唐莊宗《如夢令》疊字爭勝。案：唐莊宗詞：『如夢，如夢，殘月落花烟重。』

黄了翁曰：一問極有情，答以『依舊』，答得極澹跌，出『知否』二句來，而『綠肥紅瘦』，無限悽婉，卻又妙在含蓄短幅中，藏無數曲折，自是聖於詞者。

醉花陰九日

薄霧濃雰別作雲，非愁永晝。瑞腦消金獸。佳節又重陽，寶枕紗㡡，半夜涼初透。　東籬把酒黄昏後。有暗香盈袖。莫道不消魂，簾捲西風，人比黄花瘦。

《瑯嬛記》：李易安以重陽《醉花陰》詞寄其夫趙明誠，明誠歎絕，苦思求勝之，廢寢食者三日，得五十闋，雜易安詞於中，以示友人陸德夫。陸玩之再三，謂只三句絶佳：『莫道不銷魂，簾捲西風，人比黄花瘦。』政易安作也。

《草堂詩餘》：『金獸』，炷香器，獅猊之類。

《古今詞論》：柴虎臣曰：語情則紅雨飛愁，黄花比瘦，可謂雅鬯。

《珠花簃詞話》：中山王《文木賦》：『奔電屯雲，薄霧濃雰。』易安《醉花陰》詞首句用此，俗本改『雰』爲『雲』，陋甚，升菴楊氏嘗辨之。且即付之歌喉，『雲』字殊不入律，不如『雰』字起調，可爲知者道耳。稼軒詞《木蘭花慢·送張仲固帥興元》句云：『追亡事，今不見，但山川滿目淚沾衣。』『追亡』用韓信事，俗本改作『興亡』，則羌無固實矣，是亦『薄霧濃雲』之流亞也。

怨王孫

夢斷漏悄。愁濃酒惱。寶枕生寒，翠屏向曉。門外誰掃殘紅。夜來風。玉簫聲斷人何處。春又去。忍把歸期負。此情此恨。此際擬託行雲。問東君。

沈際飛曰：通篇换韻，有兔起鶻落之致。

黄了翁曰：兩句三疊，此字亦復流麗婀娜。東君，司春之神。

前調

帝里春晚。重門深院。草綠堦前。暮天雁斷。樓上遠信誰傳。恨緜緜。多情自是多沾惹。難拚捨。又是寒食也。秋千巷陌。人靜皎月初斜。浸梨花。

蝶戀花

暖雨晴風初破凍。柳眼梅腮，已覺春心動。酒意詩情誰與共。淚融殘粉花鈿重。乍試夾衫金縷縫。山枕斜欹，枕損釵頭鳳。獨抱濃愁無好夢。夜闌猶翦燈花弄。

《皺水軒詞筌》：寫景之工者，如尹鶚『盡日醉尋春，歸來月滿身』、李重光『酒惡時拈花蘂嗅』、李易安『獨抱濃愁無好夢，夜闌猶翦燈花弄』、劉潛夫『貪與蕭郎眉語，不知舞錯伊川』，皆入神之句。

玉樓春 紅梅

紅酥肯放瓊瑤碎。探著南枝開遍未。不知醖藉幾多香，但見包藏無限意。　道人憔悴春窗底。閒拍闌干愁不倚。要來小酌便來休，未必明朝風不起。

漁家傲

雪裏已知春信至。寒梅點綴瓊枝膩。香臉半開嬌旖旎。當庭際。玉人浴出新妝洗。　造化可能偏有意。故教明月玲瓏地。共賞金尊沈綠蟻。莫辭醉。此花不與羣花比。

浣溪沙

繡幕芙蓉一笑開。斜偎寶鴨襯香腮。眼波才動被人猜。　一面風情深有韻，半牋嬌恨寄幽懷。

月移花影約重來。

《古今詞話》：賀裳曰：詞雖以險麗爲宗，實不及本色語之妙。如李清照云『眼波纔動被人猜』、蕭淑蘭云『去也不教知，怕人留戀伊』、魏夫人云『爲報歸期須及早，休誤妾、一春閒』、吴淑姬云『一春不忍上高樓，爲怕見、分攜處』，覺『紅杏枝頭』費許大氣力，安排得一『鬧』字。

《蓮子居詞話》：易安『眼波纔動被人猜』，矜持得妙。淑真『嬌癡不怕人猜』，放誕得妙。均善於言情。

武陵春

風住塵香花已盡，日晚倦梳頭。物事人非事事休。欲語淚先流。　聞説雙溪春尚好，也擬汎輕舟。只恐雙溪舴艋舟，載不動，許多愁。

《花草蒙拾》：『載不動，許多愁』與『載取暮愁歸去』、『只載一船離恨向西州』，正可互觀。『八槳別離船，駕起一天煩惱』，不免徑露矣。

《蓮子居詞話》：易安《武陵春》，其作於祭湖州以後歟？悲深婉篤，猶令人感伉儷之重。葉文莊乃謂：『語言文字，誠所謂不祥之具，遺譏于古者矣。』不察之論也。南康謝蘇潭方伯啓昆《詠史》詩云：『風鬟尚怯胥江冷，雨泣應含杞婦悲。回首靜治堂舊事，翻茶校帖最相思。』措語得詩人忠厚之致。

浪淘沙

素約小腰身。不耐傷春。疏梅影下晚粧新。裊裊婷婷何樣似，一縷輕雲。　歌巧動朱脣。字字嬌嗔。桃花深徑一通津。悵望瑤臺清夜月，還照歸輪。

永遇樂

落日鎔金，暮雲合璧，人在何處。染柳烟濃，吹梅笛怨，春意知幾許。元宵佳節，融和天氣，次第豈無風雨。來相召，香車寶馬，謝他酒朋詩侶。　中州盛日，閨門多暇，記得偏重三五。鋪翠冠兒，撚金雪柳，簇帶爭濟楚。如今憔悴，風鬟霧鬢，怕見夜間出去。不如向簾兒底下，聽人笑語。

《貴耳集》曰：易安南渡後，懷京洛舊事，作元宵詞：『落日鎔金，暮雲合璧。』已自工緻，至『染柳烟輕，吹梅笛怨，春意知幾許』，氣象更好。後云：『於今顦顇，風鬟霧鬢，怕見夜間出去。』皆以尋常語言度入音律，鍊句精巧者易，平淡入妙者難。山谷謂『以故爲新，以俗爲雅』者，易安先得之矣。

張玉田《詞源》曰：昔人詠節序付之歌喉者，不過爲應時納祜之作，所謂清明『折桐花爛熳』、端午『梅霖乍歇』、七夕『炎光謝』，若律以詞家風度，則俱未然，豈如周美成《解語花》詠元夕、史邦卿《東風第一枝》詠立春，不獨措辭精粹，且見時序風物之感。若易安《永遇樂》詠元夕云：『不如向簾兒底下，聽人笑語。』亦自不惡，如以俚詞歌於坐花醉月之下，爲真可惜。《詞品》：辛稼軒詞《汎菊杯》『深吹梅角暝』，蓋用易安『染柳烟輕，吹梅笛怨』也，改數字，更工，不妨襲用，不然，豈盜狐白裘手耶？

南歌子

天上星河轉，人間簾幕垂。涼生枕簟淚痕滋。起解羅衣。聊問夜何其。　翠貼蓮蓬小，金銷藕葉稀。舊時天氣舊時衣。只有情懷。不似舊家時。

轉調滿庭芳

芳草池塘，綠陰庭院，晚涼寒透窗紗。□□金鏁，管是容來吵。寂寞樽前席上，惟□□海角天涯。能留否，酴醾落盡，猶賴有□□。　當年、曾勝賞，生香薰袖，活火分茶。有如龍嬌馬，流水輕車。不怕風狂雨驟，恰才稱、煮酒牋花。如今也，不成懷抱，得似舊時那？

玉梅詞隱曰：閨秀許德蘋《和漱玉詞》全帙《多麗》闋自記云：此闋見《樂府雅詞》，原缺八字，過腔之韻亦無第二韻。『吵』字，徧閱字書，俱未載，乃是當時土音。經易安用過，便自雅絶。

猶楚騷之『些』字矣。夫子在琴川，曾於書肆得舊鈔宋詞一冊，內有此闋，所缺八字俱全，欣然和之。案：德蘋，係朱子鶴姬人。子鶴名和羲，自號幺鳳詞人，所得舊鈔宋詞有易安此詞，缺字惜女史未經揭出，唯過拍叶字作『摩』。余所據舊鈔本只前段缺六字，今又補『摩』字，則只缺五字矣。唯『摩』上一字須與上文貫穿，極意懸擬，殊難吻合耳。

多麗 詠白菊

小樓寒，夜長簾幕低垂。恨瀟瀟、無情風雨，夜來揉損瓊肌。也不似、貴妃醉臉，也不似、孫壽愁眉。韓令偷香，徐娘傅粉，莫將比擬未新奇。細看取，屈平陶令，風韻正相宜。微風起，清芬醞藉，不減酴醾。　漸秋闌、雪清玉瘦，向人無限依依。似愁凝、漢皋解佩，似淚灑、紈扇題詩。朗月清風，濃烟暗雨，天教憔悴度芳姿。縱愛惜，不知從此，留得幾多時。人情好，何須更憶，澤畔東籬。

《珠花簃詞話》：李易安《多麗・詠白菊》前段用貴妃、孫壽、韓掾、徐娘、屈平、陶令若干人物，後段『雪清玉瘦』、『漢皋』、『紈扇』、『朗月清風，濃烟暗雨』，許多字面，卻不嫌堆垛，賴有清氣流行耳。『縱愛惜，不知從此，留得幾多時』三句最佳，所謂傳神阿堵，一筆淩空，通篇俱活。歇拍不妨更用『澤畔東籬』字。昔人評《花間》鏤金錯繡而無痕跡，余於此闋亦云。

菩薩蠻

風柔日薄春猶早。夾衫乍著心情好。睡起覺微寒。梅花鬢上殘。故鄉何處是。忘了除非醉。沈水卧時燒。香消酒未消。

俞仲茆曰：趙忠簡《滿江紅》「欲待忘憂，除是酒」與易安「忘了除非醉」意同。下句「奈酒行有盡愁無極」，微嫌説盡，豈如「沈水卧時燒，香消酒未消」亦宕開，亦束住，何等醞藉。易安自是婦家，忠簡不以詞重云爾。

前調

歸鴻聲斷殘雲碧。背窗雪落鑪烟直。燭底鳳釵明。釵頭人勝輕。角聲催曉漏。曙色回牛斗。春意看花難。西風留舊寒。

浣溪沙

莫許杯深琥珀濃。未成沈醉意先融。□□已應晚來風。瑞腦香消魂夢斷，辟寒金小髻鬟鬆。

醒時空對燭花紅。

前調

小院閒窗春色深。重簾未捲影沈沈。倚樓無語理瑤琴。 遠岫出山催薄暮，細風吹雨弄輕陰。梨花欲謝恐難禁。

前調

淡蕩春光寒食天。玉罏沈水裊殘烟。夢回山枕隱花鈿。 海燕未來人鬭草。江梅已過柳生綿。黃昏疎雨溼秋千。

黃了翁曰：『黃昏絲雨溼秋千』，可與『絲雨溼流光』、『波底夕陽紅溼』『溼』字爭勝。

前調

樓上晴天碧四垂。樓前芳草接天涯。勸君莫上最高梯。 新筍已成堂下竹，落花都入燕巢泥。忍聽林表杜鵑啼。

《花草蒙拾》：「樓上晴天碧四垂」本韓侍郎「淚眼倚樓天四垂」，不妨竝佳。歐陽文忠「拍隄春水四垂天」、柳員外「目斷四天垂」，皆本韓句而意致少減。

《珠花簃詞話》：此詞前段與稼軒「休去倚危闌，斜陽正在、烟柳斷腸處」約略同意。李極輕清，辛便穠摯，南北宋之判，消息可參。

前調

髻子傷春嬾更梳。晚風庭院落梅初。淡雲來往月疎疎。玉鴨熏罏閒瑞腦，朱櫻斗帳掩流蘇。通犀還解辟寒無。

蝶戀花

淚溼羅衣脂粉滿。四疊陽關，唱到千千遍。人道山長山又斷。瀟瀟微雨聞孤館。惜別傷離方寸亂。忘了臨行，酒盞深和淺。好把音書憑過雁。東萊不似蓬萊遠。

鷓鴣天

寒日蕭蕭上鎖窗。梧桐應恨夜來霜。酒闌更喜團茶苦，夢斷偏宜瑞腦香。　　秋已盡，日猶長。仲宣懷遠更淒涼。不如隨分尊前醉，莫負東籬菊蕊黄。

小重山

春到長門春草青，江梅些子破，未開勻。碧雲籠碾玉成塵。留曉夢，驚破一甌春。　　花影壓重門。疎簾鋪淡月，好黄昏。二年三度負東君。歸來也，著意過今春。

《問蘧廬隨筆》：荊公《桂枝香》作名世，張東澤用易安『疏簾淡月』語填一闋，卽改《桂枝香》爲《疏簾淡月》。

怨王孫

湖上風來波浩渺。秋已暮，紅稀少。水光山色與人親，說不盡，無窮好。　　蓮子已成荷葉老。青露洗，蘋花汀草。眠沙鷗鷺不回頭，似也恨，人歸早。

臨江仙

自序：歐陽公作《蝶戀花》，有『庭院深深深幾許』之句，予酷愛之，用其語，作『庭院深深』數闋，其聲卽舊《臨江仙》也。

庭院深深深幾許，雲窗霧閣春遲。爲誰憔悴瘦芳姿。夜來清夢好，應是發南枝。　玉瘦檀輕無限恨，南樓羌管休吹。濃香開盡有誰知。㬉風遲日也，別到杏花時。

前調

庭院深深深幾許，雲窗霧閣常扃。柳梢梅萼漸分明。春歸秣陵樹，人老建康城。　感月吟風多少事，如今老去無成。誰憐憔悴更彫零。試燈無意思，踏雪沒心情。

《詞苑叢談》：『庭院深深深幾許，楊柳堆烟，簾幕無重數。金勒雕鞍遊冶處，樓高不見章臺路。　雨横風狂三月暮，門掩梨花，無計留春住。淚眼問花花不語，亂紅飛過鞦韆去。』此歐陽文忠《蝶戀花》春暮詞也。李易安酷愛其語，遂用作『庭院深深』調數闋。楊升菴云：一句中連三字者，如『夜夜夜深聞子規』，又『日日日斜空醉歸』，又『更更更漏月明中』，又『樹樹樹梢嗁曉鶯』，皆善用疊字也。

朱竹垞云：『庭院深深』一闋載馮延巳《陽春録》，刻作歐九，誤也。玉梅詞隱曰：據《漱玉詞》，則是《陽春録》誤載也。易安，宋人，性復彊記，嘗與明誠坐歸來堂，烹茶，指堆積書史，言某事在某卷某葉某行，以是否决勝負，爲飲茶先後。何至於當代名作，向所酷愛者，記述有誤？竹垞云云，未免負此佳證。

好事近

風定落花深，簾外擁紅堆雪。長記海棠開後，正傷春時節。　酒闌歌罷玉尊空，青缸暗明滅。魂夢不堪幽怨，更一聲啼鴂。

訴衷情

案：《訴衷情》有單調，有雙調，此詞名《訴衷情令》，一名《漁父家風》，張元幹、嚴仁皆同。

夜來沈醉卸妝遲。梅萼插殘枝。酒醒熏破春睡，夢斷更不成歸。　人悄悄，月依依。翠簾垂。更挼殘蕊，更撚餘香，更得些時。

玉梅詞隱曰：《漱玉詞》屢用疊字：『尋尋覓覓。冷冷清清，悽悽慘慘戚戚』，最爲奇創。又『庭院深深深幾許』，又『更挼殘蕊，更撚餘香，更得些時』，又『此情此恨此際，擬託行雲問東君』，又『舊時天氣舊時衣。祇有情懷，不似舊家時』，疊法各異，每疊必佳，皆是天籟，肆口而成，非作意爲之也。歐陽文忠《蝶戀花》『庭院深深』一闋，柔情迴腸，奇豔醉魄，非文忠不能作，非易安不許愛。

行香子

草際鳴蛩。驚落梧桐。正人間天上愁濃。雲堦月地，關鎖千重。縱浮槎來，浮槎去，不相逢。

星橋鵲駕，經年才見，想離情別恨難窮。牽牛織女，莫是離中。甚霎兒晴，霎兒雨，霎兒風。

《問蘧廬隨筆》：辛稼軒《三山作》『放霎時陰，霎時雨，霎時晴』，脫胎易安語也。

孤雁兒

并序：世人作梅詞，下筆便俗，予試作一篇，乃知前言不妄耳。

藤牀紙帳朝眠起。說不盡，無佳思。沈香烟斷玉鑪寒，伴我情懷如水。笛聲三弄，梅心驚破，多少春情意。小風疎雨瀟瀟地。又催下，千行淚。吹簫人去玉樓空，腸斷與誰同倚。一枝折得，人間天上，沒箇人堪寄。

滿庭芳 殘梅

小閣藏春，閒窗鎖晝，畫堂無限深幽。篆香燒盡，日影下簾鉤。手種江梅漸好，又何必、臨水登樓。無人到，寂寥恰似，何遜在揚州。　從來知韻勝，難禁雨藉，不耐風揉。更誰家橫笛，吹動濃愁。莫恨香消玉減，須信道、跡掃情留。難言處，良宵淡月，疎影尚風流。

玉燭新

溪源新臘後。見幾朵江梅，裁翦初就。暈酥砌玉，芳英嫩、故把春心輕漏。前邨昨夜，想弄月黃昏時候。孤岸峭、疏影橫斜，濃香暗沾襟袖。　尊前賦與多才，問嶺外風光，故人知否。壽陽謾鬬。終不似、照水一枝清瘦。風嬌雨秀。好插繁華盈首。須信道、羌篴無情，看看又奏。

清平樂

年年雪裏。常插梅花醉。挼盡梅花無好意。贏得滿衣清淚。　今年海角天涯。蕭蕭兩鬢生華。看取晚來風勢，故應難看梅花。

醜奴兒

晚來一陣風兼雨，洗盡炎光。理罷笙簧。卻對菱花淡淡妝。　絳綃縷薄冰肌瑩，雪膩酥香。笑語檀郎。今夜紗幮枕簟涼。

點絳脣

蹴罷秋千，起來慵整纖纖手。露濃花瘦。薄汗輕衣透。　見有人來，韈剗金釵溜。和羞走。倚門回首。卻把青楳齅。案：此闋《皺水軒詞筌》作無名氏。

前調

寂寞深閨，柔腸一寸愁千縷。惜春春去。幾點催花雨。　倚偏闌干，只是無情緒。人何處。連天芳樹。望斷歸來路。

浪淘沙

簾外五更風。吹夢無蹤。畫樓重上與誰同。記得玉釵斜撥火，寶篆成空。　回首紫金峯。雨潤烟濃。一江春水醉醒中。留得羅襟前日淚，彈與征鴻。

玉梅詞隱曰：前《孤雁兒》云：『吹簫人去玉樓空，腸斷與誰同倚。一枝折得，人間天上，沒箇人堪寄。』此闋云：『畫樓重上與誰同，記得玉釵斜撥火，寶篆成空。』皆悼亡詞也。其清才也如彼，其深情也如此，玉臺晚節之誣，忍令斯人任受耶？

青玉案

征鞍不見邯鄲路。莫便匆匆歸去。秋正蕭條何以度。明窗小酌，暗燈清話，最好流連處。　相逢各自傷遲暮。獨把新詩誦奇句。鹽絮家風人所許。如今顦顇，但餘雙淚，一似黃梅雨。

添字採桑子 芭蕉

窗前種得芭蕉樹，陰滿中庭。陰滿中庭。葉葉心心，舒卷有餘情。　傷心枕上三更雨，點滴淒清。點滴淒清。愁損離人，不慣起來聽。

攤破浣溪沙

病起蕭蕭兩鬢華。臥看殘月上窗紗。豆蔻連梢煎熱水，莫分茶。　枕上詩篇閒處好，門前風景雨來佳。終日向人多醞藉，木樨花。

生查子

年年玉鏡臺，梅蕊宮妝困。今歲不歸來，怕見江南信。　酒從別後疏，淚向愁中盡。遙想楚雲深，人遠天涯近。

慶清朝慢

禁幄低張，雕闌巧護，就中獨占殘春。容華澹沱，綽約俱見天真。待得羣花過後，一番風露曉妝新。妖嬈態，妒風笑月，長殢東君。　東城邊，南陌上，正日烘池館，競走香輪。綺筵散目，誰人可繼芳塵。更好明光宮裏，幾枝先向日邊勻。金尊倒，拚了畫燭，不管黃昏。

殢人嬌

玉瘦香濃，檀深雪散。今年恨、探梅又晚。江樓楚館，雲閒水遠。清晝永，凭闌翠簾低捲。　坐上客來，尊中酒滿。歌聲共、水流雲斷。南枝可插，更須頻剪。莫直待、西樓數聲羌管。

蝶戀花

永夜懨懨歡意少。空夢長安，認取長安道。爲報今年春色好，花光月影宜相照。　隨意杯盤雖草草。酒美梅酸，恰稱人懷抱。醉裏插花花莫笑。可憐春似人將老。

補遺

減字木蘭花見《花草粹編》

賣花擔上。買得一枝春欲放。淚點輕勻。猶帶彤霞曉露痕。　怕郎猜道。奴面不如花面好。雲鬢斜簪。徒要教郎比竝看。

攤破浣溪沙

揉破黃金萬點明。翦成碧玉葉層層。風度精神如彥輔，太鮮明。　梅蕊重重何俗甚，丁香初結苦麤生。熏透愁人千里夢，卻無情。

瑞鷓鴣雙銀杏　見《花草粹編》

風韻雍容未甚都。尊前甘橘可爲奴。誰憐流落江湖上，玉骨冰肌未肯枯。　誰教竝蒂連枝摘，醉後明皇倚太真。居士擘開真有意，要吟風味兩家新。

憶秦娥 詠桐　見《全芳備祖》

臨高閣。亂山平野烟光薄。烟光薄。棲雅歸後，暮天聞角。　斷香殘酒情懷惡。□□催襯梧桐落〔一〕。梧桐落。又還秋色，又還寂寞。

【校記】

〔一〕缺二字，《全宋詞》據楊金本《草堂詩餘》前集卷一無名氏詞，補「西風」二字。

漱玉詞箋坿錄

易安居士事輯《癸巳類藁》

黟俞正燮理初

易安居士李清照，宋濟南人。父格非，母王狀元拱辰孫女，皆工文章。《宋史·文苑傳》。居歷城城西南之柳絮泉上。《古懽堂集》有《柳絮泉訪李易安故宅》詩，據《齊乘》，柳絮泉在金線泉東。易安幼有才藻，元符二年年十八，適太學生諸城趙明誠。明誠父挺之，時爲吏部侍郎，格非爲禮部員外郎。俱《宋史》。明誠幼夢誦一書，曰：『言與司合，安上已脱，芝芙草拔。』挺之曰：『此離合字，詞女之夫也。』結縭未久，明誠出遊，易安意殊不忍，别書《一剪梅》詞於錦帕送之，曰：『紅藕香殘玉簟秋。輕解羅裳，獨上蘭舟。雲中誰寄錦書來，雁字迴時，月滿樓。　花自飄零水自流。一種相思，兩處閒愁。此情無計可消除，才下眉頭，卻上心頭。』《嫏嬛記》、《草堂詩餘》俱如此，《詩餘圖譜》前段秋字句『輕解羅裳』作一句，『月滿』下有『西』字。易安有小令云：『昨夜風疏雨驟。濃睡不消殘酒。試問卷簾人，卻道海棠依舊。知否。知否。應是綠肥紅瘦。』《苕溪漁隱叢話》。《壺中天慢》云：『寵柳嬌花寒食近，種種惱人天氣。』黄叔暘評其秋詞《聲聲慢》云：『守定窗兒，獨自怎生得黑。』『黑』字真不許第二人押也。詞云：『尋尋覓覓。冷冷清清，悽悽慘慘寂寂。』一下十四疊字，後又云：『梧桐更兼細雨，到黄昏、點點滴滴。』《貴耳集》云是晚年作，非也。又嘗以重陽《醉花陰》詞函致明誠，明誠思勝之，一切謝客，廢寢忘食者三日夜，得五十餘闋，雜易安作以示友人陸德夫，德夫玩誦再三，曰：『有三句，乃絕佳。』明誠詰之，曰：『莫道不消魂，簾卷西風，人比黃花瘦。』政易安作也。

易安之論曰：唐開元、天寶間，李八郎者能歌擅天下，時新及第進士，開宴曲江，榜中一名士先召李，使易服，隱姓名，衣冠故敝，精神慘沮，與之宴所，曰：『表弟，願與坐末。』衆皆不顧。既酒行，樂作，歌者進，以曹元念謙爲冠。歌罷，衆皆嗟咨稱賞。名士忽指李曰：『請表弟歌。』衆皆哂，或有怒者。及轉喉發聲歌一曲，衆皆泣下，起曰：『此必李八郎也。』自後鄭衛聲熾，流靡煩變，有《菩薩蠻》、《春光好》、《莎雞子》、《更漏子》、《浣溪沙》、《夢江南》、《漁夫》等詞，不可徧舉。五代時，江南李氏獨尚文雅，有『小樓吹徹玉笙寒』之句及『吹皺一池春水』語，雖甚奇，所謂亡國之音哀以思也。本朝柳屯田永變舊聲作新聲，出《樂章集》，大得聲稱於世，雖協音律，而詞語塵下。又有張子野、宋子京兄弟、沈唐、元絳、晁次膺輩繼出〔一〕，雖時時有妙語，而破碎何足名家？至晏丞相、歐陽永叔、蘇子瞻，學際天人，作爲小歌詞，直如酌蠡水於大海，然皆句讀不葺之詩耳，又往往不協音律。蓋詩文分平側，而歌詞分五音，又分六律，又分清濁輕重。且如近世所謂《聲聲慢》、《雨中花》、《喜遷鶯》〔二〕，既押平聲，又押入聲。《玉樓春》平聲，又押上去聲、又押入聲，其本押側韻者，如本上聲協，押入聲則不可通矣。謂本平，可通側，不拘上去入。若本側，則上去入不可相通。王介甫、曾子固文章似西漢，若作小歌詞，則人必絕倒。不可讀也。乃知詞別是一家，知之者少。後晏叔原、賀方回、黃魯直出，始能知之。而晏苦無鋪敘，賀苦少典重，秦少游專主情致而少故實，譬如貧家美女，雖極妍麗丰逸，而終乏富貴態。黃卽尚故實而多疵病，譬如良玉有瑕，價自減半矣。以上皆《漁隱叢話》。易安譏彈前輩，既中其病，《老學庵筆記》。而詞日益工。

李、趙宦族，然素貧儉，每朔望，明誠太學謁告出，質衣取半千錢，步入相國寺，市碑文、果實歸，夫妻相對，展玩咀嚼，嘗自謂葛天氏之民也。後二年，明誠出仕宦，挺之爲宰相，居政府，親舊在館閣者，多有亡詩逸史、汲冢魯壁所未見之書，盡力傳寫。或古今名人書畫、三代奇器，質衣物市之。崇寧時，有人持徐熙《牡丹圖》求錢二十萬，留信宿，計無所出，卷還之，夫婦相對惋悵者數日。《金石錄後序》。挺之在徽宗時，易安進詩曰：『炙手可熱心可寒。』挺之排元祐黨人甚力，格非以黨籍罷，易安上詩挺之曰：『何況人間父子情？』讀者哀之。《郡齋讀書志》。嘗和張文潛《浯溪中興頌碑》詩曰：『五十年功如電埽，華清花柳咸陽草。五坊供奉鬥雞兒，酒肉堆中不知老。胡兵忽自天上來，逆胡亦自姦雄才。勤政樓前走胡馬，珠翠踏盡香塵埃。六師出戰輒披靡，前致荔支馬多死。堯功舜德誠如天，安用區區紀文字？著碑刻銘真陋哉，乃令神鬼磨山崖。子儀光弼不自猜，天心悔禍人心開。夏爲殷鑒當深戒，簡策汗青今具在。君不見當時張說最多機，雖生已被姚崇賣。』又和曰：『君不見驚人廢興唐天寶，中興碑上今生草。不知負國有姦雄，但說成功尊國老。誰令妃子天上來，虢秦韓國皆仙才。苑中羯鼓玉方響，春風不敢生塵埃。姓名誰復知安史，健兒猛將安眠死。去天尺五抱甕峯，峯頭鑿出開元字。時移勢去真可哀，姦人心魄深如崖。西蜀萬里尚能返，南內一閉何時開？可憐孝德如天大，反使將軍稱好在。嗚呼奴輩胡不能道，輔國用事張后專，祇能道春薺長安作斤賣。』《清波雜志》、《寒夜錄》。『春薺長安作斤賣』，乃高力士詩。易安自少年兼有詩名，才力華贍，逼近前輩。《碧雞漫志》。傳誦者『詩情如夜鵲，三遶未能安』、『少陵也是可憐人，更待明年試春草』。《風月堂詩話》。世又傳：『兩漢本繼紹，新室如贅疣。所以嵇中散，至死薄殷周。』以爲佳境。朱子《遊藝論》引評。又《春殘》詩云：『春殘何事苦思鄉，病裏梳頭恨髮長。梁燕語多終日在，薔薇風細一簾香。』《彤管遺篇》。

明誠後屏居鄉里十年，衣食有餘。及起知青、萊二州，皆政簡，日事鉛槧。易安與共校勘，作《金石錄》，考證精鑿，多足正史書之失。每獲一書，卽校勘，整集籤題。得書畫彝鼎，摩玩舒卷，指摘疵病，夜盡一燭爲率。所藏紙札精緻，字畫完整，冠諸收書家。易安性强記，每飯罷，與明誠坐歸來堂，烹茶，指堆積書史，言某事在某書幾卷幾葉幾行，以中否決勝負，爲飲茶先後。中卽舉杯，往往大笑，茶傾覆懷中，反不得飲而起。其收藏既富，歸來堂起書庫大櫥，簿甲乙，置書册，當講讀，卽請鑰上簿關，出卷帙，或少損污，必懲責，揩完塗改。又置副本，便繙討書史百家，字不刓，本不悞謬者常兼三四本，皆精絕。家傳《周易》、《左氏春秋》兩家文籍尤備，几案羅列枕藉，意會心謀，目注神授，樂在聲色狗馬之上。

靖康二年春，《金石錄後序》作建炎丁未，是年五月始爲建炎，今政之。明誠奔母喪於金陵，《金石錄後序》作建康，其名建炎三年始改，今從其初。半棄所藏。其年十二月，金人陷青州，火其書十餘屋。建炎二年，明誠起復知江寧府，以上皆《金石錄後序》。後序亦作建康，蓋追稱之，今改。易安自南渡以後，常懷京洛舊事，元宵賦《永遇樂》詞曰：『落日鎔金，暮雲合璧。』又曰：『染柳烟輕，吹梅笛怨，春意知幾許。』後疊曰：『於今憔悴，風鬟霜鬢，怕向花間重去。』《貴耳集》。在江寧日，每值天大雪，卽頂笠披蓑，循城遠覽，得句，必邀賡和，明誠每苦之。《清波雜志》〔三〕。三年，明誠罷，將家於贛水。《金石錄後序》。四月，高宗如江寧。五月，改爲建康府。《宋史》紀。《後序》云：至行在。又言葬事，故依史實其地。詔明誠知湖州，明誠赴行在，感暑痁發。易安自明誠赴召時，暫住池陽，得病信，解纜急東下，至建康，病已危。八月，明誠卒。《金石錄後序》。易安爲文祭之，有曰：『白日正中，歎龐公之機敏；堅城自墮，憐杞婦之悲深。』《四六談塵》。祭文，唐人俱用駢體，官祭文亦不用韻也。閏八月，高宗如臨安，《宋史》紀。易安既葬明誠，乃遣送書籍於洪州，易安欲往洪。初學士張飛卿者，於明誠至行在時，以玉壺示明誠，語久之，仍攜壺去。時建康置防秋安撫使，擾攘之際，或疑其饋璧北朝也。言者列以上聞，或言趙、張皆當置獄，易安方大病，僅存喘息，欲往洪，不能，聞玉壺事，大懼。《金石錄後序》。十一月，盡以其家所有赴越州行在，投進，而高宗已奔明州。《宋史》、《金石錄後序》。時中書舍人綦宗禮左右之，《宋史》。按：《雲麓漫鈔》云：徽猷閣直學士沈該《翰苑題名壁記》云：綦崇禮，建炎四年五月以吏部侍郎兼權直院，十月除徽猷閣直學士知漳州，則學士在明年十月。且啓云『內翰承旨』，故從《宋史》本傳，稱中書舍人。事解，清照以與綦舊親情，作啓謝之曰：『清照素習義方，粗明詩禮。近因疾病，欲至膏肓，牛蟻不分，灰釘已具。豈期末事，乃得上聞，取自宸衷，付之廷尉。』序欲投進家器曰：『抵雀捐金，利當安往？將頭碎璧，失固可知。實自繆愚，分知獄市。』序綦爲解釋曰：『內翰承旨，搢紳望族，冠蓋清流，日下無雙，人間第一。奉天收復，本緣陸贄之詞；淮蔡底平，共傳昌黎之筆。哀憐無告，義同解驂。越石父事。戴感洪恩，事真出己。知瑩事。故茲白首，得免丹書。』序頌金事無形迹，曰：『雖南山之竹，豈能窮多口之談？惟智者之言，可以止無根之謗。』據《雲麓漫鈔》。綦，字叔一作存厚，高密人也。《宋史》。十二月，金人破洪州，易安所寄輜重盡失，遂往台州，依其弟敕局删定官李迒。泛海，由章安輾轉至越州。四年，放散百官，遂偕迒至衢。《金石錄後序》。時綦崇禮以徽猷閣直學士知漳州。《翰苑題名壁記》、《建炎以來繫年要錄》。

紹興元年，易安之越。二年，之杭，年五十有一矣。作《金石錄後序》，曰：『《金石錄》三十卷，趙侯德甫所著書也。取上自三代，下迄五季，鐘鼎甗鬲、盤匜尊敦之欵識，豐碑大碣、顯人晦士之事迹，凡見於金石刻者二千卷，皆是正譌謬，去取褒貶，上足以合聖人之道，下足以訂史氏之失者，皆載之，可謂多矣。嗚呼！自王播、元載之禍，書畫與胡椒無異；長輿、元凱之病，錢癖與傳癖何殊？名雖不同，其爲惑，則一也。』本書。又自序遭離變故本末甚悉，《容齋四筆》。曰：『靖康丙午歲，侯守淄川，聞金人犯京師，四顧茫然。書畫溢箱篋，且戀戀，且悵悵，知必不爲己物矣。建炎丁未春三月，五月始爲建炎，此追溯之號。奔太夫人喪，南來謂江寧。既長物不能盡載，乃先去書之重大印本者，又去畫之多幅者，又去古器之無款識者。後又去書之有監板者，畫之平常者，器之重大者。凡屢減去，尚載書十五車。至東海，連艫渡淮，至建康，亦追稱。時青州故第尚鎖書冊什物用屋十餘間，期明年春具舟載之。十二月，金人陷青州，遂爲灰燼。戊申九月，侯起復，知建康，己酉三月罷。具舟上蕪湖，入姑孰，將卜居於贛水上。五月至池陽，被旨知湖州，過闕上殿，建康爲行在。遂住家池陽，獨赴召。六月十三日，負擔舍舟，坐岸上，葛衣岸巾，精神如虎，目光爛爛射人。望舟中告別，余意甚惡，呼曰：「忽傳聞城中，緩急奈何？」戟手遥應曰：「從眾，必不得已，先去輜重，次衣服，次書冊卷軸，次古器，獨所謂宗器者，自抱負，與身存亡，勿忘也。」遂馳馬去，途中奔馳，冒大暑，感疾，至行在，病痁。七月末書報臥病，余驚怛，念侯性素急，奈何病痁；或熱必服寒藥，疾可憂。遂解舟下，一日夜行三百里，比至，果大服茈胡、黄芩，瘧且痢，病危在膏肓。余悲泣，倉皇不忍問後事。八月十八日，遂不起，取筆作詩，絕筆而逝，殊無分香賣履之態。葬畢，余無所之。時朝廷已分遣六宮，《宋史》言七月隆祐太后如洪州，宫人從之。又傳江當禁渡，《宋史》言閏八月杜充守建康，韓世忠守鎮江，劉光世守池州，後光世移屯江州。猶有書二萬餘卷，金石刻二千卷，器皿裀褥，可符百客，他長物稱是。余又大病，僅存喘息，事勢日迫。念侯有妹壻任兵部侍郎，從衛在洪州，從衛六宮。遂遣二故吏先部送行李往投之。十二月，金人陷洪州，遂盡委棄。獨余少輕小卷軸，書帖寫本，李、杜、韓、柳集，《世說》、《鹽鐵論》，漢唐石刻副本數十軸，三代鼎彝十數事，又唐寫本書十數冊，偶病中把玩在臥內者獨存。上江既不可往，又虜勢叵測，有弟迒，任敕局刪定官，遂往依之。到台，台守已遁。此建炎四年事。之剡，出睦，棄衣，被走黃巖，雇舟入海，奔行朝，時駐蹕章安。台州府治西南章安市，謂舟次於此，自此之溫。從御舟之溫，又之越。庚戌四年十二月，放散百官，百官自便，不扈從，謂自郎官以下。遂之衢。以上建炎四年以前事。紹興辛亥元年三月，復赴越。壬子二年又赴杭。以上紹興二年事，作後序年也。此下復記建炎三年事。先侯病亟時建炎三年八月，有張飛卿學士攜玉壺過示侯，復攜去，其實珉也。不知何人傳道妄言，有頒金之語，或言有密論列者。余大惶怖，不敢言，亦不敢遂已。盡將家中所有銅器等物，欲赴外廷投進。到越，已幸四明。建炎三年十一月。不敢留家中，並寫本書寄剡，此建炎四年事。後官軍收叛卒取去，聞盡入李將軍家。惟有書畫硯墨六七簏常在臥榻下，手自開合。在會稽，卜居土民鍾氏宅。忽一夕，穿壁負五簏去。此紹興元年事。余悲痛，不欲活，立重賞收贖。後二日，鄰人鍾復皓出十八軸求賞，故知其盜，不遠萬計求之，其餘遂牢不出，今盡爲吳說運使賤價得之。所餘一二殘零，不成部帙，書冊三數種，平平；書帖猶復愛惜，如護頭目，何愚也耶？今開此書，如見故人，因憶侯在東萊靜治堂，裝卷初就，芸籤縹帶，束十卷作一帙，每日晚吏散，輒校勘二卷，題跋一卷，此二千卷有題跋者，五百二卷耳。今手澤如新，而墓木已拱。悲夫！昔蕭繹江陵陷沒，不惜國亡，而毀裂書畫。楊廣江都傾覆，不悲身死，而復取圖書。豈以性之所著，生死不能忘歟？或者天意以其菲薄，不足以享此尤物耶？抑死者有知，猶斤斤愛惜，不宜留人間耶？何得之難而失之易也。噫！余自少陸機作賦之二年，至過蘧瑗知非之兩歲，三十四年之間，憂患得失，何其多也！然有有，必有無；有得，必有失，乃理之常。人亡弓，人得之，又何足道？所以區區記此者，亦欲爲後世博雅好古者之戒云爾。紹興二年元黓歲壯月甲寅朔，易安室題。』本書。

三年，行都端午，易安親聯有爲内夫人者，代進帖子：《皇帝閣》曰：『日月堯天大，璇璣舜歷長。側聞行殿帳，多集上書囊。』《皇后閣》曰：『意帖初宜夏，金駒已過蠶。至尊千萬壽，行見百斯男。』意帖，用上官昭容事。《夫人閣》曰：『三宮催解糭，團箭綵絲縈。便面天題字，歌頭御賜名。』團箭用唐開元内宮小角弓射糭事。於是翰林止金帛之賜，《浩然齋雅談》。咸以爲由易安也。時直翰林者秦楚材忌之，五月命簽〔四〕應作僉，押也，諸書皆從竹。書樞密院事韓肖胄字似夫、工部尚書胡松年字茂老，海州懷仁人。二人以七月行。充奉表通問使、副使，使金，通兩宮也。劉時舉《續通鑑》。又案：《宋朝事實》：其事在七月。其後八年十二月，韓又使金。易安上韓詩曰：『三年夏六月，天子視朝久。凝旒望南雲，垂衣思北狩。如聞帝若曰，岳牧與羣后。賢寧違半千，運已過陽九。勿勒燕然銘，勿種金城柳。豈無純孝臣，識此霜雪悲。何必舍羹肉，便可載車脂。土地非所惜，玉帛亦塵泥。誰可當將命，幣重辭益卑。四岳僉曰俞，臣下帝所知。中朝第一人，春官有昌黎。身爲百夫特，行爲萬人師。嘉祐與建中，爲政有臯夔。漢家貴王商，唐室重子儀。見時應破膽，將命公所宜。肖胄，韓琦曾孫。公拜手稽首，受命白玉墀。曰臣敢辭難，此亦何等時。家人安足謀，妻子不復辭。願奉宗廟靈，願奉天地威。徑持紫泥詔，直入黄龍城。北人懷舊德，侍子當來迎。聖孝定能達，勿復言請纓。倘持白馬血，與結天日盟。』上胡詩曰：『胡公清德人所難，謀同德協置器安。解衣已道漢恩煖，離詩不怯關山寒。皇天久陰后土溼，雨勢未回風勢急。車聲轔轔馬蕭蕭，壯士懔夫俱感泣。閭閻嫠婦亦何知，瀝血投詩于記室。蔡丘莒父非荒城，勿輕談士棄儒生。憤王墓下馬猶倚，史言項羽葬魯，在今穀城。寒號城邊雞未鳴。《水經注》：韓侯城，在金地。巧匠亦曾顧樗櫟，芻蕘之詢或有益。不乞隨珠與和璧，但乞鄉關新信息。靈光雖在應蕭條，草中翁仲今何若。遺民定尚種桑麻，敗將如聞保城郭。嫠家祖父生齊魯，位下名高人比數。當年稷下縱談時，猶記人揮汗如雨。子孫南渡今幾年，漂零遂與流人伍。願將血淚寄河山，去灑青州一抔土。』其序云：『以上二公亦欲以俟採詩者。』《雲麓漫鈔》。易安又有句云：『南來猶怯吳江冷，北狩應知易水寒。』又云：『南渡衣冠思王導，北來消息少劉琨。』《漁隱叢話》、《詩說雋永》。忠憤激發，意悲語明，所非刺者眾。又爲詩誚應舉進士曰：『露花倒影柳三變，桂子飄香張九成。』《老學庵筆記》。張九成，紹興二年進士。應舉者服其工對，傳誦而惡之。其《感懷》詩曰：『窗寒敗几無書史，公路生平竟至此。青州從事孔方兄，終日紛紛喜生事。作詩謝絶聊閉門，虛室香生有佳思。靜中吾乃見真吾，烏有先生子虛子。』《彤管遺編》。此詩上去兩押，所謂詩止分平側。四年避亂西上，過嚴子陵釣臺，有『巨艦因利，扁舟爲名』之嘆。《打馬圖》、《釣臺集》。或以其二十字韻語爲惡詩，蓋口占，聊成之，非詩也，不復錄。至金華卜居焉，《打馬圖》。有《曉夢》詩曰：『曉夢隨疏鐘，飄然躡雲霞。因緣安期生，邂逅萼綠華。秋風正無賴，吹盡玉井花。共看藕如船，同食棗如瓜。翩翩垂髮女，貌妍語亦佳。嘲辭鬥詭辯，活火烹新茶。雖乏上元術，遊樂亦莫涯。人生能如此，何必歸故家。起來斂衣坐，掩耳厭喧譁。心知不可見，念念猶咨嗟。』《彤管遺編》。詩秀朗，有仙骨也。又作《打馬圖》曰：『慧則通，通則無所不達；專則精，精則無所不妙。故庖丁解牛，郢人運斤，師曠之聽，離婁之察，大至堯舜之仁、桀紂之惡，小至擲豆起蠅、巾角拂棋，皆臻其極者妙而已。』『夫博無他，爭先術耳，故專者勝。余性專博，凡所謂博者，皆耽之。』『南渡流離，盡散博具。』『今年冬十月朔，聞淮上警報，江浙之人自東走西，自南走北，居山林者謀入城市，居城市者謀入山林，旁午絡繹，莫知所之。余亦自臨安泝流，過嚴灘，抵金華，卜居陳氏第。乍釋舟楫，而見窗軒，意頗適然，更長燭明，如此良夜，何於是乎？博弈之事講矣。且長行、葉子、博塞、彈棋，世無傳者。打褐、大小豬窩、族鬼、胡畫、數倉、賭快之類，皆鄙俚不經見。藏酒、摴蒱、雙蹙融，近漸廢絕。選仙、加減、插關火，質魯任命，無所施智巧。大小象戲、弈棋，又止容二人。獨采選、打馬，特爲閨房雅戲。嘗恨采選叢煩，勞於檢閱，又能通者少，難遇勁敵。打馬簡要，而苦無文采。按：打馬，世有二種。一種一將十馬者，謂之關西馬；一種無將二十馬者，謂之依經馬。流傳既久，各有圖經凡例可考，行移賞罰，互有同異。宣和間人取二種馬參雜加減，大約交加僥倖。古意盡矣，所謂宣和馬者是也。余獨愛依經法，因取其賞罰互度，每事作數語，隨事附見，使兒輩圖之，不獨施之博徒，亦足貽諸好事，使千百世後知命辭打馬，始自易安居士也。時紹興四年十有二月二十四日。』其《打馬賦》曰：『歲令聿徂，盧或可呼。千金一擲，百萬十都。尊俎列陳，已行揖讓之禮；主賓言洽，不有博弈者乎？打馬爰興，摴蒱者退。實小道之上流，競深閨之雅戲。齊驅驥騄，疑穆王萬里之行；別起玄黃，類楊氏五家之隊。珊珊佩響，方驚玉鐙之敲；落落星羅，忽訝連錢之碎。若乃吳江楓落，燕山葉飛；玉門關閉，沙苑草肥。臨波不渡，似惜障泥。或出入騰驤，猛比昆陽之戰；或從容磬控，正如涿鹿之師。或聞望久高，脫復庾郎之失；或聲名素昧，倏驚癡叔之奇。亦有緩緩而歸，昂昂而駐。鳥道驚馳，蟻封安步。崎嶇峻坂，慨想王良；跼促鹽車，忽逢造父。且夫丘陵云遠，白雲在天，心無戀豆，志在著鞭。蹴蹄黃葉，畫道金錢。用五十六采之間，行九十一路之內。明以賞罰，覈其殿最。運指揮於方寸之中，決勝負以幾微之介。且好勝者人之常情，爭籌者道之末技。說梅止渴，稍蘇奔競之心；畫餅充飢，亦寓踔騰之志。將求遠效，故臨難而不迴；留報厚恩，或相機而豫退。亦有銜枚緩進，已逾關塞之艱；豈致奮足爭先，莫悟穽塹之墜。至於不習車行，必占尤悔。當知範我之馳驅，勿忘君子之箴佩。況乃爲之賢已，事實見於正經；行以無疆，義必合乎天德。牝乃叶地類之貞，反亦記魯姬之式。鑒髻墮於梁家，溯滸循於岐國。故宜繞牀大叫，五木皆盧；瀝酒一呼，六子盡赤。平生不負，遂成劍閣之勳；別墅未輸，決破淮淝之賊。今日豈無元子，明時不乏安石。又何必陶長沙博局之投，正當師袁彥道布帽之擲也。亂曰：佛貍定見卯年死是歲甲寅，貴賤紛紛尚流徙。滿眼驊騮及騄耳，時危安得真致此。木蘭橫戈好女子，老矣不復志千里。但願相將過淮水。』本書。時易安年五十三矣，居金華，有《武陵春》詞曰：『風住塵香花已盡，日晚倦梳頭。物是人非事事休。欲語淚先流。　聞說雙溪春尚好，也擬泛輕舟。只恐雙溪舴艋舟，載不動，許多愁。』流寓有故鄉之思，《水東日記》云：玩其詞意，作於序《金石錄》之後。其事非閨闈文筆自記者莫能知。或曰依弟迒，老於金華。後人集其所著，爲文七卷，詞六卷，行於世。《宋史·藝文志》。其《金石錄後序》稿在王厚之順伯家，洪邁見之，爲述其大概。《容齋四筆》。朱文公言：『本朝婦人能文章者，曾相布妻魏及李易安二人而已。』《詞綜》。後人有於閩漢口鋪見女子韓玉文題壁詩序：『幼在錢塘，師事易安。』《彤管遺編》。易安能詩、詞、文、四六，又能畫。明人陳查良藏有易安畫《琵琶行圖》。宋濂《學士集》。莫廷韓買得易安畫墨竹一幅。《太平清話》。張居正在政府日，見部吏鍾姓浙音者，問曰：『汝會稽人耶？』曰：『然。』居正色變。久之，吏曰：『新自湖廣遷往耳。』然卒黜之。《玉茗瑣談》。文忠蓋以鍾復皓故，時不悉其意，以爲乖暴。而其時無學者不堪易安譏誚，改易安與綦學士啓，以張飛卿爲張汝舟，以玉壺爲玉臺，謂官文書，使易安嫁汝舟，後結訟，又詔離之，有文案。詳趙彦衛《雲麓漫抄》、胡仔《苕溪漁隱叢話》、李心傳《建炎以來繫年要録》。宋方擾離，不糾言妖也。

述曰：《宋史·李格非傳》云：女清照，詩文尤有稱於時。嫁趙挺之之子明誠，自號易安居士，無他説也。《藝文志》有《易安詞》六卷。《通攷·經籍攷》引《直齋書録解題》止《漱玉集》一卷，《解題》云：别本分五卷，詞今存。《書録》：《打馬賦》一卷，《解題》云用二十馬，今世打馬，大約與摴蒱相類。《藝文志》言文集七卷，明焦竑《國史經籍志》云十二卷，則并詞五卷。惜其文未見。《嫏嬛記》、《四六談塵》、《宋文粹拾遺》並載易安《賀孿生啓》云：『無午未二時之分，有伯仲兩楷之似。既繫臂而繫足，實難弟而難兄。玉刻雙璋，錦挑對褓。』注言：『任文二子孿生，德卿生於午，道卿生於未。張伯楷、仲楷兄弟相似，形狀無二。白彶兄弟，母不能辨，以五色采繩一繫於臂，一繫於足。』其用事明當如此。讀《雲麓漫鈔》所載《謝綦崇禮啓》，文筆劣下，中雜有佳語，定是竄改本。又夫婦訐訟，必自證之啓，何以云『無根之謗』。余素惡易安改嫁張汝舟之説，雅雨堂刻《金石録序》，以情度易安不當有此事。及見李心傳《建炎以來繫年要録》，采鄙惡小説，比其事爲文案，尤惡之。後讀《齊東野語》論韓忠繆事，云李心傳在蜀，去天萬里，輕信記載，疏舛固宜。又謝枋得集亦言《繫年要録》爲辛棄疾造韓侂冑壽詞，則所言易安文案謝啓事，可知是非天下之公，非望易安以不嫁也。不甘小人言語，使才人下配駔儈，故以年分考之，凡詩文見類部小説詩話者，考合排次，至紹興四年，易安年五十三。又紹興十一年五月十三日，綦崇禮壻陽夏謝彶寓家台州，自序《四六談塵》，時易安年已六十。彶稱爲趙令人李，若崇禮爲處張汝舟婚事，伋其親壻不容不知。又下至淳祐元年，時及百年。張端義作《貴耳集》，亦稱易安居士，趙明誠妻。易安爲嫠，行跡章章可據。趙彦衛、胡仔、李心傳等不明是非，至後人貌爲正論。《碧雞漫志》謂易安詞於婦人中爲最無顧藉，《水東日記》謂易安詞爲不祥之具，此何異謂直不疑盜嫂亂倫、狄仁傑謀反當誅滅也。且啓言：『牛蟻不分，灰釘已具。弟既可欺，持官文書來輒信；身幾欲死，非玉鏡架亦安知？呻吟未定，强以同歸。猥以桑榆之末影，配兹駔儈之下才。』易安，老命婦也，何以改嫁？復與官告。又言：『視聽才分，實難共處。惟求脱去，决欲殺之。遂肆欺陵，日加毆擊。』豈其末事，乃得上聞？取自宸衷，付之廷尉，是又閨房鄙論，竟達闕廷，帝察隱私，詔之離異。夫南渡倉皇，海山奔竄，乃舟車戎馬相接之時，爲一駔儈之婦，從容再降玉音，宋之不君，未應若此。審視《金石録後序》，始知頌金事白綦，有湔洗之力，小人改易安謝啓，以『飛卿』、『玉壺』爲『汝舟』、『玉臺』，用輕薄之詞作善謔之報，而不悟牽連君父，誣衊廟堂，則小人之不善於立言也。劉時舉《續通鑑》云：紹興四年八月，趙鼎疏言草澤行伍求張浚不遂者，人人投牒醜詆，及其母妻。《四朝聞見録》有劾朱文公閨閫中穢事，疏及朱謝罪表，蓋其時風氣如此。《齊東野語》又云黄尚書由妻胡夫人惠齋居士〔五〕，時人比之易安，嘗指摘趙師𢍰放生池文誤，惠齋已卒，趙爲臨安府，誘其逃婢，證惠齋前與棋客鄭日新通，遂黥配日新，而尚書以帷薄不修罷。按：《白獺髓》云：師𢍰初居吳郡，及尹天府日，延喬木爲門客，喬教師𢍰子希蒼制古禮器於冢釋菜，黄尚書欲發遣之，師𢍰乃毁器而逐喬，是師𢍰與由以黥配門客相報。又值惠齋有摘文之事，乃並誣惠齋，其事與易安同。夫小人何足深責，吾獨惜易安與惠齋以美秀之才好論文，以中人忌也。易安《打馬圖》言使兒輩圖之，合之上胡尚書時，蓋易安無所出，兒輩乃格非子孫，故其事散落。今於詞之經批隙，及好事傳述者亦輯之，於事實有益，可備好古明理者觀覽。其僅見《漱玉集》者，此不載也。

【校記】

〔一〕膺：底本作『鷹』，依其本字改。

〔二〕喜遷鶯：底本作『喜鶯遷』，據詞牌名改。

〔三〕清：底本作『汁』，據書名改。

〔四〕簽：底本作『僉』，據下文注『應作僉』改。

〔五〕惠齋：原作『惠齊』，檢文中，前三次作『惠齊』，後三次作『惠齋』，二字通，據《齊東野語》統一作『齋』。

癸巳類稿易安事輯書後《儀顧堂題跋》

歸安陸心源剛甫

李易安改嫁，千古厚誣。歙人俞理初爲《易安事輯》以辨之，詳矣，備矣。惟張汝舟，崇寧五年進士，毘陵人，見《咸淳毘陵志》。欽宗時知紹興府，見《會稽志》。建炎三年以朝奉郎直祕閣知明州，十二月召爲中書門下檢正諸房文字。四年，兼管安撫使，復以直顯謨閣知明州。見《四明圖經》。五月，上過明州，歷奉儉簡，遷一官。六月，乞祠，主管江州太平觀。紹興元年三月，往池州措置軍務，尋爲監諸軍審計司。二年九月，以妻李氏訟其妄增舉數入官，有司當汝舟私罪徒，詔除名柳州編管，見《建炎以來要錄》。則汝舟既碻有其人，以李氏訟編管亦碻有其事。理初僅以怨家改啓，證易安無改嫁事，幾若汝舟亦屬子虛，不足以釋千古之疑，而折服李心傳之心。愚按：汝舟，卽飛卿之名，妻字上當奪『趙明誠』三字耳。高宗性好古玩，與徽宗同。汝舟必以進奉得官，因進奉而徵及玉壺，因玉壺之失而有獻璧北朝之誣，因獻璧北朝之誣而易安有妄增舉數之報，復不然，妄增舉數，與妻何害？既不應興訟，朝廷亦豈爲準理耶？惟李氏被獻璧北朝之誣，人人代抱不平，故李氏一控而汝舟卽奪職編管，汝舟無可洩憤，改其謝啓，誣爲改嫁，認爲伊妻。其啓卽汝舟所改，非別有怨家也。請列五證以明之：汝舟先官祕閣學直士，復官顯謨直學士，故曰飛卿學士，其證一也；頌金之謗，崇禮爲之左右得解，事在建炎三年，是時崇禮官中書舍人，故曰內翰承旨，汝舟之貶事在紹興二年，則崇禮已爲侍郎翰林學士，當曰學士侍郎，不得曰內翰承旨矣，其證二也；若《要錄》原本無『趙明誠』三字，注文既敘明李格非女矣，何不敘趙明誠妻改嫁汝舟乎？其證三也；男女婚嫁，世間常事，朝廷不須問官吏，豈有文書啓云『弟既可欺，持官文書來』，卽信當指蜚語上聞，置獄而言，改嫁不必由官，有何官文書之有？其證四也；獻璧北朝，可稱不根之言，若改嫁碻有其事，何得云不根之言？其證五也。心傳誤據傳聞之詞，未免疏謬，若謂採鄙惡小說比坿文案，豈張汝舟亦無其人乎？必不然矣。

書陸剛甫觀察儀顧堂題跋後《越縵堂乙集》

會稽李慈銘蒓客

陸氏心源《儀顧堂題跋》十六卷，其中可取者甚多，其書《癸巳類稿·易安事輯》後謂：張汝舟，毘陵人，崇寧五年進士，見《咸淳毘陵志》。又引《建炎以來繫年要錄》紹興二年九月張汝舟爲監諸軍審計司，以妻李氏訟其妄增舉數入官，詔除名柳州編管，則汝舟既確有其人，以李氏訟編管亦確有其事。汝舟卽飛卿之名，妻字上當脱『趙明誠』三字。高宗性好古玩，汝舟必以進奉得官，因進奉而徵及玉壺，因玉壺失而有獻璧北朝之誣，因獻璧之誣而易安有妄增舉數之報，蓋獻璧之誣，人人代抱不平，故李氏一控而汝舟卽奪職編管，汝舟無可洩憤，改其謝啓，誣爲改嫁，認爲伊妻，其啓卽汝舟所改，非別有怨家也。則殊臆，決不近理。案：《嘉泰會稽志》載：宣和五年，張汝舟以降授宣教郎直祕閣知越州，越爲望郡，是汝舟在徽宗時已通顯。《乾道四明圖經》載：建炎四年，張汝舟以直顯謨閣知明州，兼管內安撫使，數月卽罷。《圖經》載是年汝舟之前已有劉洪道、向子忞二人，汝舟之後爲吴懋，以建炎四年八月到任，是汝舟在州不過一二月。《繫年要録》載：紹興二年九月，汝舟除名，時官止右承奉郎，則仕宦頗極沈滯，安見其以進奉得官？高宗頗好書畫，未聞其好器玩。易安《金石録後序》言聞張飛卿玉壺事發在建炎三年九十月間，時明誠甫於八月卒，高宗方爲金人所迫，流離奔竄，卽甚荒闇之主，尚安得留心玩好、令人以進奉博官？汝舟之名與飛卿之字亦不相配合，且序言飛卿所示玉壺實珉也，旋復攜去，則壺並不在德甫所，安得妄告朝廷，徵之趙氏？且《要録》言時建康置防秋安撫使，擾攘之際，或疑其饋璧北朝，言者列以上聞，或言趙、張皆當置獄，是明謂言官所發，飛卿方有對獄之懼，豈有自發而自誣之理？易安《後序》亦謂何人傳道，妄言頒金，是並無怨飛卿之事，安得謂人人代抱不平？易安故訟其妄增舉數以爲報復，至謂其啓卽汝舟所改，尤非情理。汝舟以進士歷官已顯，豈肯自謂『駔儈下才』？及『視聽才分，實難共處』，且人卽無良，豈有冒認嫠婦以爲己妻？趙、李皆名人貴家，易安婦人之傑，海內衆著，又將誰欺？雖喪心下愚，亦不至此。《要録》大書右承奉郎監諸軍審計司張汝舟屬吏，以汝舟妻李氏訟其安增舉數入官也。其文甚明，安得謂妻上脱『趙明誠』三字？陸氏謂安增舉數，何與妻事，朝廷亦豈爲準理？則閨房之内，事有難言，增舉入官，欺罔朝廷，安得置之不理？此等事，惟家人得知之，故發卽得實，若它人之婦，何從知之？惟易安必無再嫁事，理初排比歲月，證之甚明。今卽《要録》所載此一節，覈其年月，更可瞭然。易安《金石録後序》自題『紹興二年元黓歲壯月甲寅朔，易安室題』。《要録》繫訟增舉事於紹興二年九月戊午朔，相去一月，豈有三十日内忽在趙氏爲嫠婦，忽在張氏訟其夫？此不待辨者也。又易安於紹興三年五月上使金工部尚書胡松年詩，有『嫠家祖父生齊魯』之句，則易安以老寡婦終，已無疑義。《要録》又載：紹興二年八月丙辰，是二十九日，是月戊子朔，《後序》題甲寅朔，蓋筆悞。甲寅是二十七日，或是戊子朔，甲寅脱戊子二字，又朔甲寅，悞倒。古人題月日多有此例，易安好古，觀其用歲陽紀歲、月名紀月可知。直祕閣主管江州太平觀趙思誠守起居郎，思誠，明誠兄也，則是時趙氏尚盛，尤不容有此事。《要録》又載：建炎三年閏八月，和安大夫開州團練使致仕王繼先嘗以黄金三百兩，從故祕閣修撰趙明誠家市古器，兵部尚書謝克家言恐疏遠聞之，有累盛德，欲望寢罷，上批令三省取問繼先。則所云徵及玉壺，傳聞置獄，當在此時。王繼先本姦黠小人，時方得幸，必有恫喝趙氏之事，而綦崇禮爲左右之得白，故易安作啓以謝。至張汝舟妻李氏，或本易安一家，與夫不咸，訟訐離異。當時忌易安之才如學士秦楚材者，秦檜之兄，名梓。及被易安誚刺如張九成等者，因將此事遂之易安。張九成爲紹興二年進士第一人，其對策有『桂子飄香』之語，易安因有『桂子飄香張九成』之謔，亦足以證其嫠居無事，若方與後夫爭訟仳離，豈尚有此暇力弄狡獪乎？或汝舟之妻亦嫺文字，作文自述，被夫欺陵毆擊之事，其訟安增舉數時，亦必牽及，閨門乖忤，自求離絶，及置獄根勘得實，并遂其請，後人因其適皆李姓，遂牽合之，李微之亦不察而誤采之，俗語不實，流爲丹青，遂以漱玉之清才、古今罕儷，且爲文叔之女、德甫之妻，横被惡名，致爲千載宵人口實，余故申而辨之，補俞氏之闕，正陸氏之誤，可爲不易之定論矣。況周儀按：易安如有改嫁之事，當在建炎三年明誠卒後，紹興二年汝舟編管以前。今據俞、陸二家所引，建炎三年七月易安至建康，八月明誠卒。四年易安往台州，之越州，十二月至衢州。紹興元年復之越。二年之杭。汝舟建炎三年知明州。四年復知明州，六月主管江州太平觀。紹興元年往池州措置軍務，尋爲監諸軍審計司。二年九月以增舉入官，除名編管。此四年中兩人蹤迹判然，何得有嫁娶之事？舊説冤謬不辨而明矣。因校《越縵跋尾》，書此，以廣所未備。

白石道人詩詞年譜

一卷

《白石道人詩詞年譜》，中國國家圖書館和上海圖書館均藏有刊本，國圖藏本爲毛裝。檢況氏《香東漫筆》卷一載有『白石道人詩詞年譜』，核以國圖所藏刻本，知國圖藏本實際上是《香東漫筆》之『白石道人詩詞年譜』部分的抽印本。又上海圖書館藏有秦翰才朱絲欄鈔本。此以國圖藏本録入，校以上圖鈔本。

九真姜氏世系表略

桉：姜氏望天水，後分上邽、九真兩系，公系本九真，故《春日書懷》有『九真何蒼蒼，乃在清漢尾』語。

公輔唐上元進士，德宗朝宰相，謚忠肅。愛州籍，家欽州。

忠左拾遺。

誠貞元十六年進士，少府大監。

援唐末荊州錄事。

照五季南平高氏辟從事。

靜宋初肇慶府判。

泮饒州教授，因家上饒。

岵承信郎。

偁光禄寺簿。

頤太常博士。

俊民紹興八年進士，祕閣修撰。

元㿥太學錄。

璽紹興三十年進士，知漢陽縣。

夔慶元五年以樂書準解，自饒州徙湖州。

瓊太廟齋郎。

周頤按：據世系，姜氏爲公輔之裔，公輔籍愛州日南，則白石故粵産也。

白石道人詩詞年譜

孝宗隆興元年癸未　二年甲申

公父肅父公，宰漢陽，校：肅父公諱噩，紹興庚辰進士。時公尚幼，隨任在沔。見《探春慢詞》序。

乾道元年乙酉至九年癸巳

公在沔。有《女郎山》詩。　校：晚歲有《書懷》詩：『垂楊大別寺，春草郎官湖。』皆在沔事境。姊氏嫁漢川。據《探春慢》詞序有『中去復來，幾二十年』云云，語在丙午冬，故知屬戊子、己丑數年間事也。肅父公卒。《昔遊》詩序稱『早歲孤貧』，當在乾道間。

淳熙元年甲午　二年乙未

公依姊氏山陽間，歸饒州。有《于越亭》詩。

三年丙申

至日過維揚。有《揚州慢》。　校：公《念奴嬌》詞序：予客武陵，《昔遊》詩：『昔遊洞源山，先次白馬渡。』

及『放舟龍陽縣，洞庭包五河〔一〕。』皆武陵境。湖北憲治在焉。攷千巖老人曾參議湖北，公客武陵，殆客蕭邸耶？蕭字東夫，名德藻，肅父公同榜進士。乾道閒宰烏程，因留家弁山。所居有千巖之勝，自號千巖。傳謂蕭以兄子妻公，雖未定何年，大約丙申後、丙午前十年閒事也。

十三年丙午

客長沙。《昔遊》詩：『青草長沙境，洞庭渺相連。』又：『蕭蕭湘陰縣，寂寂黃陵祠。』皆長沙境。有《過湘陰寄千巖》詩。人日登定王臺。有《一萼紅》。立夏日遊南岳。《昔遊》詩：『昔遊衡山上，未曉入幽谷。』當指是時。以下有『雷雨』句可證。又：『昔遊衡山下，看水入朱陵。』是在雪霽後，殆又一時也。至雲密峯，遇若士，以《詩說》見投。秋登祝融峯。有《霓裳中序第一》。七月既望，楊聲伯時典長沙約與蕭和父、裕父、時父、恭父大舟浮湘。有《湘月》詞。八月寓山陽姊氏。有《浣溪紗》。冬十二月，千巖老人約往苕霅，遂發沔口。有《別沔鄂親友》十詩。乘濤載雪而下，有《探春慢》。過武昌，有《翠樓吟》、《雪中六解》。『黃鶴磯邊晚渡時』，指此。度揚子，《昔遊》詩：『揚舲下大江，日日風雨雪。』又：『既離湖口縣，程程見廬山。』正爾時事。

十四年丁未

正月元日過金陵江上，有《踏莎行》。二日道金陵。有《杏花天影》。夏依千巖。有《千巖曲水》詩，又《惜紅衣》詞。冬過吳淞。有《點絳脣》詞，又《三高祠》詩。桉：公《姑蘇懷古》詩當在是時。

十五年戊申

客臨安，還寓苕溪。校：公嘗寓吳興張仲遠家，有《百宜嬌》詞，未知在何年。

十六年己酉

寓苕溪。早春尋梅北山沈氏圃，有《夜行船》詞。夏與蕭時父載酒南郭，有《琵琶仙》詞。

光宗紹熙元年庚戌

卜居白石洞下，因號白石道人。有《白石歌》。校：公己酉以前但僑寄霅川，未成卜築，故《夜行船》詞序止稱『歲寓吳興』，且其指蒼弁爲北山，又載酒曰南郭，則寓在郡中，絕非山林可知。而辛亥除夕別石湖，乃稱歸苕。曰『歸』，則居然有家矣。據前後兩年事蹟立論，則公之卜築在是年無疑。周方泉題公新成草堂詩有『多種竹將挑筍喫，旋栽松待斫柴燒』及『猶有住山窮活計』，與公自序所謂與白石洞天爲鄰脗合，則所居已在山，非復城市明矣。

二年辛亥

正月二十四日發合肥。有《浣溪紗》。晦日泛巢湖，有平均《滿江紅》。寒食寓合肥城南赤闌橋西。有《淡黃柳》。夏六月復度巢湖，刻《仙姥來詞》于柱間。過牛渚，有詩。至金陵，謁楊誠齋。有《送朝天集歸誠齋》詩及《醉吟商小品》，楊有《送公謁石湖》長句，公有次誠齋韻作。秋寓合肥。有《淒涼犯》。冬，載雪詣石湖，有《雪中訪石湖》詩。

桉：《醉吟商》序，公識石湖已在謁誠齋以前。止月餘，有《玉梅令》。石湖徵新聲，以青衣小紅見贈。有《暗香》、《疏影》二詞。除夕，別石湖，歸苕。有《除夜歸苕溪十絕》。雪後過垂虹。有『小紅低唱我吹簫』之詩。

三年壬子

桉：《辛亥除夕》詩『但得明年少行役』，是歲殆居苕不出。

四年癸丑

春客越中。有《越九歌》、《同張平甫遊禹廟》詩、《與杜翁登臥龍山》及《次朴翁蘭亭》詩〔二〕、《越中士女春遊詩》、《項里梅詩》、《蕭山詩》，有次蓬萊閣《漢宮春》詞、夜泛鑑湖《水龍吟》詞。上下西興、錢清間，欲家未果。有《徵招》詞。歲暮留越。有《玲瓏四犯》詞。

五年甲寅

春同張平甫自越還吳，客湖上。時觀梅於孤山之西村，有《鶯聲繞紅樓》及《角招》詞。

寧宗慶元元年乙卯

春與張平甫自南昌同遊西山。有《鷓鴣天》。

二年丙辰

春與張平甫約治舟往封禺。見《鷓鴣天》序，以平甫欲往度生日故，然《阮郎歸》詞有『平甫壽日同宿湖西定香寺』，恐防風之約，未必果往。　秋與張功甫會飲張達可家。有《蟋蟀詞》。　是秋，依朴翁寓封禺。有《武康丞宅詠牽牛花》詩。冬與張平甫、俞商卿、銛朴翁自封禺同載，詣梁溪。公有云：『平甫欲割錫山之田以養某，疑卽是時。』道經吳淞，有《慶宮春》。　止梁溪月餘，謁尤延之，當在爾時。　將詣淮，不果，有《江梅引》。　遂歸。有《隔溪梅》。　臘月，與商卿、朴翁同寓新安溪莊舍，有《浣溪紗》。　歲不盡五日，歸舟過吳淞。有《浣溪紗》。

三年丁巳

元日家居。有《鷓鴣天》。　夏四月，上書論雅樂，並進《大樂議》一卷、《琴瑟考古圖》一卷，詔付奉常同寺官校正，不合，歸。　秋，寓湖上。有七月望書事。又和轉庵《丹桂詩》。

四年戊午

寓湖上。有戊午春帖子。

五年己未

上《聖宋鐃歌鼓吹曲》十二章〔三〕，詔免解，與試禮部，不第。

六年庚申

寓湖上。有《湖上寓居》數詩，并雜詠。　校：公詩『釣窗不忍見南山，下有三雛骨未寒』，是公已殯三子，知在杭非一日矣。又云『未了菟裘一悵然』，知公欲家焉，未能也。

嘉泰元年辛酉

《昔游》詩當作於是秋。校：小序云：『數年以來，始獲寧處。』今歷考編年，惟戊申、己酉、庚戌三載及丁巳以來，至是年不從遠役，而初刻本列是詩於卷末，知爲辛酉詩無疑也。

二年壬戌

上元同朴翁過淨林。有詩，見《咸淳臨安志》。又有《訪全老》及《觀沈碑隆畫》二詩，見《咸淳志》。　秋客雲閒。有《華亭錢參政園池》詩。　至日編歌曲六卷成，雲閒錢希武刻諸東巖之讀書堂〔四〕。

三年癸亥

詩集二卷當刻於是年。　校：以集中有《華亭錢園》詩，知在壬戌後。是歲後，詩無成刻，事蹟亦無可徵，惟《春》詩二首乃嘉定四年辛未歲作，餘皆缺落，故不復譜。

【校記】

〔一〕河：鈔本作『湖』。

〔二〕登：鈔本作『同』，疑爲『同登』之譌。
〔三〕鐃：底本作『饒』，據樂曲名改。鼓：鈔本作『歌』。
〔四〕堂：鈔本作『室』。

附

詞話叢鈔

九種

《詞話叢鈔》，爲況周頤編校，收明人詞話一種，清人詞話八種。民國時，應王文濡之請，彙集刊印，王氏又增清蔣敦復《芬陀利室詞話》一種。此據民國上海大東書局石印本錄入況氏所輯校的九種，《芬陀利室詞話》則不録。

序

王文濡

憶髫年時，就童試於菰城，坊肆繙帑，見有《絕妙好詞》鈔本，以一金易得之。時尚帖括，試帖爲敲門磚，不識詞爲何物。同學姍笑之，以爲急非所急也。得隙披閱，恬吟密詠，醰醰有味，勝於平日所持誦者。儗爲壽陵之學步，而音之清濁、聲之陰陽、韻之高下，僻處鄉陬，問津無自，盲人瞎馬。獨志研習者有年，間作小令，自適其適，終覺方心鈍口，不能盡哀麗跌宕之致，以故漸沮焉，而不敢復爲。

民國以來，傭書海上，新體文字，風潮澎湃，莘莘學子，靡然向化。曩之所詡爲國粹者，已等諸土苴芻狗之視，有心人誠不勝道喪文敝之慨矣。某歲以萍社之作合，得晤況丈蕙風。丈固以倚聲俛視一世者，老鶴孤唳，幽蘭獨笑；詞壇祭酒，海內同聲。恨濡迫於賤役，不獲時從丈游，質其源流，探其奧窔，了此髫年之志願已矣。自分永爲門外漢矣。既而思金鍼之度，前人不乏專書。詩話之佳者，已有丁氏彙刻；詞話雖不敵詩話之多，而明清兩代傳作亦復不尠，其中雖宗主各尊，門戶差別，要皆有獨得之見，不妄作捫籥扣盤語者，急宜甄錄成編，以餉有志於是者，俾知有門徑之可入，無畏難，無苟安，不至如濡之廢於半途，而或延詞學之一線焉。卽以此意商諸丈，翕然許可，允任選事，並出其所藏，倩人寫定，手勘一過，得明人一、清人八，濡又益以《芬陀利室》一種，取其於『意內言外』四字之外，復有舉有厚入無間之發明也。

刊成，爰舉曩昔有志未逮之歉心，與況丈撟捎斠正、相與有成之盛意，拉雜書之，弁諸簡首。

民國十年七月，吳興王文濡識。

爰園詞話

江寧　俞彦　仲茆　撰

詩詞，末技也，而名樂府。古人凡歌，必比之鐘鼓筦絃，詩詞皆所以歌，故曰樂府。不獨古人然，今人但解絲竹，率能譯一切聲爲譜，甚至隨聲應和，如素習然，故盈天地間無非聲，無非音，則無非樂。詞於不朽之業，最爲小乘，然溯其源流，咸自鴻蒙上古而來，如億兆黔首，固皆神聖裔矣。惟閭巷歌謠，卽古歌謠，古可入樂府，而今不可入詩餘者，古拙而今佻，古朴而今俚，古渾涵而今率露也。然今世之便俗耳者，止於南北曲，卽以詩餘比之筦絃，聽者端冕臥矣。其得與詩並存天壤，則文人學士賞識欣豔之力也。

詞何以名詩餘，詩亡然後詞作，故曰餘也，非詩亡，所以歌詠詩者亡也。詞亡，然後南北曲作，非詞亡，所以歌詠詞者亡也。謂詩餘興而樂府亡、南北曲興而詩餘亡者，否也。

周東遷以後，世競新聲，三百之音節始廢。至漢而樂府出，樂府不能行之民間，而雜歌出。六朝至唐，樂府又不勝詰曲，而近體出。五代至宋，詩又不勝方板，而詩餘出。唐之詩，宋之詞，甫脫穎，已遍傳工歌之口，元世猶然，至今則絕響矣。卽詩餘中有可采入南劇者，亦僅引子，中調以上，通不知何物，此詞之所以亡也。今世歌者惟南北曲，寧如宋猶近古。

詞全以調爲主，調全以字之音爲主。音有平仄，多必不可移者，間有可移者；仄有上去入，多可移者，間有必不可移者。儻必不可移者任意出入，則歌時有棘喉澀舌之病。故宋時一調作者多至數十人，如出一吻。今人既不解歌，而詞家染指不過小令、中調，尚多以律詩手爲之，不知孰爲音、孰爲調，何怪乎詞之亡已。

遇事命意，意忌庸、忌陋、忌襲。立意命句，句忌腐、忌澀、忌晦。意卓矣，而束之以音。屈意以就音，而意能自達者，鮮矣。句奇矣，而攝之以調，屈句以就調，而句能自振者，鮮矣。此詞之所以難也。

小令佳者，最爲警策，令人動褰裳涉足之想。第好語往往前人說盡，當從何處生活？長調尤爲亹亹，染指較難，蓋意窘於侈，字貧於複，氣竭於鼓，鮮不納敗。比於兵法，知難可焉。

唐詩三變愈下，宋詞殊不然。歐、蘇、秦、黃，足當高、岑、王、李。南渡以後，矯矯陡健，即不得稱中宋、晚宋也。惟辛稼軒自度粱肉不勝前哲，特出奇嶮爲珍錯供，與劉後村輩俱曹洞旁出，學者正可欽佩，不必反脣並捧心也。

周長卿元曰：「選《草堂》詞者，如《昭明文選》，但入選面目都相似，不入者非無佳詞，便覺有倀氣。」此語良然。選《草堂》者，小令、中調，吾無間然。長調亦微有出入，非惟作者難，選者亦難耳。

古人好詞，即一字未易彈，亦未易改。子瞻「綠水人家遶」，別本「遶」作「曉」，爲《古今詞話》所賞。愚謂「遶」字雖平，然是實境，「曉」字無皈著，試通詠全章便見。少游「斜陽暮」，後人妄肆譏評，託名山谷，《淮海集》辨之詳矣。又有人親在郴州見石刻是「斜陽樹」，「樹」字甚佳，猶未若「暮」字。至苕溪漁隱記耆卿「鼇山彩結」，「結」改作「締」益佳，不知何以佳也。若子瞻「低繡戶」，「低」改「窺」，則善矣。溫飛卿「衰桃一樹近前池，似惜容顏鏡中老」，予欲改「近」爲「俯」或「映」，似更覺透露，請質之知言者。

晚唐五代小令填詞用韻多詭譎不成文者，聊爲之可耳，不足多法。《尊前集》載唐莊宗《歌頭》一首，爲字一百三十六，此長調之祖，然不能佳。

子瞻詞無一語著人間烟火，此自大羅天上一種，不必與少游、易安輩較量體裁也。其豪放亦止『大江東去』一詞，何物袁綯，妄加品騭，後代奉爲美談，似欲以槩子瞻生平，不知萬頃波濤來自萬里，吞天浴日，古豪傑英爽都在，使屯田此際操觚，果可以『楊柳外、曉風殘月』命句否？且柳詞亦只此佳句，餘皆未稱，而亦有本，祖魏承班《漁歌子》『窗外曉鶯殘月』，第改二字增一字耳。

唐宣宗愛唱《菩薩蠻》，令狐相公託溫飛卿譔進。又舊詞『碎挼花打人』，有婦支解夫者；上以此戲語宰相，君臣和洽至此。宋真宗召王岐公賞月，令宮嬪解金珠乞詩，帝王此等舉動殊不俗。子瞻生平備歷危險，而神宗讀其『瓊樓玉宇，高處不勝寒』之句，曰：『蘇軾終是愛君。』遭際亦略相當，俱能令千古豔羨。

佛有十戒，口業居四，綺語、誑語與焉。詩詞皆綺語，詞較甚。山谷喜作小詞，後爲泥犁獄所懾，罷作。可笑也。綺語小過，此下尚有無數等級罪惡，不知泥犁下那得無數等級地獄，髡何據？作此誑語，不自思當墮何等獄耶？文人多不達，見忌真宰，理或有之。不達已足蔽辜，何至深文重比，令千古文士短氣。

詞中對句須是難處，莫認爲襯句，正唯五言對句、七言對句，使讀者不作對疑尤妙，此卽重疊對也。

柳塘詞話卷一

吴江　沈雄　偶僧　譔

楊用修云：填詞必泝六朝者，亦昔人探河窮源之意。長短句如梁武帝《江南弄》云：『衆花雜色滿上林，舒芳耀彩垂輕陰。連手躞蹀舞春心，舞春心，臨歲腴。中人望，獨踟躕。』梁僧法雲《三洲歌》，一解云：『三洲，斷江口，水從窈窕河旁流。啼將别，共來長相思。』二解云：『三洲，斷江口，水從窈窕河旁流。歡將樂，共來長相思。』梁臣徐勉《迎客曲》：『絲管列，舞曲陳，含羞未奏待嘉賓。羅絲管，陳舞席，斂袖嘿脣迎上客。』《送客曲》：『袖繽紛，聲委咽，餘曲未終高駕别。爵無筭，景已流，空紆長袖客不留。』隋煬帝《夜飲朝眠曲》云：『憶睡時，待來剛不來。卸妝仍索伴，解佩更相催。博山思結夢，沈水未成灰。』『憶起時，投籤初報曉。被惹香黛殘，枕隱金釵裊。笑動林中烏，除卻司晨鳥。』王叡《迎神歌》云：『蓪草頭花柳葉裙，蒲葵樹下舞蠻雲。引領望江遥滴淚，白蘋風起水生紋。』《送神歌》云：『棖棖山響答琵琶，酒濕青莎肉飼鴉。樹葉無聲神去後，紙錢飛出木棉花。』此六朝風華靡麗之語，後來詞家之所本也，略輯於此。

《唐詞紀》爲郭茂倩所輯，楊璠、董御多收僞詞以廣之，有以名同而濫收之者。今取劉禹錫《紇那曲》云：『踏曲興無窮，調同詞不同。願郎千萬壽，長作主人翁。』桉《詞品》：《阿那》、《紇那》，皆當時曲名，劉禹錫言變南調爲北曲，蓋隨方音而轉也。劉采春《囉嗊曲》云：『莫作商人婦，金釵當卜錢。

朝朝江口望，錯認幾人船。』桉：曲有三解，一名《望夫歌》，取其一以存調，且申說之也。無名氏《一片子》云：『柳色青山映，梨花雪鳥藏。綠窗桃李下，閒坐歎春芳。』桉：《教坊記》有此名，《樂府解題》所不詳者。更有琴曲名《千金意》，始分前後段，起俱三字一音，如音音音三字起句，後接心心心三字，起句而下俱指法，未能格之也。

今以五言之別見者彙較之，如《何滿子》，已收六言六句矣，茲載薛逢之《何滿子》云：『繫馬宮槐老，持杯店菊黃。故交今不見，流恨滿山光。』桉：白詞有一曲四詞，歌八疊句，則此詞先有是名者，故張祜詩有『一聲何滿子，雙淚落君前』也。如《三臺令》，已收六言四句矣，茲載李後主之《三臺令》云：『不寐倦長更，披衣出戶行。月寒秋竹冷，風切夜窗聲。』如《楊柳枝》，已收七言四句矣，茲載李商隱之《楊柳枝》云：『畫屏繡步障，物物自成雙。如何湖上望，只是見鴛鴦。』如《醉公子》，已收無名氏之五言八句矣，茲載無名氏之《醉公子》云：『昨日春園飲，今朝倒接䍠。誰人扶上馬，不省下樓時。』如《長命女》，已收長短句矣，茲載無名氏之《長命女》云：『雲送關西雨，風傳渭北秋。孤燈然客夢，寒杵擣鄉愁。』如《烏夜啼》，已收長短句矣，茲載聶夷中之《烏夜啼》云：『衆鳥各歸枝，烏烏爾不棲。還應知妾恨，故向綠窗啼。』知《長相思》，已收琴調之長短句矣，茲載張繼之仄韻《長相思》云：『遼陽望河縣，白首無由見。海上珊瑚枝，年年寄春燕。』又令狐楚之平韻《長相思》云：『君行登隴上，妾夢在關中。玉箸千行落，銀牀一夕空。』諸如此類，恐後之集譜者，多以詩句而亂詞調也。

今以七言之別見者略舉之，如《江南春》，既列長短句之小令矣，茲載劉禹錫之平韻《江南春》云：『新妝宜面下朱樓，深鎖春光一院愁。行到中庭數花朵，蜻蜓飛上玉搔頭。』又後朝元之《江南春》云：

『越王宮裏如花人，越水溪頭采白蘋。白蘋未盡秋風起，誰見江南春復春。』桉：劉夢得爲答王仲初之作，仲初與樂天俱賦仄韻，而茲以平韻正之，後朝元又是一種感慨所係矣。如《步虛詞》，已列長短句之雙調矣，茲載陳羽之《步虛詞》云：『樓閣層層阿母家，崑崙山頂駐紅霞。笙歌往見穆天子，相引笑看琪樹花。』如《漁歌子》，已列長短句之單調、雙調矣，茲載李夢符之《漁父詞》二首云：『村市鐘聲渡遠灘，半輪殘月落前山。徐徐撥棹卻歸去，浪疊朝霞碎錦翻。』『漁弟漁兄喜到來，婆官賽卻坐江隈。椰榆杓子瘤杯酒，爛煮鱸魚滿盎堆。』如《鳳歸雲》，已列林鐘商之長調矣，茲載滕潛之《鳳歸雲》二首云：『金井闌邊見羽儀，梧桐樹上宿寒枝。五陵公子憐文采，畫與佳人刺繡衣。』『飲啄蓬山最上頭，和烟飛下禁城秋。曾將弄玉歸雲去，金翻斜翻十二樓。』他如《離別難》、《金縷曲》、《水調歌》、《白苧》，各有七絕，雜以虛聲，亦有可歌者，總不欲以詩句而亂詞調也。

《詞品》所舉《昔昔鹽》，梁樂府《夜夜曲》名也。張祜詩『村俗猶吹《阿濫堆》』、賀鑄詞『塞管孤吹新《阿濫》』，又戴式之《烏鹽角行》『笙歌聒耳《烏鹽角》』，李郢詩『謝公留賞山公醉，知入笙歌《阿那朋》』，皆曲名也。劉禹錫詞『今朝北客思歸去，回入《紇》、《那》披綠蘿』，《阿那》、《回紇》，亦當時曲名。李郢言變梵唄爲豔歌，劉禹錫言翻南調爲北曲也，此《阿那》、《回紇》所自始。

唐人《閒中好》三首，《詞品》不載，前人斥爲三首三體，難入詞調，殊不知梓人之誤。即《古今詞譜》詞隱亦祗登其二，以爲二體。余於舊本桉之，其鄭夢復云：『閒中好，此趣人不知。盡日松爲侶，輕風度僧扉。』覺前此倒置之者，反無旨趣。其段成式云：『閒中好，塵務不關心。坐對牀前木，看移三面陰。』其張善繼云：『閒中好，雲外度鐘遲。卷上論題筆，畫中僧姓支。』仍然三首一詞矣，登之。

或問詞盛於宋，而宸翰無聞，何也？余謂錢俶之『金鳳欲飛遭掣搦』爲藝祖所賞，李煜之『一江春水向東流』爲太宗所忌。開刱之主非不知詞，不以詞見耳。嗣則有金珠乞詩之宫嬪，有提舉大晟之官僚，桉月律進詞，承宣命珥筆，寵諸詞人，良云盛事，而必宸翰之遠播哉！

元祐時宗室能詞者，如嗣濮王趙仲御《瑶臺第一層》有云：『嶰管聲催，人報道，嫦娥步月來。風燈鶯炬，寒輕珠箔，光泛樓臺。』歡陪，千官萬騎，九霄人在五雲堆。赭袍光裏，星球宛轉，花影裴徊。』又安定郡王趙令畤嘗夜過東坡家，飲梅花下，曾題會真記《鳳棲梧》云：『錦額重簾深幾許，只是低頭，怕受他人顧。强出嬌嗔無一語，絳綃頻掩酥胷素。』見《聊復集》。又淳熙間趙彦端字德莊者賦西湖，有『波底夕陽紅濕』，爲阜陵欣賞，曰：『我家裏人，也會作此等語。』有《介菴詞》四卷，此環衛中之能詞表表者。

岳倦翁云：『趙師俠，燕王德昭七世孫，舉進士，有《坦菴樂府》。其爲文如泉出不擇地，詞之摹寫風景，體狀物情，俱極精巧，初不知其得之之易。』黄玉林云：『趙善扛，字文鼎，自稱解林居士。詞甚富，蓋德莊之流也。汲古閣載南豐宗室趙長卿，一稱仙源居士，《惜香樂府》多至十卷。《詞綜》載餘干王孫趙汝愚，字子直，舉進士。累官右丞相，盛以詞章鳴世。此四宗室之工於詞者也。

宋初以詞章早著名者，梓州蘇易簡作《越江吟》，載《百琲明珠》，蜀之大魁自此始。鉅野王禹偁作《點絳脣》，見《小畜集》，謂其文章重於當世。

詞選中有方外語，蕪累與空疏同病。要寓意言外，一如尋常，不别立門户，斯爲入情，仲殊、覺範、祖可尚矣。若世所稱白玉蟾、丘長春，皆仙家之有詞名者；即羽衣連久道，十二歲亦能詞也。

歐陽公云：『把酒祝東風，且共從容。』與東坡《虞美人》云『持杯邀勸天邊月，願月圓無缺』同一意致。

姜明叔云：宣和間恥溫公獨爲君子，誣之以《西江月》云：『相見爭如不見，有情還似無情。笙歌散後酒微傾，深夜月明人靜。』蔣一葵曰：歐陽公試士時，錢穆父恨之，誣之以《望江南》云：『十四五，閒處覓知音。堂上簸錢堂下走，恁時相見已留心，何況到而今。』愚桉：兩公遭謗，盡人知之。所謂『高明之家，鬼瞰其室』也。

《詞品》云：『臨川守陳虛中，因魏壇女真鮮守戒者，爲詩以譏之，有作《西江月》詞，嫁名於覺範，云：「最好洞天春晚，《黄庭》卷罷清幽。凡心無計耐閒愁。試撚花枝頻嗅。」』余以洪禪師爲佛祖兒孫，豈得有此？而載於《復齋漫錄》也。

朱希真，名敦儒，天資曠達，有神仙風致。居東都日，作《鷓鴣天·自述》云：『曾批給雨支風券，屢上留雲借月章。』有朋儕詣之，聞笛聲自烟波起，頃之，棹小舟與客俱歸。室中懸琴筑阮咸之屬，籃缶貯果實脯醢，皆平日所留意者。南渡後作《鷓鴣天·遣興》云：『道人還了鴛鴦債，紙帳梅花醉夢間。』是真素心之士。若《名媛集》之朱希真，適徐必用，徐商，久不歸，亦作警悟、風情自解。別是一人，豈得同日而語？

宋開禧中，金將紇石烈子仁駐兵濠梁，命小劉之昂賦《上平南》書壁，見《齊東野語》。怪其僭而不錄。桉：子仁破宋兵，史書之矣，何以楊慎《詞品》曰元將紇石烈子仁也？胡應麟《筆叢》曰：『當在張浚用兵符離時，楊何以指爲元將也？』又曰『紇石烈姓，金、元人無此姓』。胡之說爲有據乎否？

蔣一葵《外紀》所載韓侂胄欲伐金，金將駐兵濠梁，命小劉之昂作《上平南》詞，非金將作也。且紇石烈，卽姓也。王世貞《宛委餘編》曰：『金人姓氏有紇石烈曰高。』胡之不詳於稗史，亦等之楊耳。

余讀憲王《蘭雪軒詞》、張昱《輦下曲》、來復《燕京雜詠》各百首，皆有注。余因節取一二故實，彙成《清平樂》宮詞十首。今錄其六闋，聊爲述事云耳。詞云：『部前爭幸，手捧黃鵞進。象背駝峯幄殿近，納鉢歸來交慶。　迎鑾曲奏南宮，賢王諫獵從容。雙手來鬆腰帶，黃鞓共挂烏弓。』『含香殿下。優諫傳聲罷。驀把明妃真又挂，學抱琵琶調馬。　靜瓜約鬧新年。和茶和乳張筵。重進關卿院本，男兒跪拜當前。』『文殊曲會。參佛聲歌脆。昨進女真千戶妹。可可十三入隊。　雷壇教舞天魔。背翻蓮掌婆娑。國老傳教拋紙，女官親自提鑪。』『毬場身湊，又促鵓鴣鬭。打馬呼盧步輦後，旁睹牙籌兩袖。　就中喝采爭窺，一聲聖口無違。狼藉珠璣滿地，紅竿雉帚輕揮。』『盤龍衣敞，乍尚高麗樣。一口鐘衣爭想像，好使身陪貂帳。　粉脂分例嘗勻。恩教暫假探親。罟罟高冠新樣，嫫嫫小姐聲聲。』『端門鎖掣，唵叭名香爇。自打練椎光辮髮，與只孫衣並列。　宮名各派鮮花，何來教習巫家。會唱阿喇喇好，摳衣笑倒哈嘛。』

元有浚儀可溫氏，名馬雍古祖常者，制詞云：『金鑪寶熏流篆雲，花間百舌啼早春。五方戲馬賽爭道，傳宣催賜十流銀。』又：『日邊寶書開紫泥，內人珠帽步輦齊。君王視朝天未旦，銅龍漏轉金雞啼。』《詞統》列於《竹枝》，而余辨爲宮詞也。元人小說中稱其樂府纖豔勝人，惜乎未見。

有阿魯溫掌機沙者《竹枝》云：『南北峯頭春色多，湖山堂下來棹歌。美人盪槳過湖去，小雨細生寒綠波。』其張掖人燕不花者《竹枝》云：『湖頭水滿藕花香，夜深何處有鳴榔。郎來打魚三更裏，零亂波光與月光。』其回回別里沙者《竹枝》云：『鳳凰嶺下月色涼，無數竹枝官道旁。東家爲愛青青竹，截作參差吹鳳凰。』雖云中原文教之遠，又皆象胥之所不載也。

周德清，字挺齋，著《中原音韻》。元人詞曲勢必本此，使作者通方，歌者協律，亦一代詞曲功臣也。況德清有曰：『關、馬、鄭、白一新製作，韻共守自然之音，字能通天下之語。』又曰：『諸公已矣，後學莫及，蓋不悟聲分平仄、字別陰陽故也。』此數言者，洒作詞之膏肓，用字之骨髓，皆不傳之妙也。

余閲元曲，關漢卿《商調·集賢賓》云：『裙染榴花，睡損胭脂皺。鈕結丁香，掩過芙蓉扣。線脱珍珠，淚濕香羅袖。楊柳眉顰，人比黄花瘦。』鄭德輝《越調·聖藥王》云：『近蘆花。攬釣槎。有折柳衰蒲綠蒹葭。遥望見、烟籠寒水月籠沙。我只見茅舍兩三家。』白仁甫題情《陽春曲》云：『笑將紅袖遮銀燭，不放才郎夜讀書。秖不過迭應舉，及第待何如？』王和甫別情《堯民歌》云：『自別後遥山隱隱，更那堪遠水粼粼。見楊柳飛綿滚滚，對桃花醉眼醺醺。』其情致不減於詞也。徐士俊曾敘余詞曰：『上不類詩，下不類曲者，詞之正位也。』余欲力崇詞格，特究心於曲調如此。

胡應麟《筆叢》駁辨楊慎《詞品》極多，但不嫺於詞而言詞，當必有誤。如劉秉忠之《乾荷葉》，楊謂其自度曲，胡則不能悉其非詞也。兩首亦非一體，如第二首弔高宗詞，楊固疑其助元兇宋，而肯弔之乎？秉忠爲南渡後人，少爲僧，隨其師海雲入見，世祖留之耳，時人稱爲『聰書記』。其《三奠子》之俚淺，不及遺山，而蔣一葵過譽之也。

元時完顏澤領修史事，詔修遼、金、元三史，楊維楨作《正統辨》，司徒歐陽玄義之。年未七十，休官，駕春水宅，往來九峯三泖間。明興，復辟修元史，楊鐵崖作《老婦吟》以見意。《竹枝》盛于元季，鐵崖集之，自製亦至五十餘首，作客日多。時又有一鐵崖者，假其名折柬邀至。相見次，飲酒賦詩，才思不減，絕無赧容，不收津餽而去，鐵崖爲歎息久之。

倪瓚，人稱倪迂，錢唐黃冠張伯雨與之遊，倪盡棄家貲與之。兩人俱得名，後終茅山。明王穉登題其墓云：『一抔蟬蛻葬寒雲，天上神仙地上墳。香骨化爲遼海鶴，華陽洞口侍茅君。』其詞有與班彥功、仇山村次答者。

余經鶯脰湖殊勝寺，挂壁有中峯明本國師題詞，後書至正年號，乃《行香子》也：『短短横牆。矮矮疏窗。一方兒、小小池塘。高低疊嶂，曲水邊旁。也有些風，有些月，有些香。日用家常。竹几藤牀。儘眼前、水色山光。客來無酒，清話何妨。但細烘茶，淨洗盞，滚燒湯。』『閬苑瀛洲。金谷瓊樓。算不如、茅舍清幽。野花繡地，莫也風流。卻也宜春，也宜夏，也宜秋。酒熟堪篘。客至須留。更無榮無辱無憂。退閒是好，著甚來由。但倦時眠，渴時飲，醉時謳。』若不經意出之者，所謂一一天真，一一明妙也。

宋金華文集，以大手筆開風氣，而猶有麗語。如『戀郎思郎非一朝，好似并州花剪刀。一股在南一股北，幾時裁得合懽袍』、『有郎金鳳飾花容，無郎秋髩若飛蓬。儂身要令千年白，不必來塗紅守宮』，此鑑湖《竹枝》也，其小詞不及見耳。

劉文成未遇時，便與石末元帥填詞贈答，時石末方鎮江浙，而文成每以《滿庭芳》、《滿江紅》調寄之，若其次和石末《沁園春》一闋，感憤情詞，有足述者。『萬里封侯，八珍鼎食，何如故鄉。奈狐狸夜嘯，腥風滿地，蛟螭晝舞，平陸沈江。中澤哀鴻，苞荊隼鴇，軟盡平生鐵石腸。凭闌看，但雲霓明滅，烟草蒼茫。不須踽踽涼涼。蓋世功名百戰場。笑揚雄寂寞，劉伶沈湎，嵇生縱誕，賀老清狂。江左夷吾，隆中諸葛，濟弱扶危計甚長。桑榆外，有輕陰乍起，未是斜陽。』石末亦有次文成者，不及載也。文成集二百三十三首，堪採者多。

余師錢宗伯云：『夏公謹工於長短句，草藁未削，已傳播都下。歿未百年，《花間》、《草堂》而後，無有及公謹名氏者，求如前代號爲「曲子相公」而不可得。』余對曰：『少曾讀書於大姓家，曾見其書《踏莎行》四闋，後題桂洲字。舊刻又嫁名於無名氏，及檢《桂洲集》，有之。』

衡山待詔性本方正，不與妓接。吳門六月廿四，荷花洲渚畫舫絃歌咸集，祝枝山、唐子畏匿二妓人於舟尾，邀之，衡山又面訂不與尋席。唐、祝私約，酒闌，歌聲相接，出以侑觴。衡山憤極，欲投水，唐、祝急呼小艇送之。其《水龍吟·題情》亦是婉麗，但其聲調錯落，句讀參差，稍爲正之。詞云：『依依落日從西下。池上晚涼初足。太湖石畔，絲絲疏雨。芭蕉簇簇。院落深沈，簾櫳靜悄，闌干幽曲。猛然間，何處玉簫聲起，滿地月明人獨。　風約輕紗透肉。掩酥胷，盈盈新浴。一段風情，滿身嬌怯，恍然寒玉。青團扇子，欲舉還垂，幾番虛撲。向夜闌獨笑，紅襠自解，滅銀屏燭。』

唐子畏素性不羈，及坐廢，益游於酒人以自娛。宸濠禮聘之，子畏見有異志，裸形箕踞以處，得遣歸。又傳其鬻身梁谿學士家以求美婢，見諸劇戲。祝枝山嘗傅粉墨，從優伶入市度新聲，多向挾邪遊。所著有《擲果》、《窺簾》、《醉紅》、《金縷》諸曲，皆言情之作。好負逋債，出則羣萃而呼責之者踵相接也。兩人同濫筆墨，每多諧謔，而人爭重之。唐有《踏莎行》、《千秋歲引》，祝有《鳳棲梧》、《浪淘沙》，不甚精警，故逸其詞而敘其人。

王世貞自稱弇州山人，於帖括盛行之日，而獨以詩古文鳴世，詞家亦皆不痛不癢篇什，而能以生動見長。以故汪道昆、李攀龍輩俱遜之。卽弇州自謂：『意在筆先，筆隨意往，法不累氣，才不累法，有境必窮，有證必切。』匪獨詩文爲然，塡詞末藝，敢於數子云有微長。晚年學道，王穉登以書諷之。弇州答曰：『僕晏坐澹然無營，子嘲我未焚筆硯。筆硯固當焚，但世無士衡，以此二物少延耳。』

王父一泉公過姚山訪白陽山人，白陽贈以詩云：『重重烟樹鎟招提，野客來尋路不迷。纔過石橋塵又隔，落花無數鳥爭啼。』作擘窠書。並得詠松《浣溪沙》以爲壽。一時好賦六言，王父作客，至《三臺令》以答之云：『酒在孤斟不醉，客來共憩無譁。薄暮垂楊江岸，一聲橫竹漁家。』今閱喪亂後，而得手蹟於大覺僧家，幸也。

徐師曾魯菴著《詞體明辨》一書，悉從程明善《嘯餘譜》，舛謬特甚。如南湖《圖譜》僅分黑白，魯菴《明辨》亦別平仄，但襯字未曾分析，句法未曾拈出。小令之隔韻換韻，中調之暗藏別韻，長調之有不用韻，亦未分明。較字數多寡，或以襯字爲實字，分令慢短長；或以別名爲一調，甚則上二字三字可以聯下句，下五字七字可以作對句。過變竟無聯絡，結束更無照應，成譜豈可以如是？此我邑先輩著書最當，諒必爲人所誤也。

『花信樓頭風暗吹，紅欄橋外雨如絲。一枝憔悴無人見，肯與人間綰別離。』『離別經春又隔年，摇青漾碧有誰憐。春來羞共東風語，背卻桃花獨自眠。』此錢牧齋宗伯《柳枝詞》也。宗伯以大手筆，不趨佻儉而饒蘊藉，以崇詩古文之格。其《永遇樂》三四闋，偶一遊戲爲之。

虞山牧齋師語余曰：『沈中翰詞數闋，最工《香歛》。其昆仲，如君服善詩，君庸善曲，聞之周安期素矣。若其貞性勁節，固不可以柔情豔語測之耳。』余應之曰：『《清平調》起自太白，後遂絕響，至家聞華而始爲抗衡，如「鳳樓百尺遶垂楊，暗送鶯聲促曉粧。太液胭脂流不盡，人間來作杏花光」、「春日溶溶春夜闌，風流帝子惜春殘。三千歌舞猶不足，令抱琵琶馬上彈」，低徊無限，此非僅以宮詞傳之者。』

《蘭皋集》載徐石麒《拂霓裳》云：『望中原。故宮錦樹障烽烟。驚坐起，涼宵夢斷蔣陵前。金人傾寶篆，玉女繡苔錢。問當筵，誰能醉鼓漸離絃。　西臺哭罷，三戶裏、識遺賢。欹皂帽，吹簫乞食總堪憐。英雄身未死，屠釣技常兼。又何顏。許青門瓜種故侯田。』《東湖集》載吳愓菴《滿江紅》云：『斗大江山，經幾度、興亡事業。瞥眼處，英雄成敗，底須重說。香水錦帆歌舞罷，虎丘鶴市精靈歇。尚翻來、吳越舊春秋，傷心切。　伍胥耻，荊城雪。申胥恨，秦庭咽。羞比肩種蠡，一時人傑。花月烟橫西子黛，魚龍沫歕鴟夷血。到而今、薪膽向誰論，沖冠髮。』乙丑季春，予帶有選稿，與曹秋嶽司農登琴臺默坐，同下湖山之淚。見此二闋，爲亟登之，以留作《正氣歌》也。

柳洲諸公寄情於《虞美人》曲者不下百家，而魏學濂爲最，詞云：『君王羞見江東死。何事儂來此？最悲亭長古人風。載得一船紅淚過江東。　江東父老深憐我。栽我千千朵。至今留取好容顏。爲問重瞳卻復向誰看。』其詞悲，其心苦矣。

聞吳祭酒於臨終日殊多悔恨，作《金縷曲》有云：『我病難將醫藥治，耿耿心中熱血。待灑向西風殘月。剖卻心肝令置地，要華陀，解我腸千結。』又：『故人慷慨多奇節，爲當年沈吟不斷，草間偷活。脫屣妻孥非易事，竟一錢不值何人說。』囑後人勿乞墓誌，爲自題『詩人吳偉業之墓』，猶夫許衡卒於至元時，語其子曰：『爲生平虛名所累，死後勿請謚，勿立碑，但書「許衡之墓」，使子孫識其處，足矣。』此二祭酒者死不自諱，朝野哀之。

朱近修稱丁藥園雄視萩林，余見其《虞美人》曲云：『與郎一處誓同生。除是郎爲柳絮妾爲萍。儂拚水面作楊花。只恐郎爲飛絮又天涯。』與周勒山所定《吴歈》云：『約郎約在夜合開。夜合花開不見來。只道夜合花開夜夜合，那道夜合花開夜夜開。』更爲真摯，而稍覺透露。且丁郎中絕不似柳郎中，有穢褻語。若尤悔菴詞云：『漫將薄倖比楊花，楊花猶解穿簾幙。』恐又成妒極情深一種矣。

其年詞如潛夫別調，一開生面。不能多載，因檢其一二錄之，不嫌偏鋒取勝也。今上宣凱值雪，其年爲作《金縷曲》云：『紫陌春如綺。正巴陵征南，昨夜捷書飛至。頃刻鳳樓抛鈿屑，算今朝，玉做人間世。洗兵氣，豐年瑞。　臨軒彌覺天顏喜。喜今朝九衢花滿，千官珠綴。更向銀刀都裏望，小襯粉侯殊麗。想入蔡軍容如是。　讌罷不須宣翠燭，水晶毬，萬盞天邊墜。長似晝，晃歸騎。』桉：此詞上闋脫譌，待考。

陳其年詞，如虞山拂水山莊感舊云：『峭壁哀湍瀉。枕春山，此間原是，裴家綠野。金粉樓臺還羃䍥，已被苔侵繡瓦。蒼鼠竄，鄴侯籤架。今日西州何限感，踏花枝、翻惹流鶯罵。誰認是，羊曇也。　西園疇昔高聲價。劇相憐、香閨博士，彩毫題帕。人說尚書身後好，紅粉夜臺同嫁。省多少，望陵閒話。公定還能賞此否，裊東風、蠻柳腰身亞。烟萬縷，匹堪把。』

陳其年鴛湖烟雨樓感舊云：『水宿楓根罅。盡沽來、鵝黄老釀，銀絲鮮鮓。記得箏堂和伎館，儘是儀同僕射。園都在、水邊林下，不閉春城因夜宴。望滿湖、燈火金吾怕。十萬盞，紅球挂。　重遊陂澤偏瀟灑。剩空潭，半樓烟雨，玲瓏如畫。人世繁華原易了，快比風檣陣馬。消幾度、城頭鐘打。惟有鴛鴦湖畔月，是曾經、照過傾城者。波織簟，船堪藉。』余讀感舊二詞，與其年同一山丘華屋之感，詞若爲余作也，故述於此。

家去矜列名於西泠十子，填詞稱最。大意以薄倖一篇，語真摯，情幽折以勝人，宋歇浦特以書規之。及貽我《東江別業》有云：『野橋南去不逢人，濛濛一片楊花雪。』此卽小山『夢魂慣得無拘鎖，又逐楊花過野橋』也，誰謂其僅僅言情者乎？

詞家以兄弟五人名者，南渡後《李氏花萼集》，洪、漳、泳、洤、淛，他如杜伯高早登東萊之門，而仲高、叔高、季高、幼高，才名不肯相下。葉正則有杜子五兄弟之稱，若今新城士祿、士禛、士禧、士祜，亦世所僅見者矣。

選本多以衲子女郎爲殿後，然女郎易見，衲子罕聞。康熙初，雲門一大僧枉過柳塘，留《巫山一段雲》詞云：『竹杖穿花徑，蘭橈渡柳村。欹斜古寺白雲屯，相對坐黄昏。　香篆消殘印，霜花凍曉痕。十年情事若爲論，一笑月臨軒。』則又韶秀絶倫之語。他如雲漢、澹歸，各有耑刻，月函亦有《禪樂府》，皆《石門文字》一流人也。

往日讀文江倡和，余師牧齋敘之，雪堂跋之，所謂司馬梅公，斂經濟之業，養晦名園，遠山夫人以林下之風聯吟一室者是也。今得讀其《隨草詩餘》，登其一二唱和者以備佳話。遠山《元日試筆》云：『清烟正吐。玉漏頻催五。數點梅花香繡戶。猶帶冬殘嫩雨。　相看醉飲屠蘇。歸來更盡歡娛。卻喜新添綵勝，爐烟漫進金鳧。』此《清平樂》也。梅公賡韻云：『銀缸焰吐。照徹梅妝五。夜半忽驚天欲語。做出風風雨雨。　朝來品彙扶蘇。韶光漸漸堪娛。乍溢平湖新水，相看待浴鶺鳧。』遠山復次康小范內君《木蘭香》云：『杏園春暮。黯奪朝霞新彩露。翠黛痕收。笑對桃花小檻幽。　　雕梁燕語。草長蘼蕪卸幾處。彤管蕭蕭。和罷陽春柳絮飄。』詞皆雋永有致，得一唱三歎之妙，而不爲妍媚之筆。

《午夢堂集》，沈宜修，字宛君。一女名紈紈，字昭齊，有《愁言集》。一女名小鸞，字瓊章，有《返生香詞》。其宛君《浣溪沙》云：『淡薄輕陰拾翠天。細腰柔似柳飛綿。吹簫閒向畫屏前。　　詩句半緣芳草斷，鳥啼多爲杏花殘。夜寒紅露濕秋千。』其紈紈《浣溪沙》云：『幾日輕寒懶上樓。重簾低控小銀鉤。東風深鏁一窗幽。　　晝永半消春寂寂，夢殘獨語思悠悠。近來長自只知愁。』其小鸞《南柯子・秋思》云：『門掩瑤琴靜，窗消畫卷閒。半庭香霧繞闌干。一帶淡烟江樹隔樓看。　　雲散青天瘦，風來翠袖寬。嫦娥眉又小檀彎。照得滿階花影只難攀。』又《虞美人・殘燈》云：『深深一點紅光小。薄縷微烟裊。錦屏斜背漢宮中。曾照阿嬌金屋淚痕濃。　　朦朧穗落輕烟散。顧影渾無伴。愴然午夜漫凝思。恰似去年秋夜雨窗時。』填詞俱富盡稱，令暉、道蘊萃於一門，惜乎天靳之以年也。

梁溪吳文青者善繪牡丹鸜鵒，日以易米爲舉案之供。久客寄吳門，有題鸜鵒《如夢令》云：『本是烏衣伴侶。不學文鷺沙渚。偶爾寄寒廡。消受酸風苦雨。無語，無語。猶自解憐毛羽。』其詠紅豆《壺天曉》云：『黯比鮫人淚顆。光交帝網珠絲。根苗何處種相思。不道相思是此。　　鸜鵒啄殘何有。珊瑚碾就無疑。隨人拋擲本如斯。但少記歌娘子。』

往年余參軍幕，不省幕庭景象，有郵寄《菩薩蠻》兩闋者，今爲記之云：『畫弓橫掩纖腰底。盤鵰捧鶻嬌何許。雪作落梅妝。蟬紗照眼忙。　　馬馱空小膽。毳帳和天晚。纔倚堉爲懽。歸牽百寶鞍。』『衿長袖窄盤金領。一圍膩玉搓圓頸。銀管早分烟。含情逗舌尖。　左賢驕作伴。斜墮烏絲辮。不羡漢紅裙，琵琶馬上聞。』此無名氏《無題》，不忍遺之也。

柳塘詞話卷二

唐宋諸詞，《花間》、《草堂》，習久傳多，僻調異名，每置不問。近來異體怪目，渺不可極，故詞選須用舊名。如本草誌藥，一種數名，必好稱新目，徒惑視聽，無裨方理，猶必辨以宮律，溯之原起，迺爲有當。若後人自度，或前後湊合，更立新名，則吾豈敢定哉？

前人既用宮律，豈古者可被管絃，今則不詳譜例哉？家詞隱先生作《古今詞譜》，分十九調：一黄鐘、二正宮、三大石、四小石、五仙呂、六中呂、七南呂、八雙調、九越調、十商調、十一林鐘、十二般涉、十三高平、十四歇指、十五道宮、十六散水、十七正平、十八平調、十九琴調，一按舊律所輯，俱唐、宋、元音，然有以黄鐘之《喜遷鶯》而爲正官之《喜遷鶯》、南呂之《喜遷鶯》者，别宮參互亦可也。卽以小令夏竦之《喜遷鶯》，與長調吳禮之之《喜遷鶯》同一黄鐘者，字數多寡無論也。又以皇甫松之平韻《天仙子》與張先之仄韻雙調《天仙子》同一黄鐘者，聲韻平仄無論也。有以徐昌圖之《臨江仙》爲仙呂，而牛希濟之《臨江仙》爲南呂者，其宮調自别亦可也。此卽沈天羽云南劇越調過曲《小桃紅》與正宮過曲《小桃紅》異者，蓋以一二證之。世有解人，幸以教我。

《詞品》以豔在曲之前，與吳聲之和，若今之引子；趨與亂在曲之後，與吳聲之送，若今之尾聲。則是《羊吾夷》、《伊那何》，皆聲之餘音聯貫者，且有聲而無字，卽借字而無義。然則虚聲者，字卽有，而難泥以方言；義本無，而安得有定譜哉？夫唐詞以一章爲一解，傖歌以一句爲一解，《古今樂録》曾述之矣。余以近代吴歌猶有樂府遺意，腔調如是，而詞義之變，輕重流遞，反復連合，且有遲其聲以媚之，如『那』、『何』二字之類，俱化作數字，亦大有方音在焉。唐宋作者，止有小令曼詞；至宋中葉，而有中調、長調之分。字句原無定數，大致比小令爲舒齊，而長調比中調尤爲婉轉也。今小令以五十九字止，中調以六十字起、八十九字止，遵舊本也。

唐人率多小令，《樽前集》載唐莊宗《歌頭》一闋，不分過變，計一百三十六字，爲長調之祖，苦不甚佳。桉：《歌頭》係大石調，别有《六州歌頭》、《水調歌頭》，皆宜音節悲壯，以古興亡事實之，良不與豔詞同科者。《梅墩詞話》曰：『詞貴柔情曼聲，第宜於小令。若長調，而亦喁喁細語，失之約矣。惟沈雄悲壯，情致亹亹，方爲合作。其多有不轉韻者，以調長勢散，恐其氣不貫也。如俞彦所云意窘於侈，字貧於複，氣竭於鼓，鮮不納敗。』

法曲之起多用絶句，或皆單調，《教坊記》所載是也。樂府所製有用疊者，今按詞，則云换頭，或云過變，猶夫曲調之爲過宫也。宋人三换頭者，美成之《西河》、《瑞龍吟》，耆卿之《十二時》、《戚氏》，稼軒之《六州歌頭》、《醜奴兒近》，伯可之《寶鼎現》也。四换頭者，夢窗之《鶯啼序》也。

起句言景者多，言情者少，敘事者更少。大約質實則苦生澀，清空則流寬易。换頭起句更難，又斷斷不可犯。此所以從頭起句，照管全章，及下文换頭起句，聯合上文及下段也。

結句如《水龍吟》之『作霜天曉』、『繫斜陽纜』，亦是一法。如《憶少年》之『況桃花顔色』、《好事近》之『放真珠簾隔』，緊要處前結，如奔馬收韁，須勒得住，又似住而未住。後結如泉流歸海，要收得盡，又似盡而不盡者。

俞彦云：『詞全以調爲主，調全以字之音爲主。音有平仄，大有必不可移者，間有可移者。仄有上去入，大有可移者，間有必不可移者。任意出入，失其由來，有棘喉澁舌之病。』余則先整其詞句平仄之粘，務遵彼宫調陰陽之律，縱奇博洽，僻字尖新，有不得稱爲當行者，此余從音律家學之傳。雖曲更嚴於詞，詞或寬於詩，有不能任意爲之者。

五字句起結自有定法，如《木蘭花慢》首句『拆桐花爛熳』、《三奠子》首句『悵韶華流轉』，第一字必用虚字，一如襯字，謂之空頭句，不是一句五言詩可填也。如《醉太平》結句『寫春風數聲』、《好事近》結句『悟身非凡客』，可類推矣。如七字句在中句，亦有定法，如《風中柳》中句『怕傷郎，又還休道』、《春從天上來》中句『人憔悴，不似丹青』，句中上三字須用讀斷，謂之折腰句，不是一句七言詩可填也。若據圖譜，僅以黑白分之，《嘯餘譜》以平仄協之，而不辨句法，愈見舛錯矣。

兩句一樣爲疊句，一促拍，一曼聲。《瀟湘神》、《法駕導引》，一氣流注者，促拍也。《東坡引》『雄心消一半，雄心消一半』，不爲申明上意，而兩意全該者，曼聲也，體如是也。若呂居仁之『恨君不似江樓月，南北東西。南北東西〔一〕，只有相隨無別離』，是承上接下，偶然戲爲之耳。

【校記】

〔一〕底本僅一個『南北東西』，此據《全宋詞》補。

對句易於言景，難於言情。且開放則中多迂濫，收整則結無意緒，對句要非死句也。牛嶠之《望江南》『不是鳥中偏愛爾，爲緣交頸睡南塘』，其下可直接『全勝薄情郎』，此即救尾對也。

調即有數名，詞則有定格，其字數多寡、句讀平仄、韻脚協否，較然少有參差。委之襯字，緣文義偶不聯綴，或不諧暢，始用一二字襯之。究其音節之虚實，尋其正文自在，如沈天羽所引南北劇中『這』字、『那』字、『正』字、『個』字、『卻』字，不得認爲別宫別調。

轉韻須有水窮雲起之勢，若《重疊金》、《虞美人》、《醉公子》、《減字木蘭花》。調之四换頭，以其四轉韻也。他如《荷葉杯》、《酒泉子》、《河傳》等曲，如不轉韻，豈不謂之好語零碎也乎？

《水調歌頭》間有藏韻者，東坡明月詞『我欲乘風歸去，惟恐瓊樓玉宇』，後段『人有悲歡離合，月有陰晴圓缺』，謂之偶然暗合則可，若以多者證之，則問之箋體家，未曾立法於嚴也。

唐人歌詞皆七言而異其名，《渭城曲》爲《陽關三疊》，《楊柳枝》復爲添聲，若《采蓮》、《竹枝》，當日遂有俳調。如『竹枝』、『女兒』、『年少』、『舉棹』，同聲附和，用韻接拍之類，不僅雜以虚聲也。

衍詞有三種：賀方回衍『秋盡江南葉未雕』、陳子高衍『李夫人病已經秋』，全用舊詩而爲添聲也。《花非花》，張子野衍之爲《御街行》；《水鼓子》，范希文衍之爲《漁家傲》，此以短句而衍爲長言也。至溫飛卿詩云：『合歡桃核真堪恨，裏許原來別有人。』山谷衍爲詞云：『似合歡桃核，真堪人恨，心兒裏有兩個人人。』古詩云：『夜闌更秉燭，相對如夢寐。』叔原衍爲詞云：『今宵剩把銀缸照，猶恐相逢是夢中。』以此見爲詩之餘也。

徐士俊謂集句有六難：屬對，一也；協韻，二也；不失粘，三也；切題意，四也；情聯續，五也；句句精美，六也。賀裳曰：集之佳者，亦僅一斑斕衣也，否則百補破衲矣。介甫雖工，亦未生動。沈雄曰：余更增其一難，曰打成一片，稼軒俱集經語，尤爲不易。

蘇長公《南鄉子》云：『悵望送金杯杜牧，漸老逢春能幾回杜甫。花滿楚城愁遠別許渾，情懷，何況青絲急管催劉禹錫。吟斷望鄉臺李商隱，萬里歸心獨上來許渾。景物登三開始見杜牧，徘徊，一寸相思一寸灰李商隱。』近代《蕃錦集》中朱竹垞《點絳脣·詠風》云：『灑露颸烟包佶，無情有恨何人見皮日休。羅幃舒卷李白，莫待花如霰王維。聽不聞聲韓愈，紫陌傳香遠陳翥。陽春半崔湜，柳長如線李賀，舞態愁將斷鄭愔。』詞則佳矣，但取其義之脗合，不求其句之割切也。律陶集杜，自昔已然，止用七言五言也。卽調中對句、結句之工巧，或出人意表，若內用二字、三字、四字，當割切之於何人而注爲某某句乎？

東坡《菩薩蠻》四時詞，是名倒句。卽晦菴之春恨詞，義亦穩，如『晚紅飛盡春寒淺，淺寒春盡飛紅晚』，卒章云『長恨送年芳，芳年送恨長』，猶不失體。若丘瓊山之《秋思》卒章云：『寒光月影斜，橫透碧窻紗。』平粘已失，句意又倒，此只可用倒句，而不可作迴文者也。

秦少游《水龍吟》『小樓連苑橫空』，隱『婁東玉』字。《南柯子》『一鉤斜月挂三星』，隱『陶心兒』字。何文縝《虞美人》『分香帕子柔藍膩，欲去殷勤惠』，隱『惠柔』字。興會所至，自不能已，大雅之作，政不必然。若黃山谷《兩同心》云『你共人女邊著子，爭知我門裏擔心』，隱『好悶』兩字。總因『黃絹幼婦，外孫齏臼』八字作俑，而下流於『秋在人心上，心在門兒裏』，便開俚淺蹊徑。

東京士人隱括東坡《洞仙歌》爲《玉樓春》，以記摩訶池上之事，見張仲素《本事記》。魯直隱括子同《漁父詞》爲《鷓鴣天》，以記『西塞山前』之勝，見山谷詞。是真簡而文矣。

山谷《阮郎歸》全用『山』字爲韻，稼軒《柳梢青》全用『難』字爲韻，注云福唐體，卽獨木橋體也。竹山如效醉翁『也』字、楚辭『些』字、『兮』字，一云騷體，卽福唐也，究同嚼蠟。

古者歌必有和，所以繼聲也。『倡予和汝』，詩詠《蘀兮》。調高和寡，曲推《白雪》。至一韻而爲之，數回往復，長慶之元、白，松陵之皮、陸，實濫觴焉。屬和工而格愈降矣。蘇、黃間一爲之，辛、劉復爲迭出，顧其才力優爲之，此猶夫絕塵遠馭之才技，不馳逐於康莊大堤，而蹴驟於巉崖峭壁，若不藉此，無以擅長者。余作周勒山《閒情集》序云然。

《紫薇詞》：『羅帕分柑霜落齒，仌盤剝芡珠盈掬。』《安陸詞》：『晴鴿試翎風力軟，雛鶯弄舌春寒薄。』楊慎特舉之，爲詠物之工倩。今《彈指詞》中有『清脆鈴聲簷鴿夜，蕩搖燈影紙鳶風。』清新，亦未有人道。

卽賀黃公《詠燕》詞：『斜日拖花，微風撲絮。』如讀柳塘花塢詩，便覺春光駘宕。王阮亭《贈雁》詞：『水碧沙明，參橫月落，還向瀟湘去。』又絕似箏聲玉指，俱在行間也。

前人有以詞而作曲者，斷不可以曲而作詞。如《念奴嬌》、《百字令》，同體也，俱隸北曲大石調。起句云：『驚飛幽鳥，蕩殘紅撲蔌，脂胭零落。門掩蒼苔書院悄，潤破紙窗偷瞧。一操瑤琴，一番相見，曾道閒期約。多情多緒，等閒肌骨如削。』又起句云：『太平時節，正山河一統，皇家全盛。宮殿風微儀鳳舞，翠靄紅雲相映。四海文明，八方刑措，田畯傳歌詠。風淳俗美，庶民咸仰仁政。』此等調則詞，而語則曲也，不可以不辨。竟有詞名而曲調者，如《竹枝》亦有北曲，詞云：『胷背裁絨宮錦袍。續斷絲麻雜綵縧。江梅風韻海棠嬌。櫻桃樊素口，楊柳小蠻腰。清高。蘭蕙性，不蓬蒿。』如《浣溪沙》亦有南吕過曲，詞云：『才貌撑衣不整。對良宵轉覺淒清。似王維雪裏芭蕉景。擲果車邊粉黛情。燈月彩，少甚麽鬧蛾兒，引神仙，隘香車，墜瑟遺瓊。』如《減字木蘭花》亦有北曲，詞云：『愁懷百倍傷。那更怯秋光。逐朝倚定門兒望。怯昏黄。塞角韻悠揚。』如《醉太平》亦有北曲，詞云：『黄庭小楷。白苧新裁。一篇閒賦寫秋懷。上越王古臺。半天虹雨殘雲載。幾家漁網斜陽曬。孤村酒市野花開。長吟去來。』畢竟是曲而非詞，恐後之集譜者，或以曲調而亂詞體也。

詞有寫景入神者，尹鶚云：『盡日醉尋春。歸來月滿身。』後主云：『酒惡時拈花蘂嗅。』亦有言情得妙者，韋莊云：『妾擬將身嫁與，一生休。縱被無情棄，不能羞。』牛嶠云：『朝暮幾般心，爲他情謾真。』抑亦其次，盡人謂言情不如言景，然趙秋官妻所作《武林春》則云：『人道有情還有夢，無夢豈無情？夜夜思量直到明。有夢怎教成。』純乎情矣，亦甚脱化而不落俳調。

詞至離合處，有不爲淺人索解者。『時復見殘燈，和烟墜金穗』、『人不見，春在綠蕪中』、『夢斷綵雲無覓處，夜涼明月生南浦』，諸語耐人遐想，又豈獨開宕者所能參耶？

山谷謂好詞惟取陡健圓轉，屯田意過久許，筆猶未休。待制滔滔漭漭，不能盡變。如趙德麟云：『新酒又添殘酒病，今春不減前春恨。』陸放翁云：『只有夢魂能再遇，堪嗟夢不由人做。』又黄山谷云：『春未透。花枝瘦。正是愁時候。』梁貢父云：『拚一醉留春，留春不住，醉裏春歸。』此則陡健圓轉之榜樣也。

李易安『被冷香消清夢覺，不許愁人不起』，又『於今憔悴，風鬟霜鬢，怕見夜間出去』，楊用修以其尋常言語度入音律，殊爲自然，但『守著窗兒，獨自怎生得黑』，又『梧桐更兼細雨，到黄昏、點點滴滴』，正詞家所謂以易爲險、以故爲新者，易安先得之矣。

後村《清平樂》云：『除是無身方了，有身定有閒愁。』特用《楞嚴》『因我有身，所以有患』句也，疑是妙悟一流人語。稼軒《踏莎行》云：『長沮桀溺耦而耕，某何爲是棲棲者。』龍洲《西江月》云：『天時地利與人和，燕可伐與曰可。』用經書語入詞，畢竟非第一義。

『斷送一生惟有酒』，『破除萬事無過酒』，韓昌黎句，山谷僅去其一字，爲《西江月》云：『斷送一生惟有，破除萬事無過。』此併用之，襲而愈工也。『拂水雙飛來去燕，曲檻小屛山六扇』，和魯公語也，陳子高衍爲《謁金門》長短句云：『花滿院。飛去飛來雙燕。紅雨入簾寒不捲。曉屛山六扇。』此以詞填詞，長短而有致也。

稼軒《賀新郎》『綠樹聽啼鴂』一首，盡集許怨事，卻與太白擬《恨賦》相似。吳彥高《春從天上來》一首，全用琵琶故實，即如沈伯時評夢窗詞：『用事下語，太晦處，人不易知，亦是一病。』

後人以集句爲割裂，近代以襲句爲割裂。情語未圓，割强先露，是第一病。甚有單調小令，而故加以換頭雙調者。更有雙調原詞而截半爲單調者，如《一剪梅》截取半闋〔一〕，改名《半剪》。如《燭影搖紅》截取半闋，收爲小令。若以《西江月》加於《小重山》，爲《江月晃重山》。以《踏莎行》加於《虞美人》，爲《踏莎美人》〔二〕，割裂已極，何不爲四犯八犯之調，不幾於南曲之配合乎？

【校記】

〔一〕一：底本脫，據詞牌名補。

〔二〕美：底本作『行』，據詞牌名改。

詞之粗莽者，李似之詠桂『勝如茉莉，賽若荼蘼』，仲殊之詠桂『花則一名，種分三色』，更若王子文之『今日事，何人弄得如此』，王實之之『臺省好官，都做幾回』，筆墨何辜，傖父之甚。粗鄙之流爲調笑，調笑之變爲諛媚是也。如《唐多令》之賀半閒堂也：『算真〔一〕閒、不到人間。一半神仙先占取，留一半、與君閒。』如《木蘭花慢》之續《福華編》也，賈似道喜而語人曰：『調則佳矣，失之太俳，安有著緋衣周公乎？』『篆刻鼎鐘將遍，整頓乾坤方了』，是何言歟？諛媚之極，變爲穢褻。秦少游『怎得香香深處，作個蜂兒抱』、柳耆卿『願得嬭嬭，蘭心蕙性〔二〕，枕前言下，表余深意』，所以『消魂當此際』，來蘇長公之誚也。

【校記】

〔一〕真：底本作『來』，據《全宋詞》改。

〔二〕心：底本脫，據《全宋詞》補。

詞貴運動自然，若葉元禮用王氏故事，作《沁園春》云：『濯濯丰姿，春柳秋桐，彷彿超羣。羡烏衣紫燕，畫堂如舊，碧鷄金馬，綵筆方新。座講毘曇，手持團扇，可是風流珉與珣。耽情甚，愛長干持檝，載取桃根。　蓮花幕裏相親。看旁若無人捫蝨頻。歎談言絕倒，我非衛玠，平生意好，君是王筠。對酒長歌，唾壺莫缺，家寶猶來卽國珍。難忘處，記滕王高閣，賦就驚人。』猶以搬數家珍，終爲觸眼也。

山谷《西江月》云：『斷送一生惟有，破除萬事無過。』似歇後句；『遠山橫黛蘸秋波』，不甚聯屬：『不飲旁人笑我』，亦未全該。南宋人謂其突兀之句，翻成語病。

蘇長公爲遊戲之聖，邢俊臣亦滑稽之雄。蘇贈舞鬟云：『春入腰支金縷細，輕柔。種柳應須柳柳州。』蓋柳州用呂溫嘲宗元詩『柳州柳刺史，種柳柳江邊』也。邢作花石綱應制云：『巍峩萬丈與天高。物輕人意重，千里送鵝毛。』末用成句以諷徽宗也。若稼軒之《重疊金》云：『人言頭上髮，總向愁中白。拍手笑沙鷗，滿身都是愁。』便不成詞意。

王琪受知於元獻，辟置館職。毛滂受知於東坡，留款法曹。王輔之賞識漢老，《漢宮春》感舊得名。雙溪之標榜玉林，《金縷曲》尖新特著。雖則一時之勝事，良爲不世之奇逢。只如蔡元長之薦晁氏，趙閒閒之黨元子，以至游次公有參幕之用，劉改之有求田之資。先輩之在高位，多有爲之延譽而成名者。迺若微行觴忤，流落方城，飛卿之數奇也；重扶殘醉，一朝釋褐，國寶之盛遇也。否亦風前月下，自稱奉旨填詞；瓊海金閨，能識風流學士。雄也薄命誰憐，困學自斆，縱不作鐵崖之老婦吟，尚能如升菴之熟稗史。無奈僅免公卿三辱，欲續文章九命。三十年來，落落窮途，蕭蕭白髮。諒可期於滅字偷聲，庶有補於按宮變徵。乃若《疏影》、《暗香》，小紅得以長價；緺雲棱玉，粉兒真個消魂。當亦自斥爲狂悖云。

昔人詞多散逸，而又委巷沿習，宮禁流傳者，細心微詣，其精彩有不可磨滅故也。或有暗用刺譏，及太近穢褻者，統曰無名氏。餘亦聽其託乩仙、冒鬼吟、題壁上、記夢中而已。且和成績嫁名於他人，夏公謹諱言其姓氏，必欲指爲某某手筆也，迂甚。

選一家詞，而以小令始、以長調終者，非通論也。《花間》、《樽前》，絕少長調；《草堂》、《花菴》，方有曼詞。務必拘執字數，分定後先。或賦材爾殊，或託感不一。況當場寄詠，長短皆可懸殊〔一〕；一調尋思，汗漫亦自無極。大可偏師取勝，何必其體爲工哉？近若梅柳爭春，百篇兩體；春秋分部，終卷一生。是以贈答由興會所合，勢必幾處拆開；寄情爲種類所分，語亦終成零碎。既不得各人面目，復不合選家旨趣。一成變體，殊爲恨事。

【校記】

〔一〕殊：底本脱，據沈雄《古今詞話》補。

柳塘詞話卷三

《詞統》以《十六字令》始於周邦彦，《片玉集》中不載，見《天機餘錦》。句法多譌，讀不一體。《詞綜》曰『曾見宋人作《蒼梧謠》，張安國集中三首，蔡伸道集中一首，迺知刻本譌「眠」字爲「明」字，遂聯下文三字作句起，五字作句叶；或以五字作句起，三字作句叶。』今讀《晴川集》，以一字作句起，七字作句叶，如云『眠。月影穿窗白玉錢。無人弄，移過枕函邊』爲是。因攷周玉晨爲邦彦從子，號晴川，有《晴川詞》，此乃周玉晨所作。元初程鉅夫曰〔一〕：『予於近代諸家樂府，惟清真集犁然當於心目，晴川殊有宗風。雨坐空山，試閱一解，便如輕衫俊騎，上下五陵，花發鶯啼，垂楊拂面時也。』

【校記】

〔一〕鉅：底本作『秬』，據人名改。

《三臺》舞曲自漢有之，唐王建、劉禹錫、韋應物諸人有宫中、上皇、江南、突厥之别。《教坊記》亦載五七言體，如『不寐倦長更。披衣出戶行。月寒秋竹冷，風切夜窗聲』，傳是李後主《三臺》詞。『鴈門關上鴈初飛。馬邑闌中馬正肥。陌上朝來逢驛使，殷勤南北送征衣』，傳是盛小叢《三臺》詞。今詞不收五七言，而收六言四句，王建詞云：『魚藻池邊射鴨。芙蓉苑裏看花〔二〕。日色赭黄相似，不著紅鸞扇遮。』故一名《翠華引》。

【校記】

〔一〕苑：底本作『花』，據沈雄《古今詞話》改。

《竹枝》本出巴渝，故亦名《巴渝》詞。劉禹錫序曰：『歲正月，里中兒聯歌《竹枝》，吹笛擊鼓以應節。歌者揚袂睢舞，以曲多爲貴。聆其音聲，中黄鐘之羽，卒章訐激，如吴歈，雖傖儜不可分，而含思宛轉，有《淇澳》之豔。』

樂府作《折楊柳》，爲漢饒歌横吹曲：『上馬不捉鞭，反拗楊柳枝。蹀坐吹長笛，愁殺行客兒。』蓋邊詞别曲也。舊詞如劉禹錫云：『清江一曲柳千條，二十年前舊板橋。曾與美人橋上别，更無消息到今朝。』一曰《壽杯詞》，如：『千門萬户喧歌吹，富貴人間只此聲。年年織作昇平字，高映南山獻壽觴。』語意自别。

唐人絕句作樂府歌曲皆七言而異其名，如無名氏之《小秦王》，一名《丘家箏》者。楊慎曰『予愛無名氏三闋』，其一：『柳條金嫩不勝鴉。青粉牆頭道韞家。燕子不來春寂寞，小窗和雨夢梨花。』其二『鴈門關外鴈初飛』，爲盛小叢《三臺》詞。其三『十指纖纖玉笋紅』，爲張祜《氐州第一》，乃所舉之謁者。

楚曲有清調、平調、清平相和曲，李供奉乃作《清平調》三章云：『雲想衣裳花想容，春風拂檻露華濃。若非羣玉山頭見，會向瑶臺月下逢。』『名花傾國兩相歡，長得君王帶笑看。解釋春風無限恨，沈香亭北倚闌干。』『一枝穠豔露凝香，雲雨巫山枉斷腸。借問漢宮誰得似，可憐飛燕倚新粧。』《教坊記》作《陽關曲》，卽王維《送元二使安西》『渭城朝雨浥輕塵』也。寇萊公、蘇東坡俱有是曲，又作《緩緩歌》。

周使陶穀奉使江南，傲睨特甚。韓熙載爲飾妓秦弱蘭以充郵亭卒女，前灑掃。穀悅之，遂私焉，贈以《風光好》曲云：『好姻緣，惡姻緣。秖得郵亭一夜眠。別神仙。琵琶撥盡相思調。知音少。待取鸞膠續斷絃。是何年。』《雲巢編》又謂陶穀惑於任社娘，故有此詞。再閱《天機餘錦》曲云：『柳陰陰。水沈沈。風約雙鳧立不禁。碧波心。』後有換頭，則此曲當以『琵琶撥盡相思調。知音少』爲下段，抑又犯於《虞美人影》之過變也，似不必爲此。

『西風昨夜穿簾幙。閨院添蕭索。最是梧桐零落。迤邐秋光過卻。　人情音信難託。教奴獨自守空房，淚珠與燈花共落。』此《伊川令》，范仲胤妻寄外詞也。范爲相州錄事，久不歸，其妻製此詞寄之。『伊』字旁失寫『人』字，范戲語有『料想伊家不要人』句。妻復答云：『閒將小楷作「尹」字，情人不解其中意。共伊間別幾多年，身邊少個人兒睡。』見《詞統》。畢竟是北宋人語。

《昭君怨》調本兩韻，如蘇軾、韓駒、万俟雅言、辛棄疾、鄭域、張鎡，俱得體。而明之陳繼儒强爲一韻曰：『水上奏琵琶。一痕沙。』遂名之爲《一痕沙》。此老未爲知詞。換頭亦係兩韻六字者，万俟雅言『春到南樓雪盡』一首，換頭云『莫把闌干倚』，前人謂『倚』字上落一『頻』字，及查蔡伸道、程觀過、吳幼清俱有此體。

《尊前集》中，劉侍讀《生查子》一闋云：『深秋更漏長，滴盡銀臺燭。獨步出幽閨，月晃波澄綠。　芰荷風乍觸。一對鴛鴦宿。虛掉玉釵驚，驚起還相續。』《堯山堂外紀》中，歐陽彬《生查子》一闋云：『竟日畫堂歡，入夜重開宴。剪燭蠟烟香，促坐花光顫。　待得月華來，滿院如鋪練。門外促驊騮，直待聞鷄散。』因思韓偓《生查子》詞：『空樓鴈一聲，遠屏山半滅。』足色悲涼，不言愁而愁自見，何必又贅『眉山正愁絕』耶？覺首篇『時復見殘燈，和烟墜金穗』，如此結構，方爲含情無限。

雙調《醉公子》，一名《四换頭》，平仄互叶，詞意四换，如《虞美人》、《菩薩蠻》、《减字木蘭花》之類。五言體云：『昨日春園飲，今朝倒接羅。誰人扶上馬，不省下樓時。』詞選祇以顧敻、尹鶚之所著爲正。

紫竹《卜算子》云：『繡閣鎖重門，攜手終非易。牆外憑他花影摇，那得疑郎至？　合眼想郎君，别久難相似。昨夜如何繡枕邊，夢見分明是。』是有繾綣意，而非穢褻語。攜手夢見，方喬可謂不孤。

舊曲有衍古詩而作者，如：『牡丹帶露真珠顆。佳人折向庭前過。含笑問檀郎。花强妾貌强。　檀郎故相惱。只道花枝好。一晌發嬌嗔。碎挼花打人。』宣宗嘗愛唱之，戲語左右『似婦人支解其夫者』。《詞品》以爲遠在《花間》之先也。

明林章詞云：『燕子樓中覓夢魂。杜鵑枝底認啼痕。惟有遠山江上出，翠氤氲。　風送楊花三月雪，水蓮芳草一天雲。又是去年時候也，盡黄昏。』近代王士禛寄京口程崑崙云：『黄鶴山前黄鶴鳴。杜鵑樓上杜鵑聲。記得戴顒招隱地，共經行。　北固雲山春望遠，南徐風雨暮潮生。一片澄江如練影，接蕪城。』同一情致。

宋趙與仁《西江月》又作一體云：『夜半河痕依約，雨餘天氣冥濛。起行微月遍池東。水影浮花，花影動簾櫳。　量減難辭醉白，恨長莫盡題紅。雁聲能到畫樓中。也要玉人，知道有秋風。』見草窗詞選。

《天機餘錦》有無名氏《鞓紅》一曲云：『粉香猶嫩，霜寒可慣。爭奈向、春心已轉。玉容別是，一般閒婉。悄不管、桃深杏淺。　月影簾櫳，金隄波面。漸細細、香風滿院。一枝折寄，故人雖遠。莫輒使、江南信斷。』前後第四句，各添一字，仍是《鵲橋仙》詠梅也。按：鞓紅者，服帶之飾，天子用黃鞓，王侯用紅鞓，卿士用墨鞓，見《藝苑》。

《浪淘沙》亦有詩體，而入選列前單調者，亦即歇指調也。《唐詞紀》名爲《水鼓子》，作者如白居易、劉禹錫輩。惟司空圖一首爲得大體，詞云：『不必長漂玉洞花。曲中止愛《浪淘沙》。黃河卻勝天河水，萬里縈紆入漢家。』

《河傳水調》，本秦皇南幸之曲。如汴渠、隄柳、迷樓、錦帆、烏銅屏、四寶帳、殿腳女、女相如諸闋，各有故實。維揚宗元鼎即以大業遺事詠之，更用《花間》限體，復仿豔情，千載而下，殊爲香蒨也。余集有《河傳》共十四體，久爲箋出，以求未盡。

《太平樂府》曰：『政和中，京師有姥入內教歌，傳得禁中《擷芳詞》，唐人作也。張尚書帥成都日，人競歌之。卻於前段「記得年時，共伊曾摘」，其下添「憶憶憶」三字；換頭落句「燕兒來也，又無消息」，於下添「得得得」三字。』擷芳、擅芳，禁中園名。今以張仲舉詞桉之云：『鶯聲寂。鳩聲急。柳陰一片黎雲濕。驚人困。教人恨。待到平明。海棠應盡。　青無力。紅無迹。殘香賸粉那禁得。天難準。晴難穩。晚風又起。倚欄爭忍。』卒章原無三疊字，若有三疊字，此即放翁之《釵頭鳳》，毫不異也。

溫庭筠詞云：『家臨長信往來道。乳燕雙雙拂烟草。油壁車輕金犢肥，流蘇帳暖春鷄早。籠中嬌鳥曉猶睡〔一〕，簾外落花閒不掃。衰桃一樹近前池，似惜容顏鏡中老。』詩家收爲《春曉曲》，譌矣，何以趙弘基《花間集》竟失之也？

【校記】

〔一〕曉：底本作『晚』，據沈雄《古今詩話》改。

宋子京詞云：『東城漸覺風光好。縠皺波紋迎客棹。綠楊烟外曉寒輕，紅杏枝頭春意鬧。浮生長恨歡娛少。肯愛千金輕一笑。爲君持酒勸斜陽，且向花間留晚照。』人謂『鬧』字甚重，我覺全篇俱輕，所以成爲『紅杏尚書』。

明初開國，如劉文成《春感》云：『春來觸處愁成綺。春去可憐花委地。催耕布穀强知時，去國杜鵑空有淚。雙魚不見人千里。落絮牽愁和夢起。芭蕉多事惹西風，故作雨聲驚客耳。』明季中翰如沈聞華《秋怨》云：『盼盡玉郎離別處。空剩紫騮芳草路。年年同嫁與東風，只有小樓紅杏樹。愁病懨懨魂欲去。一霎芭蕉寒響聚。空嗟薄命玉容人，值得數聲秋夜雨。』情詞悽感，更爲勝之。『自聽秋雨後，不敢種芭蕉。』信然。

《步蟾宮》係平調，不知原起是何人，但見蔣竹山詠桂一首，《詞統》有傳。一士人訪妓，妓在開府侍宴，候之以寄，閽者誤達開府，開府見詞清麗，呼士人以妓與之，詞云：『東風捏就腰肢細。繫六幅裙兒不起。看來只慣掌中行，怎教在燭花影裏。　更闌應是鉛華褪。暗蹙損、眉峯雙翠。夜深著緉小鞋兒，斜靠著、屏風立地。』

唐子畏《春閨》，若不經意出之者，詞云：『可怪春光，今年偏早。閨中冷落如何好。因他一去不歸來，愁時只是吟芳草。　奈爾雙姑，隨行隨到。其間況味余知道。尋花趁蝶好光陰，何須步步回頭笑。』此與巨源、簡齋同一真趣而有妙理。余恐其流於漁樵問答也，特拈一詞云：『雙燕相依，深閨寄語。鉤簾未放銜泥去。央伊趁曉向天涯，探郎昨夜和誰住。　桃葉輕風，杏花微雨。芹香不啄來何遽？喃喃惱逐絮顛狂，分明薄倖人如許。』稍爲明破，亦以云救也。

汪藻詞亦美贍〔一〕，一時不爲流傳者，曾爲張邦昌雪罪表故也。乃其《小重山・秋閨》云：『月下潮生紅蓼汀。殘霞都斂盡，四山青。柳梢風急墮流螢。隨波去，點點亂寒星。』卻從庾信『秋風驅亂螢』不及寒星句來，而景自勝。過變云：『別語記丁寧。如今能間隔，幾長亭。夜來秋氣入銀屏。梧桐雨，還恨不同聽。』又從小杜『銀燭秋光冷畫屏』不及夜長句來，而情自勝。

【校記】

〔一〕贍：底本作『瞻』，據沈雄《古今詞話》改。

柳塘詞話卷四

陳世脩云：『馮正中樂府思深語麗，韻逸調新，有雜入《六一集》中者。余謂其多至百首，黄山谷、陳後山猶以庸濫目之。然諸家駢金儷玉，而《陽春詞》爲言情之作。』

尹鶚《杏園芳》第二句『教人見了關情』，末句『何時休遣夢相縈』，遂開柳屯田俳調。再檢《臨江仙》云：『西䆫鄉夢等閒成。逡巡覺後，特地恨難平。』又：『昔年於此伴蕭娘。相偎竚立，牽惹敘衷腸。』流遞於後，令作者不能爲懷，豈必曰《花間》、《樽前》句皆婉麗也。

魏承班詞，較南唐諸公更淡而近，更寬而盡，盡人喜效爲之。愚桉：『相見綺筵時。深情黯共知。難話此時心，梁燕雙來去』，亦爲弄姿無限，只是一腔摹出。至『好天涼月盡傷心』、『爲是玉郎長不見，少年何事負初心』、『淚滴鏤金雙衽』，有故意求盡之病。

毛熙震詞：『象梳欹鬢月生雲』，『玉纖時急繡裙腰』，『曉花微斂輕呵展。褭釵金燕軟。』不止以濃豔見長也，卒章情致尤爲可愛。其《後庭花》云：『傷心一片珪月，閒鎖宫闕。』《清平樂》云：『正是銷魂時候，東風滿院花飛。』《南歌子》云：『嬌羞愛問曲中名。楊柳杏花時節、幾多情。』試問今人弄筆能出一頭地否？

仁宗朝范希文守邊，作《漁家傲》數首，歐陽永叔呼爲窮塞主之詞，每以『塞上秋來風景異』爲起句，故云。余攷無名氏《水鼓子》後衍爲《漁家傲》者，詩云：『雕弓白羽獵初回。薄夜牛羊復下來。青塚路邊荒草合，黑山峯外陣雲開。』窮塞主詞自有來處。

大中祥符中，賜杭州隱士林逋粟帛，贈『和靖先生』。臨終，有『茂陵他日求遺稾，猶喜曾無封禪書』，和靖識見如是，司馬子長當作衙官也。若王旦不諫天書，爲臨終一事之失，即削髮披緇，何以謝天下？和靖卒，張子野爲詩以弔之：『湖山隱後家空在，烟雨詞亡草自青。』其詞只《點絳脣·詠草》一首。有子林洪，著《家山清供》，亦未見有別詞也。

王介甫弟和甫，名安禮，有《瀟湘逢故人慢》云：『引多少夢魂歸緒，洞庭雨棹烟蓑。』弟平甫，名安國，有《減字木蘭花》云：『簾裏餘香馬上聞。』子雱，字元澤，有心疾。妻獨居小樓事佛，介甫憐而嫁之，雱作《眼兒媚》詞。或議元澤不能詞，及援筆作《倦尋芳》：『恨被榆錢，買斷兩眉長皺。』人不能及也。

魯直少時使酒翫世，喜作詞。法雲秀誡之曰：『筆墨勸淫，乃欲墮泥犁中耶？』魯直曰：『空中語也。』後以桂香無隱，因緣有省，居官一如浮屠法。間作小詞，絕不似桃葉、團扇鬬妖麗者。

秦少游有子處度，名湛，亦多好詞，山谷極稱賞之。如『藕葉清香勝花氣』，一時盛傳之句。

方回小築在吾蘇之横塘，作《青玉案》詞，即黄山谷贈以詩云：『解道江南腸斷句，只今惟有賀方回。』其爲前輩推重可知，因詞中有『梅子黄時雨』，人呼爲賀梅子。

鉅野晁無咎，登元祐進士，通判揚州。名《鷄肋詞》，又稱濟北詞人。晁補之常自銘其墓，名《逃禪詞》〔一〕，與魯直、文潛、少游爲蘇門四學士。若晁次膺，其十二叔也。無斁，其八弟也。

【校記】

〔一〕《逃禪詞》爲南宋楊無咎（字補之）的詞集，楊氏名與字與晁無咎同，故致混誤。

洪适，字景伯，中博學宏詞科。其《生查子·春情》、《好事近·別情》出人意表，時遂有批抹之者。《生查子》起句：『桃疏蝶惜香，柳困鶯銜絮。』真爲蕪累；其下『日影過簾旌，多少閒愁緒。春色似行人，無意花間住』，人所不及也。《盤洲詞》大率類此。

謝無逸弟邁，字幼槃，有《竹友詞》。但見贈弈妓宋瑤《減字木蘭花》云：『風篁度曲。倦倚銀屏初睡足。清簟疏簾。金鴨香消懶去添。纖纖露玉。風雹縱横飛鈿局。頻斂雙蛾。凝竚無言密意多。』

周美成以進《汴都賦》得官，當徽廟時，提舉大晟樂府。每製一詞，名流輒爲賡和。東楚方千里、樂安楊澤民全和之，或合爲《三英集》行世。

呂渭老，秀州人，宣和末朝士。善屬詞，又散落人間。《江神子慢》，盡人以爲婉麗；《西江月慢》，有無限穠華消不得也。

華亭李甲，字景元，宋之詞人也。《帝臺春》一詞，舊刻『李景』，爲唐元宗所製久矣，近代朱彝尊輩始出而正之。余暇日曾讀《帝臺春》數過，今偶得《望雲涯引》而併歸之。

胡浩然，時代、氏籍俱未詳。選詞家俱甚薄其聲口，但就其《春霽》、《秋霽》、《萬年歡》、《東風齊著力》、《送入我門來》，俱以其庸而忽諸，殊不知穩帖者亦有佳處，如《滿庭芳·吉席》云：『幾幅紅羅錦帳，寶粧篆、金鴨焚香。分明是、芙蕖浪裏，一對浴鴛鴦。』如《傳言玉女・元夕》云：『豔妝初試，把珠簾半揭。嬌羞向人，手撚玉梅低說。相逢長是，上元佳節。』其情致，人所不到，亦何庸過斥之也？

陳去非佳句：『杏花疏影裏，吹笛到天明』、『吟詩日日待春風。及至桃花開後卻悤悤』，胡元任、張叔夏俱評其自然而然者。

紹興戊午，元幹以送胡銓及寄李綱詞坐罪貶謫，皆《金縷曲》也，元幹以此得名。三山人，仲宗，其字也，有《蘆川詞》，如『溪邊翠靄藏春樹。小艇風斜沙嘴路』與『簾旌翠波颭，窗影殘紅一線』，楊慎《詞品》極歎賞之。

王民瞻送胡銓遠謫有云：『癡兒不了公家事，男子要爲天下奇。』亦貶辰州。其留別《感皇恩》云：『醉中暫住，離歌幾許，聽不能終淚如雨。無情江水，斷送扁舟何處。』其感舊《點絳脣》云：『白髮相逢，猶唱當時曲。』皆可歌也。

周文璞，字晉仙，淳熙時人。義因郭璞，故字晉仙，非晉之仙人也。《唐詞紀》收爲韓文璞，更誤。《詞選》止有《浪淘沙》、《南鄉子》二首，《絕妙好詞》內有《一剪梅》一首，流傳於世，因其題壁，譌爲仙家耳。

蜀人張震，字東父，孝宗朝諫官也。花菴錄其詞爲富貴人語。

吳禮之，字子和，錢塘人。有《順受老人詞》，久著名，鄭國輔爲之序。其《雨中花慢》長調云：『醞造一生清瘦，能消幾個黃昏。斷腸時候，簾垂深院，人掩重門。』《醜奴兒》長調云：『眼前景物只供愁。寂寥情緒，也恨分淺，也悔風流。』能以極尋常語言，爲極透脫文字。

近代選家無有不知次山詞者，《玉樓春·春思》、《鷓鴣天·別情》是也，甚則《多麗》之記恨、《金縷曲》之送春，有不能釋卷者。獨『粘雲江影傷千古。流不去斷魂處』，是才人創句，而亦削之，爲咄咄怪事。次山詞，極能道閨幃之趣，名《清江欸乃》，杜月渚爲之序。族人嚴羽、嚴參，時稱邵武三嚴，見花庵《選》。

馬古洲，建安人，好經綸，填詞，其餘事也。如《月華清》云：『悵望月中仙桂。問竊樂佳人，與誰同歲。』《賀聖朝》云：『遊人拾翠不知返。被子規呼轉。』《阮郎歸》云：『三三兩兩叫船兒，人歸春也歸。』俱有旨趣。

秦定中，進士劉叔安有《隨如百詠》，富貴蘊藉，不屑爲無意味句者，其詞皆時令物情之什。

周紫芝，字少隱，宣城人。舉進士，守興國。有《竹坡詞》三卷，余家有未刻稿。

方千里詞，見汲古閣新刻五十家。《過秦樓》、《風流子》，是和詞之出一頭地者。

趙汝茪，字參晦。《絕妙好詞》載其詞爲多，而語意爲人所重。弁陽老人有十擬詞，直與花翁、夢窗竝列於前，且作《醉落魄》以詠之。及讀其《梅花引》、《漢宮春》，有不虛一時之所獎借者。

馮偉壽，小名艾子，非誤用其名也。余以壽玉林《沁園春》攷之，中有云『更攜阿艾，同壽靈椿』，可證。

孫花翁《晝錦堂》一闋，如『柳裁雲翦腰支小，鳳盤鴉聳髻鬟偏』，與『杏梢空鬧相思眼。燕翎難繫斷腸牋』，周摯纖豔，已爲極則。但卒章云：『銀屏下，爭信有人，真個病也天天。』情至之語，又開一種俳調也，奈何？

李彭老，字商隱，有《篔房詞》。李萊老，字周隱，有《秋崖詞》。兩人爲一時翹楚，但俱是寄和草窗者，篇章亦甚富，而少餘藴耳。

趙聞禮，字立之。於南宋播遷之後，而詞章饒有北宋風味，在諸選中亦一二僅見者。《千秋歲》、《風入松》與《水龍吟》之詠水仙、《賀新郎》之詠螢火，猶可被諸管絃也。

德祐初，詔集勤王師，文文山結諸路豪俊，發溪洞酋長以應之，有議其猖狂者。有『山河破碎水漂絮，身世浮沈風打萍』、『諸葛未亡猶是漢，伯夷雖死不從周』句。死年四十七，一時廬陵諸公俱不仕。其詞有和王昭儀《滿江紅》、《南樓令》，别有《吟嘯集》，亦不多見也。

劉會孟，字辰翁，廬陵人。宋亡不仕。張孟浩贈詩，直以孤竹、彭澤比之。自題《寶鼎現》詞，云丁酉；時大德元年，亦只書甲子之意。有《須溪詞》。其子將孫，字尚友，同趙青山結社，亦不仕，有詞行世。

河東段克己，字復之，著《遯齋樂府》。弟成己，字誠之，著《菊軒樂府》。兩人登第，入元，俱不仕。時人目爲儒林標榜。

趙雍，字仲穆，子昂之子。延祐八年作《木蘭花慢》，别書樂府成卷，以就正於王德璉，蓋魏公長倩王國器也。長於今樂府，楊鐵崖亟稱之者。明正德己卯，文徵明題其後云：『趙待制風流習尚，不減魏公，見於卷軸者，未有若此之富也。』

楊慎《詞品》云：『元人工於小令者，《玉霄集》中不減宋人之工。』桉：滕賓，字玉霄，睢陽人，官江西提舉。後棄家入天台爲道士，稱涵虚子。其《鵲橋仙》、《齊天樂》二闋，共推清綺。

《輟耕錄》緣起於天台陶宗儀，九成，其字也。崎嶇離亂日，每以筆墨自隨，時時休息於樹陰。有聞見，輒摘葉書之，貯破盎，埋樹根下。積數十日，盡發其藏，作書曰《輟耕錄》。嗣有《南村集》，有《宋頌韻序》一篇。

蜀人虞集伯生，虞允文五世孫也。仕元，爲翰林。元文宗御奎章閣，伯生侍從，日以討論法書名畫爲事。柯敬仲退居吴下，伯生賦《風入松》寄之：『報導先生歸也，杏花春雨江南』云云。翰墨兼善，機坊以此織成帕焉，幾如法錦。後張仲舉於柯敬仲席上爲作《摸魚子》記之，卒章云：『楚芳玉潤吴蘭媚，一曲夕陽西下。試問人生，誰是無情者。先生歸也。但留意江南，杏花春雨，和淚在羅帕。』

晉寧張仲舉，至正初學士。與同時韓伯清、錢舜舉、姚子章爲友。有《蛻菴樂府》。常集西湖爲賦《綠頭鴨》，俱以『晚山青』爲起句。

倪字元鎮慕吴仲圭之爲人，而從事於畫法。仲圭《漁父詞》：『紅葉村西日影餘，黄蘆灘畔月痕初。』爲麐溪沈處士作也，元鎮繪之爲圖，詞亦淡潔。

崑山顧阿瑛，一名德輝，好遊。年五十，預定壽藏，自誌其生平成立狀。每出，以其文隨身，往來九峯遡浦，書經於九里寺，自稱金粟後身。有《玉山璞詞》。

邵亨貞，字清溪。曾有《沁園春》二首，一賦美人眉，一賦美人目，新豔入情，世所傳誦。其單調《凭闌人》云：『誰寫江南一段秋。妝點錢塘蘇小樓。樓中多少愁。楚山無盡頭〔一〕。』僅此四句，爲創調，氣竭於直，而情亦不贍。

【校記】

〔一〕無盡頭： 底本作『無限愁』，據《歷代詩餘》卷一、《歷代詞話》卷九改。

王止仲，國初遺老。有賦《迎春樂》，用夾鐘商調； 賦《解語花》，用林鐘羽調。前輩之桉律填詞如此。

高季迪《十宮詞》思深致遠，不僅典贍見長也。即如《長門怨》云：『君明猶不察，妒極是情深。』可以想見其情思。青丘樂府大致以疏曠見長，而《石州慢》又纏綿之極。『綠楊芳草』，『年少抛人』，晏元獻何必不作婦人語？

楊孟載詩如西湖柳枝，綽約近人。《春草》詩：『六朝舊恨斜陽外，南浦新愁細雨中。』《落花》詩，『無人搖動秋千索，黃鳥飛來架上啼。』絕妙好詞也。其情致不及格者，『拚醉望愁醒，愁因醉轉增』，《菩薩蠻》調也；『尚短柳如新折後，已殘花似未開時』，《浣溪沙》調也。

吳江史鑑，字明古。相傳建文遜國後，潛幸其家，閲鑑，其父方生明古，請於建文命之名，賜曰鑑。小詞數首，見《西村集》。

吳郡顧華玉，弘正間大司寇，爲當時風雅主盟，負知人之鑒，稱東橋先生。識拔張江陵於童子時。其詩有『君王自信圖中貌，靜女虛迎夢裏車』，詞亦近是。

成都楊用修，正德辛未第一人。因辨禮，謫戍瀘州，號爲淹博。所輯《詞品》、《百琲明珠》、《詞林萬選》諸種，亦詞家功臣也。所作極典贍，而少生動，正李于鱗所云『銅山金埒之句，雕繪滿前』者也。

夫人黄氏，亦有寄外《巫山一段雲》、旅思《滿庭芳》數闋，流誦於世。

夏文愍少時侍父於臨清宦邸，出外漁色，爲人所困。每愛名姬一塊玉者，禁之不止。登第後，嘉靖中以議禮驟擢，猶寄情於小詞，大拜日不廢也。《踏莎行》等詞，故嫁名於無名氏，又見《桂洲集》中。

維揚張世文爲《圖譜》，絕不似《嘯餘譜》、《詞體明辨》之有舛錯而爲之，規規矩矩，亦填詞家之一助也。乃其自製《鵲踏枝》有云：『紫燕雙飛深院靜，寶枕紗廚，睡起嬌如病。一線碧烟縈藻井，小鬟茶進龍香餅。』又：『斜日高樓明錦幕，樓上佳人，癡倚闌干角。心事近來緣底惡，對花珠淚雙雙落。』更自新蒨藴藉，振起一時者。

劉司空榮嗣忠而被謗，三年請室，故生平多牢落侘傺語，有《簡齋集》。人謂其中秋《踏莎行》花明而月白者，如其人也。昔人謂陳簡齋《無住詞》語意超絕，可摩坡仙之壘，吾於劉簡齋亦云然。

休寧程墨仙，不爲金粉遮障、閨幨鋪張之語，至情之句，妙合至理，而又毫不可動。如《玉樓春》之密怨、《蝶戀花》之憶別，推閨情第一，要不數嚴次山也。余嘗有云：生居古人之後，而猶多創獲之詞，非才倍古人者弗能。今幸得於石交堂一刻也。

潯上董遐周，與周永年〔一〕、茅維爲詞友。周有《懷響齋詞》，茅有《十賚堂詞》，而遐周詞竝不隨人口吻。陳黄門大樽謂其『風流調笑，情事如見』者也。

【校記】

〔一〕周：底本脱，據後文及沈雄《古今詞話》補。

鄒程村語余云：『范仲闇先輩續《花間集》，皆畫舫青樓之詞，自作小敘，原非不及情者。今得博採之，以誌前代風流，且以當《東京夢華錄》也〔一〕。』余答之曰：『內江備兵明時，既爲僧，復殉節。雲水爲致小詞二十闋於余，故得述之。』

【校記】

〔一〕華：底本脱，據沈雄《古今詞話》補。

陳眉公早歲隱於九峯，工書畫。與董宗伯其昌善，爲延譽公卿間。每得眉公片楮，輒作天際真人想。但傳其居佘山，只吟詠過日。不知弘景當年，松風庭院中作何生活。其小詞瀟灑，不作豔語，見《晚香堂集》。

明季吳惕菴西郊較射，便讀其《東湖雜感》云：『深宮醉舞夜，敵國臥薪時。』想見其有心斯世。惕菴服上刑，武林僧名敬然者，乞遺骸於張撫軍，葬菜園中，爲位哭，歲時供以麥飯。猶傳其《浪淘沙》絕命詞『成敗論英雄，史筆朦朧』云云。

徐笑菴遘變後，足跡不入城市，築室於萬笏山前、館娃宮左，寫幅青山，以易白粲而已。好摹毛滂、謝逸之爲詞，尚有吟詠餘意，小令差有可觀也。

周安期師以博洽著名，冢宰白川之孫，固世其家學者。虞山錢牧齋師所譔《列朝詩選》，從中補輯亦多。所著《詞規》未竟，無後而廢。剩有《懷響齋詞》，如『宿雨揩靡新月色，晚風擡舉好花枝』，新豔如是。

湯卿謀多才早夭，著《貧病秋箋》。卿謀死，其友尤悔菴爲文哭之，情至之語，亦數千言，在他人不能下一字。別爲之刻《湘中草》，小詞特多秀發之句，而藻思總不由人者。

魏里錢爾斐，五十三年填詞手也。曾貽我《菊農長短句》，見其編以歲月，感慨係之，其詞亦整而有法。

夏存古《玉樊堂詞》，向得之曹顧菴五集中。見其詞致慷慨淋漓，不須易水悲歌，一時悽感，聞者不能爲懷。留此數闋，以當《東京夢華錄》也。

徐野君與余論詩，如康莊九逵，車驅馬驟，易爲假步。詞如深巖曲徑，叢篠幽花，源幾折而始流，橋獨木而方渡，非具騷情賦骨者，未易染指。其言正爲吾輩長價。

有以吴梅村比吴彦高者，曰：吴郎近以樂府高天下。余讀其『十八年來如夢，萬事淒涼』，幾使唾壺欲碎。

王阮亭推服方百五言逼真韋左司，故其詞且淡冶而不嫌於俚，刻入而不傷於率。學道人固無一事荒唐，無一語欺人處。

家去矜諸詞率從屯田待制浸淫而出，言情最爲濃摯，又必欲據秦、黄之壘以鳴得意，所以來宋歇浦之論詞書也。

黄永《溪南詞》，不趨新鬭險，整攝自餘情致。余偕其年讀《溪南詞·金縷曲》云：『説年來家同鷗泛，門央鶴守〔一〕。細註農家新月令，樂事吾生盡有。茅簷下，烏烏擊缶。罨畫戴溪都不惡，好風光只落閒人手。』得想見其生趣。

【校記】

〔一〕守：底本作『寺』，據沈雄《古今詞話》改。

張硯銘《雛鵾草》獨能刪削靡曼之詞，咸歸雅潔，而出以工緻。徐耀菴向曾爲余言之，此真選聲第一功臣也。

秦對巖以庾、鮑雋才，燕、許大筆，得心古學，海內推之。入越聯吟，已窺半豹；而《微雲》一帙，絕無俗惡字句，猶可想見『花影亂，鶯聲碎』於當年。

李容齋詞深於意態，如『香堦小立不知還。徘徊久，端爲出來難』，《小重山》之豔情也，豈遜南唐？『極目香塵舊板橋。路迢迢。不見歸鞍見柳條』，《憶王孫》之春望也，逼真北宋。迺若『倩魂不隔枕函邊，化作彩雲飛去遠』，更有餘情矣。

《延露詞》綽然有生趣〔一〕，而又耐人長想。如『舊社酒徒零亂，添得紅襟燕。落花一夜嫁東風，無情蜂蝶輕相許』，詞家所謂無理而入妙，非深情者不辦。

【校記】

〔一〕此條底本接於前條之後，參照沈雄《古今詞話》分而爲二。

毛會侯工填詞，其古文已讀之久矣，然未見其《映竹軒全集》也。曾有郵寄《蝶戀花》一闋云：『桂魄清涼寒玉宇。顧影無聊，影也添淒楚。爲月不眠情更苦。來宵願下簾纖雨。待欲澆愁斟綠酮。酒盡愁生，畢竟愁爲主。天上寄愁愁可去。天孫正别銀河渚。』似此曲折情致，豈可與頹唐弄筆者比數哉？

《映山堂詞》不喜浮豔，自有沈摯之力。『夢裹和愁，愁時如夢，情似越梅酸』，此詠閨情也；『縱舞遍天涯，休教忘了，繡閣斜陽裹』，此詠落花也。一如湘真之深於意態者。

讀萬紅友詞，已見細心微詣。近得《詞律》一書，留情倚聲，服其上下千載，有功詞學，固當以公瑾望之。

汪晉賢與竹垞搜輯宋元未見詞章，刻爲《詞綜》三十卷以廣見聞，俾倚聲者之有所宗，大有功於詞者。《月河》一刻，不下千百篇，而整潔自好，亦自成家，故其人亦如之。余訪之於梧桐鄉，贈余《百字令》，信知名下無虚也。

瞿城張具區詞對偶最工，如《江南好》：『秋白菓香詩岫紫，冬青子熟酒槽紅。』又曰：『萬壽亭邊爭渡急，千人石上殢春情。』諸句清新俊逸備之矣。其七夕詞有云：『偏是儂家歡會，人間只管喧傳。』此語千古未經人道破者。

遠志齋詞衷

武進　鄒祇謨　程邨　著

己丑、庚寅間，常與文友取唐人《尊前》、《花間集》，宋人《花菴詞選》及《六十家詞》，摹倣僻調將徧。因爲錯綜諸家，考合音節，見短調字數多協，而長調不無出入，以是知刻舟記柱，非善用趙卒者也。

今人作詩餘，多據張南湖《詩餘圖譜》及程明善《嘯餘譜》二書。南湖譜平仄差核，而用黑白及半黑半白圈以分別之，不無魚豕之譌。且載調太略，如《粉蝶兒》與《惜奴嬌》，本係兩體，但字數稍同，及起句相似，遂誤爲一體，恐亦未安。至《嘯餘譜》，則舛誤益甚，如《念奴嬌》之與《無俗念》、《百字謠》、《大江乘》，《賀新郎》之與《金縷曲》，《金人捧露盤》之與《上西平》，本一體也，而分載數體。《燕春臺》之卽《燕臺春》，《大江乘》之卽《大江東》，《秋霽》之卽《春霽》，《棘影》之卽《疏影》，本無異名也，而誤仍譌字。或列數體，或逸本名，甚至錯過句讀，增減字數，而强綴標目，妄分韻脚。又如《千年調》、《六州歌頭》、《陽關引》、《帝臺春》之類，句數率皆淆亂。成譜如是，學者奉爲金科玉律，何以迄無駁正者耶？

俞少卿云：『郎仁寶瑛謂填詞名同而文有多寡、音有平仄各異者甚多，悉無書可證。然三人占，則從二人，取多者證之，可矣。所引康伯可之《應天長》、葉少蘊之《念奴嬌》，俱有兩首，不獨文稍異，而多寡懸殊，則傳流鈔錄之誤也。《樂章集》中尤多。其他往往平仄小異者亦多。吾向謂間亦有可移者，此類是也。』又云：『有二句合作一句、一句分作二句者，字數不差，妙在歌者上下縱橫所協，此自確論。但子瞻填長調多用此法，他人卽不爾。至於《花間集》，同一調名而人各一體，如《荷葉盃》、《訴衷情》之類，至《河傳》、《酒泉子》等尤甚。當時何不另創一名耶？殊不可曉。』愚按：此等處近譜，俱無定例，作詞者既用某體，卽於本題注明，亦可。

俞少卿云：『《花間集》內三十二調，《草堂》諸本所無；《尊前集》僅當《花間》三之一，而《草堂》所無者二十八調，內八調與《花間》同，餘又皆《花間》所無。有《喜遷鶯》、《應天長》、《三臺》，名與《草堂》同，而詞調不同。又有調同而名異者，《憶仙姿》卽《如夢令》，《羅敷豔歌》卽《醜奴兒令》。又有調同而微不同者，《瀟湘神》、《赤棗子》之於《搗練子》，《一斛珠》之於《醉落魄》。餘叵殫述。大抵一調之始，隨人遣詞命名，初無定準，致有紛拏。至《花草粹編》，異體怪目，渺不可極。或一調而名多至十數，殊厭披覽。後世有述，則吾不知。』愚按：此類宋詞極多，張宗瑞詞一卷，悉易新名，近來名人亦間效此。余選悉從舊名，而詳爲考注，庶使觀者披卷曉然耳。

阮亭常云：『詞選須從舊名，如《本草》誌藥，一種數名，必好稱新目，無裨方理，徒惑聽睹。』愚謂好用舊譜之改稱者，如《本草》中之別名也。又有自立新名，按其詞，則枵然無有者，如《清異錄》中藥名，好奇妄撰者也。然間有古名無謂，而偶易佳名者，如用修易《六醜》爲《個儂》，阮亭易《秋思耗》爲《畫屏秋色》，但就本詞稱之，亦不妨小作狡獪。

詞有一體而數名者，亦有數體而一名者。詮敘字數，不無次第參錯。其一二字之間，在於作者研詳綜變，譜中譜外多取唐、宋人本詞較合，便得指南。張世文、謝天瑞、徐伯曾、程明善等，前後增損繁簡，俱未盡善。沈天羽謂《花間》無定體，不必派入體中。但就《河傳》、《酒泉子》諸調言之可耳，要之，亦非定論。前人著令，後人爲律，如樂府《鐃歌》諸曲，歷晉宋六朝以迄三唐，名同實異，參稽互變。必謂《花間》無定體，《草堂》始有定體，則作小令者，何不短長任意耶？中郎虎賁，吾善乎俞光禄之言耳。

僻調之多，以柳屯田爲最。此外則周清真、史梅溪、姜白石、蔣竹山、吴夢窗、馮艾子集中，率多自製新調，餘家亦復不乏。至如晁次膺、万俟雅言之依月按律，進詞應制，調名尚數百種未傳，曾覯、張掄、吴琚輩亦然。今人好摹樂府，句櫛字比，行數墨尋，而詞律之學，棄如秋蒂。間有染指，不過《草堂》遺調，率趨易厭難之故，豈欲盡理還之日耶？

詞之歌調即已失傳，而後人製調創名者，亦復不乏。此用修之《落燈風》、《款殘紅》，元美之《小諸皋》、《怨朱絃》，緯真之《水慢聲》、《裂石青江》，仲茅之《美人歸》，仲醇之《闌干拍》，以及《支機集》之《琅天樂》、《天台宴》等類，不識比之《樂章》、《大聲》諸集，輒叶律與否？文人偶一爲之，可也。

宋人諸體亦有不可驟解者，如蘇長公之《皂羅特髻》中調連用七『采菱拾翠』字，程書舟之《四代好》長調連用八『好』字，劉龍洲之《四犯剪梅花》長調中犯《解連環》、《醉蓬萊》二段、《雪獅兒》等體。又如柳屯田《樂章集》中，《傾盃》、《塞孤》、《祭天神》諸長調，俱不分换頭。凡此等類，未易縷析。龍洲之四犯，想即如南北曲之有二犯、三犯耶？或後人所增，如劉煇之嫁名歐陽，未可知也。

調名原起之説起於楊用修及都玄敬。而沈天羽掩楊論爲己説，如：『《蝶戀花》取梁元帝「翻階蛺蝶戀花情」，《滿庭芳》取吴融「滿庭芳草易黄昏」，《點絳脣》取江淹「白雪凝瓊貌，明珠點絳脣」，《鷓鴣天》取鄭嵎「春遊雞鹿塞，家在鷓鴣天」，《惜餘春》取太白賦語，《浣溪沙》取杜陵詩意，《青玉案》取《四愁詩》語。』『《踏莎行》取韓翃詩「踏莎行草過青溪」，《西江月》取衛萬詩「只今惟有西江月」。』『《菩薩蠻》，西域婦髻也。《蘇幕遮》高昌女子所戴油帽，西域婦帽也。《尉遲杯》，尉遲敬德飲酒，必用大杯也。《蘭陵王》，每入陣，必先歌其勇也。《生查子》，古「槎」字，張騫乘槎事也。《瀟湘逢故人》，柳渾詩句也。』此升菴《詞品》也即沈天羽所載疏名。又如：『《滿庭芳》取柳柳州「滿庭芳草積」，《玉樓春》取白樂天詩「玉樓宴罷醉和春」，《丁香結》取古詩「丁香結恨新」，《霜葉飛》取杜詩「清霜洞庭葉，故欲別時飛」，《宴清都》取沈隱侯「朝上閶闔宴，夜宴清都闕」。』又云：『《風流子》出《文選》，劉良《文選》注曰：「風流，言其風美之聲，流於天下。子者，男子之通稱也。」《荔枝香》出《唐書》，貴妃生日，命小部奏新曲，未有名，適進荔枝至，因名《荔枝香》。《解語花》出《天寶遺事》，亦明皇稱貴妃語。《解連環》出《莊子》「連環可解」也。《華胥引》出《列子》，黄帝晝寢，夢遊華胥之國。如《塞垣春》，「塞垣」二字出《後漢書·鮮卑傳》。《玉燭新》，「玉燭」二字出《爾雅》。』此元敬《南濠詩話》也。卓珂月又云：『《多麗》，張均妓名，善琵琶者也。《念奴嬌》，唐明皇宫人念奴也。』愚按：宋人詞調不下千餘，新度者卽本詞取句命名，餘俱按譜填綴，若一一推鑿，何能盡符原指？安知昔人最始命名者，其原詞不已失傳乎？且僻調甚多，安能一一傅會載籍。自命稽古學者，學者寧失闕疑，毋使後人徒資彈射，可耳。

胡元瑞《筆叢》駁用修處最多，其辨詞調尤極覼縷。如辨詞名之本詩者，《點絳脣》、《青玉案》等，楊說或協，餘俱偶合，未必盡自詩中。『滿庭芳草易黄昏』，唐人本形容淒寂，詞名《滿庭芳》豈應出此？《生查子》，謂『查』卽古『槎』字，合之博望，意義不通。《菩薩蠻》，謂蠻國之人危髻金冠，瓔絡被體，故名，非專指婦髻也。《蘭陵王入陣曲》，見《北齊史》。『尉遲大杯』，正史無考，乃誤認元人雜劇。《鷓鴣天》，謂本鄭嵎詩，則《雞鹿塞》當入何調？曲中有《黃鶯兒》、《水底魚》、《鬥鵪鶉》、《混江龍》等，又本何調耶？元瑞此論，可謂《詞品》董狐矣。愚按：用修、元敬，俱號綜博，而過於求新作好，遂多瑕漏。如一《滿庭芳》，而用修謂本吳融，元敬謂本柳州，果何所原起歟？《風流子》二字一解，尤爲可笑。詞中如《贊浦子》、《竹馬子》之類極多，亦男子通稱耶？則『兒』字又屬何解？《荔枝香》、《解語花》與《安公子》等類相近，似乎可據。若連環、華胥本之『莊』、『列』，『塞垣』、『玉燭』本之《後漢書》、《爾雅》，遙遙華胄，探何星宿，毋乃大遠？此俱穿鑿傅會之過也。然元瑞考據精詳，而於詞理未盡研涉。毛馳黃《詩辨坻》駁胡元瑞云：詞人以所長入詩，其七言律，非平韻《玉樓春》，則襯字《鷓鴣天》。而《玉樓春》無平韻者，《鷓鴣天》無襯字者，是不知有《瑞鷓鴣》，而以臆說坿會也。此數調本在眉睫，而持論或誤，信乎博而且精之爲難矣。愚又按：《詞品》序中云：『唐七言律，卽詞之《瑞鷓鴣》也。七言仄韻，卽詞之《玉樓春》也。』胡豈不知，而臆辭若此，豈有意避楊語，或下筆之偶誤耶？

《詞品》云：『唐詞多緣題所賦，《臨江仙》則言水仙，《女冠子》則述道情，《河瀆神》則緣祠廟，《巫山一段雲》則狀巫峽，《醉公子》則詠公子醉也。』胡元瑞《藝林學山》云：『諸詞所詠，固卽調名。然詞家亦間如此，不盡泥也。《菩薩蠻》稱唐世諸調之祖，昔人著作最眾，乃無一曲與詞名相合，餘可類推，猶樂府然。題，卽詞曲之名也；聲調，卽詞曲音節也。宋人填詞，絕唱如『流水孤村』、『曉風殘月』等篇，皆與調名了不關涉。而王晉卿《人月圓》、謝無逸《漁家傲》，殊碌碌無聞，則樂府所重在調不在題，明矣。』愚按：此論，楊固太泥，胡亦未盡通方也。大率古人由詞而製調，故命名多屬本意。後人因調而填詞，故賦寄率離原辭。曰填曰寄，通用可知。宋人如《黄鶯兒》之詠鶯、《迎新春》之詠春，柳耆卿《月下笛》之詠笛，周美成《暗香》、《疏影》之詠梅，姜夔《粉蝶兒》之詠蝶，毛滂如此之類，其傳者不勝屈指，然工拙之故原不在是。近阮亭、金粟與僕，題余氏女子諸繡《浣紗圖》，則用《浣溪紗》、《思越人》、《西施》等名；《高唐神女圖》，則用《巫山一段雲》、《高陽臺》、《陽臺路》等名；《洛神圖》，則用《解佩令》、《伊川令》、《南浦》等名；《柳毅傳書圖》，則用《望湘人》、《傳言玉女》、《瀟湘逢故人慢》等名。其他集中所載，亦居什二，偶爾引用，巧不累雅。藉是名工，所謂竇中窺日，未見全照耳。

胡元瑞又云：『升菴論曲中《黄鶯兒》、《素帶兒》，亦詠鶯詠帶者，尤非。鶯以喻聲，帶以寓情耳。』愚按：詞中亦有《黄鶯兒》，柳永《樂章集》第一首卽是詠鶯，何胡見之偏也！大約此等處刻於彈射，輸攻墨守，徒勞搖襞，與詞理正自徑庭。

沈天羽云：『詞名多本樂府，然去樂府遠矣。南北劇名，又本填詞，然去填詞更遠矣。』愚按：南北劇與填詞同者，《青杏兒》，中調卽北劇小石調；《憶王孫》，小令卽北劇仙呂調。小令之《搗練子》、《生查子》、《點絳脣》、《霜天曉角》、《卜算子》、《謁金門》、《憶秦娥》、《海棠春》、《秋蘂香》、《燕歸梁》、《浪淘沙》、《鷓鴣天》、《虞美人》、《步蟾宮》、《鵲橋仙》、《夜行船》、《梅花引》，中調之《唐多令》、《一剪梅》、《破陣子》、《行香子》、《青玉案》、《天仙子》、《傳言玉女》、《風入松》、《剔銀燈》、《祝英臺近》、《滿路花》、《戀芳春》、《意難忘》，長調之《滿江紅》、《尾犯》、《滿庭芳》、《燭影搖紅》、《絳都春》、《念奴嬌》、《高陽臺》、《喜遷鶯》、《東風第一枝》、《真珠簾》、《齊天樂》、《二郎神》、《花心動》、《寶鼎現》，皆南劇之引子。小令之《柳梢青》、《賀聖朝》，中調之《醉春風》、《紅林檎近》、《驀山溪》，長調之《聲聲慢》、《八聲甘州》、《桂枝香》、《永遇樂》、《解連環》、《沁園春》、《賀新郎》、《集賢賓》、《哨遍》，皆南劇慢詞。外此鮮有相同者。更有南北曲與詩餘同名而調實不同者，又不能盡數。胡元瑞云：『宋人《黃鶯兒》、《桂枝香》、《二郎神》、《高陽臺》、《好事近》、《醉花陰》、《八聲甘州》之類，與元人毫無相似。若《菩薩蠻》、《西江月》、《鷓鴣天》、《一剪梅》，元人雖用，悉不可按腔矣。』愚按：此等《九宮譜》中悉載，然有全體俱似者，又有不用換頭者。至詞曲之界，本有畦畛，不得謂調同而詞意悉同，竟至儒、墨無辨也。

朱承爵《存餘堂詩話》云：『詩詞雖同一機杼，而詞家意象與詩略有不同。句欲敏，字欲捷，長篇須曲折三致意而氣自流貫，乃得。』此語可爲作長調者法。蓋詞至長調而變已極，南宋諸家凡以偏師取勝者，無不以此見長。而梅溪、白石、竹山、夢窗諸家，麗情密藻，盡態極妍。要其瑰琢處，無不有蛇灰蚓線之妙，則所云一氣流貫也。

余常與文友論詞，謂小調不學《花間》，則當學歐、晏、秦、黃。《花間》綺琢處，於詩爲靡，而於詞，則如古錦紋理，自有黯然異色。歐、晏蘊藉，秦、黃生動，一唱三歎，總以不盡爲佳。《清真》、《樂章》，以短調行長調，故滔滔莽莽處，如唐初四傑作七古，嫌其不能盡變。至姜、史、高、吳，而融篇煉句琢字之法無一不備。今惟合肥兼擅其勝，正不如用修好入六朝麗字，似近而實遠也。

小調換韻，長調多不換韻，間如《小梅花》、《江南春》諸調，凡換韻者，多非正體，不足取法。

阮亭常爲予言：『詞至雲間，《幽蘭》、《湘真》諸集，言內意外，已無遺議。柴虎臣所謂「華亭腸斷，宋玉魂消」，稱諸妙合，謂欲耑詣。』斯言論詩未允，論詞神到。所微短者，長篇不足耳。北宋諸家，大率如是。正如嘉州、右丞不能爲工部之五七排體，自足名家。

阮亭既極推雲間三子，而謂入室登堂，今惟子山、其年。子山《江楓》一集，力删透露； 其年詠枕諸篇，更饒含藴。情景兼得，吾何間然。

《詞品》云：『填詞，於文爲末，而非自《選》詩、樂府來，不能入妙。李易安詞「清露晨流，新桐初引」，乃全用《世説》話。』愚按： 詞至稼軒，經子百家，行間筆下，驅斥如意。近則婁東善用《南》、《北史》，江左風流，惟有安石，詞家妙境，重見桃源矣。

稼軒雄深雅健，自是本色，俱從《南華》、《沖虚》得來。然作詞之多，亦無如稼軒者。中調、短令，亦間作嫵媚語，觀其得意處，真有壓倒古人之意。爾來如展成《反止酒》、奕先《偶然間》、敦五《焚筆硯》、紫曜《夢醒》諸作，駸駸爭先，無夏公謹宣武學司空之恨。至阮亭、金粟、艾菴唱和，偶興數闋，以筆墨牢騷寫胷中塊壘，無意摹古，而提劉攀陸，予能無續貂之愧耶？

張玉田謂：『詞不宜和韻，蓋詞語句參錯，復格以成韻，支分驅染，欲合得離。能如李長沙所謂善用韻者，雖和，猶如自作，乃爲妙協。』近則龔中丞《綺讖》諸集，半用宋韻。阮亭稱其與和杜諸作，同爲天才，不可學。其餘名手多喜爲此，如和坡公楊花諸闋，各出新意，篇篇可誦。但不可如方千里之和《片玉》、張杞之和《花間》，首首强叶，縱極意求肖，能如新豐雞犬，盡得故處乎？

詠物，固不可不似，尤忌刻意太似。取形不如取神，用事不若用意。宋詞至白石、梅溪始得個中妙諦，今則短調，必推雲間； 長調，則阮亭贈雁、金粟詠螢詠蓮諸篇，可謂神似矣。僕於銷夏時亦詠僻題數十闋，雖選料、煉句處謬爲諸公所歎，然形神縹緲之間，固不無望三神山之恨。

詞至詠古，非惟著不得宋詩腐論，並著不得晚唐人翻案法。反復流連，別有寄託，如楊文公讀義山『珠箔輕明』一絕句，能得其措辭寓意處，便令人感慨不已。

賀黃公云：『生平不喜集句詩，以佳則僅一斑斕衣，不佳且百補破衲也。』至詞，則尤難神合。曩惟仲茅，今則文友、阮亭，稱爲老手並驅。然此體政不必多作。

詞有隱括體，有迴文體。迴文之就句迴者，自東坡、晦菴始也；其通體迴者，自義仍始也。近來吾友公阮文友有一首迴作兩調者，文人慧筆，曲生狡獪，此中故有三昧，匪徒乞靈竇家餘巧也。

阮亭極推俞光祿小調爲近今第一手，方學士坦菴云：『常與光祿論詞，其言耑主音格，謂寧紬意以就字，不可軼字以伸意。』余謂此卽光祿長調所以不能勝人處。

俞少卿云：『萬曆以來，詩文、制義化爲四目蒙魌、九頭妖鳥；而詩餘以無人染指故，獨留本來面目。』此言故是激論，如馮、董二文敏、趙忠毅、吳文端、李太僕、范尚寶、焦修撰、王編修諸公，何嘗無一二佳調？但非耑家，故不爲少卿所推藉耳。

《草堂》不選竹齋黃機、金谷石孝友詞，《花菴》不選姑溪李之儀、友古蔡伸詞。古來名作散軼，或其佳處而不傳，或傳者未必盡佳，正賀黃公所謂『文之所在，不必名之所在也』。然賈文元生平止作一詞，阮閎休、王元澤亦復止一二闋。琪花瑤草，正以不多爲貴，抑『楓落吳江冷』，便所見不如所聞耶？

詞之《紇那曲》、《長相思》，五言絕句也。俱載《尊前集》中。《柳枝》、《竹枝》、《清平調引》、《小秦王》、《陽關曲》、《八拍蠻》、《浪淘沙》，七言絕句也。《阿那曲》、《雞叫子》，仄韻七言絕句也。《花間集》中多收諸體。《瑞鷓鴣》，七言律詩也。載《草堂》集中。《款殘紅》，五言古詩也。楊用修體。體裁易混，徵選實繁，故當稍別之，以存詩詞之辨。

卓珂月、徐野君《詞統》一書，搜奇葺僻，可謂詞苑功臣。而珂月《蕊淵》、野君《雁樓》二集，亦復風致淋漓，豔詄競響，但過於尖透處，未免浸淫元曲耳。其間野君持論更優，觀其序陸蓋思詞數語，可謂得詞理三昧。

詩家有王、孟、儲、韋一派，詞流惟務觀、仙倫、次山、少魯諸家近似，與辛、劉徒作壯語者有別。近惟顧菴學士情景相生，縱筆便合，酷似渭南老人。言遠、方伯，洮洮清迴，與葛理問、震父、瑜亮，更如岸初、文夏、耕隖、昆侖諸公，俱以閒澹秀脫爲宗，不作濃情致語。求之近代，其文待詔、陳徵君之間乎？

《賀黄公詩話》云：『元、白、溫、李，皆稱豔手，而元之「頻頻聞動中門鎖，猶帶春醒懶相送」、李之「書被催成墨未濃，車走雷聲語未通」，始真是浪子宰相，清狂從事。』《詞筌》云：『詞至少游「無端銀燭殞秋風」之類，而蔓草頓丘，不惟極意形容，兼亦直認無諱，數語可謂樂而不淫。然黄公《紅牙》一集，其刻畫迷離處，西陵松柏，北里菖蒲，履遺纓絕，宛然在目。所云生平悔習此技者，其黄才伯如花落梅之喻耶？抑弇洲所謂寧爲大雅罪人也？』

阮亭嘗云：『有詩人之詞，有詞人之詞。詩人之詞，自然勝引，託寄高曠，如虞山、曲周、吉水、蘭陽、新建、益都諸公是也。詞人之詞，纏綿蕩往，窮纖極隱，則凝父、遐周、蕣僧、去矜諸君而外。』此理正難簡會。

沈天羽《別集》一選，自謂有槌腸鏤腎之妙。吾最喜其意致相詭，言語妙天下數語，爲詩餘開卻生面。近如嵇叔子、尤展成、許有介、王山長諸集，類皆瓌姿逸穎，體裁別出。然亦有刻意纖僻，致離本旨，如蕪陰張淥漁、雲間朱宗遠、楚中許漱石、趙友沂諸君，不無奇過得庸，深極反淺之病。岷源濫觴，不得不歸咎於『別集』二字。

王次公云：『詞曲家非當行本色，雖麗語博學，無用。麗語而復當行，不得不以此事歸之雲間諸子。至婁東惟夏、次谷二君，善能作本色語，揆之乃祖，可謂大小美復出。』

李長文學士詞，清姿朗調，原本秦、黃。爲予言少作極多，因在館署日，薛行屋侍郎勸弗多作，以崇詩格，乃遂擱筆。昔文太青少卿亦持此論，先輩大率如此。楊用修云：『詩聖如子美，而集內塡詞無聞。少游、幼安，詞極工矣，而詩殊不强人意。』揆之通論，夫豈盡然？

詞至柳洲諸子，幾二百餘家，可謂極盛。無論袁、錢、戈、支諸先輩，吐納風流，如爾斐、子顧、子更、子存、卜臣、古喤諸家，先後振藻飆流，符會實有倡導之功。要之，阮亭所云『不纖不詭，一往熨貼』，則柳洲詞派盡矣。

廣陵寓舍，一日，彭十金粟雨中過集，讀雲華、蓉渡諸詞，曰：『此非秀法師所訶耶？如此，泥犂安得有空日？』又曰：『自山谷來，泥犂盡如我輩，此中便無俗物敗人意。』爲之絕倒。

雲華詞，其橅仿屯田處，窮纖極眇，纏綿儇俏。然毛馳黃云『柳七不足師』，此言可爲獻替。蓋《樂章集》多在旗亭北里間，比《片玉詞》更宕，而盡鄭繁雅簡，便啓《打棗》、《挂枝》伎倆。阮亭與僕於文友少作，多所刪逸，亦是此意。

廣陵諸子，善百、園次，巧於言情；宗子梅岑，精於取境。然宗固是豔才，刻意避《香奩》語，豈畏北海無禮之呵耶？

《虞山詩選》云：『夏貴溪喜爲長短句，詩餘小令，草藁未削，已傳佈都下，互相傳唱。歿未百年，而《花間》、《草堂》之集無有及公謹名氏者，求如前代所謂曲子相公，亦不可得。大約《花間》、《草堂》，亦宋人選集之偶傳者耳，此外不傳者何限？況並不入選中，則佳詞滅沒，又不知其幾矣。』近嚴都諫顥亭亦云然。邇來詩餘無成選，故名作遂多散軼，目前如此，將來可知，安得呵爲剩技，遂云無關大雅哉！

張光州南湖《詩餘圖譜》，於詞學失傳之日，創爲譜系，有蓽路藍縷之功。《虞山詩選》云：『南湖少從王西樓遊，刻意填詞，必求合某宮某調，某調第幾聲，其聲出入第幾犯，抗墜圓美，必求合作。』則此言似屬溢論。大約南湖所載，俱係習見諸體，一按字數多寡、韻腳平仄，而於音律之學尚隔一塵。試觀柳永《樂章集》中，有同一體而分大石、歇指諸調，按之平仄，亦復無別。此理近人原無見解，亦如公䣭所言『徐六擔板』耳。

長調惟南宋諸家才情蹀躞，盡態極妍。阮亭嘗云：『詞至姜、吳、蔣、史，有秦、李所未到者。正如晚唐絕句，以劉賓客、杜紫微爲神詣，時出供奉、龍標一頭地。彭十金粟所作數十闋，長調妙合斯恉。』阮亭戲謂彭十是豔詞耑家，余亦云：『詞至金粟，一字之工，能生百媚，雖欲佛然不受，豈可得耶？』『詩語入詞，詞語入曲，善用之，卽是出處，襲而愈工。』阮亭極持此論，常評金粟《花心動·秋思》詞有云：白太傅『吳孃暮雨瀟瀟曲，自別江南久不聞』，錢宗伯『東風誰唱吳娘曲，暮雨瀟瀟閶禁城』，及自作『年來慣聽吳娘曲，暮雨瀟瀟水閣頭』；金粟乃云：『鷩秋客到傷心處。江南夢、一曲瀟瀟暮雨。』總由『暮雨瀟瀟郎不歸』生出如許心想，使拙筆爲之，便如芻狗再夢，數見不鮮矣。

梁谿、雲門諸子才華斐然，近對巖以蓀友、樂天、景行、華峯、青蓮及家黎眉詞見示，合之山來、沛幺諸子舊作，筆舌藴藉，清豔兼長。惜全集欲成，採擷絕少，不無蛤帳將旦之恨。乃對巖以古文作手自命，諸子亦詩歌競爽，而詞悉當家。故知攬芳擷蕤，正不以倚聲爲庳格耳。

余向序阮亭詞云：『同里諸子好工小詞，如文友之儇豔、其年之矯麗、雲孫之雅逸、初子之清揚，無不盡東南之瑰寶。今則陳、董愈加綿渺，二黄益屬深妍。更如庸菴之醇潔、風山之超爽、卓山之精腴、介眉之雋練、公阮之幽峭、紫曜之鮮圓、陶雲之雅潤、賡明之秀濯，含英咀華，彬彬可誦。詞雖小道，讀之亦覺風氣日上。』

序《衍波詞》者，唐祖命云：『極哀豔之深情，窮倩盼之逸趣。其旖旎而穠麗者，則景、煜、清照之遺也；其芊綿而俊爽者，則淮海、屯田之匹也。』丁景呂云：『朦朧萌拆，明雋清圓，卽令小山選句以爭妍，淮海含毫而競秀，諒無慚夫入室，或興嘆於積薪。』徐東癡云：『綵筆豪人，事窮工於一字；瓊裾慧女，購善本以千金。』又云：『流商激楚之音，發皓揚清之技。芳澤雜揉，竹絲漸近。錦囊之句，兼善夫短長；團扇之篇，妙得諸參錯。』凡茲數則，不獨爲阮亭詩餘寫照，亦可以溯洄詞藴矣。

袁籜菴以樂府擅名，自謂醉心馬貫音學。其序《衍波詞》云：『詞律甚嚴，稍戾卽不叶，其關要處，正需此一字，阮亭剛剛填此一字。其行文如水之流坎，落韻如屨之稱足。音文雙妙，自然天成。卽口頭極平極淡之字，一經陶寫，便覺香豔鏗潟，壓紙欲飛。生居古人之後，而猶多創獲之詞，非才倍古人者弗能。』此論多主音律，微近曲理，然阮亭固當不愧此語。

金粟云：阮亭《衍波》一集，體備唐宋，珍逾琳琅，美非一族，目不給賞。如春去秋來二闋，以及

『射生歸晚，雪暗盤雕』、『屈子《離騷》，史公貨殖』等語，非稼軒之託興乎？揚子江上之『風高雁斷』、蜀岡眺望之『亂柳棲鴉』，非坡公之弔古乎？詠鏡之『一泓春水碧如烟』、贈雁之『水碧沙明，參橫月落，遠向瀟江去』，非梅溪、白石之賦物乎？『楚簟涼生，孤睡何曾著。借錦水桃花箋色，合鮫淚和入隃麋，小字重封』，非清真、淮海之言情乎？約而言之，其工緻而綺靡者，《花間》之致語也；其婉孌而流動者，《草堂》之麗字也。洵乎排黃軼秦，淩周駕柳，盡態窮姿，色飛魂斷矣。凡此雅論，無非實錄。昔空同、大復，苦相排難；瑯琊、歷下，過屬稱標，我輩正當祛斯二惑耳。

余昔序阮亭詞，略云：常論前代諸家，文成之於元獻，猶蘭亭之似梓澤也；新都之於廬陵，猶弘治之似伯玉也；瑯琊之於眉山，猶小令之似大令也；公謹之於幼安，猶宣武之似司空也。逮黃門舍人之於屯田待制，直如曹、劉之於蘇、李，遂覺後來益工，然未有如吾阮亭者也。世有解人，應不河漢余言。

汪茗文《說鈴》云：『二王好香奩詩，每唱和至數十首。劉比部寓書，輒問訊博士，曰：「王六西樵不致墮韓冬郎雲霧否？此雖慧業，併此不作，可也。」』余戲謂阮亭云：『公甋曾爲此論，何以又作《詞繹》一書？』然茗文又云：『彈棋賦詩，俱是惡業，但日誦《楞嚴經》一卷，便足了事。』信如此言，盡當掃卻文字禪耳。

沈豳祈云：『唐詞多述本意，故有調無題。以題綴調，深乖古則。』此言亦詞理之末端耳。集中有倣詞旃命題，卽本詞取名者，故不嫌偶增一二。

金粟《延露》，阮亭《衍波》，高才閒擬，濡筆奇工，合之雙美，離之各擅。彭、王齊名，良云不忝。然阮亭常云：『每當彭十，輒復自慚傖父。』金粟亦謂阮亭云：『君詩文歌詞悉踞峯頂，令我輩從何處生活？』近有以僕《麗農詞》，列爲三家者，糠粃謬先，當有子魚龍尾聲之恧矣。

詞韻衷

阮亭常與余論韻，謂：『周挺齋《中原音韻》爲曲韻，則范善溱《中州全韻》當爲詞韻，至《洪武正韻》，斟酌諸書而成，其於詩韻，有獨用併爲通用者東冬、清青之屬，有一韻析爲二韻者虞模、麻遮之屬。如「冬」、「鐘」併入「東」韻，「江」併入「陽」韻，挑出「元」字等入先韻，「翻」字、「殘」字等入刪韻，俱於宋詞暗合，填詞者所當援據。』議極簡核。但愚按：《中州》之比《中原》，止省陰陽之別，及所收字微寬耳。其減入聲作三聲，及分『車』、『遮』等韻，則一本《中原》，尚與詞韻有辨。卽阮亭舊作如《南鄉子》、《卜算子》、《念奴嬌》、《賀新郎》諸闋，所用魚模仄韻，有將入聲轉叶者，俱用《中州》韻故耳。揆諸宋人韻脚所拘，借用一二，亦轉本音，竟爾通叶。昔人少覯，至毛氏南曲韻十九則，乃全依《正韻》分部，而又云沈氏《詞韻》、《中原音韻》可以參用，大約詞韻寬於詩韻，合諸書參伍以盡變，則瞭若指掌矣。

沈天羽云：『曲韻近於詞韻，而支紙寘上下分作支思、齊微兩韻，麻禡上下分作家麻、車遮兩韻，及減去入聲，故曲韻不可爲詞韻。』胡文煥《詞韻》，三聲用曲韻，而入聲用詩韻，居然大盲。將詞韻不亡於無，而亡於有，深可嘆也。今有去矜《詞韻》，考據該洽，部分秩如，可爲填詞家之指南。但內中如支紙、佳蟹二部，與周韻齊微，皆來近；元阮一部，與周韻寒山、桓歡、先天殊。周韻平上去聲十九部，而沈韻平上去聲止十四部，故通用處較寬。然四支竟全通十灰半，元寒、刪先全通用，雖宋詞蘇、柳間然，畢竟稍濫，覺不如周韻之有別。且上去二聲，宋詞上如紙尾聲語御薺，去如寘未御遇霽，多有通用，近詞亦然。而平韻如支微魚虞齊，則斷無合理，似又未能槩以平貫去入。蓋詞韻本無蕭畫，作者遽難曹隨。分合之間，辨極銖黍，苟能多引古籍，參以神明，源流自見。余於沈韻質疑一二，以當莛叩，不敢輕爲嗤點也。

宋人詞韻有通用至數韻者，有忽然出一韻者，有數人如一轍者，有一首而僅見者。後人不察，利爲輕便，一韻偶侵，遂延他部，數字相引，竟及全文，此毛氏一人通譜，全族通譜之喻爲不易也。學者但遵成法，並舉習見者於繩尺，自鮮蹉跌。無遽以魯男子之不可，學柳下惠之可耳。

自詞韻無成書，而近來名手操觚者隨意調叶，不按古法，如賀黃公《詞筌》一書，引斷典覈，而於詞韻未嘗留意。其所製《紅牙集》，長調多有出入，如《一萼紅・感舊》之成、溫、音、吟通叶，《風流子・本意》之陰、溫、青、裙及衣、襦、歙、醫通叶，《多麗・本意》之零、薰、裙、屏通叶，則支、齊、魚、虞四韻，庚、青、蒸、侵、真、文、元七韻，均不辨矣。而柳洲諸家有以魚、虞、歌三韻通用者，良由浙音使然。更甚者，寒、山、先、天、覃、咸、鹽七韻，遞相牽綴，龐然雜出。而入聲一韻，尤隨手填湊，淄澠無別。此等因習，佳詞不乏，所云一韻之駁，坐累全篇，亮音俊曲，終於廢棄，反不如胡氏《詞韻》之按部就班矣。

宋詞多上去通用，其來已久。考《樂府雜錄》云：『平聲羽七調，上聲角七調，去聲宮七調，入聲商七調。』又《元和韻譜》云：『平聲者哀而安，上聲者厲而舉，去聲者清而遠，入聲者直而促。』則昔人歌筵舞袖間，何以使紅牙畢協，其理固不可强解。

入聲最難分別，卽宋人亦錯綜不齊，沈氏《詞韻》當已，近柴虎臣《古韻》，則一屋、二沃通，而三覺半通。三覺半，如嶽、濁、角、數之類。 四質、五物通，而九屑半通。九屑半，如耋、拙、譎、結之類。 六月、七曷、八黠、九屑通。 十藥、十一陌通，而三覺半通。三覺半，如翯、濯、邈、朔之類。 十二錫、十三職通，而十一陌半通。十一陌半，如辟、革、易、麥之類。 十四緝獨用。 十五合、十六葉、十七洽通。 毛馳黄曲韻，則準《洪武正韻》，而一屋單用，二質、七陌、八緝通用，三曷、六藥通用，四轄、九合通用，五屑、十葉通用。 又屑、葉可單用，因南曲入聲單押而設也，與《詞韻》俱可參證。 又毛氏《唐韻四聲表》，統以穿鼻、展輔、抵齶、斂脣、直喉、閉口諸部分爲經緯。 其於入聲辨析益嚴，中間子母離合，嫡裔判承，證古之外，以按文尋聲得之，窮源別支，轉換反叶，兼及陰陽首尾之故，鉤貫探索，爲説甚辯。 茲但取其關要《詞譜》者，薈撮一二耳。

毛氏《五韻目》云： 柴氏《古韻》，爲晉、宋以前古體詩辭之韻。 孫愐《唐韻》，爲齊、梁以後古近體詩詞之韻。 周德清《中原音韻》爲北曲韻，沈氏《詞韻》爲填詞韻，毛氏《南曲正韻》爲南曲韻，畦畛劃然。 陳其年敘有云： 『自六季以迄金元，新聲代啓，韻亦因之。 若使擬贈婦、述祖之篇，而必押「家」爲「姑」； 作吳歈越豔之體，而乃激些成亂。 染指《花間》，而預爲車遮勸進； 耽情南曲，而仍爲關鄭殘客。 實大雅之罪人，抑閨襜之別錄也。』此數語可爲破的。

嘗觀方子謙《韻會小補》所載，有一字而數音者，有一字而古讀與古叶各殊者。 古人用韻參錯，必有援據。 今人孟浪引用，借以自文惑已。 如辛稼軒，歌、麻通用，鮮不疑之。 毛馳黄云： 古六麻一部入魚、虞、歌三部，蓋車讀如居，邪讀如徐，花讀如敷，家、瓜讀如姑，麻讀如磨，他讀如拖之類是也。 填詞與騷賦異體，自當斷以近韻爲法。

沈休文《四聲韻》中，如朋與蒸、鞾與戈、車與麻、打與等、卦劃與怪壞之類，挺齋、升菴俱駮爲缺舌。而宋詞中至張仲宗呼否爲府，以叶主、舞；林外呼瑣爲掃，以叶老；俞克成呼我爲襖，以叶好。《詞品》皆指爲閩音，其說甚當。而毛馳黃謂沈韻本屬同文，非江淮間偏音。挺齋詆之，謬已。蓋自《三百篇》、楚詞以迄南曲，一系相承，俱屬爲韻統。而北曲偏音，四聲不備爲別統，故金元人作詩亦用沈《韻》，作詞亦不嘗用周《韻》，從無以入聲分叶平上去者，又安得以曲韻廢詞韻，且上格詩韻乎？

金粟詞話

海鹽　彭孫遹　駿孫　著

詞以自然爲宗，但自然不從追琢中來，便率易無味。如所云絢爛之極，乃造平澹耳。若使語意澹遠者稍加刻畫，鏤金錯繡者漸近天然，則駸駸乎絶唱矣。

宋人張玉田論詞，極推少游、竹屋、白石、梅谿、夢窗諸家，而稍詘美成。夢窗之詞雖瑣繢滿眼，然情致纏緜，微爲不足。余獨愛其《除夕立春》一闋，兼有天人之巧。美成詞如十三女子，玉豔珠鮮，政未可以其軼媚而少之也。

李易安『被冷香銷新夢覺，不許愁人不起』、『守著窗兒，獨自怎生得黑』，皆用淺俗之語，發清新之思，詞意並工，閨情絶調。

詞人用語助入詞者甚多，入豔詞者絶少。惟秦少游『悶則和衣擁』，新奇之甚，用『則』字，亦僅見此詞。

柳耆卿：『卻傍金籠教鸚鵡，念粉郎言語。』《花間》之麗句也；辛稼軒：『驀然回首，那人卻在燈火闌珊處。』秦、周之佳境也；少游：『怎得香香深處，作個蜂兒抱。』亦近似柳七語矣。

山谷：『「女」邊著「子」，「門」裏安「心」。』鄙俚不堪入誦，如齊梁樂府：『霧露隱芙蓉，明燈照空局。』何蘊藉乃沿爲如此語乎？

南宋詞人如白石、梅谿、竹屋、夢窗、竹山諸家之中，當以史邦卿爲第一，昔人稱其分鑣清真，平睨方回，紛紛三變行輩不足比數，非虚言也。

詞家每以『秦七黄九』竝稱，其實黄不及秦甚遠，猶高之視史，劉之視辛，雖齊名一時，而優劣自不可揜。

范希文《蘇幙遮》一調，前段多入麗語，後段純寫柔情，遂成絶唱。『將軍白髮征夫淚』，亦復蒼涼悲壯，慷慨生哀。永叔欲以『玉階遥獻南山壽』敵之，終覺讓一頭地。『窮塞主』，故是雅言，非實録也。

詞以豔麗爲本色，要是體製使然。如韓魏公、寇萊公、趙忠簡，非不冰心鐵骨，勳德才望，照映千古，而所作小詞有『人遠波空翠』、『柔情不斷如春水』、『夢回鴛帳餘香嫩』等語，皆極有情致，盡態窮姸，乃知廣平梅花政自無礙，豎儒輒以爲怪事耳。司馬溫公亦有『寶髻鬆鬆』一闋，姜明叔力辨其非，此豈足以誣溫公？真贋要可不論也。

林處士梅妻鶴子，可稱千古高風矣。乃其惜别詞，如『吴山青，越山青』一闋，何等風致！《閒情》一賦，詎必玉瑕珠纇耶？

牛嶠『須作一生拚，盡君今日歡』，是盡頭語。作豔語者，無以復加。柳七亦自有唐人妙境，今人但從淺俚處求之，遂使《金荃》、《蘭畹》之音流入《挂枝》、《黄鶯》之調，此學柳之過也。

稼軒之詞，胷有萬卷，筆無點塵，激昂排宕，不可一世。今人未有稼軒一字，輒紛紛有異同之論，宋玉罪人，可勝三嘆。

作詞必先選料，大約用古人之事，則取其新穎而去其陳因；用古人之語，則取其清雋而去其平實；用古人之字，則取其鮮麗而去其淺俗，不可不知也。詞雖小道，然非多讀書則不能工。觀方虛谷之譏戴石屏，楊用修之論曹元寵，古人且然，何況今日？

近人詩餘，雲間獨盛，然能作景語，不能作情語。嘗從素箋見宋宗丞《長相思》十六闋，仿沈約《六憶詩》體，刻畫無餘，令人色飛魂斷，言情之作，斯爲優矣。董蒼水、錢寶汾善爲婉麗之詞，亦往往風美動人。宗丞新著及董、錢二家，俱集中所未及載。

長調之難於小調者，難於語氣貫串，不冗不複，裴褢宛轉，自然成文。今人作詞，中小調獨多，長調寥寥不概見，當由興寄所成，非專詣耳。唯龔中丞芊緜溫麗，無美不臻，直奪宋人之席。熊侍郎之清綺，吴祭酒之高曠，曹學士之恬雅，皆卓然名家，照耀一代，長調之妙，斯歎觀止矣。此偶記酒間之語，餘容細爲揚榷耳。

詠物詞極不易工，要須字字刻畫，字字天然，方爲上乘。卽間一使事，亦必脱化無跡乃妙。近在廣陵，見程邨、阮亭諸作，便爲歎絶，殆幾幾乎與白石、梅谿頡頏今古矣。

花草蒙拾

新城　王士禛　阮亭　著〔一〕

往讀《花間》、《草堂》，偶有所觸，輒以丹鉛書之，積數十條。程邨强刻此集卷首，僕不能禁，題曰《花草蒙拾》。蓋未及廣爲揚搉，且自媿童蒙云爾。

【校記】

〔一〕禛：底本作『正』，雍正時避諱而改，此據作者名改。

弇州謂『蘇、黄、稼軒爲詞之變體』，是也；謂『溫、韋爲詞之變體』，非也。夫溫、韋視晏、李、秦、周，譬賦有《高唐》、《神女》，而後有《長門》、《洛神》。詩有古詩録别，而後有建安、黄初、三唐也，謂之正始則可，謂之體變則不可。

《花間》字法，最著意設色，異紋細豔，非後人纂組所及。如『淚沾紅袞黦』、『猶結同心苣』、『荳蔻花間趖晚日』、『畫梁塵黦』、『洞庭波浪颭晴天』，山谷所謂古蕃錦者，其殆是耶？

『蟬鬢美人愁絶』，果是妙語。飛卿《更漏子》、《河瀆神》，凡兩見之，李空同所謂『自家物終久還來』耶？

《竹枝》泛詠風土，詠本意者，止見田藝蘅『白玉闌干護竹枝』四首耳，卓珂月以爲正格，要亦不必。

顧太尉：『換我心，爲你心，始知相憶深。』自是透骨情語。徐山民：『妾心移得在君心，方知人恨深。』全襲此，然已爲柳七一派濫觴。

牛給事：『須作一生拚，盡君今日歡。』狎昵已極。南唐：『奴爲出來難，教君恣意憐。』本此。至『檀口微微，靠人緊把腰兒貼』，風斯下矣。

絕調不可强擬，近張杞有和《花間詞》一卷，雖不無可采，要如妄男子擬徧《十九首》與郊祀鐃歌耳。

溫、李齊名，然溫實不及李。李不作詞，而溫爲《花間》鼻祖，豈亦同能不如獨勝之意耶？古人學書不勝，去而學畫，學畫不勝，去而學塑，其善於用長如此。

『紅杏枝頭春意鬧』尚書，當時傳爲美譚。吾友公戩極歎之，以爲卓絕千古，然實本《花間》『暎覺杏梢紅』，特有青藍冰水之妙耳。

蓬山不遠，小宋何幸，得此奇遇。『麗晉（暨）蠟椽燭，遠山靡隃（渝）麋』，此老一生享用，令人妒煞。

『假使當時俱不遇，老了英雄』，舒王自負語也。僕則謂彥回幸作中書郎而死，故當不失名士。

或問《花間》之妙，曰：『蹙金結繡，而無痕跡。』問《草堂》之妙，曰：『采采流水，蓬蓬遠春。』『何處合成愁，離人心上秋』，滑稽之雋，與龍輔《閨怨》詩『得郎一人來，便可成仙去』，同是《子夜》變體。

詞中佳語多從詩出，如顧太尉『蟬吟人靜，斜日傍小窗明』、毛司徒『夕陽低映小窗明』，皆本黄奴『夕陽如有意，偏傍小窗明』。若蘇東坡之『與客攜壺上翠微』《定風波》、賀東山之『秋盡江南草未凋』《太平時》，皆文人偶然遊戲，非向《樊川集》中作賊（二詩皆杜牧之。）

詞本詩而劣於詩者，『笛聲人倚樓』，止去趙倚樓二字，何翅效顰捧心？《苕溪漁隱》載曹元寵《望月詞》：『南樓何處，想人在、長笛一聲中。』視此差演迤有致，曹卽以《紅窗迥》擅名者。

『樓上晴天碧四垂』，本韓侍郎『淚眼倚樓天四垂』，不妨並佳。歐文忠『拍堤春水四垂天』，柳員外『目斷四天垂』，皆本韓句，而意致少減。

孫巨源『樓頭尚有三通鼓』，偶然佳興。然亦本義山『嗟予聽鼓應官去，走馬蘭臺類轉蓬』。

『生香真色人難學』，爲『丹青女易描，真色人難學』所從出，千古詩文之訣，盡此七字。

『重門不鎖相思夢，隨意遶天涯』，與『枕上片時春夢中，行盡江南數千里』同一機杼，然趙詞勝岑詩。

『載不動，許多愁』，與『載取暮愁歸去，只載一船離恨向西州』，正可互觀。『八槳別離船，駕起一天煩惱』，不免徑露矣。

『東風無氣力』，五字妖甚。如『落花無可飛』，便不佳。

鍾隱入汴後，『春花秋月』諸詞，與『此中日夕，只以眼淚洗面』一帖，同是千古情種，較長城公，煞是可憐。

張安國雪詞，前半刻畫不佳，結乃云：『楚國山溪，碧湘樓閣。』則寫照象外，故知頰上三毛之妙也。古今詞人詠雪，以『柳絮因風』爲佳話第一。自羊孚贊陶淵明詩後，僅見此八字。『銀盃縞帶』，傖父刻畫，與『撒鹽』何殊？

『空得鬱金帬，酒痕和淚痕』，舒亶語也。鍾退谷評閻丘曉詩，謂『具此手段，方能殺王龍標』。此等語乃出渠輩手，豈不可惜？僕每讀嚴分宜《鈐山堂詩》，至佳處，輒作此嘆。

『亂鴉啼後，歸興濃于酒』，蘇叔黨詞也。『擬倩東風浣此情，情更濃于酒』，秦處度詞也。二公可謂有子。李、晏家世，豈得獨擅？

坡孤鴻詞，山谷以爲『非喫烟火食人語』，良然。鮦陽居士云：『缺月，刺明微也；漏斷，暗時也；幽人，不得志也；獨往來，無助也；驚鴻，賢人不安也。此與《考槃》詩相似』云云。村夫子强作解事，令人欲嘔。韋蘇州《滁州西澗》詩，疊山亦以爲小人在朝、賢人在野之象。令韋郎有知，豈不叫屈？僕嘗戲謂坡公命宫磨蝎，湖州詩案，生前爲王珪、舒亶輩所苦，身後又硬受此差排耶？

『斷送一生，破除萬事』，涪翁忽作歇後鄭五，何哉？

『薄霧濃雲』，新都引中山王《文木賦》『薄霧濃雰』，以折『雲』字之非。楊博奥，每失穿鑿，如王右丞詩『玉角羓』與『朱鬣馬』之類，殊墮狐穴；此『雰』字辨證獨妙。

『皎月』、『梨花』本是平平，得一『浸』字，妙絶千古，與『月明如水浸宫殿』同工。

『郴江幸自遶郴山，爲誰流下瀟湘去』，千古絶唱。秦歿後，坡公常書此於扇，云：『少游已矣，雖萬人何贖？』高山流水之悲，千載而下，令人腹痛。

『平蕪盡處是春山，行人更在春山外』，升菴以擬石曼卿『水盡天不盡，人在天盡頭』，未免河漢。蓋意近而工拙懸殊，不啻宵壤。且此等入詞爲本色，入詩卽失古雅，可與知者道耳。

俞仲茅小詞云〔二〕：『輪到相思沒處辭，眉間露一絲。』視易安『纔下眉頭，卻上心頭』，可謂此兒善盜。然易安亦從范希文『都來此事，眉間心上，無計相迴避』語脱胎，李特工耳。

【校記】

〔一〕茅：底本闕，據詞作者名字補。

『牛衣古柳賣黄瓜』，非坡仙無此胷次，近惟曹顧菴學士時復有之，『緑楊杜宇』，酒後偶然語，亦是大羅天上人。吾友蘄水楊菊廬比部因此詞，於玉臺山作春曉亭子，一時名士多爲賦之，亦佳話也。『枝上柳緜』，恐屯田緣情綺靡，未必能過。孰謂坡但解作『大江東去』耶？髯直是軼倫絶羣。『春事闌珊芳草歇』一首，凡六十字，字字驚心動魄。『祇爲一聲《河滿子》，下泉須弔孟才人』，恐無此魂銷也。

『堂上簸錢堂下走』，小人以蟣歐陽；『有情爭似無情』，忌者以誣司馬。至『諳盡孤眠滋味』及『落花流水别離多』，范、趙二鉅公作如許語，又非但廣平梅花之比矣。

《草堂》載山谷《品令》、《阮郎歸》二闋，皆詠茶之作。按黄集詠茶詩，最多最工，所謂『鷄蘇胡麻聽煮湯，煎成車聲遶羊腸』。坡云：『黄九恁地那得不窮。』又有云：『更烹雙井蒼鷹爪，始耐落花春日長。』此老直是筆有薑桂。僕嘗取黄詩『黄金灘頭鎖子骨，不妨隨俗暫嬋娟』，以爲涪翁殆自道其文品耳。

平山堂，一抔土耳，亦無片石可語，然以歐、蘇詞，遂令地重。因念此地，稚圭、永叔、原父、子瞻諸公皆曾作守，令人惶汗。僕向與諸子遊宴紅橋，酒間小有酬唱，江南北頗流傳之，過揚州者多問紅橋矣。

名家當行，固有二派。蘇公自云：『吾醉後作草書，覺酒氣拂拂從十指間出。』黄魯直亦云：『東坡書挾海上風濤之氣。』讀坡詞，當作如是觀。瑣瑣與柳七較錙銖，無乃爲髯公所笑。

石勒云：『大丈夫磊磊落落，終不學曹孟德、司馬仲達狐媚。』讀稼軒詞，當作如是觀。『車如鷄棲馬如狗』，用古謠語，絕似稼軒手筆。至坡謂『白日逋逃』兩段，幼安作問答，雖亦從烏有先生、亡是公來，則學稼軒而墮惡趣矣。『雲中雞犬劉安過，月裏笙歌煬帝歸』，好事者以爲見鬼詩，此得不爾耶？

柳七葬真州城西仙人掌，僕嘗有詩云：『殘月曉風仙掌路，何人爲弔柳屯田。』

宋南渡後，梅溪、白石、竹屋、夢窗諸子極妍盡態，反有秦、李未到者，雖神韻天然處或減，要自令人有觀止之歎。正如唐絕句，至晚唐劉賓客、杜京兆，妙處反進青蓮、龍標一塵。

張玉田謂：『詠物最難，體認稍真，則拘而不暢；摹寫差遠，則晦而不明。』而以史梅溪之詠春雪詠燕、姜白石之詠促織爲絕唱。近日名家，如程邨詠蝶、詠草、詠美人蕉、白鸚鵡諸作，金粟詠螢、詠蓮諸作，可謂前無古人。程邨尤多，至數十首，僕常望洋而歎。昔人謂八大家所以獨雄唐宋者，爲其篇目眾多，波瀾老成也，僕于麗農詞亦云。

僕每讀史邦卿詠燕詞：『又輭語商量不定。飄然快拂花梢，翠尾分開紅影。』又：『紅樓歸晚，看足柳昏花暝。』以爲詠物至此，人巧極天工矣。近得彭十詠螢詞，至：『輕霑葉露，暗棲花蘂，亂翻銀井。有時團扇驚迴，又巧坐、人衣相映。』又：『隨風欲墮，帶雨猶明。』不禁叫絕，卽令梅溪復生，抽豪拂素，何以過之？

程邨詠物詞甚富，略舉一二，如《落花》云：『五更風，三月雨，慣作傷心別。』《蟋蟀》云：『偏與愁人作楚，細思量，甚事恰關卿。』《白鸚鵒》云：『露冷水晶屏，烟暝藍田玉。料不夜珠邊，長傍冰壺浴。』《詠草》云：『閨中陌上，到處欲斷還勻。』《金錢花》云：『金風冷、留買一線斜陽，怎看秋賤。』《白鸚鵡》云：『便花田珠網攜來，傍雕闌、向梨花閒睡。』諸如此例，不獨傳神寫照，欲追魂攝魄矣。於此道中，具有哪吒手段。

『疏影橫斜』、『月白風清』等作，爲詩人詠物極致。若『認桃無綠葉，辨杏有青枝』，及李筠翁之『勝如茉莉，賽得荼蘼』、劉叔擬『看來畢竟此花强，祇是欠些香』，豈非詩詞一劫？程邨常云：『詠物不取形而取神，不用事而用意。』二語可謂簡盡。

前輩謂史梅溪之句法，吳夢窗之字面，固是確論。尤須雕組而不失天然，如『綠肥紅瘦』、『寵柳嬌花』，人工天巧，可稱絶唱。若『柳腴花瘦，蝶悽蜂慘』，卽工，亦巧匠琢山骨矣。

僕常與茗文、伯璣、家兄西樵、子側，共論明震川、荊川、鹿門、遵巖諸公之文，於唐宋大家，可謂肖子，然不及前人者，其趣淺也。常試移以評伯溫、公謹、升菴、元美諸公長短句，程邨、金粟亦以爲然。

唐無詞，所歌皆詩也；宋無曲，所歌皆詞也。宋諸名家，要皆妙解絲肉，精於抑揚抗墜之間，故能意在筆先，聲勰字表。今人不解音律，勿論不能創調，卽按譜徵詞，亦格格有心手不相赴之病，欲與古人較工拙於毫釐，難矣。

王渼陂初作北曲，自謂極工，徐召一老樂工問之，殊不見許，於是爽然自失，北面執弟子禮，以伶爲師，久，遂以曲擅天下。詞曲雖不同，要亦不可盡作文字觀，此詞與樂府所以同源也。

陸氏《詞旨》云：『對句好可得，起句好難得，收拾全藉出場。』三語盡塡詞之槩。

陳大樽詩首尾溫麗，湘真詞亦然。然不善學者，鏤金雕瓊，正如土木被文繡耳。又或者斷斷格律，不失尺寸，都無生趣。譬若安車駟馬，流連陌阡，殊令人思草頭一點之樂。

卓珂月自負逸才，《詞統》一書，蒐采鑒別，大有廓清之力。乃其自運，去宋人門廡尚遠，神韻興象，都未夢見。

雲間數公論詩拘格律，崇神韻，然拘於方幅，泥於時代，不免爲識者所少。其於詞，亦不欲涉南宋一筆，佳處在此，短處亦坐此。合肥乃備極才情，變化不測。婁東驅使《南》、《北史》，瀾翻泉湧，妥帖流麗，正是公歌行本色，要是獨絕。不似流輩撏撦稼軒，如宋初伶人謔館職也。友人中，陳其年工哀豔之辭，彭金粟擅清華之體，董文友善寫閨襜之致，鄒程邨獨標廣大之稱。僕所云，近愧真長矣。

張南湖論詞派有二：一曰婉約，一曰豪放。僕謂婉約以易安爲宗，豪放惟幼安稱首，皆吾濟南人，難乎爲繼矣。

近日雲間作者論詞，有云：『五季猶有唐風，入宋便開元曲，故耑意小令，冀復古音，屏去宋調，庶防流失。』僕謂此論雖高，殊屬孟浪，廢宋詞而宗唐，廢唐詩而宗漢魏。廢唐宋大家之文而宗秦漢。然則古今文章，一畫足矣，不必三墳八索，至六經三史，不幾幾贅疣乎？

或問詩詞、詞曲分界。予曰：『「無可奈何花落去，似曾相識燕歸來」，定非《香奩》詩；「良辰美景奈何天，賞心樂事誰家院」，定非《草堂》詞也。』

王秋澗《湖上樂》四首，純乎元曲，其佳句云『新詞澹似鵝黃酒』。《豆葉黃》亦是曲，意即元人《一半兒》也。

皺水軒詞筌

丹陽　賀裳　黄公　著

唐李益詞曰：『嫁得瞿塘賈，朝朝誤妾期。早知潮有信，嫁與弄潮兒。』子野《一叢花》末句云：『沈恨細思，不如桃杏，猶解嫁春風。』此皆無理而妙，吾亦不敢定爲所見略同，然較之『寒鴉數點』，則略無痕跡矣。

『無憑諳鵲語，猶得暫心寬』，韓偓語也。馮延巳去偓不多時，用其語曰：『終日望君君不至，舉頭聞鵲喜。』雖竊其意，而語加蘊藉。又賀方回用義山『無端嫁得金龜壻，辜負香衾事早朝』爲『不待宿酲消，馬嘶催早朝』，亦稍有翻換。至無名氏：『見客入來，韤剗金釵溜。和羞走，倚門回首，卻把青梅嗅。』直用『見客入來和笑走，手搓梅子暎中門』二語演之耳。語雖工，終智出人後。

詞家多翻詩意入詞，雖名流不免。吾常愛李後主《一斛珠》末句云：『繡牀斜凭嬌無那。爛嚼紅絨，笑向檀郎唾。』楊孟載《春繡》絕句云：『閒情正在停鍼處，笑嚼紅絨唾碧窗。』此卻翻詞入詩，彌子瑕竟效顰于南子。

寫景之工者，如尹鶚『盡日醉尋春，歸來月滿身』、李重光『酒惡時拈花蘂嗅』、李易安『獨抱濃愁無好夢，夜闌猶剪燈花弄』、劉潛夫『貪與蕭郎眉語，不如舞錯《伊州》』，皆入神之句。少游能爲曼聲以合律，寫景極淒惋動人；然形容處，殊無刻肌入骨之言，去韋莊、歐陽炯諸家，尚隔一塵。黄九時出俚語，如『口不能言，心下快活』，可謂傖父之甚；　然如『釵罥袞、雲堆臂。燈斜明媚眼，汗浹瞢騰醉』，前三語猶可入畫，第四語恐顧、陸不能著筆耳；　黄又有『春未透，花枝瘦，正是愁時候』，新俏亦非秦所能作。

蘇子瞻有銅琵鐵板之譏，然其《浣溪紗・春閨》曰：『綵索身輕常趁燕，紅窗睡重不聞鶯。』如此風調，令十七八女郎歌之，豈在『曉風殘月』之下？

小詞以含蓄爲佳，亦有作決絕語而妙者，如韋莊『誰家年少，足風流。妾擬將身嫁與，一生休。縱被無情棄，不能羞』之類是也。牛嶠『須作一生拚，盡君今日歡』，抑亦其次。柳耆卿『衣帶漸寬終不悔，爲伊消得人憔悴』，亦即韋意，而氣加婉矣。

毛澤民：『酒濃春入夢，窗破月尋人。』此晚唐五律佳境也。

周清真避道君，匿李師師榻下，作《少年游》以詠其事。吾極喜其『錦幄初溫，獸烟不斷，相對坐調笙』，情事如見。至『低聲問、向誰行宿，城上已三更。馬滑霜濃，不如休去』等語，幾於魂搖目蕩矣。及被謫後，師師持酒餞別，復作《蘭陵王》贈之，中云：『愁一箭風快，半篙波暖，回首迢遞便數驛。』酷盡別離之慘；　而題作詠柳，不書其事，則意趣索然，不見其妙矣。

朱希真《鷓鴣天》云：『道人還了鴛鴦債，紙帳梅花醉夢間。』咸謂朱素心之士。然其《念奴嬌》末云：『料得文君，重簾不捲，且等閒消息。不如歸去，受他真個憐惜。』如此風情，周、柳定當把臂。此亦子瞻所云鸜鵒禪、五通氣毬，皋陶所不能平反也，而語則妙矣。

詞雖宜於豔冶，亦不可流於穢褻。吾極喜康與之《滿庭芳・寒夜》一闋，真所謂樂而不淫。且雖填辭小技，亦兼詞令、議論、敘事三者之妙。首云：『霜幕風簾，閒齋小戶，素蟾初上雕籠。』寫其節序景物也，繼云：『玉杯醽醁，還與可人同。古鼎沈烟篆細，玉筍破，橙橘香濃。梳妝懶、脂輕粉薄，約略澹眉峯。』則陳設之濟楚，殽核之精良，與夫手爪顏色，一一如見矣。換頭云：『清新歌幾許，低隨慢唱，語笑相供。道文書鍼線，今夜休攻。莫厭蘭膏更繼，明朝又、紛冗悤悤。』則不惟以色藝見長，宛然慧心女子，小窗中喁喁口角。末云：『酩酊也，冠兒未卸，先把被兒烘。』一段溫存婍妮之致，咄咄逼人。觀此形容節次，必非狹斜曲里中人，又非望宋窺韓者之事，正希真所云『真個憐惜』也。但受其憐惜者，亦難消受耳。放翁有句云：『璧月何妨夜夜滿。擁芳柔，恨今年寒尚淺。』此生差堪相匹。

吳履齋贈妓詞不載於集，又與生平手筆不類。然如『錦字偷裁，立盡西風雁不來』，致何妍媚也，乃出自稼軒之手。文人固不可測。

稼軒雖入轟豪，尚饒氣骨，其不堪者，如『以手推松曰去』、『一松一竹真朋友，山鳥山花好弟兄』，及『檢點人間快活人，未有如翁者』等句耳。若宋謙父『客來隨分，家常茶飯。若肯小留連，更薄酒、三杯兩盞』，『江湖上、轉不如前日，步步危機』，『人到中年已後，雲雨夢、可曾常有』，『被老天、開眼看人忙，成今古』，鄙俚村俗，何異盤列五侯之鯖，忽加臭虀一碟也。

陸務觀《王忠州席上作》曰：『欲歸時司空笑問，微近處丞相嗔狂。』笑嚬不敢之致，描勒殆盡。較東坡『司空見慣，應謂尋常。座中有狂客，惱亂柔腸』，豈惟出藍，幾於點鐵矣。升菴以爲不減少游，此幾於以樂令方伯仁也。

升菴極稱張孝祥詞，而佳者不載，如『醒時冉冉夢時休。擬把菱花一半，試尋高價皇州』，此則壓卷者也。

作險韻者，以妥爲貴。史達祖《一斛珠》曰：『鴛鴦意愜。空分付有情眉睫。齊家蓮子黄金葉。爭比秋苔，鞾鳳幾番躡。　牆陰月白花重疊。悤悤軃語頻驚怯。宮香錦字將盈篋。雨長新寒，今夜夢魂接。』語甚生新，卻無一字不妥也，末語尤有致。

賈循州雖負乘處非其據，然好集文士於館第，時推廖瑩中爲最。其詩文不傳，惟《西湖遊覽志》載數篇，皆諛佞語耳，不爲工也。偶見鈔本，有《個儂》一詞，頗富豔：『恨個儂無賴，賣嬌眼、春心偷擲。蒼苔花落，先印下、一雙春跡。花不知名，香纔聞氣。似月下箜篌，蔣山傾國。半解羅襟，蕙薰微度，鎮宿粉、棲香雙蝶。語態眠情，感多情、輕憐細閱。休問望宋牆高，窺韓咱隔。　尋尋覓覓，又暮雨凝碧。花逕橫烟，紅扉暎月。儘一刻千金堪值。卸襪薰籠，藏燈衣桁，任裹臂金斜，搔頭玉滑。更恨檀郎，惡憐深惜，儘顫裏周旋傾側。軃玉香鉤，怪無端、鳳珠微脱。多少怕聽曉鐘，瓊釵暗擘。』

詞家須使讀者如身履其地，親見其人，方爲蓬山頂上。如和魯公『幾度試香纖手暖，一回嘗酒絳脣光』，賀方回『約略整鬟釵影動，遲回顧步佩聲微』，歐陽公『弄筆偎人久，描花試手初』，無名氏『照人無奈月華明，潛身卻恨花陰淺』，孫光憲『翠袂半將遮粉臆，寶釵長欲墜香房』，晏幾道『濺酒滴殘羅扇字，弄花薰得舞衣香』，真覺儼然如在目前，疑於化工之筆。

作詞不待用事，用之妥切，則語始有情。劉叔安《水龍吟・立春懷内》曰：『雙燕無憑，尺書難表，甚時回首。想畫闌倚遍東風，閒負卻、桃花呪。』此用樊夫人、劉綱事，妙在與己姓暗合。若他人用之，雖亦好語，終減量矣。

詞之最醜者爲酸腐，爲怪誕，爲麤莽。然險麗貴矣，須泯其鏤劃之痕乃佳。如蔣捷『燈搖縹暈茸窗冷』，可謂工矣，覺斧跡猶在。如王通叟《春遊》曰：『晴則個，陰則個，餖飣得天氣有許多般。須教撩花撥柳，爭要先看。不道吳綾繡韈，香泥斜沁幾行斑。東風巧，盡收翠綠，吹在眉山。』則痕跡都無，真猶石尉香塵，漢皇掌上也，兩『個』字尤弄姿無限。

詞有如張融危膝，不可無一，不可有二者，如劉改之《天仙子》別妾是也，中云：『馬兒不住去如飛，牽一憩，坐一憩。』又云：『去則是，住則是，煩惱自家煩惱你。』再若效顰，寧非打油惡道乎？然篇中『雪迷村店酒旗斜』，固非雅流不能作此語。至無名氏《青玉案》曰：『落日解鞍芳草岸。花無人戴，酒無人勸，醉也無人管。』語澹而情濃，事淺而言深，真得詞家三昧，非鄙俚樸陋者可冒。

詞家用意極淺，然愈翻則愈妙。如周清真《滿路花》後半云：『愁如春後絮，來相接。知他那裏，爭信人心切。除共天公說。不成也，還似伊、無個分別。』酷盡無聊賴之致。至陸放翁《一叢花》則云：『從今判了，十分憔悴，圖要個人知。』其情加切矣。至孫夫人《風中柳》則更云：『別離情緒，待歸來都告。怕傷郎，又還休道。』則又進一層。然總此一意也，正如剝蕉者，轉入轉深耳。

和王昭儀詞，不獨文信公，鄧剡作亦有佳句，如『眉鎖嬌蛾山宛轉，髻梳墮馬雲攲側。空有琵琶傳出塞，更無環佩鳴歸月』，甚有風致，但冰霜之氣不如。

詞有入說部則佳，登詞苑則平平無奇者。如舒氏鰲妖『綠淨湖光，淺寒先到芙蓉島』、荊州亭女鬼『淚眼不曾晴，家在吳頭楚尾』、衛芳華聚景園『落日牛羊冢上，西風燕雀林邊』、鄭氏『何計可同歸，雁趁江南春色』等闋是也，至去箭離弦諸作，更不足言矣。

南唐主《浪淘沙》曰：『夢裏不知身是客，一晌貪歡。』至宣和帝《燕山亭》則曰：『無據。和夢也，有時不做。』其情更慘矣。嗚呼！此猶麥秀之後有黍離也。

少游『酒醒處、殘陽亂鴉』，情事可念。但細思此景多在冬間，與梨花時不合，豈一時偶有所觸耶？柳屯田『今宵酒醒何處，楊柳岸，曉風殘月』，自是古今俊句。或譏爲梢公登溷詩，此輕薄兒語，不足聽也。

元遺山集金人詞爲《中州樂府》，頗多深裘大馬之風，惟劉迎《烏夜啼》最佳：『離恨遠縈楊柳，夢魂長遶梨花。青衫記得章臺月，歸路玉鞭斜。　翠鏡啼痕印袞，紅牆醉墨籠紗。相逢不盡平生事，春思入琵琶。』余觀謝無逸《南柯子》後半云：『金鴨香凝袞，銅荷燭影紗。鳳蟠宮錦小屏遮。夜靜寒生春筍，理琵琶。』風調仿佛相同，才人之見，殆無分於南北也。

偶於友人處見《念奴嬌》一詞：『鴛幃睡起，正飛花蘭徑，啼鶯瓊閣。對鏡梳妝，愁見那，怯怯容顔瘦弱。一自仙郎，眉梢眼尾，屢訂西廂約。牆花拂影，獨眠何事如昨。　誰憐潘果空投，賈香難與，更紅箋誰托。帶眼輕拴須看取，楊柳腰肢如削。珠履玲瓏，羅衫雅澹，件件無心著。何時廝見，得償今日蕭索。』又《孤鸞》一篇：『蝦鬚初揭，正寺日停鐘，霜風鳴鐵。懶自妝梳，亂挽鬟兒翠滑。追想昨宵瞥見，有多少動情難說。枉在屏風背後，立剗羅韈。　聽玉人言去苦難泄，任樹上黃鶯，歌遺離別。强欲排餘恨，反寸腸悲裂。試使侍兒挽住，想未離、畫橋東折。傳道行蹤已遠，但垂楊烟結。』二詞俱工，不載作者姓名。後觀詩話類篇，乃玄之自敘夢中美人所歌，而不自載其姓。後有跋，亦以諸詞出於叚託，而自弁丘道人。如此，兩人文藻雖優，一何曖昧。

稗史稱韓幹畫馬，人入其齋，見幹身作馬形，凝思之極，理或然也。作詩文亦必如此始工。如史邦卿詠燕，幾於形神俱似矣。次則姜白石詠蟋蟀：『露濕銅鋪，苔侵石井，都是曾聽伊處。哀音似訴，正思婦無眠，起尋機杼。』又云：『西窗又吹暗雨，爲誰頻斷續，相和砧杵。』數語刻劃亦工。蟋蟀無可言，而言聽蟋蟀者，正姚鉉所謂『賦水不當僅言水，而言水之前後左右也』。然尚不如張功甫：『月洗高梧，露溥幽草，寶釵樓外秋深。土花沿翠，螢火墜牆陰。靜聽寒聲斷續，微韻轉、淒咽悲沈。爭求侶，慇懃勸織，促破曉機心。兒時曾記得，呼燈灌穴，斂步隨音。任滿身花影，猶自追尋。攜向華堂戲鬬，亭臺小、籠巧妝金。今休說，從渠牀下，涼夜聽孤吟。』不惟曼聲勝其高調，兼形容處心細如絲髮，皆姜詞之所未發。常觀姜論史詞，不稱其『輭語商量』，而賞其『柳昏花暝』，固知不免項羽學兵法之恨。

長調推秦、柳、周、康爲勰律，然康惟《滿庭芳・冬景》一詞可稱禁臠，餘多應酬鋪敘，非芳旨也。周清真雖未高出，大致勻淨，有柳攲花嚲之致，沁人肌骨處，視淮海不徒娣姒而已。弇州謂其『能入麗字，不能入雅字』，誠確；謂『能作景語，不能作情語』，則不盡然，但生平景勝處爲多耳。要此數家，正是王石廚中物；若求王武子琉璃匕內豚味，吾謂必當求之陸放翁、史邦卿、方千里、洪叔璵諸家。

從來文之所在，不必名之所在。如陸雪窗名不甚著，其《瑞鶴仙・春情》末云：『待歸來，先指花梢教看，卻把心期細問。問因循，過了青春，怎生意穩。』迷離婉妮，幾在秦、周之上，今誤作歐公，非是。

作長詞最忌演湊。如蘇養直『獸鐶半掩』，前半皆景語也；至『漸迆邐，更催銀箭，何處貪歡，猶繫驕馬。旋翦燈花，兩點翠眉誰畫。香滅羞回空帳裏，月高猶在重簾下。恨疏狂，待歸來、碎揉花打』，則觸景生情，復緣情布景，節節轉換，穠麗周密，譬之織錦家，真竇氏回文梭也。一云潘元質作。

南唐主語馮延巳曰：『「風乍起，吹皺一池春水」，何與卿事？』馮曰：『未若「細雨夢回雞塞遠，小樓吹徹玉笙寒」，不可使聞於鄰國。』然細看詞意，含蓄尚多。至少游『無端銀燭殞秋風。靈犀得暗通。相看有似夢初回。只恐又拋人去幾時來』，則竟爲蔓草之偕臧，頓丘之執別，一一自供矣。詞雖小技，亦見世風之升降，沿流則易，遡洄實難，一入其中，勢不自禁。卽余生平，亦悔習此技。詞莫病於淺直。如杜牧《清明》詩：『借問酒家何處有，牧童遙指杏花村。』本無高警，正在遙指不言，稍具畫意。宋子京演爲《錦纏道》詞，後半曰：『向郊原踏青，恣歌攜手。醉醺醺尚尋芳酒，問牧童，遙指孤村。道杏花深處，那裏人家有。』何傖父也！未審賦落花時，伎倆何在。然其《蝶戀花》云：『繡幕茫茫羅帳捲。春睡騰騰，困入嬌波慢。隱隱枕痕留玉臉。膩雲斜溜釵頭燕。 遠夢無端懽又散。淚落臙脂，界破蜂黃淺。整了翠鬟勻了面。芳心一寸情何限。』此真是半臂忍寒人語。

閩人朱國箕《壽秦伯和侍郎》曰：『櫻桃抄乳酪，正雨厭肥梅，風忺吹籜。咸瞻格天閣，見十眉環侍，爭鳴弦索。茶甌試瀹。更良夜、沈沈細酌。』數語頗善寫豪華之概，惜後皆夏畦之言，舉之汙齒。秦卽檜孫，按此時已失勢，所謂歲收租六十萬斛，全不句事也。暴殄尚猶若此，烜赫時，不知更當何如？

從來佳處不傳，不但隱鱗之士，名人猶抱此憾。周清真，人所共稱，然如：『乳鴨池塘水暖。風緊柳花迎面。午妝粉指印窗眼。曲理長眉翠淺。 聞知社日停鍼線。探新燕。寶釵落枕夢魂遠。簾影參差滿院。』《草堂》所收周詞，不及此者多矣。

廬陵譏范希文《漁家傲》爲窮塞主詞，自矜其『戰勝歸來飛捷奏。傾賀酒。玉階遙獻南山壽』爲真元帥之事。按：宋以小詞爲樂府，被之管弦，往往傳於宮掖。范詞如『長烟落日孤城閉。羌管悠悠霜滿地。將軍白髮征夫淚』，令『綠樹碧簾相掩映，無人知道外邊寒』者聽之，知邊庭之苦如是，庶有所警觸。此深得《采薇》出車，楊柳雨雪之意，若歐詞止於諛耳，何所感耶？

文人無賴，至馳思杳冥，蓋自《高唐》作俑而後，遂浸淫不可禁矣。毛文錫《巫山一段雲》曰：『遠風吹散又相連。十二晚峯前。暗濕啼猿樹，輕籠過客船。』摹寫雲氣，真覺氤氳蓊渤，滿於紙上。末云：『朝朝暮暮楚江邊。幾度降神仙。』雖用神女事，猶不失爲國風好色。若牛嶠『風流今古隔，虛作瞿塘客』，未免太涉於淫。至牛希濟《黄陵廟》曰：『風流皆道勝人間。須知狂客，拚死爲紅顏。』抑何狂惑也，然詞則妙矣。

傷離念遠之詞，無如査荎『斜陽影裏，寒烟明處，雙槳去悠悠』，令人不能爲懷；然尚不如孫光憲『兩槳不知消息，遠汀時起鸂鶒』，尤爲黯然。洪叔璵『醉中扶上木蘭舟，醒來忘卻桃源路』，造語尤工，卻微著色矣。兩君專以澹語入情。

《鷓鴣天》最多佳辭，《草堂》所載，無一善者。如陸放翁『東鄰鬭草歸來晚，忘卻新傳子夜歌』，趙德麟『須知月色撩人眼，數夜春寒不下堦』，姜白石《元夕不出》『芙蓉影暗三更後，臥聽鄰娃笑語歸』，駸駸有詩人之致，選不之及，何也？向伯恭《詠鞦韆》曰：『霞衣輕舉疑奔月，寶髻傾敧若墜樓。』追琢工緻，絕似楊、劉詩體。宋詞多佳，而詩不逮者，亦其力有所分也。

劉雲間『燒罷夜香愁萬疊，穿花暗避堦前月』，佳句也。宋句『柔情一點薔薇血』，終嫌傷雅。詞不嫌穠麗，須要雅潔耳。

凡寫迷離之況者，止須述景，如『小窗斜日到芭蕉，半牀斜月疏鐘後』，不言愁而愁自見。因思韓致光『空樓雁一聲，遠屏燈半滅』，已足色悲涼，何必又贅眉山正愁絶耶？覺首篇『時復見殘燈，和烟墜金穗』，如此結句，更自含情無限。

詞誠薄技，然實文事之緒餘，往往便於伶倫之口者，不能入文人之目。張玉田《樂府指迷》，其詞叶宫商，鋪張藻繪，抑以可矣。至於風流藴藉之事，真屬茫茫，如啖官廚飯者，不知牲牢之外，别有甘鮮也。

陸輔之所摘，雖斷璧碎璣，然多屬宋人佳句。如劉小山《一翦梅》『一般離思，兩銷魂。馬上黄昏，樓上黄昏』，王碧山《醉蓬萊》『一室秋燈，一庭秋雨，更一聲秋雁』，趙釣月《風入松》『珠簾捲上還重下，怕東風、吹散歌聲』，趙彦端《謁金門》『波底夕陽紅濕』，陳西麓《絳都春》『琴心不度春雲遠，斷腸難託啼鵑』，讀之，不見其全，真令人忽忽如失，有蛤帳中將旦之惜，深恨藏書不廣。

弇州曰：『「油壁車輕金犢肥，流蘇帳曉春雞報。」非歌行麗對乎？然是天成一段詞也，著詩不得。』按：溫集作《春曉曲》，不列之詩。《花間》采溫詞至多，此亦不載，僅《草堂》收之耳。然細觀全闋，惟中聯濃媚，如『籠中嬌鳥暖猶睡』，亦不愧前語。至『簾外落花閒不埽』，已覺其勁。至『衰桃一樹近前池，以惜紅顔鏡中老』，尤不婍妮也，作歌行爲當。

東坡隱括《歸去來辭》，山谷隱括《醉翁亭》，皆墮惡趣。天下事爲名人所壞者，正自不少。

宋陸務觀春遊，遇故婦于禹跡寺南之沈園，婦致酒餚，陸悵然賦一詞，曰：『紅酥手。黄藤酒。滿城春色宫牆柳。東風惡。懽情薄。一懷愁緒，幾年離索，錯錯錯。　春如舊。人空瘦。淚痕紅浥絞綃透。桃花落。閒池閣。山盟雖在，錦書難託，莫莫莫。』每見後人喜用此調，率無佳者，難於三疊字不牽湊耳。獨吾友卓珂月《錯認》一闋爲工：『濃於霧。堅於樹。春愁不比郎相負。風何惡。雲何薄。今朝相棄，昔年相約，諾諾諾。　人無緒。書無據。驀然一旦簾前遇。欣還愕。疑還度。容顔雖似，丰神難學，錯錯錯。』後半尖警，殆過於原詞，不惟無愧而已。

宋宋子京過繁臺，遇内家車子，有褰簾者曰：『小宋也。』宋作《鷓鴣天》曰：『畫轂琱鞍狹路逢。一聲腸斷繡簾中。身無彩鳳雙飛翼，心有靈犀一點通。　金作屋，玉爲籠。車如流水馬如龍。劉郎已恨蓬山遠，更隔蓬山幾萬重。』卓珂月曰：『天子聞而賜焉，事甚佳，而詞中捃摭唐句甚醜。余戲用其韻代爲一章，誠以宫人之逸致，天子之高懷，不可薶没，要使小宋當之，無愧色耳：「疑與瑶姬宿世逢。姓名吹入耳輪中。幽情不用征袍遞，密意何煩墜葉通。　聽翠鳥，换琱籠。明珠誰敢探驪龍。直須遠覓茆山藥，賺取香魂出九重。」』余意詞誠工麗，但末句竟欲作古洪伎倆，人主豈能堪耶？元詞僅作企慕之言，故大度者哂笑之而加憐耳。兩起句處，亦覺元詞渾成。

詞忌：　小詞須風流蘊藉，作者當知三忌：　一不可入漁鼓中語言，二不可涉演義家腔調，三不可像優伶開場時敘述。偶類一端，卽成俗劣。顧時賢犯此極多，其作俑者，白石山樵也。

古詞别本：　李重光『深院靜』小令，升菴曰：　詞名《搗練子》，卽詠搗練也。復有『雲鬟亂』一篇，其調亦同，衆刻無異。常見一舊本，則俱係《鷓鴣天》，二詞之前各有半闋。『節候雖佳景漸闌。吴綾已㬉越羅寒。朱扉日暮隨風掩，一樹藤花獨自看。　雲鬟亂，晚妝殘。帶恨眉兒遠岫攢。斜托香腮春笋嫩，爲誰和淚倚闌干。』『塘水初澄似玉容。所思還在别離中。誰知九月初三夜，露似珍珠月似弓。　深院靜，小庭空。斷續寒砧斷續風。無奈夜長人不寐，數聲和月到簾櫳。』增前四語，覺神彩加倍。

增補古詞：《詞統》注載：『李後主作長短句未就而城破。』詞曰：『櫻桃落盡春歸去，蝶翻輕粉雙飛。子規嗁月小樓西。曲闌珠箔，惆悵捲金泥。　門巷寂寥人散後，望殘烟草淒迷。』後缺三句，余偶讀宋稗，其詞乃《臨江仙》也，劉延仲已爲之補矣：『何時重聽玉驄嘶。撲簾飛絮，依約夢回時。』雖不能高勝於前，比補花蘂夫人詞者，相去懸矣。

古佚詞：小詞工于宋，雖禁掖中亦諧音闋。余偶見一古帖，蠹蝕已甚，皆宋高、孝、光、寧書也。寧宗有《看杏花》一詞，依稀尚全：『花似醺容上玉肌。方論時事卻嬪妃。芳陰人醉漏聲遲。　珠箔半鉤風乍暖，琱梁新語燕初飛。斜陽猶送水精巵。』雖未高出，亦自風致。

存疑：『枕障薰爐隔繡幃。二年終日兩相思。杏花明月始應知。　天上人間何處去，舊歡新夢覺來時。黄昏微雨畫簾垂。』花菴以爲張泌作。按小說，乃張曙代其叔傷妾之作。『新月娟娟，夜寒江靜山銜斗。起來搔首，梅影横窗瘦。　好個霜天，閒卻傳杯手。君知否，亂鴉嗁後，歸興濃如酒。』花菴以爲蘇過叔黨作，注曰：『此時方禁坡文，故隱其名以傳於世。或以爲汪彥章所作，非也。』按稗史，稱彥章在京師時賦此。紹興中知徽州，仍令席間歌之。坐客有挾怨者，亟納檜相，指爲新製以譏檜，檜怒，諷言者，遷之於永。觀此說，則又係汪作無疑。此亦事之聚訟而不能決者也。

補遺見《御選歷代詩餘》『詞話』

王次回喜作小豔詩，最多而工。《疑雨集》二卷，見者沁入肝脾，里俗爲之一變，幾于小元白云。詞不多作，而善改昔人詞，殊有加豪頰上之致。如《秋千》改徐文長云：『多嬌最愛鞵兒淺。有時立在秋千板。板已窄棱棱。猶餘三四分。　一鉤渾玉削。紅繡幫兒雀。休去步香堤。遊人量印泥。』起句已比舊作較穩，換頭『紅絨止半索，繡滿幫兒雀』，僅能刻畫其纖，改語則見其皙而直矣。且雀不可以紅絨繡，乃以絨繡雀於紅幫上耳，亦改語爲是。其《別意》改洪叔璵云：『花露漲冥冥。欲雨還晴。薄羅衫子著來輕。解道明朝寒食近，且莫成行。　花下酒頻傾。纖手重增。十三絃畔訴離情。又得一宵相伴也，無限丁寧。』比洪作，止存三句，詞意俱換，幾於虞允文用王權之卒，不止李太尉入北軍也。其《茉莉》改劉叔安云：『簾櫳午寂，正陰陰、窺見後堂芳樹。綠偏長叢花事香，忽接瓊葩丰度。豔雪肌膚，蘂珠標格，銷盡人間暑。還憂風日，曲屏羅幙遮護。　長記歌酒闌珊，微聞暗麝，笑覓衣沾露。月沒闌干天似水，相伴謝孃牕戶。浴後輕鬟，涼生滑簟，總是牽情處。惹人幽夢，枕邊蕊亂如許。』起處簾中堂後，綠陰罨藹，說花時已覺有情。豔雪、蘂珠，狀花之色；暗麝，狀花之香；鬟間、簟上、枕邊，舉護花者之張設、戴花者之神情。摹擬畢到，語復俊麗，可謂詞中聖手。所用劉語不過四句，此可竟稱次回作也。

又按：第四葉詞，有如張融危㔉一則，據《御選詩餘》『詞話』，此則內引劉改之《天仙子》、曹東畝《紅窗迥》二詞，此本曹詞全刪，劉詞僅摘句。明人往往喜刪節前人書，不獨刻同時人之作爲然。光緒戊戌莫春，冰甌館依賴古堂本付梓，玉梅詞人斠斁竝記。

七頌堂詞繹

潁川　劉體仁　公勇　著

詞有與古詩同義者：『瀟瀟雨歇』，《易水》之歌也；『同是天涯』，《麥蘄》之詩也；『又是羊車過也』，《團扇》之辭也；『夜夜岳陽樓中』，『日出當心』之志也；『已失了春風一半』，鯇居之諷也；『瓊樓玉宇』，《天問》之遺也。

詞有與古詩同妙者，如：『問甚時同賦，三十六陂秋色』，卽灞岸之興也；『關河冷落，殘照當樓』，卽敕勒之歌也；『危樓雲雨上，其下水扶天』，卽『明月積雪』之句也；『燕子樓空，佳人何在，空鎖樓中燕』，卽『平生少年』之篇也。

詞欲婉轉而忌復，不獨『不恨古人吾不見』與『我見青山多嫵媚』爲岳亦齋所誚，卽白石之工，如『露濕銅鋪』與『候館吟秋』，總是一法。

詞，字字有眼，一字輕下不得。如詠美人足，前云『微褪細跟』，下云『不覺微尖點拍頻』，二『微』字殊草草。

詞亦有初、盛、中、晚，不以代也。牛嶠、和凝、張泌〔一〕、歐陽炯、韓偓、鹿虔扆輩，不離唐絶句，如唐之初未脫隋調也，然皆小令耳。至宋則極盛，周、張、柳、康，蔚然大家。至姜白石、史邦卿，則如唐之中。而明初比唐晚，蓋非不欲勝前人，而中實枵然，取給而已，於神味處，全未夢見。

【校記】

〔一〕泌：底本作『沁』，據詞人名改。

詞起結最難，而結尤難於起，蓋不欲轉入別調也。『呼翠袞，爲君舞』、『倩盈盈翠袞，揾英雄淚』，正是一法。然又須結得有『不愁明月盡，自有夜珠來』之妙，乃得。美成《元宵》云『任舞休歌罷』，則何以稱焉？

晏叔原熨帖悅人。如『爲少年濕了，鮫綃帕上，都是相思淚』，便一直說去，了無風味，此詞家最忌。詞中如『玉佩丁東』，如『一鉤殘月帶三星』，子瞻所謂『恐它姬廝賴，以取娛一時』，可也。乃子瞻《贈崔廿四》，全首如離合詩，才人戲劇，興復不淺。

詞中境界，有非詩之所能至者，體限之也，大約自古詩『開我東閣門，坐我西閣牀』等句來。詩之不得不爲詞也，非獨《寒夜怨》之類以句之長短擬也。老杜《風雨見舟前落花》一首，詞之神理備具。蓋氣運所至，杜老亦忍俊不禁耳。觀其標題曰『新句』，曰『戲爲』，其不敢偭背大雅如是，古人真自喜。

稼軒『盃汝前來』，《毛穎傳》也；『誰共我，醉明月』，《恨賦》也。皆非詞家本色。

『夜闌更秉燭，相對如夢寐』，叔原則云：『今宵賸把銀釭照，猶恐相逢是夢中。』此詩與詞之分疆也。

中調、長調轉換處，不欲全脫，不欲明黏，如畫家開闔之法，須一氣而成，則神味自足。以有意求之，不得也。

重字良不易，『錯錯錯』與『忡忡』之類是也，然須另出，不是上句意，乃妙。美成春恨《漁家傲》以『黄鸝久住如相識』、『重露成涓滴』作結，有離鉤三寸之妙。千里徧和美成詞，非不甚工，總是堆鍊法，不動宕。唯『鴻影又被戰塵迷』一闋，差有氣。

文字總要生動，鏤金錯采，所以爲笨伯也。詞尤不可參一死句，辛稼軒非不自立門戶，但是散仙入聖，非正法眼藏。改之處處吹影，乃博刀圭之譏，宜矣。

『惟片言而居要，乃一篇之警策。』詞有警句，則全首俱動。若賀方回，非不楚楚，總拾人牙慧，何足比數？

詞須上脱《香奩》，下不落元曲，乃稱作手。

古詞佳處，全在聲律見之。今止作文字觀，正所謂『徐六擔板』。《竹枝》、《柳枝》，不可徑律作詞，然亦須不似七言絶句，又不似《子夜歌》，又不可盡脱本意。『盤江門外是儂家』及『曾與美人橋上别』，俱不可及。

長調最難工：蕪累與癡重同忌；襯字不可少，又忌淺熟；詞中對句，正是難處，莫認作襯句，至五言對句、七言對句，使觀者不作對疑，尤妙。

詠物，至詞，更難於詩，卽『昭君不慣風沙遠，但時憶江南江北』，亦費解。放翁『一個飄蕭身世，十分冷淡心腸』，全首比興，乃更遒逸。酒壁釋褐，韓偓之特遇也；太液波翻，浩然之數奇也。『霞散綺，月沈鉤』，有勸而無諷。其人去賦《清平調》者不知幾里？然是鈞天廣樂氣象，較之文正公窮塞主，不侔矣。『紅杏枝頭春意鬧』，一『鬧』字卓絕千古。『濕紅嬌暮寒』，亦復移易不得。

周美成不止不能作情語，其體雅正，無旁見側出之妙。柳七最尖穎，時有俳狎，故子瞻以是呵少游。若山谷亦不免，如『我不合太撋就』類，下此則蒜酪體也。惟易安居士『最難將息，怎一個愁字了得』，深妙穩雅，不落蒜酪，亦不落絕句，真此道本色當行第一人也。

文長論詩曰：『如冷水澆背，陡然一驚，便是興觀羣怨。』應是爲傭言借貌一流人說法。溫柔敦厚，詩教也；陡然一驚，正是詞中妙境。

山谷全首用聲字爲韻，注云『效福唐獨木橋體』，不知何體也？然猶上句不用韻。至元美《道場山》，則句句皆用『山』字，謂之戲作可也。詞中如效《醉翁》『也』字、效《楚辭》『些』字、『兮』字，皆不可無一，不可有二。

檃括體不可作也，不獨醉翁如嚼蠟，卽子瞻改琴詩，琵琶字不見，畢竟是全首說夢。

古人多於過變乃言情，然其意已全于上段，若另作頭緒，不成章矣。

樂府餘論

長洲　宋翔鳳　虞廷　譔

《漁隱叢話》曰：『《漫叟詩話》云楊元素作《本事曲》，記《洞仙歌》：「冰肌玉骨，自清涼無汗。水殿風來暗香滿。繡簾開，一點明月窺人，人未寢，攲枕釵橫鬢亂。　起來攜素手，庭戶無聲，時見疏星渡河漢。試問夜如何，夜已三更，金波淡、玉繩低轉。細屈指西風幾時來，又不道流年，暗中偷換。」錢塘一老尼能誦後主詩首章兩句，後人爲足其意，以填此詞。余嘗見一士人誦全篇云：「冰肌玉骨清無汗，水殿風來暗香暖。簾開明月獨窺人，攲枕釵横雲鬢亂。起來瓊戶啓無聲，時見疏星渡河漢。屈指西風幾時來，祇恐流年暗中換。」東坡《洞仙歌》序云：「僕七歲時，見眉州老尼，姓朱，忘其名，年九十餘。自言嘗隨其師入蜀主孟昶宮中，一日大熱，蜀主與花蘂夫人後起，避暑摩訶池上，作一詞，朱具能記之。今四十年來，朱已死矣，人無知此詞者，獨記其首兩句云：『冰肌玉骨，自清涼無汗。』暇日尋味，豈《洞仙歌令》乎？乃爲足之云。」苕溪漁隱曰：《漫叟詩話》所載《本事曲》云錢塘一老尼能誦後主詩首章兩句，與東坡《洞仙歌》序全然不同，當以序爲正也。』按：《叢話》載《漫叟詩話》而辯之甚備，則元素《本事曲》仍是東坡詞，所謂『見一士人誦全篇』云云者，乃《漫叟詩話》之言，不出元素也。元素與東坡同時，先後知杭州。東坡是追憶幼時，詞當在杭足成之。元素至杭，聞歌此詞，未審爲東坡所足，事皆有之。東坡所見者蜀尼，故能記蜀宮詞。若錢塘尼，何自得聞之也？《本事曲》已誤，至所傳『冰肌玉骨清無汗』一詞，不過隱括蘇詞，然刪去數虛字，語遂平直，了無意味。蓋宋自南渡，典籍散亡，小書雜出，真僞互見，《叢話》多有別白。而竹垞《詞綜》，顧棄此錄彼，意欲變《草堂》之所選，然亦千慮之一失矣。

宋趙聞禮《陽春白雪》卷二載宜春潘明叔云：『蜀王與花蘂夫人避暑摩訶池上，賦《洞仙歌》，其詞不見於世。東坡得老尼口誦兩句，遂足之。蜀帥謝元明因開摩訶池，得古石刻，遂見全篇：「冰肌玉骨，自清涼無汗。貝闕琳宮恨初遠。玉闌干倚遍，怯盡朝寒。回首處，何必流連穆滿。芙蓉開過也，樓閣香融千片。紅英泛波面。洞房深深鎖，莫放輕舟，瑤臺去，甘與塵寰路斷。更莫遣、流紅到人間，怕一似當時，誤他劉阮。」』按：云『自清涼無汗』，確是避暑；而又云『怯盡朝寒』，則非避暑之意。且坡序云夜起，而此詞俱晝景。其中貝闕琳宮，闌干樓閣，洞房瑤臺，拉雜湊集，明是南宋人僞託。

《詞苑》曰：『王銍《默記》載歐陽《望江南》雙調云：「江南柳，葉小未成陰。人爲絲輕那忍折，鶯憐枝嫩不勝吟。留取待春深。　十四五，閒抱琵琶尋。堂上簸錢堂下走，恁時相見已留心。何況到如今。」初姦黨誣公盜甥，公上表自白云：「喪厥夫而無託，攜孤女以來歸。」張氏此時年方十歲，錢穆父素恨公，笑曰：「此正學簸錢時也。」歐知貢舉，下第舉人復作《醉蓬萊》譏之。按：歐公此詞出《錢氏私志》，蓋錢世昭因公《五代史》中多毀吳越，故醜詆之。其詞之猥弱，必非公作，不足信也。』按：此詞極佳，當別有寄託，蓋以嘗爲人口實，故編集去之。然緣情綺靡之作，必欲附會穢事，則凡在詞人，皆無全行，正不必爲歐公辯也。

聶長孺《多麗》詞中云：『露洗華桐，烟霏絲柳，綠陰搖曳，蕩春一色。』胡元任云：『「露洗華桐」

二語是仲春天氣，下乃云「綠陰搖曳蕩春色」，其時未有綠陰，亦語病也。』按：謂綠意輕，未成陰，故曰『綠陰搖曳』，若真詠綠陰，則『搖曳』二字便不穩。

張子野《慶春澤》：『飛閣危橋相倚，人獨立東風，滿衣輕絮。』以『絮』字叶『倚』，用方音也。後姜堯章《齊天樂》，以此字叶『絮』字，亦此例。

《漁隱叢話》曰：『少游《踏莎行》，爲郴州旅舍作也。黄山谷曰：「此詞高絶，但『斜陽暮』爲重出。」欲改「斜陽」爲「簾櫳」。范元實曰：「只看『孤館閉春寒』，似無簾櫳。」山谷曰：「亭傳雖未有簾櫳，有亦無礙。」范曰：「詞本摹寫牢落之狀，若曰簾櫳，恐損初意。」今《郴州志》竟改作「斜陽度」。余謂斜陽屬日，暮屬時，不爲累，何必改？東坡「回首斜陽暮」，美成「雁背斜陽紅欲暮」，可法也。』按：引東坡、美成語是也。分屬日時，則尚欠明析。《説文》：『莫，日且冥也，從日，在草中。』今作暮者，俗。是斜陽爲日斜時，暮爲日入時，言自日昃至暮，杜鵑之聲，亦云苦矣。山谷未解『暮』字，遂生轇轕。

宋元之間，詞與曲一也。以文寫之則爲詞，以聲度之則爲曲。晁無咎評東坡詞，謂『曲子中縛不住』，則詞皆曲也。《度曲須知》、《顧曲雜言》論元人雜劇，皆謂之詞。元人《菉斐軒詞林韻釋》，爲北曲而設，乃謂之詞韻，則曲亦詞也。《能改齋漫錄》載徐師川云：『張志和《漁父詞》，東坡以爲語清麗，恨其曲度不傳，加數語，以《浣溪沙》歌之。』則古人之詞必有曲度也。人謂蘇詞多不諧音律，則以聲調高逸，驟難上口，非無曲度也。如今日俗工不能度《北西廂》之類。北宋所作多付箏琶，故嘽緩繁促而易流；南渡以後，半歸琴篴，故滌蕩沈渺而不雜。《白雪》之歌，自存雅音；《薤露》之唱，別增俗樂。則元人之曲，遂立一門，弦索蕩志，手口慆心。於是度曲者但尋其聲，製詞者獨求於意。古有遺音，今成絶響。

在昔錢唐妙伎改『畫閣斜陽』，饒州布衣譜『橋邊紅藥』，文章通絲竹之微，歌曲會比興之旨。使茫昧於宫商，何言節奏；苟滅裂於文理，徒類啁啾。爰自分馳，所滋流弊。兹白石尚傳遺集，玉田更有成書。點畫方迷，指歸難見。惟先求於凡耳，藉通四上之原；還内度於寸心，庶有萬一之得。

《能改齋漫錄》曰：『仁宗留意儒雅，務本理道，深斥浮豔虚薄之文。初，進士柳三變好爲淫冶謳歌之曲，傳播四方。嘗有《鶴沖天》詞云：「忍把浮名，换了淺斟低唱。」及臨軒放榜，特落之，曰：「且去淺斟低唱，何要浮名？」景祐元年方及第，後改名永，方得磨勘轉官。其詞曰：「黄金榜上，偶失龍頭望。明代暫遺賢，如何向。未遂風雲便，爭不恣遊狂蕩。何須論得喪。才子詞人，自是白衣卿相。

烟花巷陌，依約丹青屏障。幸有意中人，堪尋訪。且恁偎紅倚翠，風流事、平生暢。青春都一餉。忍把浮名，换了淺斟低唱。」』按：詞自南唐以後，但有小令；其慢詞蓋起宋仁宗朝。中原息兵，汴京繁庶，歌臺舞席，競賭新聲。耆卿失意無俚，流連坊曲，遂盡收俚俗語言，編入詞中，以便伎人傳習。一時動聽，散播四方。其後東坡、少游、山谷輩相繼有作，慢詞遂盛。東坡才情極大，不爲時曲束縛。然《漫錄》亦載東坡送潘邠老詞：『别酒送君君一醉，清潤潘郎，更是何郎壻。記取釵頭新利市，莫將分付東鄰子。　回首長安佳麗地，三十年前，我是風流帥。爲向青樓尋舊事，花枝缺處餘名字。』右《蝶戀花》詞，東坡在黄州送潘邠老赴省試作也，今集不載。按：其詞恣褻，何減耆卿？是東坡偶作，以付餞席。使大雅，則歌者不易習，亦風會使然也。山谷詞尤俚，絶不類其詩，亦欲便歌也。柳詞曲折委婉，而中具渾淪之氣，雖多俚語，而高處足冠羣流，倚聲家當尸而祝之。如竹垞所錄，皆精金粹玉，以屯田一生精力在是，不似東坡輩以餘事爲之也。耆卿蹉跎於仁宗朝，及第已老，其年輩實在東坡之前。

先於耆卿，如韓稚圭、范希文，作小令，惟歐陽永叔間有長調，羅長源謂多雜入柳詞，則未必歐作。余謂慢詞當始耆卿矣。

《草堂詩餘》，宋無名氏所選，其人當與姜堯章同時。堯章自度腔，無一登入者。其時姜名未盛，以後如吳夢窗、張叔夏，俱奉姜爲圭臬，則《草堂》之選，在夢窗之前矣。中多唐五季北宋人詞，南渡後亦有辛稼軒、劉改之、史邦卿、高竹屋、黄叔暘諸家，以其音節尚未變也。謂之詩餘者，以詞起於唐人絕句，如太白之《清平調》，卽以被之樂府。太白《憶秦娥》、《菩薩蠻》，皆絕句之變格，爲小令之權輿。旗亭畫壁賭唱，皆七言斷句。後至十國時，遂競爲長短句，自一字兩字至七字，以抑揚高下其聲，而樂府之體一變。則詞實詩之餘，遂名曰詩餘。其分小令、中調、長調者，以當筵作伎，以字之多少分調之長短，以應時刻之久暫。如今京師演劇，分小齣、中齣、大齣相似。《草堂》一集，蓋以徵歌而設，故別題春景、夏景等名，使隨時卽景，歌以娛客。題吉席慶壽，更是此意。其中詞語，間與集本不同，其不同者，恆平俗，亦以便歌。以文人觀之，適當一笑，而當時歌伎則必需此也。詩之餘，先有小令，其後以小令微引而長之，於是有《陽關引》、《千秋歲引》、《江城梅花引》之類。又謂之近，如《訴衷情近》、《祝英臺近》之類，以音調相近，從而引之也。《草堂》並以爲中調。引而愈長者則爲慢，慢與曼通，曼之訓，引也，長也，如《木蘭花慢》、《長亭怨慢》、《拜新月慢》之類，其始皆令也，亦有以小令曲度無存，遂去慢字。亦有別製名目者，則令者，樂家所謂小令也；曰引、曰近者，樂家所謂中調也；曰慢者，樂家所謂長調也。不曰令曰引曰近曰慢，而曰小令、中調、長調者，取流俗易解，又能包括眾題也。

辛稼軒《永遇樂·京口北固亭懷古》一詞，意在恢復，故追數孫、劉，皆南朝之英主；屢言佛貍，以拓跋比金人也。《古今詞話》載岳倦翁議之云：『此詞微覺用事多。』稼軒聞岳語大喜，謂座客曰：『夫夫也，實中余痼。』乃抹改其語，日數十易，累月未竟。按：此則今傳辛詞已是改本，《詞綜》乃注岳語於下，誤也。

吳夢窗《西子粧》云：『流水麴塵，豔陽酷酒。』按：酷酒，謂酒味酷烈也。白香山詠家醖云：『甕揭開時香酷烈。』此『酷』字所本。太白詩：『風吹柳花滿店香，吳姬壓酒勸客嘗。』當風吹柳花之時，先聞香味之酷烈，而後知店中有酒，故先言香，後言酒也。『豔陽酷酒』，正同此意。萬氏《詞律》疑『酷』是『酤』字之譌。然但言酤酒，便索然無味。

范石湖《醉落魄》詞：『棲烏飛絕。絳河綠霧星明滅。燒香曳簟眠清樾。花影吹笙，滿地淡黄月。好風碎竹聲如雪。昭華三弄臨風咽。鬢絲撩亂綸巾折。涼滿北窗，休共軟紅說。』高江村曰：『「笙」字疑當作「簾」，不然與下「昭華」句相犯。』按：高說非也。此詞正詠吹笙，上解從夜中情景，點出吹笙。下解『好風碎竹聲如雪』，寫笙聲也；『昭華三弄臨風咽』，吹已止也；『鬢絲撩亂』，言執笙而吹者，其竹參差，時時侵鬢也。吹時風來，則『綸巾折』，知『涼滿北窗』也。若易去『笙』字，則後解全無意味。且花影如何吹簾，語更不屬。

南宋詞人繫情舊京，凡言歸路，言家山，言故國，皆恨中原隔絕，此周公謹氏《絕妙好詞》所由選也。公謹生宋之末造，見韓侂胄函首，知恢復非易言，故所選以張于湖爲首。以于湖不附和議，而早知恢復之難，不似辛稼軒輩率意輕言，後復自悔也。《宋史·張孝祥傳》曰：『渡江初，大議惟和、戰。張浚主復讐。湯思退主秦檜之說，力主和。孝祥出入二人之門，而兩持其說，議者惜之。』按：孝祥登第，思退爲考官，然以策不攻程氏專門之學，高宗親擢爲第一，則非爲思退所知也。本傳又言：『張浚自蜀還朝，薦孝祥，召赴行在。孝祥既素爲湯思退所知，及受浚薦，思退不悅。孝祥入對，乃陳二相當同心戮力，以副陛下恢復之志。且靖康以來，惟和戰兩言，遺無窮禍，要先立自治之策以應之。復言用才之路太狹，乞博采度外之士，以備緩急之用。上嘉之。』按：大臣異論，人材路塞，俱非朝廷所以自治。孝祥所陳，可謂知恢復之本計矣。傳乃謂『兩持其說』，何見之淺也！故北宋之初，未嘗不和，由自治有策；南宋之末，未嘗不言戰，以自治無策。于湖《念奴嬌》詞云：『悠然心會，妙處難與君說。』亦惜朝廷難與暢陳此理也。《慶元黨禁》云：『嘉泰四年，辛棄疾入見，陳用兵之利，乞付之元老大臣。侂胄大喜，遂決意開邊。則稼軒先以韓爲可倚，後有《書江西造口壁》一詞，《鶴林玉露》言『山深聞鷓鴣』之句，謂恢復之事行不得也，則固悔其輕言。然稼軒之情，可謂忠義激發矣。如韓者，欲以蟁負山，而致傾覆。玉津之事，不聞興義公之悲者，以其本小人，不學無術，乃以國事付之，其喪敗又何足惜哉！

詞家之有姜石帚，猶詩家之有杜少陵，繼往開來，文中關鍵。其流落江湖，不忘君國，皆借託比興，於長短句寄之。如《齊天樂》傷二帝北狩也，《揚州慢》惜無意恢復也，《暗香》、《疏影》恨偏安也。蓋意愈切，則辭愈微，屈、宋之心，誰能見之？乃長短句中復有白石道人也。

《絕妙好詞》載趙汝茪《夢江南》云『滿湖春水段家橋』，《武林舊事》云宋泗水潛夫周密譔斷橋又名段家橋。明瞿佑《歸田詩話》云：『錢思復作《西湖竹枝曲》云「阿姊住近段家橋」，先伯元範戲之云：「此段家橋創見，卻與羅刹江不同也。」蓋西湖斷橋，以唐人詩「斷橋芳草合」得名，亦以孤山路至此而盡，非有所謂段家者。』按：瞿說甚有理，然有《絕妙好詞》及《武林舊事》證之，則段家橋亦非創見矣。

樂府餘論跋

劉履芬

于廷丈以咸豐初自楚南解組歸里，余始謁於葑門吳衙場。時年届八十，長身鶴立，議論纚纚，尤善述乾、嘉軼事。一日，余詣丈，適小極，閽人延余登所居小樓。一榻外，置圖籍數卷。侍者方爲展理衾褥。丈執一編示余曰：『此《洞簫詞》刻在道光己丑，版存京都琉璃廠，今印本罕存矣。此帙檢以贈子。』丈著述極多，大半刊印。庚申亂後，覓印本輒不易覯。舊時里第，已成瓦礫，版片更無從問訊，可悲也已。《樂府餘論》一卷，是坿詞後者，今爲重刊，并綴昔日過從之雅於末。

同治庚午秋仲，江山劉履芬在吳門寓館書。

詞逕

長洲　孫麟趾　清瑞　譔

夢窗足醫滑易之病，不善學之，便流於晦。余謂詞中之有夢窗，如詩中之有長吉。篇篇長吉，閲者易厭。篇篇夢窗，亦難悦目。

作詞須擇調，如《滿江紅》、《沁園春》、《水調歌頭》、《西江月》等調，必不可染指，以其音調粗率板滯，必不細膩活脱也。

作詞尤須擇韻，如一調應十二個字作韻腳者，須有十三四字方可擇用。若僅有十一個字可用，必至一韻牽强。詞中一字未妥，通體且爲之減色，況押韻不妥乎？是以作詞先貴擇韻。

詞韻向無定本，惟沈去矜《韻》最妥，然失之太拘。且於通用兼收之處，未經宣説明白。余有《詞韻指南》，傳宋人不傳之祕，將梓行，以公同好。

詞有名同句之長短不同者，填者須註明從某人體。

學問到至高之境，無可言説。詞之高妙在氣味，不在字句也。能審其氣味者，其唯儲麗江乎？

牛鬼蛇神，詩中不忌，詞則大忌，運用典故須活潑。

近人作詞，尚端莊者如詩，尚流利者如曲。不知詞自有界限，越其界限，卽非詞。

蔗鄉云：無才固不可作詞，然逞才作詞，詞亦不佳。須斂才鍊意，而以句調運之。

詞中四字對句，最要凝鍊。如史梅溪云：『做冷欺花，將烟困柳。』只八個字，已將春雨畫出。七字對，貴流走，如夢窗《倦尋芳》云：『珠珞香消空念往，紗窗人老羞相見。』令人讀去，忘其爲對，乃妙。

閱詞者不獨賞其詞意，尤須審其節奏。節奏與詞意俱佳，是爲上品。余嘗取古人之拗句誦之，始上口似拗，久之，覺非拗不可。蓋陰陽清濁之間，自有一定之理。妄易之，則於音律不順矣。

包慎伯明府云：感人之速莫如聲，故詞別名倚聲。倚聲得者又有三：曰清、曰脆、曰澀。不脆則聲不成；脆矣而不清則膩；脆矣，清矣，而不澀，則浮。

作詞十六要訣：清輕、新雅、靈脆、婉轉、留托、澹空、皺韻、超渾。天之氣清，人之品格高者，出筆必清。五彩陸離，不知命意所在者，氣未清也。清則眉目顯，如水之鑑物無遁影，故貴清。

重則板，輕則圓；重則滯，輕則活。萬鈞之鼎，隨手移去，豈不太妙？陳言滿紙，人云亦云，有何趣味？若目中未曾見者，忽焉睹之，則不覺拍案起舞矣，故貴新。座中多市井之夫，語言面目，接之欲嘔，以其欠雅也。街談巷語，入文人之筆，便成絕妙文章。一句不雅，一字不雅，一韻不雅，皆足以累詞，故貴雅。

惟靈能變，惟靈能通。反是，則笨，則木。故貴靈。鶯語花間，動人聽者，以其脆也。音如敗鼓，人欲掩耳矣。故貴脆。

恐其平直，以曲折出之，謂之婉。如清真『低聲問』數句，深得婉字之妙。路已盡而復開出之，謂之轉。如『誰得似長亭樹，樹若有情時，不會得青青如此』、『當時送行，共約雁歸時。人賦歸歟。雁歸也，問人歸如雁也無』、『甚近來翻致無書。書縱遠，如何夢也都無』，皆用轉筆，以見其妙者也。

何謂留？意欲暢達，詞不能住，有一瀉無餘之病。貴能留住，如懸崖勒馬，用於收處最宜。

何謂托？泥煞本題，詞家最忌。托開說去，便不窘迫，即縱送之法也。

天以空而高，水以空而明，性以空而悟。空則超，實則滯。

石以皺爲貴，詞亦然。能皺，必無滑易之病，夢窗最善此。

韻即態也，美人之行動，能令人銷魂者，以其韻致勝也。作詞能攝取古人神韻，必傳矣。

識見低，則出句不超。超者，出乎尋常意計之外，白石多清超之句，宜學之。

何謂渾？如『淚眼問花花不語，亂紅飛過鞦韆去』、『江上柳如烟，雁飛殘月天』、『西風殘照，漢家陵闕』，皆以渾厚見長者也。詞至渾，功候十分矣。

詞成，錄出，粘於壁，隔一二日讀之，不妥處自見。改去，仍錄出，粘於壁，隔一二日再讀之，不妥處又見。又改之，如是數次，淺者深之，直者曲之，鬆者鍊之，實者空之。然後錄呈精於此者，求其評定，審其棄取之所由，便知五百年後，此作之傳不傳矣。

深而晦，不如淺而明也。惟有淺處，乃見深處之妙。譬如畫家有密處，必有疏處。

能深入不能顯出，則晦；能流利不能蘊藉，則滑；能尖新不能渾成，則纖；能刻畫不能超脫，則滯。一句一轉，忽離忽合，使閱者眼光搖晃不定，技乃神矣。

用意須出人意外，出句如在人口頭，便是佳作。

高澹婉約，豔麗蒼莽，各分門戶。欲高澹，學太白、白石；欲婉約，學清真、玉田；欲豔麗，學飛卿、夢窗；欲蒼莽，學蘋洲、花外。至於融情入景，因此起興，千變萬化，則由於神悟，非言語所能傳也。

詞逕跋

劉履芬

長洲孫君月坡，以詞名道、咸間。客金陵、西江最久，刻所著詞凡十餘種。余以丙辰、丁巳間遇諸吳門，君年六十餘。雖歸里，家無一椽，僦居委巷中，一子婦，一女孫，親操井臼。君日扶杖遊行街巷，賣文易粟，取供朝夕。庚申寇亂，以老病死。晚年嘗選所作爲《零珠》、《碎玉》兩編，刻之。今余尚存刊本，内有脱葉，末由録補。《詞逕》一卷，嘗以寄余京都，僅而獲存。取以重刊，亦講詞學家不可少之書也。

同治九年仲秋，江山劉履芬。

薇省詞鈔

十卷坿錄一卷

《薇省詞鈔》十卷坿録一卷（正文于坿録題作『第十一卷坿録』），有《蕙風叢書》本。拘於體例限制，録入本編時，只抄録詞人小傳及附載的詞話等，原作則不録，僅録詞牌及首句，原標出處，亦標出，附於目録中。

例言

一、是選專録國朝内閣人詞，編次悉依光緒十六年同邑王佑遐前輩鵬運續輯《内閣漢票簽中書舍人題名》。

一、諸家籍貫、出身，後來官階，悉依《題名》箸録。知有闕譌，未遑攷訂，閒或隨筆標出，亦不求備。《題名》體例，後來官階，其確知者，曰官至某官；未詳者，曰後官某官；改就知縣教職者，曰改官；存者，曰見官。咸、同後諸家官階題名尤多未備，今據所知改補，其不知者，仍依《題名》。同時前後輩，悉依見官。

一、箸録諸家其遺聞故事，記載多所偁述。茲擇有關内閣及詞家掌故各條，録小傳後。詞評、詞話，非精當者不録。諸家論詞，閒録數則，以徵得力。有專書行世者，不録。

一、是選以溫厚雅正爲宗，纖佻、噭囂兩派，悉擯不録。

一、諸家詞凡未見本集者，每闋下注明見某書，以昭覈實。其本集名仍箸於篇，以備異日搜訪。

一、諸家別集，所見或非足本，其有集外詞見它選本者，選録於後，仍注明見某書。

一、各選本采輯先後，《詞綜》集大成，列諸選首。《瑶華集》蒐羅較富，次之。《詞雅》遜《瑶華》之精，又次之。《詞滙》，國朝詞篇幅無多，又次之。《昭代詞選》，抉擇未精，又次之。餘書略依時代編次。

一、《詞綜》所錄，多竄易前人字句，其有它本可是正者，悉依它本。凡一詞兩本互見，一本字句有敓譌，悉依無敓譌之本。

一、題畫詞，本集及各選本未載者，非曾見元圖冊，不錄。

一、是編錄各家詞，各隨其造詣所至，擷其菁華。往往孤行冷集，所收闋數與名公鉅製相若，或流傳僅一二闋，悉概登錄，以詞存人，亦顯微闡幽之意。

一、諸家詞間有一鱗半甲，散見它書，未行登錄者，皆應酬不經意之筆，作者所詣，必不止是，率爾流傳，轉失矜慎之指，是以仍付闕如，容俟得見全槀，收入補編。

一、諸家詞凡足備閣中掌故者，雖未入選，亦坿於後。近歲彭瑟軒前輩鑾有《同聲集》之刻，爲薇省詞壇佳話，且下徵鄙詞，特坿錄前序一篇，用識墨緣。

一、內閣直廬，道光二年不戒於火，冊籍蕩然無存。《題名》屢經編纂，脫略尚多。閱各詞選中，有云官中書而《題名》未載者十數家，未審是否曾經到閣，爰別爲一卷，編坿於後。惟董東亭先生潮有到閣年分，可攷其詞，編入正集。汪小米先生遠孫，有《借閒生詞》，據胡敬所譔本傳，確未到閣，其詞不錄。

一、周儀韶齔卽嗜倚聲，弱冠後浪遊南北，所至吳越楚蜀名勝之區，經過郡邑，輒肆蒐羅，或從藏書家輾輯傳鈔，十載京華，購求尤力，所收國朝詞別集將及千家，薇省詞亦將百家，各總集、選本經刻行者略備，然如趙雲崧先生翼《甌北詩餘》、秦小峴先生瀛《無礙山房詞》竟未得見。又盛秦川百二《柚堂續筆談》云顏修來考功光敏繪其生平遊歷之處，爲二十四圖，每圖樂府一闋，小印一枚。曹頌嘉禾譔《珂雪詞話》云近予頗爲長短調，又云今讀《珂雪詞》，予雖十年學，不能竝驅也。顏、曹兩先生皆曾官中書，生平有詞無疑，亦未得見隻字，此類闕遺，不知凡幾，海内藏書家如以藏本見眎，俾得從事增補，奚啻百朋之錫矣！

一、周儀自戊子入都，以論詞，與幼遐前輩訂交。是選商榷去取，幼丈之力居多，繆筱珊太史荃孫以《荊溪詞》叚我，卷中潘仙客瀛選、龍二爲光兩先生詞竝資撰録，陳蘭史前輩圖持贈吴莊生先生葆晉《半舫館詞》，卓然名家，亦重可感也，例合竝書。

光緒二十年甲午中秋後五日，識於京都宣武門外椿樹上二條胡同寓齋。

題詞

百字令

臨桂王鵬運鶩翁

數才昭代，算聲名紅藥，英光蔚起。競説陽春池上曲，猶有高岑風致。地迥清流，官閒韻勝，雅望推中祕。王前盧後，題名更闢新例。　遥憶儤直從容，詔成五色，高詠宫槐底。文彩百年鸞掖盛，金石噌吰猶爾。黄蓼徵題，潘功甫事。紅薇讀畫，張溫和事。想望承平事。簪裾如接，後來英彦誰是？

薇省詞鈔卷一

李雯舒章《蓼齋詞》

雯，江蘇華亭人。順治元年，由薦舉到閣。

鮑康內閣漢票籤中書舍人題名跋：李雯，一云上海人。

方濬師內閣中書題名跋：有明甲申之變，我世祖削平流寇，定鼎燕京。華亭李公雯參攝政睿親王幕府，維時福藩僭位南都，馬、阮諸黨乘閒肆其殘虐，睿邸致道鄰閣部一書，責以春秋大義，洋洋灑灑，名正言順，實出華亭手。雖閣部答書，亦極鯁直，究不能不爲之心折。二百年來，傳誦人口。華亭即題名中首列者也。

沈雄《古今詞話》：曹顧庵曰：雲閒諸子填詞，必不肯入姜之琢語，亦不屑爲柳七俳調，舒章舍人是歐、秦入手處。鄒程邨曰：舒章作《小重山·除夕》，全不學邨夫子面目。

宋徵璧尚木

徵璧，原名存楠，江蘇華亭人。順治元年，由□□到閣，官至廣東潮州府知府。

《古今詞話》：宋徵璧曰：情景者，文章之輔車也，故情以景幽，單情則露；景以情妍，獨景則滯。今人景少情多，當是寫及月露，慮鮮真意。然善述情者，多寓諸景，梨花榆火，金井玉鉤，一經染翰，使人百思，哀樂移神，不在歌慟也。又曰：詞家之旨，妙在離合，語不離則調不變宕，情不合則緒不聯貫，每見柳永句句聯合，意過許久，筆猶未休，此是其病。又曰：詞稱綺語，必清麗相須，但避癡肥，無妨金粉。譬則肌理之與衣裳，鈿翹之與鬟髻，互相映發，百媚斯生，何必裸露翻稱獨立？且閨襜好語，吐屬易盡，率露之多，穢褻隨之矣。

徐釚《詞苑叢談》：宋尚木曰：吾於宋詞得七人焉，曰永叔，其詞秀逸；曰子瞻，其詞放誕；曰少游，其詞清華；曰子野，其詞娟潔；曰方回，其詞新鮮；曰小山，其詞聰俊；曰易安，其詞妍婉。他若黃魯直之蒼老，而或傷於頹；王介甫之劖削，而或傷於拗；晁無咎之規檢，而或傷於樸；辛稼軒之豪爽，而或傷於霸；陸務觀之蕭散，而或傷於疎。此皆所謂我輩之詞也。苟舉當家之詞，如柳屯田哀感頑豔，而少寄託；周清真蜿蜒流美，而乏陡健；康伯可排敘整齊，而乏深邃。其外則謝無逸之能寫景，僧仲殊之能言情，程正伯之能壯采，張安國之能用意，万俟雅言之能協律，劉改之之能使氣，曾純甫之能書懷，吴夢窗之能疊字，姜白石之能琢句，蔣竹山之能作態，史邦卿之能刷色，黃花菴之能選格，亦其選也。詞至南宋而繁，亦至南宋而敝，作者紛如，難以槩述。夫各因其姿之所近，苟去前人之病，而務用其所長，必賴後人之力也夫。

潘瀛選仙客

瀛選，江蘇宜興人。順治□年由舉人到閣，己丑成進士。

徐惺郎山《横江詞》

惺，江蘇江寧人。順治□年由舉人到閣，己丑成進士，官至湖廣布政使。

聶先、曾王孫《名家詞鈔》：蔣京少景祁曰：子星方伯負羅萬有，著述等身。近嘯傲東山，始作爲詞。與蘄春顧黄公、白下李因兄，及家仲氏玉淵，吟詠無虚日。丁卯春，予過從於黄鵠磯頭，得問業焉。而惜《瑶華集》未及録也，乃郵聶子晉人，俾刻之。《横江詞》已未刻凡五卷，顧黄公景星爲之序，兹擇其尤雅者云。聶晉人先曰：《横江詞》格調俊逸，聲致琳瑯，能於閒遠秀脱之中寓其濃情麗語，卓然名世大家。

趙而忭友沂

而忭，湖南長沙人。順治□年由舉人到閣。

案：丁紹儀《詞綜補》作爾忭，蔭生，官中書。

萬錦雯雲紱

錦雯，江蘇宜興人。順治□年由舉人到閣，乙未成進士。

彭孫遹駿孫《延露詞》

孫遹，浙江海鹽人。順治十□年由舉人到閣。己亥成進士，召試博學鴻詞第一，授編修，官至吏部侍郎。

沈雄《柳塘詞話》：《延露詞》綽然有生趣，而又耐人長想。如『舊社酒徒蕭亂，添得紅襟燕』、『落花一夜嫁東風，無情蜂蝶輕相許』，詞家所謂無理而入妙，非深情者不辦。

王士禛《花草蒙拾》：僕每讀史邦卿詠燕詞『又輭語商量不定，飄然快拂花梢，翠尾分開紅影』，又『紅樓歸晚，看足柳昏花暝』，以爲詠物至此，人巧極天工，錯矣。近得彭十詠螢詞，至『輕沾葉露，暗棲花蕊，亂翻銀井。有時團扇驚迴，又巧坐、人衣相映』，又『隨風欲墮，帶雨猶明』，不禁叫絶，即令梅溪復生，抽豪拂素，何以過之？

鄒祗謨《遠志齋詞衷》：長調惟南宋諸家才情蹀躞，盡態極妍。阮亭常云：詞至姜、吴、蔣、史，有秦、李所未到者，正如晚唐絶句以劉賓客、杜紫微爲神詣，時出供奉、龍標一頭地。彭十金粟所作數十闋，長調妙合斯詣。阮亭戲謂彭十是豔詞專家，余亦云詞至金粟，一字之工能生百媚，雖欲佛然不受，豈可得耶？

《詞苑叢談》：阮亭嘗戲謂彭十是豔情當家，駿孫輒怫然不受。一日，彭賦《風中柳》離别詞云：『槐樹陰濃，小院晚涼時節。别離可奈腸如結，歌喉輕轉，聽唱《陽關》徹。情脈脈、幾回嗚咽。細語叮嚀，道且自、消停這歇。燈火高城更未絶，殘妝重整，送向門前别。拚今宵、爲伊嘔血。』阮亭見之，謂曰：『試以此舉似他人，得不云吾從衆耶？』彭一笑謝之。

《詞綜》：嚴秋水云：羨門驚才絶豔，長調數十闋，固堪獨步江左，至其小詞，嘔香怨粉，怯月淒花，不減南唐風格。

王晫《今世説》：彭羨門驚才絶豔，詞家推爲獨步。王阮亭稱其吹氣如蘭，每當十郎，輒自愧傖父。

吴衡照《蓮子居詞話》：董東亭潮《東皋雜鈔》：彭羨門晚年自悔其少作，厚價購其所爲《延露詞》，隨得隨燬，與《北夢瑣言》載晉和凝事適相類。文人自愛，率復爾爾。然陳王八斗、江郎五色，少宰天才，俊豔弗可及也。詞中如問病云云、閨恨云云、訊使云云、扶病云云、離別云云、旅夢云云、春盡日有寄云云、螢火云云、蓮花云云、南窗睡覺云云，姿致幽眇，神味綿遠，良由取境高，故時逼秦、柳。今人學《延露詞》，適得其纖佻褻狎之習，非所謂知音。《延露詞》亦有兩副筆墨，如華遜來生日云云、長歌云云、酌酒與孫默云云，又時帶辛氣。羨門少宰生前止自刻《延露詞》及《南淮集》，今所行《松桂堂全集》，皆其卒後付梓，頗有蕪雜繁複之病，先生年二十九成進士，得推官，與王阮亭傾蓋，訂金石交，旋家居。以江南奏銷案被累落職，事得解，年四十五矣。復就內閣中書候選主事，年四十九，舉博學鴻詞第一。先生楷法近董香光，讀書外，無他嗜好，詞極豔，而終其身無妾媵之御，不類其詞。與朱恭人年皆五十，始舉子，事屬僅見。羨門有才子氣，於北宋中最近小山、少游、耆卿諸公，格韻獨絕。

案：據吳云，先生成進士，得推官，被累落職，事解復就中書，則到閣在成進士後。題名云『由舉人到閣』，誤。

謝章鋌《賭棊山莊詞話》：羨門真得溫、李神髓，由其骨妍，故辭媚，而非俗豔。董東亭謂先生晚年收燬《延露詞》，故傳本甚少。然迦陵之豪宕，竹垞之醇疋，羨門之妍秀，攻倚聲者所當鑄金事之，缺一不可。《卜算子》云：『身作合歡牀，臂作遊仙枕。打起黃鶯不放啼，一晌留郎寢。』彭十豔情當家，固宜阮亭怵服。相傳羨門見沈去矜、董文友詞，笑謂鄒程村曰：『泥犁中皆若人，故無俗物。』斯雖戲言，亦可見其忍俊不禁矣。太白如姑射仙人，溫尉是王謝子弟，溫尉詞當看其清真，不當看其繁縟。胡元任謂庭筠工於造語，極爲奇麗，然如《菩薩蠻》云：『梧桐樹，三更雨，不道離情正苦。一葉葉，一聲聲，空堦滴到明。』語彌淡，情彌苦，非奇麗爲佳者矣。羨門深窺此祕。《生查子》云：『起立悄無言，殘月生西弄。』《玉樓春》云：『江南無限斷腸花，枝上東風枝下雨。』又云：『人從春色去邊來，舟向夢魂來處去。』《臨江仙》云：『斜陽如弱水，只管向西流。』著墨無多，尋味不盡，亦異乎屯田俳語矣。校：謝所引飛聊詞調名《更漏子》，作《菩薩蠻》，誤。

吳綺 薗次《藝香詞》

綺，江蘇江都人。順治十□年由拔貢生到閣，官至浙江湖州府知府。

《林蕙堂集·聽翁自傳》：所作填詞小令，兒童女子皆能習之，有毘陵閨秀日誦其『把酒囑東風，種出雙紅豆』二語，以爲秦七黄九不能過也，故又號紅豆詞人云。

《古今詞話》：王阮亭曰：薗次太守工爲小賦，雋逼庾、鮑。詞亦《哀江南》之流。吳慊庵曰：吳興有藝香山，爲西施種蘭處，家薗次適守是邦，取以名詞者也。其深麗綿密，集周、秦諸家而爲大成，海内操觚家堪語此者且少。蔣景祁曰：薗次太守爲《明月斜》詞，有『乳燕尋香未肯歸，玉奴背面秋千下』語，較古山樂府之『女子開簾放燕飛，無多許，又是想它歸』者同一香倩。

《詞苑叢談》：吳湖州内子黄淑人能詩，湖州常贈以《臨江仙》一闋，中有『秦嘉書兩紙，蘇蕙錦千絲』之句，其爲林下之風，蓋不在王夫人下矣。吳湖州江夏夫人與扶風少君皆有出塵之韻，湖州常因内宴作詞云『一家都解愛青山』，蓋實録也。吳湖州詞有『把酒祝東風，種出雙紅豆』，梁溪顧氏女子見而悦之，日夕諷詠，四壁皆書二語，人因目湖州爲紅豆詞人。

《詞綜》：朱竹垞云：薗次之詞選調寓聲，各有旨趣，其和平雅麗處，絶似陳西麓。

《賭棊山莊詞話》：余嘗論國初諸詞家，以詩譬之，竹垞嚴整，其高、岑乎？迦陵矯變，其李、杜乎？容若綿至，其溫、李乎？而園次著墨不多，都適人意，殆王、孟歟？然難與刻舟求劍者道也。園次序錢葆馚《湘瑟詞》云：『詞原靡麗體，雖本於房中，而語必遙深，義實通於《世說》。』又云：『昔天下歷三百載，此道幾屬荊榛。迨雲間有一二公，斯世重知《花》、《草》』。數語括盡詞品詞運。雲間謂陳臥子。明自中葉以後，知詞僅三人：楊升菴、王弇州及臥子，若夏公謹言、馬浩瀾洪，皆不足數也。鄭荔鄉自園次以明經薦授祕書院中書舍人，奉詔譜楊椒山樂府，世祖大稱賞，遷武選司員外郎。蓋郎以椒山原官官之，出知湖州，人號爲三風太守，謂多風力、尚風節、饒風雅也。

陳康祺《郎潛紀聞》：乾隆丁未春，禮部尚書某掎摭王漁洋、朱竹垞、查他山三家詩及吳薗次長短句內語疵，奏請毀禁，事下樞廷集議，請將《曝書亭集·壽李清》七言古詩一首，事在禁前，照例抽毀。其漁洋《秋柳》七律、他山《宮中草》絕句及薗次詞，語意均無違礙，奏上，報可。時管侍御世銘方內直，實主其議也。見《韞山堂詩集》注。

薇省詞鈔卷二

曹貞吉升六《珂雪詞》

貞吉，山東安丘人。康熙六年由進士到閣，官至禮部員外郎。

高珩《珂雪詞序》：予每讀實庵之詞，驚魂蕩魄，爣恍不定。初讀弔古諸作，慷慨悲涼，羽聲四起，如逢祖士稚、劉越石諸人；既而讀詠物諸作，入微窮變，五色陸離，又若樹珠幢於谷王之曲，而百寶麕赴也。已乃過實庵，所求諸作盡讀之，無體不工，而田居世外之音，往往而遇，如聞魚山之梵，兩腋生風，五濁欲洗，又疑非金馬直廬閒人也。

王瑋《珂雪詞序》：安丘曹實庵先生以詠物、懷古諸篇爲海内所推，予受《珂雪詞》讀之，真如仰崑崙、泛溟渤，莫測其所際，骯髒磊落，雄渾蒼茫，是其本色。而語多奇氣，惝怳傲睨，有不可一世之意。

珂雪詞評：朱錫鬯曰：詞至南宋始工，斯言出，未有不大怪者，惟實庵舍人意與予合。今就詠物諸詞觀之，心摹手追，乃在中仙、叔夏、公謹諸子，兼出入天游、仁近之間，北宋自方回、美成外，慢詞有此幽細綿麗否？張山來曰：珂雪詞縱横變化，不可方物，非辛非柳，非蘇非黄，非周非秦，而辛、柳、蘇、黄、周、秦之美畢備，由其才具閎博，學殖淵邃。舉生平所誦習子史百家、古文奇書，含咀醞釀而出之，淺陋之士烏能窺其堂奥、測其涯涘哉？

曹禾《珂雪詞話》：詞以神氣爲主，取韻者次也。鏤金錯綵，其末耳。本朝士大夫詞筆風流，幾上追南唐北宋，彭、王、鄒、董夙擅孅聲，近來同人中惟錫鬯、蛟門、方虎、實庵超然並勝。實庵不爲閨襜靡曼之音，我視之更覺娬媚，其神氣勝也。王元美論詞云：寧爲大雅罪人，予以爲不然。文人之才，何所不寓，大抵比物留連，寄託居多。《國風》、《離騷》同扶名教，卽宋玉賦美人，亦猶主文譎諫之義，良以端言之不得，故長言詠歎，隨所指以託興焉。必欲如柳屯田之蘭心蕙性，枕前言下等語，不幾風雅掃地乎？實庵詞無一語無寄託者，予之所以服膺也。雲間諸公論詩宗初盛唐，論詞宗北宋，此其能合而不能離也。夫離而得合，乃爲大家。若優孟衣冠，天壤間只生古人已足，何用有我？實庵與予意合。其詞寧爲創，不爲述；寧失之粗豪，不甘爲描寫。姸媸好醜，世必有能辨之者。

《古今詞話》：沈雄曰：實庵詞久從南溪讀其一二，恨未闚其全豹。珂雪新梓，欲想見其丰采而未可得。茲覽陳檢討題詞，云：『愛佳詞、一編珂雪，雄深蒼穩。』『算蝶板鶯簧不準。多少詞場談文藻，向豪蘇膩柳尋藍本。吾大咲，比蛙黽。』君詞更出其望外。

《名家詞鈔》：吴薗次綺曰：《珂雪詞》字字香豔，至議論風生處，有烘雲托月之勢。汪修如俊曰：家仲繩姪極豔稱《珂雪詞》，如嬌鶯欲醉，曉花初舒。

陳廷焯《白雨齋詞話》：曹升六《珂雪詞》在國初諸老中最爲大雅，才力不逮朱、陳，而取徑較正。國朝不乏詞家，《四庫》獨收《珂雪》，良有以也。升六詞，余最愛其《埽花遊》春雪一篇，如云：『一夜梅花，暗落西窗似雨。飄搖去，試問逐風，歸到何處。』又云：『擁斷關山，知有離人獨苦。漫凝竝、聽寒城數聲譙鼓。』緜雅幽細，斟酌於美成、梅溪、碧山、公謹而出之者。

汪懋麟季角《錦瑟詞》

懋麟，江蘇江都人。康熙六年由進士到閣，官至刑部主事。

李集《鶴徵錄》：先生授中書，每入直，必攜書數冊，竟夜展讀。

《古今詞話》：徐電發曰：宋詞俱被管絃，故設大晟應制。金元院本一出，不復管絃舊詞。蛟門以《錦瑟》名詞，亦欲如柳郎中爭勝於歌頭尾犯之下歟？相傳令狐楚丞相家青衣名錦瑟者，李義山素受知於令狐楚，又爲王元茂、鄭亞所辟，義山託爲《錦瑟》諸詠，以冀其感動，豈蛟門亦有所託歟？要之，溫情昵語，宜彈撥於鵾絃雁柱之中，非僅酒邊花下已也。

徐釚《南州草堂詞話》：汪蛟門記夢云：己酉夏夜，夢二女子靚妝淡服，聯袂踏歌於瓊花觀前，唱史邦卿《雙雙燕》詞，至『柳昏花暝』句，宛轉嘹亮，字如貫珠。詢其姓，曰衛氏姊娣也，及覺，歌聲盈盈，猶在枕畔。爰和前調云：『伊誰豔也，看神拂霓裳，廣寒清冷。柔情綽態，卻許羅襟相並。行過玉句仙井。更翩若、驚鴻難定。衛家姊妹天人，不數昭陽雙影。溜出，歌聲圓潤。聽落葉迴風，十分幽俊。最堪憐處，唱徹柳昏花暝。驚醒烏衣夢隱，真難覓、天台芳信。魂消洛水巫山，獨抱枕兒斜凭。』

陸棻義山《雅坪詞譜》

棻，浙江平湖人。康熙六年由進士到閣，召試博學鴻詞，授編修，官至内閣學士。

案《浙江通志》：陸棻原名世枋，平湖諸生，入國學，以高等授内弘文院、中書舍人。復舉順天鄉試，康熙丁未進士。爲原官，尋管典籍。《嘉興府志》亦云入太學，由中書中康熙丙午、丁未鄉、會試，管内祕書院典籍。義山到閣，不由進士，亦非康熙六年，題名失攷。

《鶴徵録》：先生性愛詞，在京師，與竹翁並和宋末《樂府補題》諸調。時先公自製《樂府後補題》五闋，先生見之曰：『此詞家仙筆也。』徧和之，且爲刻箋，敘云：去歲竹垞表兄自金陵來，攜《樂府補題》一卷，皆南宋名家之作，偕余屬和。余時適館東安門北，友朋罕往還。詞成，不以示人。今夏移榻寓齋，淨几陳編，相對忘暑。讀李十九兄自製《樂府後補題》五調，余又同寓齋，倚而和之，不啻青蠅聲雜鸞鳳響也。且仿其箋式，以災木出東家之顰，愈形西家之美，所不敢辭。然長安知槧遽損宣子杖頭十日費，終亦悔其多事耳。時工詞者皆和之，而匿其稾。

《詞綜》：蔣京少云：義山詞體致修潔，體物諸作尤極工細。

喬萊子靜

萊，江蘇寶應人。康熙六年由進士到閣，召試博學鴻詞，授編修，官至翰林院侍讀。

方象瑛渭仁

象瑛，浙江遂安人。康熙六年由進士到閣，召試博學鴻詞，授編修。

龍光二爲

光，安徽望江人。康熙六年由進士到閣。

案：二爲詞刻入《荊溪詞》，卷首姓氏下注云原籍望江。《詞綜補》云官同知。

陳玉璂賡明《耕烟詞》

玉璂，江蘇武進人。康熙六年由進士到閣。

《古今詞話》：映山堂詞不喜浮豔，自有沈摯之力。「夢裏和愁，愁時如夢，情似越梅酸」，此詠閨情也；「縱舞遍天涯，休教忘了，繡閣斜陽裏」，此詠落花也。一如湘真之深於意態者。

《名家詞鈔》：徐竹逸喈鳳曰：椒峯茲集寄託遥深，體裁閎麗，不獨句香字豔，傳絕唱於旗亭。行將玉戛金鏗，黼太平於聖世。

錢芳標葆馚《湘瑟詞》

芳標，原名鼎瑞，江蘇華亭人。康熙□年由舉人到閣。

金是瀛《湘瑟詞序》：我友葆馚灼然玉舉，其爲曲子，纖恨無遺，拔初日之芙蓉，濯新月之楊柳。

《詞綜》：彭羨門云：葆馚居清切之地，雍容都雅，名滿海内。乃詞名湘瑟者，以仲文自況。夫曲終江上句非不工，然寥寥十韻，何至乞靈神助。以視是編之驚才絕豔，大曆才人殆不免有媿色矣。

《瑤華集》述錢舍人繼陳大樽、李舒章諸公之緒，而又較《幽蘭》、《湘真》出一頭地。

《今世説》：錢葆馚總角即好倚聲，酒肆粉牆，倡家團扇，每因興會，輒有斜行。

《鶴徵錄》：葆馚擅詩歌，尤精倚聲，神似玉田。徵車到日，服尚未闋，遂不赴試。後以孝廉爲中書舍人。朱竹翁稱其詞可方駕南北宋云。

王士祜叔子

士祜，山東新城人。康熙九年由進士到閣。

林麟焻玉巖《竹香詞》

麟焻，福建莆田人。康熙九年由進士到閣，官至貴州提學道僉事。

薇省詞鈔卷三

顧貞觀華峯《彈指詞》

貞觀，江蘇無錫人。康熙十□年由監生考取到閣，丙午中式舉人，官至典籍。

案：《彈指詞》有甲辰七夕後一日陛見《滿江紅》一闋，甲辰爲康熙三年，貞觀到閣當在是時。丙午，康熙五年，貞觀中式舉人，既由監生到閣，何得在丙午以後，今仍依題名編列，坿攷於此。

鄒升恆《顧梁汾傳》：先生一生好學，至老手不停披，於經史子集無不徧覽。文兼諸體，而尤長於塡詞。當世以先生詞與竹垞、迦陵並稱，而先生實更有超邁處。常謂『吾詞獨不落宋人圈襀，自信必傳。惜容若死，無可與語者』。晚年取所行世《彈指詞》，手自删定，付杜子雲川刻之，今家有其書，學詞者奉爲拱璧。先生於友誼最篤，松陵才子吳漢槎戍寧古塔，先生祖送，時有『半百生還』之約，寄《金縷曲》二詞，容若見之，爲泣下，極力營捄漢槎，果以辛酉入關，贖鍰皆先生辦也。

《無錫縣志·文苑傳》：貞觀美丰儀，才調清麗，文兼衆體。塡詞語業，不諱清狂，爲人儁爽，篤古誼。初契松陵吳季子兆騫，兆騫以才招謗，戍寧古塔。貞觀灑淚要言，曰必歸季子。納蘭成德者，貞觀金石交，而相國子也，胥善兆騫。貞觀作《金縷曲》二詞示成德寄戍所，德愴然曰：『河梁生別之詩，山陽死友之傳。得此而三，此事三千六百日中當任之。』貞觀曰：『人壽幾何，請五年。』遂悉力處辦贖鍰，相國高其義，爲之地，兆騫卒得生入關，如要言焉。

杜詔《彈指詞序》：《彈指詞》極情之至，出入南北兩宋而奄有衆長，詞之集大成者也。

諸洛《彈指詞序》：先生嘗曰：吾詞獨不落宋人圈襀，可信必傳。嘗見謝康樂春草池塘夢中句，曰：『吾於詞曾至此境。』昔彌勒彈指，樓閣門開，善才即見，百千萬億彌勒住身。先生以斯名集，殆自示其苦心孤詣，超神入化處。

《古今詞話》：顧茂倫曰：梁汾舍人，吾家之司馬散騎也，翩翩風采，久不作等夷觀矣。其詞亦爲世所競賞。

《詞苑叢談》：金粟顧梁汾舍人風神俊朗，大似過江人物。無錫嚴蓀友詩：『曈曨曉日鳳城開，纔是仙郎下直回。絳蠟未消封詔罷，滿身清露落宮槐。』其標格如許。畫側帽投壺圖，長白成容若題《賀新涼》一闋于上，云『德也狂生耳！偶然間，緇塵京國，烏衣門第。有酒惟澆趙州土，誰會成生此意。不信道、遂成知己。青眼高歌俱未老，向尊前拭盡英雄淚。君不見，月如水。共君此夜須沈醉。且由他、蛾眉謡諑，古今同忌。身世悠悠何足問，冷笑置之而已。尋思起、從頭翻悔。一日心期千劫在，後身緣、恐結他生裏。然諾重，君須記。』

吳兆騫《秋笳集》：《寄顧舍人書彈指集》：如靈和楊柳，韶倩堪憐；又如衛洗馬言愁，令人顑頷。少游、美成，更當何處生活？

《瑤華集》述顧舍人梁汾乃極口沈遹聲豊垣，或有於人前短遹聲少年事者，舍人輒切齒。又其請生還吴孝廉漢槎，亦祇以一詞感動公卿，至傾囊篋。人之以友朋爲性命，未有不於文章結知己者，世俗衰薄，正須此種事爲詞林長價耳。

《名家詞鈔》：曹秋嶽溶曰：《彈指》早負盛名，而神姿清澈，儼如瓊林琪樹，故其填詞纏綿悽惋，恍聽坡公柳綿句，那得不使朝雲聲咽？又曰：讀《彈指詞》，有淩雲駕虹之勢，無鏤冰剪綵之痕。具此手筆，方可言香豔之妙。

洪蓮《玉塵集》：本朝詞家以朱、陳兩檢討爲最，然如錫山顧舍人貞觀《彈指詞》三卷，追蹤蘇、辛，何論其下也？寄吴漢槎登雨花臺諸作，直置之稼軒集中，莫能辨。同時成侍衛德《側帽詞》一卷亦佳。

袁枚《隨園詩話》一説華峯之救吴季子也，太傅方宴客，手巨觥，謂曰：『若飲滿，爲救漢槎。』華峯素不飲，至是一吸而盡。太傅笑曰：『余直戲耳，卽不飲，余豈遂不救漢槎耶？』雖然，何其壯也。嗚呼！公子能文，良朋愛友，太傅憐才，真一時佳話。

《睹棊山莊詞話》：顧梁汾短調雋永，長調委宛盡致，得周、柳精處。跡其生平，與吴漢槎兆騫最稱莫逆。《秋笳》之詩，《彈指》之詞，固是騷壇二妙。其寄漢槎寧古塔《賀新涼》云云，濃摯交情，艱難身世，蒼茫離思，愈轉愈深，一字一淚，吾想漢槎當日得此詞於冰天雪窖間，不知何以爲情。後來效此體者極多，然平鋪直敘，率覺嚼蠟，由無深情真氣爲之榦，而漫云以詞代書也。梁汾詠寒柳《臨江仙》云：『西風著意做繁華。飄殘三月絮，凍合一江花。』又云：『永豐西畔卽天涯。白頭金鏤曲，翠黛玉鉤斜。』詠梅《浣溪沙》云：『凍雲深護最高枝。』又云：『一片冷香惟有夢，十分清瘦更無詩。待他移影說相思。』剔透玲瓏，風神獨絶，誠詠物雅令也。比之排比嫩辭，襞積冷典，相去豈不萬萬哉！

丁紹儀《聽秋聲館詞話》：先祖《西園瑣述》云：梁汾典籍，弱冠遊輦下，寓居蕭寺。一日扃戶出，適龔文毅鼎孳入寺答客，於窗隙中見壁間題詩，有『落葉滿天聲似雨，關卿何事不成眠』句，大驚歎。向寺僧詢姓名去，稱譽於朝。時納蘭相國明珠方官侍郎，即延爲上客。旋舉康熙五年京兆第二人，官内閣典籍。其寄吴漢槎『塞外季子平安否』二詞，久已傳誦人口。

況周儀《第一生修梅花館詞話》：梁汾營救漢槎一事，詞家記載綦詳，惟《梁溪詩鈔》小傳注：『兆騫既入關，過納蘭成德所，見齋壁大書顧梁汾爲吴漢槎屈膝處，不禁大慟』云云。此說它書未載，昔人交誼之重如此。又《宜興志·僑寓傳》：梁汾嘗訪陳其年於邑中，泊舟蛟橋下，吟詞至得意處，狂喜，失足墮河，一時傳爲佳話。說亦僅見，亟坿著之。

高士奇澹人《竹窗詞》、《蔬香詞》

士奇，浙江錢塘人。康熙十三年由詹事府録事到閣，薦舉博學鴻詞。後改授翰林院侍講，官至禮部右侍郎，謚文恪。

案：士奇並未薦舉博學鴻詞，阮葵生《茶餘客話》云：康熙辛亥，高江邨士奇，御試第一人，直禁中。乙卯冬，設詹事府，補録事。一日，賦《紀恩》詩，有『空對西風嘆二毛』之句。江邨是年三十二歲也。上覽之，似有憫憐之意。賜御書《秋興賦》。丁巳冬擢内閣中書，庚申夏擢翰林院侍講。

《古今詞話》：汪枚曰：學士朝朝染翰者，皆黼黻太平景象，有謂懽愉之詞難工者，謬也。邗上夏之禹郵寄《蔬香詞》，得捧讀之，如『惟恐瓊樓玉宇，高處不勝寒』，無異坡公之愛君也。

《名家詞鈔》：丁飛濤澎曰：月是何色？水是何味？芝蘭之香何香？水烟山霧之氣何氣？其間皆有自然化境，本之於天，印之於心，出而成聲，沈雄浩瀚，有非人力所能臆造者。如學士所製《蔬香詞》，比之菊英蘭露，香沁心脾，讀之信然。

曹鑑平掌公

鑑平，浙江嘉善人。康熙十□年由舉人到閣。

王昊惟夏

昊，江蘇太倉人。康熙十八年由薦舉博學鴻詞召試到閣。

柯崇樸寓匏《振雅堂詞》

崇樸，浙江嘉善人。康熙十八年由薦舉博學鴻詞召試到閣。

朱彝尊《振雅堂詞序》：柯子寓匏，曹學士子顧館甥，其於詞蓋幼而習焉，既而助予編次宋元人之詞，又同周布衣青士博采詞人體製，探其源流，爲《樂章考索》一書，其用心也勤，其倚聲也敏，其於詩也兼工，而日進於作者。往歲在戊午，寓匏兄弟與余同以薦留京師，明年二月以父喪去。又二年，訪余江南，遇於燕子磯。又二年，至京師，每見輒出其詞藁。今之工於詞者，大都昔曾與學士遊。讀寓匏詞，當有以『山抹微雲』女壻見目者。

《鶴徵錄》：先生所居小幔亭藏書甚富，嘗與簹谷、竹垞兩翁同輯《詞綜》，以未見周草窗《絕妙好詞》爲恨，屬其從子煜於錢遵王處借鈔之，卽爲刊行，可謂好古者矣。

《聽秋聲館詞話》：寓匏舍人由貢生官中書，竹垞太史《詞綜》凡例言銓次詞人爵里、論世之功，寓匏爲多。

葉舒崇元禮《謝齋詞》

舒崇，浙江平湖人，原籍吳江。康熙十八年由進士薦舉博學鴻詞召試到閣。

徐釚《南州草堂詞話》：葉元禮舒崇客西泠，遇雲兒於宋觀察席上，一見留情，時尚未破瓜也。雲兒居孤山別墅，密簡相邀，訂終身焉。別五年，復至湖頭，則如綵雲飛散，不可蹤跡矣。元禮撫今追昔，情不自禁。援筆賦《浣溪沙》四闋云云。（《浣溪沙》『仿佛清溪似若耶』四詞後附）

王嗣槐仲昭《嘯石齋詞》

嗣槐，浙江錢塘人。康熙十八年由舉人薦舉博學鴻詞召試到閣。

方象瑛《松窗筆乘》：王仲昭少工駢體，晚乃專爲大家之文，二體並傳，世罕其匹。戊午遊京師馮文毅公館之東軒，會舉鴻辭，御史成公其範薦之，召試體仁閣，以詩韻誤失一字，不中格，授中書舍人。戊辰太皇太后升祔，禮成，仲昭譔《孝德廣運頌》，上南巡，奏獻於靈隱寺。後羣臣送聖駕，特召仲昭至河干，諭以所進文字已看過，尚有數語，以舟行疾聽未真，觀者莫不榮之。

孫枝蔚豹人《溉堂詞》

枝蔚，江蘇江都人，原籍三原。康熙十八年由薦舉博學鴻詞召試到閣。

《古今詞話》：尤悔菴曰：豹人老矣，元龍湖海之氣未除，而有時寄託閒情，作喁喁兒女語者，猶之東坡令朝雲唱『花褪殘紅』，稼軒倩盈盈『翠袖揾英雄淚』，老子於此興復不淺，每讀其『小妾不嫌，白髮先生，共坐朱簾』句，可見。

《名家詞鈔》：應嗣寅撝謙曰：溉堂詞如渴驥奔泉，怒猊下坂，想見南樓清嘯，老子興復不淺也。周冰持稚廉曰：豹人倚聲大都發源眉山、劍南，而新爽之致，則其自抒機軸，譬之於書法，此擘窠大字，非蚊腳蠅頭矣。余最賞其『小妾不嫌，白髮先生，對坐花間』，何等風致。《詞綜》：尤展成云：豹人詞以飛揚拔扈之氣寫嵚崎歷落之思，其品格當在稼軒、東坡之間。

鄧漢儀孝威《清簾詞》

漢儀，江蘇泰州人。康熙十八年由薦舉博學鴻詞召試到閣。

張壎聲百《秦遊近草詞》

壎，直隸撫寧人。康熙三十□年由舉人到閣。

張德純能一

德純，江蘇青浦人。康熙三十九年由進士到閣，改官浙江常山縣知縣。

陸綸歷才《莞爾詞》

綸，浙江平湖人。康熙五十□年由舉人考取到閣。官至廣西梧州府知府。

薇省詞鈔卷四

張星耀砥中《洗鉛詞》、《屑雲別録》

星耀，□□□□人。康熙□□年由□□到閣。

案：《詞綜》云：原名台柱，錢塘人。《詞雅》云：諸生。《鶴徵録》：麗塏由内閣中書張星耀薦舉。塏係己未鴻詞，其時星耀已與薦辟，是星耀到閣當在康熙十八年以前，今仍依題名編列坿攷於此。

郭麐《靈芬館詞話》：緜邈飄忽之音最爲感人深至，李後主之『夢裏不知身是客，一晌貪歡』，所以獨絶也。張台柱《浪淘沙》云云。（《浪淘沙》『春柳暮烟含』附）

侯文燿夏若《鶴閒詞》

文燿，江蘇金匱人。由□貢生到閣，官至□部主事。

案：《昭代詞選》、《詞綜補》竝作無錫人，題名未詳何年到閣，依《昭代詞選》列康熙朝末。

陳慈永貞期

慈永，浙江海寧人。

案：慈永，題名未詳何年到閣，列侯文燿之次，今从之。

金志章繪卣

志章，浙江錢塘人。雍正□年由舉人到閣，後官口北道。

《第一生修楳華館詞話》：《後庭花破子》，李後主、馮延巳相率爲之。『玉樹後庭前，瑤草糚鏡邊。去年花不老，今年月又圓。莫教偏，和月和花，天教長少年。』單調三十二字，見《古今詞話·詞辨》卷上引《陳氏樂書》。王惲、邵亨貞、趙孟頫竝有此詞。萬氏《詞律》不收，謂是北曲，不知南唐已剏此調也。（《後庭花破子》『林疏翠靄』附）

蔣元益希元《學吟集》坿詞

元益，江蘇長洲人。乾隆二年由舉人到閣，乙丑成進士，改庶吉士，官至兵部右侍郎。

蔣應焻元揆

應焻，江蘇吳縣人。乾隆四年由進士到閣。

孔繼汾體儀《行餘詩草》坿詞

繼汾，山東曲阜人。乾隆十三年由舉人恭遇巡幸闕里，充講書官，恩賜到閣，官至戶部主事。

謝墉東墅

墉，浙江嘉善人。乾隆十六年由□召試舉人到閣，壬申成進士，改庶吉士，官至吏部左侍郎。

王又曾受銘《丁辛老屋詞》

又曾，浙江秀水人。乾隆十六年由□召試舉人到閣，甲戌成進士，後官刑部主事。

錢大昕曉徵

大昕，江蘇嘉定人。乾隆十六年由□召試舉人到閣，甲戌成進士，官至詹事府少詹事。

江藩《國朝漢學師承記》：先生在京師，與同年長洲褚寅亮、全椒吴朗講明九章算學及歐羅巴測量弧三角諸法。時禮部尚書大興何翰如久領欽天監事，精於推步，時來内閣，與先生論李氏、薛氏、梅氏及西人利瑪竇、湯若望、南懷仁諸家之術，翰如遜謝，以爲不及也。案：吴朗應作烺。

吴烺荀叔《杉亭詞》

烺，安徽全椒人。乾隆十六年由□召試舉人到閣，官至山西寧武府同知。

王昶《蒲褐山房詩話》：荀叔爲玉隨編修從孫，疏節闊目，眉宇軒然。在京師，如梁山舟、陳寶所、王穀原諸君皆親愛之。工句股旁要之學。直綸閣者數年，出爲郡司馬，又數年而歿。兼工詞，予刻入《琴畫樓詞鈔》中。

蔣士銓定甫《銅弦詞》

士銓，江西鉛山人。乾隆十九年由舉人取中正榜到閣，丁丑成進士，官至翰林院編修。

戴璐《藤陰襍記》：蔣苕生士銓《甲戌考取中書夜直詩》：『朝衣墨漬帶酸寒，誰喚仙郎上界官。海內封章留硯北，天邊綸綍在豪端。晝持襆被花同宿，人散黃扉月自看。那似鳴機圖畫裏，小窗燈火坐團圞。』的是一人獨直情事。

畢沅纕蘅

沅，江蘇鎮洋人，原籍休寧。乾隆二十年由舉人到閣，庚戌成一甲一名進士，授修撰，官至湖廣總督。

洪亮吉《更生齋文集·書畢宫保遺事》：公生平之學，其得力處在能事事讓人，然公遭際實亦半由此。乾隆庚辰，公會試，未揭曉前一日，公與同年諸君重光、童君鳳三皆以中書值軍機，諸當西苑夜值，日未昃，諸忽語公曰：『今夕須湘衡代值。』公問故，則曰：『余輩尚善書，儻獲雋，可望前列。須回寓偃息，並候榜發耳。湘衡書法中下，即中式，詎有一甲望耶？』湘衡者，公字也。語竟，二人皆徑出不顧，公不得已爲代直。日晡，忽陝甘總督黄廷桂奏摺發下，則言新疆屯田事，宜公無事，熟讀之。時新疆甫開，上方欲興屯田，及殿試發策，試新貢士，即及之。公經學屯田二策條對獨詳核，遂由擬進第四人改第一，諸君次之，童君名第十一。蓋是年讀卷官秦尚書蕙田奏殿試佳卷獨多，故進呈有十二本，非故事也。

王昶德甫《琴畫樓詞》

昶，江蘇青浦人。乾隆二十二年由進士召試到閣，官至刑部右侍郎。

嚴榮《王述庵先生年譜》：乾隆六年辛酉，十八歲，先生先於蔡貢生館中得《東雅堂韓集》、《歸震川集》、張炎《山中白雲詞》，讀而愛之，至是乃始學爲詩詞。

《春融堂集雜箸》：《示長沙弟子唐業敬》：填詞，世稱小道，此捫籥扣槃之語，非爲深知詞者。詞至碧山、玉田，傷時感事，微婉頓挫，上與風騷同指，可庳爲小道乎？故竹垞翁於此深致意焉。行有餘力，閒閲南宋人詞及本朝浙西六家，能於此拔幟其間，亦不朽盛事也。案：先生所撰《國朝詞綜》，大致非淛派不録，識者間有周鼎康瓠之嘆，觀於《雜箸》云云，知瓣香固在是已。

曹仁虎來應

仁虎，江蘇嘉定人。乾隆二十二年由□召試舉人到閣，辛巳成進士，官至翰林院侍講學士。

錢大昕《潛研堂文集·曹君墓志銘》：乾隆二十二年聖駕南巡，君獻賦行在，召試，列一等，特賜舉人，授内閣中書。儤直之暇，刻意吟詠，未嘗造請貴遊。

薇省詞鈔卷五

韋謙恆慎旃

謙恆，安徽蕪湖人。乾隆二十二年由□召試舉人到閣，癸未成一甲三名進士，授編修。官至貴州布政使，改授鴻臚寺少卿。

吳省欽沖之《白華前後稿詩餘》

省欽，江蘇南匯人。乾隆二十二年由□召試舉人到閣，癸未成進士，改庶吉士，官至都察院左都御史。

本集《年譜》：戊寅七月赴内閣，當夜直，鈔所作詩，本侍讀紹元見而誦之不去口，曹同年仁虎每與予徒步赴直，笑言掉臂，不以出無車爲恥也。

董潮曉滄《漱花集詩餘》

案：潮，浙江海鹽人，原籍江蘇陽湖。乾隆二十六年由舉人取中正榜到閣，癸未成進士，改庶吉士，題名失載。據《陽湖縣志・文學傳》補。

《陽湖縣志・文學傳》：歲辛巳，上俞廷臣之請命，以禮闈備卷，定額四十人，附進士榜，補中書學正，潮與焉。尋入内閣行走，充《通鑑輯覽》纂修官，取材淵富，裁制謹嚴，羣以三長相推服。

《玉麈集》：董太史東亭潮詩主風格，近人中瓣香，尤在梅邨。作小詞亦佳，嘗見其調《金縷曲》題某某書劍圖，謔不傷雅，附録于此：『簾月如鉤繫，偶披圖、丰姿瀟灑，書函劍器。塵世難逢開口笑，此語君誠得計。我不解、古人何意。劍敵萬人猶未學，道姓名，識字纔能記。真欲笑，虞兮壻。思量故紙殊無味。算生平、龍泉於我，卻稱知己。筬裏芙蓉開曉月，不比短檠光細。君試作、蓬頭突髻。南面百城差足樂，比鬭雞誰説真無異。更看吐，如虹氣。』

黄燮清曰：太史詞如冷蝶秋花，自饒凄豔。

李調元雨邨《童山詩集》附詞

調元，四川羅江人，乾隆二十□年由舉人到閣，癸未成進士，改庶吉士，官至直隸通永道。

蔣國章䤸如

國章，一作國萃，江蘇吳縣人。乾隆二十六年由舉人取中正榜到閣。

案：《詞綜補》作國萃。

汪孟鋗康古《語冰詞》

孟鋗，浙江秀水人，原籍休寧。乾隆二十七年由舉人召試到閣，丙戌成進士，官至吏部主事。

《藤陰襍記》：汪厚石孟鋗久困公車，壬午召試中書，《初到內閣口號》云：『陳人久嘆積薪餘，乍許清班學步趨。獵獵西風敝裘帽，東華門外喚車驅。』『靜聽閣老馬嘶聲，侍讀諸公白事迎。我自田間來幾日，慎教輕易上階行。』『六科書吏立如麻，齊下三單卅點加。埽筆紛紛忙注本，日輪眼急下東華。』每入遇啓鑾封印日則三日本齊下。『乾清門側檔初交，匣硯看人喚打包。枯坐今朝拚守晚，領歸諭摺件傳鈔。』每入領上諭奏摺日，直中例派一人候夜，直交代爲守晚。『御門聞道特除官，硃筆題名敬奉觀。別有改簽更式樣，傳宣票擬細尋端。』御筆親書爲硃簽，特旨改標爲改簽。『輪班辰入退過申，來是空言兩隸人。莫怪此間無灑埽，禁城清絶不生塵。』《典籍廳任事》八首云：『六年歷俸八年資，又向西廳坐褥遂。一轉成僊人共笑，邅迴不去待何時。』『寂寞茶房澹泊廚，喧然吏役日高初。各堂上任誇誰似，一飽猪羊祭庫餘。』典籍到任，例以豬羊祭庫。『畫行事細粗能曉，點卯人多猝未詳。夜直若非連兩夜，軍機須去面中堂。』供事皁隸紙匠蘇喇朔望日赴廳唱名，漢典籍無園直，夜直連兩日。『印單印簿縫鈐存，啓鑰開箱畫繼昏。始識相公多攝事，十纔一二本衙門。』中堂有兼管上諭處、國史館、三通館、俄羅斯館，行部院衙門文，俱用廳印，以印單爲憑。『掌印幫班等樣官，平明滿漢一廳攢。考勤簿子親書押，要送兼廳侍讀看。』滿漢典籍各二缺，餘皆別堂來兼理者，滿侍讀學士、侍讀兼廳則爲廳官之長。『北廳章奏南廳案，大庫文書小庫銀。承發散班齊了事，瓣香酹酒祭科神。』廳供事南北各十四人，五月十三日醵錢祀科神，云是蕭曹也。『寶箱例引赴乾清，肅駕年年典據徵。接送預行交泰殿，奉盈一念警宵興。』旃檀香寶，交泰殿二十五寶之一，駕出，內閣學士、典籍各一員赴乾清宮請寶。駕旋，送寶亦如之。『辦事銜名不自由，背推踵接此句留。莫將五日輕京兆，尚許咨人喚皁頭。』吏部選例，中書帶辦事銜者，題管典籍，譔文則否。丙戌進士，官吏部，未幾卒。

吴泰來企晉《曇香閣琴趣》

泰來，江蘇長洲人。乾隆二十七年由進士召試到閣，官至浙江督糧道。

王昶《吴企晉淨名軒遺集序》：詞法竹垞，上得北宋人妙意。

《詞綜》：蔣西原云：企晉水月方清，雲嵐比潤，偶作詩餘，亦是蘇門長嘯。

《白雨齋詞話》：吴竹嶼《曇香閣詞》如水木之清華，雲嵐之秀潤，高者亦湘雲流亞。竹嶼詞如『一點相思誰與寄，羅襟留得東風淚』，逼近小山。又《賣花聲》云：『楊柳小灣頭，烟水悠悠。歸心空望白蘋洲。只有春江知我意，依舊東流。』情詞宛轉，不求高而自合於古。竹嶼《祝英臺近·和王述庵蘋花水閣聽雨憶山中舊遊》云：『石玲瓏，花匼匝，池館翠陰密。蘋末風來，雨意正蕭瑟。』起數語澹澹布置，點綴入妙。下云：『夢裏寒山，跳珠濺千尺。』亦甚超遠。風流婉雅，是竹嶼本色。吳中七子璞函而外，固當首屈一指。

陸錫熊 健男

錫熊，江蘇上海人。乾隆二十七年由進士召試到閣，官至都察院左副都御史。《蒲褐山房詩話》：耳山博聞彊記，資稟絕人，由中書入直軍機，初與予奉敕編《通鑑輯覽》，頃之命輯《永樂大典》，復求天下遺書，開四庫館，以薈萃之。校對數百人，謄錄至千餘人，歷十年始成。而君與今大宗伯紀君曉嵐司其總，每進一書，仿劉向、曾鞏例，作提要，冠諸簡首。上閱而輒善之。

程晉芳 魚門

晉芳，安徽歙縣人。乾隆二十七年由□召試舉人到閣，辛卯成進士，由吏部主事改授編修。

趙文喆損之《媕雅堂詞》

文喆，一作文哲，江蘇上海人。乾隆二十七年由□召試舉人到閣，緣事罷職，復授中書，官至戶部主事。金川殉難，贈光祿寺少卿。

王昶《媕雅堂詞序》：余方羈貫，即好爲倚聲，常作曼詞十餘闋。上海趙子璞函見而咨賞焉，因填詞以寄意。余之與璞函定交自此始。嗣後余刻厲爲歌詩，繼復有志於古文經術，於詞既不暇以作，作亦不能及曩日之專。而璞函稱詩之餘，填詞如故，其《倚翠樓稿》、《熏禪集》、《媕雅堂詩餘》且多至數百首，清虚騷雅，皆足與南宋人相上下。

《詞綜》：吴竹嶼云：璞函詞瓣香於碧山、蛻巖，故輕圓俊美，調勰律諧，以近代詞家論之，允堪接武竹垞，分驪樊榭。

《白雨齋詞話》：璞函詞穠豔，是其本色。然能規橅古人，不離分寸，故雅而不晦，麗而有則，視國初名家，政不多讓。璞函《河傳》云：『東風日暮雨瀟瀟。魂銷。人歸紅板橋。』又云：『酒初醒。夢將成。愁聽紗窗嚦曉鶯。』淒秀之詞，味亦深永，似五代人手筆。豔詞至竹垞僊骨珊珊，正如姑射神人，無一點人間烟火氣。璞函則如麗娟、玉環一流人物，偶墮人間，亦非凡豔。此兩家豔詞之别也。璞函《憶少年》云：『重尋已無路，吠雲中僊犬。』又云：『幾點春山横遠岸，也難比、翠眉痕淺。東風落紅豆，悵相思空徧。』僊乎！僊乎！絶非凡豔。又《霓裳中序第一》云：『凭高望極，但暮雲芳草凝碧。

人何處，瑤華信杳，迢遞亂山驛。』又云：『越羅紅淚，拭道別後，休思此夕。今應是、梨花門掩，燕子伴岑寂。』思深意苦，筆致迥與人殊。　贈妓之詞亦以雅爲貴，余最愛璞函《綺羅香》云：『渾已換、欸柳心情，猶未減、呪桃眉嫵。』又云：『選壻窗邊，可憶斷魂柔路。　縱尊前不鼓琵琶，算青衫、也無乾處。』淋漓曲折，一往情深，較古人贈妓之作高出數倍。

嚴長明道甫

長明，江蘇上元人。乾隆二十七年由□召試舉人到閣，官至侍讀。

《潛研堂文集·嚴道甫傳》：　乾隆二十七年，天子巡幸江南，長明以獻賦召試，特賜舉人，授内閣中書。甫任事，卽奏，充方略館纂修官。以書局在内廷，許懸數珠，中書在書局得懸數珠，自此始也。一日，戶部奏賦役全書，所載雜項錢糧，名目煩多，請并入地丁項下，内閣已票擬依議矣。長明言於劉文正公統勳曰：『雜項卽經折色，卽爲正供，若并去其名目，異日如薪紅茶蘗之類，更有需用，必復加徵，是重困民也。』劉公曰：『不圖後生有此讜論。』卽令駁止之，因薦入軍機處行走。傅文忠公恆亦器重之，樞廷有重難事，輒委決焉。

吳玨竝山《香草詞》

玨，安徽歙縣人。乾隆二十八年由進士到閣。

王宸子凝

宸，江蘇太倉人。乾隆二十□年由舉人到閣，官至湖南永州府知府。《蒲褐山房詩話》：蓬心麓臺侍郎曾孫所繪山水，頗能入室，美須髯，工飲酒。爲人疏節闊目，畱無城府。官中書舍人。日所居與予對門，先爲予畫《蒲褐山房圖》，又爲予畫《惠山竹鑪茶卷》，蓋仿明王孟端舊本而作。

案：先生箸有《蓬心詩鈔》，無詞，此闋係自題畫幀之作。十年前，見於外王舅趙紫蕁先生二十四銅鼓樓。當時錄掛日記中。今蕁翁歸道山，寓廬不戒於火，鼎彝圖籍，概付劫灰。雨窗錄此，不禁黯然。（《憶王孫》『荻蘆蕭瑟不成秋』附。）

馮應榴詒曾

應榴，浙江桐鄉人。乾隆三十年由進士召試到閣，官至江西布政使，改授鴻臚寺卿。

鄭澐晴波《玉句草堂詞》

澐，江蘇儀徵人，原籍歙縣。乾隆三十年由舉人召試到閣，官至浙江督糧道。

《蓮子居詞話》：《廣陵吟事》作於馬氏兩徵君，嗣是才士麇集，竹西弦管之盛，真不負茲佳山水、閒風月也。鄭太守楓人先生澐稍後起倚聲之學，終推爲擅場。太守襟度瀟灑，官杭州時，鷁罏鷗舫，判牒湖山，迄今想玉句草堂宦況，仿佛紅豆詞人之在吳興也。《杭州府志》以鄭志爲佳。

阮元《廣陵詩事》：鄭中翰澐《新婚北上留别閨中》云：『年來春到江南岸，楊柳青青莫上樓。』情韻絕佳，時人呼爲春柳舍人。

阮亨《瀛舟筆談》：吾鄉鄭楓人觀察澐以詞苑尊宿爲文章太守。去官後，徜徉山水，寄興豪素，仿佛吳菌次之風。其壻戴竹友上舍延介近刻其遺詞三卷，皆不爲側豔，自發幽情。王述庵司寇以爲竹垞、樊榭之嗣音。先生守杭州日，嘗尋姜石帚墓不得，惆悵爲詩，其瓣香固有在也。石帚墓當在西馬塍側，予兄亦屬杭之士人訪求其蹤，然迄未得也。

張熙純策時《曇華閣詞》

熙純，江蘇上海人。乾隆三十年由舉人召試到閣。

《詞綜》：朱吉人云：少華襟情爽颯，而填詞又極纏緜，故以韻勝也。外有《香籢》一卷，惜爲人段手，不能傳播藝林。

薇省詞鈔卷六

鮑之鍾雅堂《論山詩餘》

之鍾，江蘇丹徒人。乾隆三十年由□召試舉人到閣，己丑成進士，後官戶部郎中。

周發春青原

發春，江蘇上元人。乾隆三十年由□召試舉人到閣。

潘奕雋榕臯《水雲詞》

奕雋，江蘇吳縣人，原籍歙縣。乾隆三十四年由進士到閣，官至戶部主事。重赴鹿鳴宴，賜員外郎銜；重赴恩榮宴，賜四品卿銜。

潘庭筠德園

庭筠，浙江錢塘人。乾隆三十四年由舉人取中正榜到閣，戊戌成進士，改庶吉士，後官陝西道御史。

吴振棫《杭郡詩續輯》：德園，少年美姿容，有璧人之目。官侍御，後里居養親，主講萬松書院，長齋學佛，喜從方外遊。

張塤商言《林屋詞》、《紅櫚書屋擬樂府》

塤，江蘇吴縣人。乾隆三十四年由舉人到閣。

案：題名三十下缺四字，據塤《南歸集》嚴長明序補。《林屋詞自序》：予十二歲詠《初寒詞》，先君便賞之，嗣是習爲詞二十年，文壇諸君謬推予爲能詞。後又習爲詩，習爲古文，於是絕不作詞。然積二十年之久，撰《碧簫詞》五卷，沈文慤公序而刻之。又撰《春水詞》二卷、《榮寶詞》十卷、《瓷青館悼亡詞》一卷、《紅櫚書屋擬樂府》二卷。大概《碧簫》少作，最不足存；《瓷青》履境慘毒，詞旨哀傷，當非正聲；《榮寶》其庶幾精華昭灼，有暾然難揜者矣。今年在關中，眼痛經旬，志局雖忙，不能纂書，乃哀鄉作，汰省十之六七，排爲七卷，總題曰《林屋詞》，以《紅櫚》單行已箸，並是擬古之作，不列入焉。

沈德潛《碧簫詞序》：商言之詞，穠而不膩，鮮而不靡，巧而不佻，曲而不晦。其長調亦閒入蘇、辛諸公，而裴回容與，溫麗芊緜，終歸周、柳。

《碧簫詞自序》：故人蔣舍人心餘乞假還，過吴門，飲予舟中，喜讀予詞，納於袖，以醉墮江，寒星密霧，篙工挽救，羣呼如沸鼎，既得無恙，而此卷亦不就漂沒，然蟲魚瀰漫，又十之二三。明日，心餘詞所謂「一十三行真本在，衍波紋皺了，桃花紙也」。

吴嵩梁《石溪舫詩話》：商言詩瘦秀可愛，書法亦然，詞獨婉麗，惜未多見也。

李威鳳岡

威，福建龍溪人。乾隆三十七年由舉人取中正榜到閣，戊戌成進士，官至廣東廣州府知府。

《聽秋聲館詞話》：閩語多鼻音，漳、泉二郡尤甚，往往一東與八庚、六麻與七陽互叶，即去聲字亦多作平，故詞家絶少。獨龍溪李鳳岡太守威久任西曹，詩字俱宗山谷，閒作小詞。後出守廣州，乞病歸，年八十餘矣。余在漳州曾録存數闋。

劉錫嘏純齋《快晴小築詞》

錫嘏，順天通州人。乾隆三十□年由舉人到閣，己丑成進士，改庶吉士，官至湖北督糧道。

鮑康《内閣中書題名跋》：錫嘏，乾隆二十□年到閣。

顧宗泰景嶽《月滿樓詞》

宗泰，江蘇元和人。乾隆四十年由進士到閣，官至廣東高州府知府。

秦瀛淩滄《無礙山房詞》

瀛，江蘇無錫人，乾隆四十一年由舉人召試到閣，官至刑部右侍郎。

陳用光譔《墓志》：公丙申春，純皇帝巡幸山東，公獻賦行在，以能知，題所自出。已黜，而特爲純皇帝拔置一等，賜内閣中書，入直軍機，擢侍讀。

案：先生文孫賡彤譔《彈指詞序》云：吾邑自咸豐庚申遭兵燹，先司寇公《小峴山人集》被焜，卽鈔存《無礙山房詞稿》亦散失，無可蒐羅。是先生詞未經梓行，散佚久矣。右題詞一闋以僅見，亟錄存之。（《虞美人》『弄珠樓上無人倚』後附）

李荃玉陛《竹軒詞》

荃，江蘇宜興人。乾隆四十□年由舉人到閣，後官直隸廣平府同知。

彭鑾《內閣中書題名跋》：李荃，一云乾隆三十七年由舉人取中正榜到閣。

洪梧桐生

梧，安徽歙縣人。乾隆四十五年由□召試舉人到閣，庚戌成進士，改庶吉士，官至山東沂州府知府。

《靈芬館詞話》：洪桐生太守自罷郡歸，遂留滯於廣陵，主梅花書院。初以足疾，不能良行；後以校閱《冊府元龜》，窮日分夜，遂至失明。始學爲詞，工于慢調。詞成，口授侍史書之，都爲一冊，皆用《一萼紅》調，數疊其均。雲山閣藏書次山尊學士均一首最爲淒婉云云。太守藏書五萬卷，恐日後散佚，乃藏于揚州湖上之雲山閣，此詞所以志也。

趙懷玉億孫《亦有生齋詞》

懷玉，江蘇武進人。乾隆四十五年由□召試舉人到閣，官至山東青州府同知。

方濬師《内閣中書題名跋》：大庾戴文端云：和相執政時，兼掌院事，清祕堂中風氣爲之一變，往往有趨至輿前迎送者。獨閣中一循舊例，不爲動用，是和相雅不喜閣中人，曾以微事黜張蘭渚倉場，而汪舍人履基、趙青州懷玉、朱溫處文翰，皆一時名宿，亦思有以摧抑之。迨和相敗，而閣中無一人波及者。

周儀暐譔序：同里趙收庵先生，家有班斿之書，早結鄭莊之客。議古石室，澤躬金言。遂著攬其精，誠辭立其要。儲華璧府，備體蘭臺。祕書行處，兼通律度之微；皇雅賡餘，不廢樂章之作。惟其昌明和易，博大高華，揚扢盡神，發揮殊致。不晦理而膠旨，不兓法而詭詞。煌煌乎，曲有直材，質有文德，故能日星賦燿，草木宣春。言不病於卮，文不盭於格。

《玉塵集》：趙上舍懷玉風情爽朗，善持清議。每一論出，人咸服其精識。所居擅雲谿之勝，其雲窩最佳，每夏日疏簾清簟，坐臥其側，畫舫過閣下者，共識爲趙公子讀書處焉。

《第一生修楳華館詞話》：『僵臥碎瓊呼不起，看繁星歷亂如棋走。』趙億孫舍人懷玉題張仲治雪中狂飲圖《金縷曲》句也，情景逼真，非老於醉鄉不能道。

楊揆荔裳《桐華吟館詞》

揆，江蘇金匱人。乾隆四十五年由□召試舉人到閣，官至四川布政使。

張師誠心友

師誠，浙江歸安人。乾隆四十九年由□召試舉人到閣，庚戌成進士，官至江蘇巡撫，改授倉場侍郎。

葉紹楏琴柯《謹墨齋詞》

紹楏，浙江歸安人。乾隆五十三年由舉人到閣，癸丑成進士，改庶吉士，官至廣西巡撫。

鮑康《內閣中書題名跋》：紹楏，乾隆五十年四庫館書成，議敘授中書，以丁憂，五十三年到閣。後官巡撫，降員外郎，官至侍郎銜，昌陵守護大臣。

《歸安縣志》：紹楏，沖淡寡嗜欲，居官謹慎。詩宗唐人，兼工倚聲，旁通象緯、音韻之學。著有《觀象權輿》八卷。

《石溪舫詩話》：琴柯給諫官中書時，尚應禮部試。其配秋穀夫人方題予女弟素雲所畫《杏花雙燕圖》，卽于是日報捷，故有『一枝紅向日邊栽』之句。及予補官，君偕其弟筠潭已先後督學矣。花萼迭唱，皆有雅音。君尤工倚聲，有句云『夜深小倚闌干立，怕影兒、壓壞梨花』，予姬綠春極喜歌之，予以告君，君亦殊自喜也。

李鼎元墨莊

鼎元，調元弟，四川綿州人。乾隆六十年由檢討改補到閣，官至兵部員外郎。

鮑康《內閣中書題名跋》：李鼎元曾充冊封琉球國王副使，賜一品麟蟒服。

薛玉堂畫水

玉堂，江蘇無錫人。乾隆六十年由進士到閣，後官安徽廬州府同知。

邵葆祺壽民《情禪詞》

葆祺，順天大興人。嘉慶元年由進士到閣，官至吏部員外郎。

黄培芳子實《水龍吟譜》

培芳，廣東香山人。嘉慶十□年由教諭保升到閣。

鮑康《内閣中書題名跋》：培芳，嘉慶二十□年到閣。

薇省詞鈔卷七

李彦章蘭卿《榕園詞》

彦章，福建侯官人。嘉慶十六年由進士到閣，官至山東鹽運使。

李宜麟譔《行狀》：辛未，府君年十八，殿試二甲，以中書用。時大興翁覃溪先生名德碩學，主持風雅，府君以所學贄，歲時請益，所艢益精。復偕謝蘊山、吴蘭雪、陳石士、梁芷林、劉芙初、謝向亭、顧南雅、程春海諸先生論文賦詩，昕夕相切劘。嘗賦《秋雪》四首，都下騷流傳觀屬和，比諸漁洋《秋柳》之作。假歸成婚。國朝登第後，授室者，溧水相公、倉山太史洎府君而三。有《薇垣歸娶圖》，名公鉅儒題詠殆徧。

吴嵩梁蘭雪《香蘇山館詞》

嵩梁，江西東鄉人。嘉慶十九年由舉人到閣，後官貴州黔西州知州。

葉紹本《香蘇山館詩序》：蘭雪與海内賢豪定交，其名益盛，顧屢躓春闈，乃以博士改官中書。

姚瑩《香蘇山館詩序》：蘭雪浮沈國學及內閣者二十年，今逾六十，曾不得一行其志。

姚元之《竹葉亭襍記》：琉球國遣官生入監讀書，自康熙二十二年部議准行，無年限。每逢冊封之年，請於使臣回京代奏。其來也四人，率以四年而歸，歸其國，則授四品官。嘉慶十年，其子弟來，吳蘭雪時以博士教之，頗聰穎。十四年己巳還國，過山東蔣別駕第，護送之，其子弟有贈蔣詩者，有詩草，卽今傳『海國筆花，何止屬江郎』之句，工秀可誦，蘭雪衣鉢傳之海外矣。後蘭雪爲候補中書，嘗作詩云：『鳳皇未識池邊樹，桃李先栽海外花。』亦韻事也。

《靈芬館詞話》：吾友吳蘭雪詩筆清華，一時罕儷。聞甚工爲詞，然未之見。樂蓮裳《耳食錄》中見其『簾外桃花紅，奈何春風吹又多』之句，《金荃》之亞也。

案：《聽香館叢錄》：蘭雪悼亡姬綠春之作詞僅四闋，《香蘇山館詞》惜未見。（《疏影》『幽花豔月』後附，以下同。）

《竹葉亭襍記》：同年吳中翰蘭雪嵩梁舊官國子博士，善詩。有姬名綠春，姓岳氏，山西文水縣人也，善墨蘭。余丁卯夏避雨蘭雪齋中，蘭雪命姬出見，對客揮毫，天然韶秀。姬年十五歸吳，十九而夭，蘭雪傷之。姬生時最喜梅，家有梅將花，嘗曰：『梅不但花可愛，影亦可愛也。』及花開，而姬卒。蘭雪乃作《梅影》詩：『臨水柴門久不開，寒香寞寞委荒苔。獨憐一樹梅花影，曾上仙人縞袂來。』蘭雪時有母喪，姬亦服素。詩具一往情深之概。法詩龕學士讀之曰〔一〕：『可稱梅影中書』。歲辛巳，余使瀋陽，歲暮懷人詩有贈蘭雪一首，卽用此稱詩云：『清思都在飲茶初蘭雪善飲茶，今日詩家合讓渠。欲識蓮花舊博士，卽今梅影老中書。』

《聽秋聲館詞話》：嘉應吴石華蘭修題吴蘭雪悼亡姬岳綠春《聽香館叢録·疏影》云：『一分細膩，三分怨，總未許、檀奴看飽。』蘭雪納姬時，方以國博改中翰，有人戲以詩云：『逢人勉强稱前輩，對妾殷勤學少年。』證以『未許檀奴看飽』句，令人欲笑。

【校記】

〔一〕詩：底本作『時』，據法時善號改。

强望泰

望泰，陝西韓城人。嘉慶二十四年由庶吉士散館到閣，官四川重慶府知府。

王先謙《續東華録》：嘉慶朝二十四年己卯閏四月戊戌，上諭：『本年庶吉士散館考列三等者，均歸原班銓選。内强望泰一員，系强克捷之子；趙榮一員，系趙文哲之孫。强克捷前于滑縣殉難，趙文哲前于木果木軍務陣亡，均系没于王事。朕優恤忠良後嗣，特加恩將强望泰、趙榮俱用内閣中書，俾得仍列清班。該二員其各勤慎供職，勉勵進階，欽此。』

汪全泰竹素

全泰，江蘇儀徵人。嘉慶二十四年由舉人到閣，官至山東候補知府。

張祥河《關隴輿中偶憶編》：揚州汪大竹比部全泰題余填詞圖云：『嘆蹤跡荒涼，薛氏琵琶，霍家鸚鵡。』其弟小竹觀察全德題余詩：『舲圖一水去，疑天上，坐雙橋來，是鏡中看。』兩君素交卅年，今皆作古，竹西歌吹，增慨黃壚。

張祥河詩舲《小重山房詞初稿》、《詩舲詞錄》

祥河，原名公璠，江蘇婁縣人。嘉慶二十五年由進士到閣，官至工部尚書，謚溫和。

《關隴輿中偶憶編》：余官中書，在内閣譔文，上以《養正集》頒賜大臣，譔公謝摺有『智由天錫，蒙爲聖功』一聯，爲韓桂舲大寇崶所激賞。余詞宗姜、張，極爲姚姬傳先生鼐所稱。樊榭山人《論詞絕句》：『欲呼南渡諸公起，均本重雕菉斐軒。』注云：曾見紹興二年刊《菉斐軒詞林要均》，余嘗欲取兩宋詞人所用之均，輯《詞均》一書，竝正學宋齋之失。在粤西商之周稚圭翁，在楚北商之陶梟鄉同年樑，及至吴門，見戈順卿載所輯《詞林正均》一書，先得我心，爲之閣筆。

陳鴻墀範川

鴻墀，浙江嘉善人。由編修緣事罷職，道光元年特用到閣。

潘曾沂功甫

曾沂，江蘇吳縣人，原籍歙縣。道光元年由舉人到閣。

案：功甫詞，《詞綜續編》、《詞綜補》所載，均非合作撰録，二闋竝見戈順卿詞坿録。謝枚如《詞話》云：『集中坿它人作，有功散佚不少。』信然。（《湘月》『校詞讀畫』後附）

龔鞏祚璱人《無著詞選》、《懷人館詞選》、《影事詞選》、《小奢摩詞選》、《庚子雅詞》

鞏祚，榜名自珍，又名易簡，浙江仁和人。道光元年由舉人到閣，己丑成進士，以知縣用，呈請仍歸原班，官至禮部主事。

《賭碁山莊詞話》：仁和龔定菴恃才跅弛，狂名甚著，詩文皆不落凡近。詞凡五種，存者不多。有詩云：『不能古雅不幽靈，氣體難躋作者庭。悔煞流傳遺下女，自障紈扇過旗亭。』意不以詞人自居，然首句亦作者同病。

譚獻《復堂日記》：閱定菴詞縣麗沈揚，意欲合周、辛而一之，奇作也。又曰：定公能爲飛仙劒客之語，塡詞家長爪梵志也。昔人評山谷詩如食蝤蛑恐發風動氣，予於定公詞亦云。

是詞出，歙洪子駿題詞序，曰：龔子璱人近詞有曰『怨去吹簫，狂來說劍』二語，是難兼得，未曾有也，爰填《金縷曲》贈之。其佳句云：『結客從軍雙絶技，不在古人之下，更生小會騎飛馬。如此燕邯輕俠子，豈吴頭楚尾行吟者。』其下半闋佳句云：『一棹蘭舟迴細雨，中有詞腔姚冶。忽頓挫、淋漓如話。俠骨幽情簫與劍，問簫心、劍態誰能畫。且付與，山靈詫。』餘不錄。越十年，吴山人文徵爲作簫心劍態圖，牽連記。（《湘月》『天風吹我』後附）

彭蘊章詠莪《瓜蔓詞》

蘊章，江蘇長洲人。道光八年由舉人到閣，乙未成進士，官至武英殿大學士，謚文敬。

吴葆晉佶人《半舫館填詞》

葆晉，河南固始人。道光八年由舉人到閣，己丑成進士，以知縣用，呈請仍歸原班，官至江蘇淮海道，殉難。

龔鞏祚《己亥褉詩》自注：光州吴虹生葆晉與予戊寅同年，己丑同年，同出清苑王公門，殿上試，同不及格，同官內閣，同改外，同日還原官。又曰：曩在虹生坐上，酒半，詠宋人詞嗚嗚然，虹生賞之，以爲善於頓挫也。近日中酒，即不能高詠矣。

蘇孟暘賓嵎

孟暘，江西鄱陽人。道光八年由舉人到閣，己丑成進士，改庶吉士，後官吏部主事。

宗稷辰滌樓

稷辰，原名續辰，浙江會稽人。道光九年由舉人到閣，官山東運河道。

端木國瑚子彝

國瑚，浙江青田人。道光十一年由教諭恩賜到閣，癸巳成進士，以知縣用，呈請仍歸原班。

《處州府志》：道光十年，宣宗成皇帝改卜壽陵，那文毅公彥成禧尚書恩得地理元文注以獻，上問近臣：『知此人乎？』曹振鏞對曰：『此浙江名士，臣久聞其名。』遂詔浙江巡撫劉彬士召之，國瑚方倚隱囊注《周易》，聞命，顛出坐後，左右扶之起，乃曰：『吾竟以方技名乎？』壽陵既定，將以知縣用，原薦者爲奏曰：『國瑚大挑一等，不願爲縣令。』故改授教官。上乃特授內閣中書，加六品頂帶，人以是益高之。癸巳成進士，仍以知縣請改歸中書，蓋前後三辭縣令云。

湯紀尚《太鶴山人傳》：國朝監唐制，置舍人司，制誥票擬亞其選，翰林雄材魁士，百年相禪。顧地閒冷，遷轉迂多，抑遏終。山人性静退，有逸士風，好讀《易》，閟身幽墨，不騖華顯。初爲校官湖州，樂之，至是回直内閣，益澹榮願。專志注《易》，與昌樂閻學海、平定李星蟠爲友，二君者以進士同官同居，狷而劬學又同，每入直，聞宫雅嘑雛聲，視日下春，偕步出長安門，覓蹇車，共載以返。荒廬黯黮，與閻論詩，與李論文，山人則以《易》理縈拂之，《易指》成，假歸，出都門，載書半篚，則《易》稿也。送者慕之，以爲幽人之貞焉。

黄燮清曰：先生詞不多見，於附刻中收録之。

孫慧惇小平

慧惇，江蘇無錫人。由舉人捐中書，□陵工處行走，恩賞進士。道光十四年到閣，改官知縣。

孫兆溎《花箋録》：無錫孫小平慧惇，平權先生子也，風雅俊逸，絶無貴介習氣。道光辛巳北闈，與余同寓拜斗殿汪雨園姻丈家。後以進士出宰山左，潘縣栽花，非所願也。詩不多見，曾爲余題梅花美人《蝶戀花》詞云云。

薇省詞鈔卷八

吴嘉泩澂之《秋緑詞》

嘉泩，江蘇吴縣人。道光十八年由進士到閣，後官户部員外郎。

蔣敦復《芬陀利室詞話》：吴郎中少時爲吴中七子之一，詞筆如春蘭初花，幽芳襲人。余最愛其『鴛鴦照影立多時』七字，豔情入妙，正以不多著墨爲佳。

龍啓瑞輯五《漢南春柳詞》

啓瑞，廣西臨桂人。道光二十一年由舉人考取到閣，是年成一甲一名進士，授修撰，官至江西布政使。

袁績懋訒庵

績懋，順天宛平人。道光二十一年由舉人考取到閣，丁未成一甲二名進士，授編修，官至福建候補道，殉難。

何栻蓮舫《悔餘庵詞》

栻，江蘇江陰人。道光二十一年由舉人考取到閣，乙巳成進士，後官江西建昌府知府。

潘曾綬紱庭《睡香花室詞》、《秋碧詞》、《同心室詞》、《憶佩居詞》、《蜨園詞》、《花好月圓室詞》

曾綬，曾沂弟，江蘇吴縣人，原籍歙縣。道光二十一年由舉人考取到閣，後官侍讀。

許宗衡序：紱庭丈以生平所著詞示余，凡六種，數百篇。丈自定僅存九十餘篇，以眎古人甲乙分稿，蓋較嚴矣。余以惝才，於意内言外之旨，概未有得。然聞之安吴包眘伯丈曰：詞不脆則聲不成，脆矣而不清則膩，清矣而不澀則浮。三者，余以澀爲難，蓋澀不在聲，亦不在色，聲色備而後味出焉。

則所謂澀者，乃隱隱於齒牙閒。自《三百篇》後，而有《離騷》屈、宋之言，哀感頑豔，乃至煩冤惝怳，靡可測識。而古人以爲清絶滔滔，顧昧者方苦其澀。余又以爲澀亦不在字句也，猶之詞也，余謂其無極而與爲悱惻焉。然則無聲非詞，徒聲亦非詞，聲統於律也。色者，字與句之有形者也，脆與清，兼乎色與聲而言也，必歸之以澀。而哀感頑豔，煩冤惝怳，口誦而心靡，情古而意柔，卽含咀於齒牙，遂震盪其心魄。詞卽騷之具體也。昔昌黎論樊宗師之文，以爲文從字順，而樊之文固澀甚，以順從論澀，則文之澀固不在字句，詞之澀亦豈在聲色乎？往嘗與王君雨嵐夜飲秦淮樓上，雨嵐通九宫，以意譜太白《菩薩蠻》、東坡《水調歌頭》，命謝玉卿錄事歌之。余弄横笛，笛若不叶，久之，竹肉既調，其聲低徊，月斜風起，意與靡極。然幽咽不已，轉益淒絶，是以澀爲之乎？而要未可以傖楚當也。今丈諸詞於安吴三字之説，既均有所得，其所爲澀，卽在幺妙鏗磬中，而不必以迹象求也。余何爲者乎？不倚聲者已十年，獨弦哀歌，無復語言文字，亦惟以非聲之聲與丈相視而笑，而且以將移我情者與丈結成連海上之盟焉。

孫鼎臣子餘《蒼筤館詞》、《湘弦詞》

鼎臣，湖南善化人。道光二十一年由舉人考取到閣，乙巳成進士，官至翰林院侍讀。

方濬頤子箴《古香凹詩餘》

濬頤，安徽定遠人。道光二十三年由舉人到閣，甲辰成進士，改庶吉士，官四川按察使。劉溎年譔序：忍齋以詩、古文雄海内，著作宏富，夙爲士林所推重。詩餘乃作於六十歲以後，不三年得三百餘闋之多。憶每成一作，輒柬以見示，中閒邗江、淝水離索年餘，郵筒不絕於道。譚獻曰：清空如話，嘗有句云：『詞家工比興，儂獨工賦。』（《垂楊》『春來憶遠』後附）

潘希甫補之《花隱盦詞》

希甫，江蘇吴縣人，原籍歙縣。道光二十三年由舉人到閣。馮桂芬《顯志堂集·潘君墓志》：君在閣掌内制，值國家慶典，有大制作，多推君爲之。經進文字，裒然成帙，典麗有法度。執事實錄、國史、方略、玉牒四館，與校宣宗實錄、蒙古王公表傳、蒙古回部表，重修《一統志》，大臣傳畫一本，讐勘精采，遂得緦辦侍讀覆通本。覆通本者，總閱通政司各直省章疏也。進而覆部本爲真，除侍讀之階。當是時，君聲望蔚然，更留一二年，且歘歷中外，而君翩然引去。君器識端重，懷抱經濟，不表襮，閒出議論，咸職體要，大用之，必有所設施，知君者惜之。既歸，會軍興，與團練敘勞得員外郎銜，久之，例再敘，君力辭而輟。又功甫《潘先生墓志》：先生以例得内閣中書。道光元年入直，四年假歸，遂不出。居輦下三載，交海内諸名公，以文章道義相切劘。要路雖父執，不一謁。一日入朝，與友俱，一達官出，友趨而與之言。既去，問何人，友駭曰：『英中堂，不識邪？』英固文恭公同年，時爲樞相。云嘗例謁於閣師松筠公，會軍機需人，行選而試之。公素與文恭公善，因問曰：『考軍機乎？』先生愕然曰：『未也。』公深悔失言，厥後家居，值文恭公當國，彌自韜匿，就所居鳳池園構一椽，曰船庵，鍵關謝人事。一童子應門，客至，受柬門隙，無貴賤，一不報。中閒省侍京邸者，再往返數千里，亦不見一客。俗所用署名小紅箋，擯不具者二十餘年。中歲以後，長齋禮佛，究心内典。所著《船庵詞》一卷，藏於家。校：功甫先生初名遵沂，詞入《薇》七，余得馮集，見先生墓志，時前卷已刻成，以事行極可傳，節錄坿此。

潘遵祁順之《西圃詩餘》

遵祁，江蘇吴縣人，原籍歙縣。道光二十三年由拔貢生到閣，乙巳成進士，官翰林院編修。

案：吴縣潘氏，一門風雅，自三松老人後，紱庭閣讀、順之太史、功甫、補之、辛芝舍人，先後直薇垣，竝擅倚聲。功甫、補之全稿未見；《西圃詞》格在睡香花室上；辛芝後來之秀，亦復不墜家學。

曾協均笙巢

協均，江西南城人。道光三十年由舉人到閣，官河南道御史。

鄧輔綸彌之

輔綸，湖南武岡人。咸豐二年由拔貢生到閣，後官浙江候補道。

許宗衡海秋《玉井山館詩餘》

宗衡，原名鯤，江蘇上元人。咸豐三年由庶吉士散館到閣，官□起居注主事。

《復堂日記》：閱許海秋《玉井山房詩餘》，幽窈綺密，名家之詞。

案：海秋《霓裳中序第一·秋柳》後闋云：『堪惜。十年蹤跡。莫又向、隋隄悽惻。臺城烟景非昔，千古傷心，如此顔色。幾人能遺得。看倦眼、青青淚溼。關河晚，祇餘短鬢，忍與亂愁織。』念亂憂生，低徊欲絕，前闋敓去九字，惜哉！（許宗衡詞末附）

薇省詞鈔卷九

張丙炎竹山《冰甌館詞》

丙炎，江蘇儀徵人。咸豐三年由舉人到閣，己未成進士，改庶吉士，官廣東廉州府知府候選道。

王荄《冰甌館詞序》：冰甌館主人少工倚聲，已而棄去。解組後復稍稍爲之，刻羽引商，聲情窈眇，少陵所謂「老去漸於詩律細」也。

江人鏡容方《雙橋小築詞》

人鏡，安徽婺源人。咸豐三年由舉人考取到閣，現官兩淮監運使。

《題詞》方濬益曰：緣情造端，務極要眇。感時述事，寄託遙深。搴正則之芳馨，寓香山之諷諭。宷音辨律，尤見精嚴。是應於聖與、叔夏兩家壁壘間，別踞高座。

潘觀保辛芝《鵲泉山館詞》

觀保，遵祁子，江蘇吴縣人，原籍歙縣。咸豐八年由優貢生到閣，是年中式舉人。

朱以增《鵲泉山館詞序》：辛芝同年弱冠負文名，潛心經史，著有《十三經異文攷義》、《疑年彙編》，待梓。餘事工倚聲，《鵲泉館詞》鎪辭鍛意，抽祕騁姸，深入溫、李、姜、張之室，而能得意内言外之旨。後半卷情辭悽惻，伊鬱善感，則當刼火蒼黄之後，釵分玉折，情隨事遷，宜乎百端交集，黯然魂銷也。

錢昜揆初

昜，江蘇無錫人。咸豐八年由舉人到閣。

許善長季仁《碧聲吟館倡詶録詩餘》

善長，浙江仁和人，原籍德清。咸豐八年由優貢生到閣，後官江西知府。

案：季仁前輩，爲周生先生文孫，詩餘合作，不愧家學。所著《談麈》四卷，多載薇垣掌故。合《倡詶録》及《瘞雲巖》、《風雲會》、《茯苓仙》、《臙脂獄》、《神仙引》、《靈媧石》院本六種，爲《碧聲吟館叢稿》。

劉溎焴星岑《康瓠詞》

溎焴，直隸鹽山人。同治二年由舉人到閣。

端木埰子疇《碧瀣詞》

埰，江蘇江寧人。同治三年由優貢生特用到閣，官典籍。

《碧瀣詞》自敘：古人明於音律，故所爲不稍苟，亦有自製曲調者。今人既不知樂，當師古人意，而慎守之，未可求自便，陽奉而陰違也。

朱鑑成眉君《題鳳館詞》

鑑成，四川興文人。同治四年由舉人到閣。

彭鑾瑟軒《朱弦詞》

鑾，江西寧都人。同治五年由拔貢生到閣。

薇省同聲集序　坿錄

鑾守邕州之明年，政暇，閒事吟弄，顧窮山密箐，無可是正；京華文讌，思之黯然。幸舊日吟侶端木子疇前輩、許鶴巢比部、王佑遐閣讀閒有書來，每貽近作，兼多見憶之什，所以慰離羣聯舊歡意至渥也。回憶戊子入粵湘，上敗舟，諸君投贈之珍，喪失殆盡，對此倍加珍惜。暇日整比，都爲一編，益以臨桂況夔笙舍人所爲，命曰《薇省同聲集》。況到官在鑾轉外後，佑遐以同里後進，寄其詞相矜詫，鑾與彼都人士遊，亦時聞況舍人名，因竝甄錄，以志嚮往。省中文雅知名士，不翅四君，即四君之所成就及所期許，亦不翅此選聲訂均之末技。獨念掖垣載筆垂二十年，與諸君子眂草看花，無三日不聚，暇則命駕，互相過酒壚僧寺，載酒分題，其樂何極？丁亥秋，相約盡和白石自製曲，疇丈一夕得五六解，佑遐性懶，詞不時成，罰以酒，又不能飲，突梯滑稽，每亂觴政。同人無如何，而樂即在其中。當時妄擬此樂可長，乃自鑾出後，疇丈近以老疾決退，鶴巢轉秋部，佑遐行擢臺垣，一頫卬間，雲集者星散。曩時蹤迹，幾不可復識，正不獨鑾之束縛馳驟於蠻烟瘴雨中，望長安如在天上也。然則此選聲訂均之微，其有關於吾曹之離合聚散，不綦重哉！錄成，郵京師，付之劂氏，略誌其緣起如此。若諸君所詣閱者，當自得之，無煩覼縷云。光緒十六年閏二月，識於邕州郡齋。

何維樸詩孫

維樸，湖南道州人。同治九年由副貢生到閣。

謝章鋌枚如《酒邊詞》

章鋌，福建長樂人，同治十年由舉人到閣。

《酒邊詞》自序：余嘗登峻嶺，臨谿而坐，亂松怒號，幽蟲自咽，奔泉向東，作虎嘯，村歌數聲，起於隔岸，風徐徐送入余耳，余恍然若有感觸，歸而填詞，所得漸多，或曰其中有天籟焉，或曰『嘔啞啁哳難爲聽』也。

薇省詞鈔卷十

許玉瑑鶴巢《獨弦詞》

玉瑑，原名賡颺，江蘇吳縣人。同治十年由舉人到閣，官至刑部郎中。

彭鑾曰：疇丈肆力古文辭，餘事倚聲，奇氣自不可掩，亦有工緻緜密、神明規矩之作。《獨弦詞》同工異曲，卓然名家，足當厚、穀、秀三字。

《城南拜石詞》自序：白石道人自製曲十三首，又《鬲谿梅令》、《杏花天影》、《醉吟商小品》、《玉梅令》、《霓裳中序第一》，雖非自製，而摘詞定譜，實始堯章，一洗柔滑纖縟之習，每欲倣之，卒卒未果。今秋得《水雲箋譜》，先成《霓裳中序第一》，因與寧都彭瑟軒鑾、江寧端木子疇埰兩前輩、臨桂王幼霞鵬運同年相約同擬，諸君先後脱藁。比瑟軒出守，將次就道，乃屏除塵雜，并諸小令相繼成詠，雅不敢與古人抗衡，然優孟登場，邯鄲學步，尚不越尺寸，遂從編年之例，別爲一卷，命曰《城南拜石詞》。光緒丁亥十二月中澣。

呂鳳岐瑞田

鳳岐，安徽旌德人。同治十三年由舉人考取到閣。

王仁堪可莊

仁堪，福建閩縣人。同治十三年由舉人考取到閣，甲戌成一甲一名進士，授修撰，官至江蘇蘇州府知府。

傅湝畬洤《石雲詞》

湝，山東聊城人。同治十三年由舉人考取到閣。

楊晨定旉

晨，浙江黄巖人。同治十三年由舉人考取到閣。

王鵬運幼霞《褒墨詞》、《蟲秋集》

鵬運，廣西臨桂人，原籍山陰。同治十三年由舉人到閣，現官禮科給事中。

《篋中詞》譚獻曰：《褒墨詞》千辟萬灌，幾無鑪錘之迹，一時無兩。又曰：往者陽湖張仲遠敍録嘉慶詞人爲《同聲集》，以繼《宛陵詞選》，深嫰閎約之恉未隊，而佻巧奮末者自熄，顧有以平鈍雷同相訾者。近歲，中書諸君子有《薇省同聲集》，作者四人，人各有格，而衿裒同栖於大雅。幼遐絜精，夔笙隱秀，將冶南北宋而一之，政恐前賢畏後生也。又《秋夢盦詞序》：獻投老以來，同聲斯應。嶺表賢達，天涯素心。東有汪芙生、沈伯眉望風懷思，西有王幼霞、況夔笙撫塵結契，池波共皺，井水能歌，出門有必合之車，異曲有同工之奏。《花閒》、《草堂》，去人不遠；拍肩挹袖，引以自豪。

繆荃孫《宋元三十一家詞序》：吾友王子佑遐明月入抱，惠風在襟。孕幽想夫流黃，激涼吹於空碧。古懷落落，雅詎類於虎賁；綺語玲玲，媟不墮於馬腹。曾偕端木子疇、許君鶴巢、況君夔笙刻《薇省聯吟詞》，固已裁雲製霞，天工儷巧；刻葩斲卉，神匠自操矣。

唐景崧《請纓日記》：王氏在桂林，曰燕懷堂，科第輩出，佑遐尤爲烏衣佳子弟也。惜有鼻病，然盲左腐遷，名雄千古，刵鼻也，何害？將以此慰勵佑遐。

張丙炎曰：詞境如空谷佳人，極意明靚，仍復天然矜重。昔人云自然從追琢中來，迺至追琢又從自然中來，此境不易能，竝不易知。夔笙自鄂郵示此閔，天末神交，馳企曷已。（《徵招》『幾年落拓揚

州夢』後附）

李錫彤芋亭

錫彤，河南夏邑人。光緒元年由優貢生到閣。

案：芋亭此詞出疇丈，鶴公、半唐相顧驚服，擊節不置，遂與定交，自後倡酬之作甚富。（《綺羅香》『宿霧籠烟』後附）

張雲驤南湖《冰壺詞》

雲驤，原名毓楨，順天文安人。光緒元年由拔貢生到閣。

周鑾詒《冰壺詞序》：南湖舍人倜儻不羈，遊屐南朔，恆萬餘里。與人交，久而誠。所著詩文雜俎十餘種，皆精湛賅博，而於詞尤無美不備。寄意閨襜而不入狎昵，蹈揚湖海而不涉粗疏。慢詞多商羽之音，如鶩飆激湍，哀震林壑。小令則如新箏乍調，精麗芊緜，不減梅溪、片玉。要以溫厚爲主，不失樂府之遺。至於酒酣一往，哀感激昂，侘傺不平之氣悉於詞焉寓之，此亦南湖之遇爲之也。

葉大莊損軒《小玲瓏閣詞》

大莊，福建閩縣人。光緒二年由舉人到閣，現官江蘇候補同知。

曹鍾英紫荃《㭰梅館詞》

鍾英，原名毓英，江蘇吳縣人。光緒二年由舉人到閣。

曹毓秀《㭰梅館詞序》：吾弟紫荃幼而穎悟，雅好四聲。稍長，與太倉知名士錢君芝門交，摹宋仿唐，更極精微澹遠之致。

汪行恭子僑《雲居山民集》坿詞

行恭，浙江錢塘人。光緒三年由舉人到閣。

潘鴻儀甫《萃堂樂府》

鴻，浙江仁和人。光緒三年由舉人到閣。

譚獻曰：跌宕昭彰，情靈不匱，鳳洲逸才，微尚洞明流變。文心詩品，唾地成珠，然而江東兵法固未肯竟學也。（《齊天樂》『翠樓吹篴行雲袱』後附）

封祝唐壽君

祝唐，廣西容縣人。光緒六年由進士到閣，改候選知縣。

沈桐敬甫

桐，浙江德清人。光緒十四年由舉人到閣。

文廷式道希

廷式，江西萍鄉人。光緒十五年由舉人考取到閣，庚寅成一甲二名進士，授編修。

史悠咸澤山

悠咸，順天宛平人。光緒十八年由進士到閣。

薇省詞鈔卷十一 坿録

范邃密居

案：邃，江蘇如皋人。《東皋詩鈔》云：早入庠序，以中翰策名河工。

方采脫庵《花悟堂詞》

案：《詞雅》：采，湖北潛江人。進士，官中書。《詞綜補》云號蛻庵，康熙九年進士。

李彬麗愚《石齋集》坿詞

案：彬，廣西貴縣人。《潯州府志》云：康熙九年進士，官內閣中書。

王一元宛先《芙蓉舫集》

案：《詞綜續編》：一元，江蘇無錫人，占籍鐵嶺。康熙四十二年進士，官内閣中書。自訂存詞一千六百餘首，釐爲二十卷，名《芙蓉舫集》。《詞綜補》云：榜姓吴。

《蓮子居詞話》：宛先初爲錢唐趙恆夫給諫吉士揚州觀風所拔士，久居寄園，後官内閣中書。無子，以女適給諫孫。今《芙蓉舫集》二十卷，在錢唐趙氏。

《聽秋聲館詞話》：孫文靖爾準《論詞絶句》云：『作者誰能按譜填，樂章琴趣調三千。誰知萬首連城璧，眼底無人識畹仙。』蓋爲吾鄉王畹仙中翰一元作。畹仙寄籍奉天，冒吴姓，舉京兆，康熙癸未捷南宫。工駢體文，善倚聲，所作幾萬首。顧自來選家咸未録，及里中人鮮有知其姓氏者，余亦僅見詠物詞一卷。

華希閔文友

案：《詞綜補》：希閔，江蘇無錫人。雍正七年舉人，官行人，改中書。王豫《江蘇詩徵》云：官内閣中書。

孟瑢湛文《樾籟詞》

案：《詞綜補》：瑢，江蘇長洲人。雍正七年舉人，榜姓陳，官中書。

吳登雲溪

案：《詞綜補》：登，安徽涇縣人。貢生，官中書。

張應昌仲甫《烟波漁唱》

案：《詞綜續編》：應昌，浙江錢塘人。嘉慶十五年舉人，官內閣中書。王佑遐前輩云：過庭時，習聞仲甫先生官中書。辛未、壬申間，晤先生於都門，談次亦自云官中書。因到閣年分無攷，未便補入題名。

《詞綜續編》：黄燮清曰：舍人性情誠狠，好學不倦。是編網羅攷覈，得力居多。詞亦清迥絶塵，使人自遠。

梁廷楠章南《藤花亭詞》

案：《詞綜補》：廷楠，廣東順德人。道光十四年副貢生，官中書。

徐宗襄慕雲《絜月詞》

案：《詞綜續編》：宗襄，江蘇宜興人。道光二十九年舉人，官内閣中書。

楊希閔臥雲《痛飲詞》

案：希閔，江西新城人。《聽秋聲館詞話》：新城楊臥雲中翰希閔好聚書，手選歷朝詩詞爲《詩軌》、《詞軌》，加以評斷，用力可謂勤矣。丙辰、丁巳間，賊擾建昌，集數百人成一旅，屢與賊戰。時江閩兵屯壘相望，無有以一矢遺賊者。逮新城再陷，家毁力竭，始閒關赴閩，藉筆耕餬口。余初見其《痛飲詞》，心儀之久。乃握晤，髮已蒼然，然英氣猶勃勃也。茲録其登邵武熙春山《憶江南》云：『登樓望，斜照隔鄉關。疏樹淡烟籠雉堞，晚鐘清磬接龕山。飛鳥幾行還。』舟次邵武大乾，謁隋守歐陽公祠墓《好事近》云：『嵐氣溼衣衫，山鎖一灣寒碧。中瘞隋朝忠骨，薦牲馨盈百。墳前翁仲已頹唐，靈爽尚憑式。欲就篷窗高臥，奈灘聲嗚咽。』按：歐陽公名祐，官溫陵守，任滿歸，值隋亡。恥事二姓，全家沈於大乾。里人爲葬山之陽，立祠祀之，祈夢，奇驗，事見《邵武府志》。正史失載，獨劉起潛《隱居通議》所述大乾夢錄，謂愛山水清秀，盤桓久之。已而舟溺，葬其地，遂著靈應語，與志異，以是知古來忠烈湮沒不少，卽如中翰，不克少展所學，齏頭故紙以老，能無慨然？

《痛飲詞》自序：詞三十二首，均丙辰七月後作。時粵匪披猖，郡縣風靡。二月建郡陷，三月吾邑亦陷。僕不揣愚昧，妄思掬土以塞盟津，憤起義，旅力圖劇，賊初戛新城，既攻建郡，振刷有機，嫉撼無已，樂羊之謗幾於盈篋，楚人之鉗將不旅踵。嗟嗟，蛇本無足，畫手悔其自多；蜮乃含沙，行子畏其射影。旋以豐新再失南豐新城，糧站爲墟糧餉悉新城捐辦。糗糒無供，將伯頓殞謂家定之太守及黄子貞上舍等。遂乃散遣徒旅，退伏菰蘆。文通本是恨人，祖逖誰爲知己。夫長髮無多，强半裹脅；短垣自護，儘足支持。果使用兵得氣，拊衆有方，一鼓可殲，孤城易下，今乃不然，吁其數矣。僕自釋重負，日戀長鑱。天問無靈，民痍可惻。杜康其優乎，劉伶吾友也。不飲不痛，不痛不詞。人非屈怨，故異騷聲；勢類阮窮，聊當苦調。有知我者，定不以紅友之律苛繩；從此逝焉，將益假白墮之力澆悶也。

韓欽 螺山《閒味軒詞》

案：《聽秋聲館詞話》：欽，浙江蕭山人。捷南宫，後以知縣用，請改中書，遂乞歸，不出。《進士題名碑》：欽，咸豐六年進士。

《聽秋聲館詞話》：會稽王笠舫大令集中傳有陸小姑者，賓州人。幼慧，工詩，適同里覃六六，操農業，嫌姑弱，不任鋤犂之役，紿以母疾，遣歸，而別娶健婦。姑弗與較，藉吟詠自適，有《紫蝴蝶花山館詩》一卷，年二十八，以瘵亡。卒之日，笑曰：『但吟詩句留青簡，不與人間看白頭。』其志可哀已。盱眙汪孟棠觀察云任梓行其詩，螺山中翰爲賦《解語花》云云。（《解語花》『風酸繞指』後坿）

粤西詞見

二卷

《粤西詞見》二卷，有《蕙風叢書》本，末署『光緒丁酉正月揚州蘇唱街聚文齋李姓刻字店印行』。錄入本編時，只抄錄詞人小傳及附載的詞話等，不錄詞作，於目錄中保留詞牌及首句。

敘錄

況周頤

粵西詩總集有上林張先生鵬展《嶠西詩鈔》、福州梁撫部章鉅《三管英靈集》，詞獨缺如。地偏塵遠，詞境也，顧作者僅邪？抑不好名，不憙標榜，作亦不傳也。地又卑溼，蠹蝻栰楮，不十數年，輒蝨朽不可收拾。幸而獲存，什佰之一耳。是編就我所見，裒而存之，而又襭其菁華，以少爲貴，它日輯嘉、道以來詩，續梁氏箸錄，以此坿焉。

光緒丙申展重陽日，臨桂況周儀葵孫自識于江寧水西門内古糯米巷寓廬。

卷第一：明蔣冕二首，國朝謝良琦二首、潘鏘一首、黎建三八首、冷昭四首、朱依程一首、朱依真二首坿《論詞絶句》二十八首、倪承詵二首、況祥麟王鵬運填諱三首、唐建業一首、胡元博二首、侯賡成一首、龍啓瑞三十五首。

卷第二：王拯四十六首、蘇汝謙二十四首、周冠一首、周尚文二十一首、秦致祜一首、張琮二首、李守仁六首、韋業祥六首、呂賡治一首、倪鴻九首、閨秀何慧生六首。

最二卷，二十四人，詞一百八十八首坿《論詞絶句》二十八首，六十三葉，二萬一千五百言。

粵西詞見卷一

蔣冕

冕，字敬之，全州人。成化二十三年進士，官謹身殿大學士，謚文定。有《湘皋集詩餘》一卷。

王昶《明詞綜》：呂調陽云：湘皋樂府若碧水芙蕖，不假琱飾，而天巧自在。

謝良琦

良琦，字仲韓，全州人。官常州通判。有《醉白堂詞》一卷。

況周儀曰：《醉白堂詞》，同邑王幼遐前輩鵬運四印齋有藏本，余寓京日，借觀，錄二闋，坿《日記》。今與幼遐南北暌違，郵寄維艱，無從多錄。然此二闋，實集中佳勝也。

潘鑾

鑾，字力上，桂平人。乾隆三十年舉人，官平樂教諭。

黎建三

建三，字謙亭，平南人。乾隆三十三年舉人，官涇州知州。有《素軒詞賸》一卷。

況周儀曰：　素軒詞《滿庭芳》楊花一闋，半唐老人極賞之，余喜《木蘭花》春晚云『倚闌脈脈幾多愁，一把柳絲猶有』數語，不甚深，卻似未經人道。又《浣溪沙》云『幽蘭和露太多情』，《虞美人》云『欲將春恨寄平蕪，亭外雨絲風片兩模黏』，《東風第一枝》云『薰風無賴，做不熱不寒晴晝』，亦外孫齏臼也。

冷昭

昭，字春山，臨桂人。乾隆三十五舉人。有《春山詞》一卷。

《臨桂縣志・人物志》：　昭能詩，尤工填詞。其詠枇杷花及新雁詞，人豔稱之。

況周儀曰：　靈均覽揆之歲，余省墓里門。肩輿之距城五里冷家邨，訪求先生遺詞，先生從孫敬齋明經芳録眎若干闋，用書院課卷餘幅恭楷謄寫，情皃敦篤。吾鄉先輩箸述，詢其子孫，往往不知所云，或且笑爲迂，詫爲多事。若明經者，可不謂賢乎？惜全集已佚，縣志所偁枇杷花、新雁諸作，未得見耳。

朱依程

依程，字春岑，臨桂人。廩生。有《耐寒詞》一卷。

朱依真

依真，字小岑，臨桂人。依程弟，布衣。有《紀年詞》。

李秉禮譔《九芝草堂詩存序》：　小岑著作甚富，兼工詞曲，其《紀年詞》及《分緑窗》、《人閒世》襍劇，皆可傳身後。

況周儀曰：　小岑先生《九芝草堂詩存》八卷，余得於海王邨。《紀年詞》求之十年，不可得。檢邑志，得《絳都春》、《念奴嬌》兩調，嫥詣精卓，風格在碧山、玉田之間。《詩存》中有《論詞絕句》二十八首，宋人於周清真、國朝於朱錫鬯，竝有微詞，頗不爲盛名所懾，惟推許樊榭甚至。觀其所爲詞，固不落淛西派也。其論同時人詞，意在以詩傳人，不得以論古之作例之。

倪承詵

承詵，字同人，臨桂人。諸生。有《寄塵山房詞》一卷。

況祥麟

祥麟，字皆知，臨桂人。嘉慶五年舉人。有《紅葵齋詩草》坿詞。

唐建業

建業，字月山，臨桂人。諸生。

況澄《梅卿襍記》：吾邑唐月山先生建業，曾從先君遊，夙有詩名。生平蹭蹬，年逾七十，以諸生終。其贈莫勵軒云『樂得人呼大才子，不辭自號小青蓮』二語，不啻爲勵軒寫真。勵軒名巡，邑諸生。性豪邁，工行草。又月山句云：『貧極生疏錢子母，病深熟識藥君臣。窺籬小犬迎人吠，戀草羸牛帶犢瞑。榆莢雨醒蝴蝶夢，楝花風碎杜鵑聲。安能長向浮生裏，遊徧名山讀徧書。』《采蓮曲》云：『沙棠划子木蘭橈，采蓮姊妹隔江招，羅衫薄薄香風飄。香風飄，無遠近，早歸家，免郎問。』又挽朱寶僊題去如黄鶴圖册《大江東去》詞云云，自注云云。月山詩詞，俱足諷詠。

胡元博

元博，字筱初，臨桂人。道光九年進士，官浙江候補道。杭州陷，殉難。

侯賡成

賡成，字康田，臨桂人。道光十一年舉人，官衡水知縣，卒，祀名宦。有《三有堂詩集》，坿詞。

龍啓瑞

啓瑞，字輯五，臨桂人。道光二十一年進士第一人及第，官江西布政使。有《漢南春柳詞鈔》一卷、《軺帚集》坿詞。

《軺帚集》詞評：　張金鏞曰：　諸作綺婉緜邈，兼草窗、叔夏勝處，後之讀者則且作歐、范觀矣。

粤西詞見卷二

王拯

拯，元名錫振，字定甫，馬平人。道光二十一年進士，官通政使。有《瘦春詞》一卷、《茂陵秋雨詞》四卷。

自序：《茂陵秋雨詞》者，大都山人病餘之所作也。始自潘岳悼亡之歲，洎乎王粲從軍之年，往往牀空竹簟，藥裹金瘡，哀動長言，感存微旨。其間中年惡疾，遠道沈痾。皋橋賃廡，伯鸞則永噫而歌；樵涇負薪，翁子乃同聲以唱。其創益甚，所作實多。夫詞雖小文，道由依永。情文繚繞，家風旣媿碧山；聲譜荒唐，工匠大慚紅友。爰事刪夷，都爲斯集。寓香草美人之旨，敢冀騷人；聆鈞天廣樂之音，猶疑夢囈。歔虖！倦遊老矣，依然渴疾難消；薄臣無憀，惟是幽憂長衰。則相如自比，元非有託於其它；使去病當年，敢望何如之借問乎？

蘇汝謙

汝謙，字虛谷，靈川人。道光二十三舉人，官新樂知縣。有《雪波詞》一卷。

自序：余少不喜倚聲，後遊周穉圭中丞幕，得讀其《金粱夢月詞》，並見所選古詞二十家。花朝月夕，時聞緒論，稍識此中門徑，然未嘗作也。辛亥，逆泉陷永安，余佐荔江戎幕。吾友王君少鶴適隨帥節來，駐於此。君故精詞，每侘傺不自得，有所作，强余屬和。時大軍頓於堅城之下，累月不能拔，楊柳之悲，采薇之感，情不自禁，因而效顰。偶一篇成，君輒許可，知吾友誘我也。未幾，賊潰圍出，屢蹶復起，東南震動。少鶴北去，余則流離轉徙，奉老母避難村谷間。目擊時事，則無路請纓；足繭荒山，則自傷狼狽。終日咄咄，嘗倚此事爲性命，往往酒邊燈畔，獨絃哀歌，亦可悲矣。越歲丙辰，奉慈輿北行，復與少鶴會京師，酒酣耳熱，時一唱和。自抵新樂，久輟弗爲。解任復來，稍稍有作，都不及十首。自念此後塵俗日甚，玆事當廢，因裒集舊作，共若干首，而誌其緣起如此，竝寄少鶴爲我訂正焉。嗟夫！銅鼓樓中，風雲已變；金粱橋上，霜月都迷。自穉圭先生退居林下，久不得消息，回憶軍門清讌，拓戟高歌，承平風景，何可復再？恨不得向夢月詞人面質之也。同治二年上巳日。

《篋中詞》譚獻曰：唐子實《涵通樓師友文鈔》附龍、王、蘇三君填詞，篋中久佚，今況舍人持示《雪波詞》，采擷卷中，皆唐刻未見者。桂林山水奇麗，唐畫宋詞之境，蘇君超超，非少鶴丈所能拚，亦不負靈區矣。後起有王幼遐、況夔笙，宮商舉應，伶翟爭傳已。

周冠

冠，字鼎卿，靈川人。咸豐十年進士，官汝寧知府。有《筠園詞》

周尚文

尚文，字釋香，象州人。官廣東知縣。有《小遊仙館詞》一卷。

王拯譔序：夫人生苟自列於文藝之林，豈人之幸也哉？而況乎爲詞人哉？夫明試以功，則敷奏以言。依永和聲，律龤而已。至於意内而言外，非其中有不已乎？故河漢鍊顔，繆諸仙語；江亭烟柳，豔以勞思。霜濃馬滑，哀絃乃被於歌終；月下梅邊，曼聲遂毖其風調。綺靡周秦而降，樂府斯淪；琅湯山水方滋，後村有派。蓋道既屢窮，而心爲尤苦矣。吾粤之柳者，星垂鳥嗉，地涌象臺。牂牁一曲，來自夜郎之西；湘君九歌，聞於夏路以左。釋香先生，内美姱修，早矜奇服。飫糟醨於經籍，拓襟負於關山。僕自弱齡，卽聞馨逸。卌年歸櫂，傷蒲柳之先衰；傾蓋交衢，敬梓桑於老宿。偶强爲解事，使反而歌；偏引以同聲，聞是斯喜。蓋丙寅夏秋，相遇廣州，承以所著《小遊仙詞》，通若干闋，命讐定之，風旨之微，則李珣、孫憲也；節拍之謹，則美成、邦卿也。孤雲野鶴，時遠踔於風塵；鐵板銅琶，亦豪情於歌酒。獨至哀絃左腹之間，尤深峭病金瘡之嘆。思彌窕者境轉上，神益削者音且欷。

此退之所以誦古心，溧陽所以羈卑位乎？昔吾鄉耆舊好爲詩者，往往愛攻《主客》一集。嘗與海内知言者述而心折焉，爲其取徑微而用意貞也，不謂釋香之詞，又有會焉。得江山之氣，大放辭於玉佩瓊琚；均時命之衰，古著書者左遷揚馬。蒙且老矣，矧唯君乎？既妄點勘，亟慫剞劂。異日論詞人於西嶠，片玉斯存；不才媿嗣響於中仙，喤音聊引。

況周儀曰：釋香先生詞氣體深厚，異乎世之小慧爲詞者。吾粤詞人誠寥寥如晨星，然皆獨抒性靈，自成格調，絶無挨門傍戶、畫眉搔首之態，可傳以此，不傳亦以此。吁！可慨矣。

秦致祜

致祜，字受之，臨桂人。同治元年舉人，官東平州判。

況周儀曰：受之性豪邁，工詩畫，碁力、酒量輒加人一等。《長相思》詞亦饒有英氣。

張琮

琮，字石鄰，臨桂人。同治元年舉人，官廣東候補知府。

況周儀曰：石鄰先生詞二闋，見無錫丁氏《詞綜補》未刻卷。憶庚寅冬，余客羊城，先生見貽國朝詞别集十數家，昕夕過從，譚藝甚樂。别後忽忽六年矣，今年孟冬，窮居無俚，撰録鄉先輩詞，而先生赴音適至，是夕，霜月凄異，揜卷微吟，棖觸舊遊，愴念曷極。

李守仁

守仁，字若山，容縣人。有《綺雲詞》二卷。

況周儀曰：《綺雲詞》自序作於同治丙寅，略謂少作有《紅蕉》一稿，二百餘闋，爲同邑王竹一先輩所許可，經亂散失，閒存數闋，得自知好傳鈔。及近日所作，隨手錄存，無復先後次第云云。又《齊天樂》題云：讀王竹一先生《海棠橋詞集》有懷竝題，先生自序以秦淮海左遷橫浦爲粤開詞家之祖，故取其『海棠』句以名集。《綺雲詞》中閒刻王竹一、植菊人、趙柳南諸人評語，足見一時朋輩切劘之雅。竹一，名維新，著有《都嶠洞天志》，桂平黄雲湄體正《帶江園詩草》卷首有所題南曲海棠橋詞，惜未得見。菊人、柳南亦應有詞集，弗可求已。

韋業祥

業祥，字伯謙，永寧人。同治四年進士，官河閒知府。有《醉筠居士詞》一卷。

龍繼棟撰小傳：韋伯謙，余姑之長子，與余同道光乙巳生。咸豐己未、庚申同寯長沙，始共研席。時皆攻制舉業，未嘗及襍藝。逮同治乙丑，君成進士，余報罷。在都時，余居僧院，燭影含秋，君數相過，始唱酬爲樂，各以舒寫客懷，未嘗留稿。未幾，余就甥館於保定，君來，竟夕話別，出《水調歌頭》贈行，有『今日送君歸去，它日更誰送我，對此黯魂銷』之語，倉卒置襟裹出，彰儀失之，不得其全章矣。

吕賡治

賡治，字小滄，永福人。官廣東巡檢。

倪鴻

鴻，字延年，臨桂人。承詵孫，官廣東典史。有《花陰寫夢詞》一卷。

譚宗浚譔序：倪君耘劬嘗譔《花陰寫夢詞》，取蔣心餘先生『坐花陰將寫夢』之語，以名焉者也。

況周儀曰：耘劬《題周釋香詞》云：天厚吾鄉，生此老，相愛重之意溢於言表，可以藥薄俗傾軋之風矣。故山回首，同調幾人？余敢不思所以傳耘劬耶？

何慧生閨秀

慧生，字蓮因，善化人。臨桂龍啓瑞繼室，啓瑞卒，殉節。有《梅神吟館詩詞集》一卷。

龍繼棟識跋：《梅神吟館詩詞》一卷，先繼妣何夫人作。夫人以咸豐癸丑歸我先君爲繼室，甫五年，先君卒於官，夫人投繯殉焉，奇節高行，震於一時，顧以命婦受封，格於例，不合旌表。此集閲二十年，幸無佚敓，又於它所得夫人寄先君手札二紙，後坿詩詞。今詞中《浣溪沙》一首，乃從此札補入者。

跋

況周頤

右《粵西詞見》二卷，二十四人，詞不及二百首。綜論國朝，吾粵詞人朱小岑先生倡之于前，龍、王、蘇三先生繼起而振興之，一二作者類能捭脱窠臼，各抒性情。艁詣所獨得，流傳雖罕，派別具存。今半唐王前輩鵬運大昌詞學，所箸《袌墨》、《味棃》等集，微尚亦不甚相遠，殆不期然而然邪。嗟虖！世路荊棘，風雅弁髦，區區選聲訂均之末技，深山窮谷之音，夫孰過而問者？是編刻成，以貽半唐，亦曰傷心人別有懷衺也。

光緒丙申長至日，玉棋詞人況周儀跋于凭霄閣。

繪芳詞

二卷

《眉廬叢話》卷九(《東方雜志》第十二卷七號)云:『始安周笙頤夔譔録宋已來詠美人詞爲《寸瓊詞》,得一百七十闋。凡前人未備之題皆自作以補之,其詠今美人足《念奴嬌》一闋已録入前話矣。』趙尊嶽《蕙風詞史》云:『乙丑之後,項城秉國,已有僭位之思。時先生撰輯《繪芳詞》成,媵以小詩,有云:「傾城傾國談何易,爲雨爲雲事可哀。」卽隱詆之也,《繪芳詞》撰録古今詠美人詞,自髮迄影,幾百餘闋,有前人所未賦者,先生爲補撰之,題曰周夔,又有托卜娱之名者。』則題周夔、卜娱者,皆況周頤所作。

《繪芳詞》二卷詞餘坿,爲專題彙選,别有所寄,且加注釋;另加著重號以提示讀者體會,故特收入全集。此集有民國四年(一九二五)六月上海中華圖書館石印本,版權頁署『編輯者:玉棋詞隱』,卷下署『玉棋詞隱撰録』。卷上末署『臨桂況維琦斠字』,卷下末署『臨桂況維璟斠字』。本編據此本録入。

繪芳詞題詞

高陽臺

蕙　風

歲在壬子，避地海隅。立秋後四日，輯《繪芳詞》成，漫拈一闋，以當楔子。

春女花身，冬郎繡口，紅牙按拍誰工。悟澈根塵，總然非色非空。斜陽送盡春無賴，賸銷磨、寫翠傳紅。更何因，刻畫西施，棖觸東風。　玉顏自昔悲青鏡，儘搓酥琢雪，知爲誰容。一寸瓊瑤，能消一曲絲桐。彩雲猶作真真喚，甚昂藏、七尺飄蓬。引醇醪、別有傷心，分付驚鴻。

送春春去仍風雨，聞説清和絕惘然。如此新亭更無淚，且攜濁酒撥湘絃。

一肌一容姸復姸，一字一珠圓復圓。一聲一淚濺復濺，美人勸我金觥船。

傾城傾國談何易，爲雨爲雲事可哀。切莫相逢訴淪落，眼中樓閣卽蓬萊。

繪芳詞卷上

桂枝香

清俞兆曾大文

美人髮

雨濃膏滑。聽樣子新翻，深院商略。旋展圓冰，結就芙蓉青削。夜窗粧卻香猶在，問何須、鬢添十八。橫堆一枕，斜依半臂，鬆粘雙頰。還記得，盈盈巫峽。話覆額初齊，玉釵慵插。顧影花爭，分付一枝銀蠟。紅綃裹贈空留取，佩孤芳舊懷難著。何時重挹，薔薇清露，助伊梳掠。

沁園春

今易順鼎實甫

美人髮

忉利情天，華鬘小劫，芳名玉娘。正翠冠覆額，十三年紀，紅窗擁髻，千萬思量。蟬翼雙籠，螺鬟半彈，料比伊家錦瑟長。銷魂處，有盤鴉舊影，墮馬新妝。　洗頭曾乞瓊漿。便夢裏巫雲也自香。記鏡悰晨印，梳憑橘婢，鈿盟宵踐，翦付檀郎。帕帶愁遮，釵逢笑顫，端正風流總斷腸。心應恨，恨秋來潘髩，容易成霜。

前調

清曹鑑水葦堅（閨秀）

美人髮

握向菱花，光澤誰如，羞他麝煤。恁長侵眉翠，一窩雲薄，低籠耳玉，幾葉蘭齊。墮馬妝新，蟠龍式舊，巧綰穿心時樣宜。增妍處、看金蟲深彈，紫燕斜飛。　垂垂慣貼蝤蠐。愛花露油沾香襲衣。記舞偏燈底，牙梳再掠，睡鬆枕角，綵線重維。烟拂鴉翎，露凝蟬翼，總使輕盈也讓伊。尋芳去，怕兜歸蜜刺，休近荼蘼。

前調

清孫雲鳳碧梧（閨秀）

美人髻

掠月梳雲，宜貼花鈿，低叢玉容。怕涼秋微脱，薄施螺翠，朔風易透，密護貂茸。粉項初垂，香腮欲度，半倚屏山記乍逢。嬌慵甚，怪金釵斜溜，一縷兜鬆。　水晶簾子玲瓏。看睡起分明曉霧籠。愛雛年新攏，鏡臨秋水，雙星悄拜，指拂春葱。膩刷鴉青，輕裁蟬翼，卻稱單衫杏子紅。華筵散，隔香燈悵望，兩兩巫峯。

減字木蘭花

今徐自華寄塵（閨秀）

美人髻

新妝對鏡。倭髻雙鬟相掩映。薄薄鴉翎。夢醒時聞茉莉馨。　梳成宫樣。咲把夜飛蟬貼上。纖手輕攏。一任蓬鬆再整慵。

沁園春

清　孫雲鶴蘭友（閨秀）

美人後鬟

青縷鍼長，靈犀梳小，妝成內家。正蘭膏試後，微黏繡領，紅絲繫處，低襯銀叉。背面丰神，鏡中側影，愛好工夫著意加。端詳久，要雙分燕尾，雅稱盤鴉。　春寒較重些些。被護耳貂茸一半遮。甚羅巾風掠，輕籠頸玉，髻雲醉舞，欲度頳霞。蟬翼玲瓏，鸞釵句惹，髻畔斜承半墜花。香閨伴，問垂髫攏上，幾許年華。

菩薩蠻

今　周夔石鏳

美人辮髮

同根三綹青絲綰。絲絲比竝情長短。背立畫圖中。巫雲一段鬆。　衫羅防污去卻。巧製烏綾托。私問上鬟期。平添阿母疑。

醉落魄

宋汪　藻彥章

美人額《苕溪漁隱叢話》：汪彥章舟行汴中，見岸旁畫舫有映簾而觀者，止見其額，作詞云云。

小舟簾隙。佳人半露梅妝額。綠雲低映花如刻。恰似秋宵，一半銀蟾白。　鬐兒梢朶香紅扐。鈿蟬隱隱搖金碧。春山秋水渾無迹。不露牆頭，些子真消息。

沁園春

清朱彝尊竹垞

美人額

鏡鑑初開，宜對粉題，《庶物異名疏》：粉，題婦人額也，見《太玄經》。休籠紫綸。《鄴中記》：石季龍嘗以女伎千人爲鹵簿，皆著紫綸巾，陸龜蒙詩：『好贈玉條脱，堪攜紫綸巾。』記折花共劇，自注：李白詩：『妾髮初覆額，折花門前劇。』蘭雲纔覆，李賀詩：『綠鬓聳墮蘭雲起。』塗妝伊始，翠鈿曾安。《續幽怪錄》：韋固妻容貌端麗，眉間常貼花鈿。顧敻詞：『翠鈿鎮眉心。』慣疊纖羅，微嫌短髮，手裊紅絲著意刪。犀梳斂，護貂茸一翦，朱松詩：『漠漠海氣昏貂茸。』閣住輕寒。毛滂詞：『爲誰無語，閣住陽關淚。』　日斜倚小門闌。但端正窺人莫便還。張炎詞：『試問西樓在否。休忘了，盈盈端正窺戶。』見障羞月扇，低時半露，吹愁梅瓣，點處成斑。《金陵志》：壽陽公主人日臥於含章殿檐下，梅花落公主額上，成五出之華，拂之不去，經二日，洗之，乃落。宮女效之，今稱梅花妝。素柰看勻，自注：王建詩：『素柰花開西子面。』小蟬比並，自注：《衛風》：『螓首蛾眉。』孔氏疏云：小蟬也。料是詩人想像間。蜂黃淺，《已瘧編》：儀部郎尤良縱侍兒悉效宮妝，有蝶粉蜂黃、花羞玉讓之號。李商隱詩：『幾時塗額藉蜂黃。』《楊升菴集》：溫飛卿詩：『豹尾車前趙飛燕，柳風吹散蛾間黃。』王荊公詩亦云：『漢宮嬌額半塗黃。』其制已起於漢，特未見所出耳。愛夕陽無限，映取遙山。自注：溫庭筠詩：『額黃無限夕陽山。』

前調

清 錢芳標 葆酚

美人額

憶折花時，幾寸青絲，鬖鬖覆初。愛寶匳對影，蘇軾詩：『古鏡寶匳寒不動。』安黃恰正，庾信樂府：『額角輕黃細安。』小鈿當面，貼翠誰如。解事春風，多情梅瓣，數點含章殿角虛。山無限，映斜陽一抹，眇眇愁余。

水晶簾低妝梳。又怕熱蟬紗絔乍除。案：《玉篇》：『絔，補也。』此疑當作『帞』。道宮眉學畫，量來休廣，宿醒餘困，蹙罷纔舒。《孟子》：『舉疾首蹙額而相告。』嬌女詩中，左思《嬌女詩》：『髩髮覆廣額，雙耳似連璧。』碩人句裏，費盡才情比擬渠。殷勤祝，舉玉纖加處，《宋史·司馬光傳》：衛士望見，皆以手加額。默訴冰蜍。《後漢書·天文志》注：『姮娥竊藥以奔月，是爲蟾蜍。』

前調用蔣竹山體，前第四句、後第三句用平聲。

清 董以寧 文友

美人額

眉黛峯侵，鬢絲雲亂，似玉無瑕。咲黄飾仙娥，難方桂蕋，素妝公主，待點梅花。慣道如蠐，真看似月，塗處休將宫様誇。春寒也，怕杭羅猶重，裹上蟬紗。　　卻憐人去天涯。欲叩顙、低垂幾嘆嗟。更輾轉愁添，回頭半枕，平安喜報，舉手頻加。卻訝蕭郎，虚稱上客，歲歲龍門望總賒。歸來也，又翠圍珠匝，代抹鉛華。

【校記】

〔一〕按：陳與義《蠟梅》詩首聯：『智瓊額黄且勿誇，回眼視此風前葩。』《桂》詩：『智瓊額黄且漫誇，眼中見此風流葩。』〔一〕月額，見《金樓子》。又謠：『楚王好廣眉，宫中皆半額。』又詩：『漢宫嬌額半塗黄。』又元稹詩：『復裹杭州透額羅。』

踏莎行

元 王德璉 國器

美人眉

澹埽春痕，輕籠芳靨。捧心不效吳宫怨。楚梅酸蹙翠尖纖，湘烟碧聚愁萋蒨。　　紺羽寒凝，月鉤金灩。鶯吭咽處微偷歛。新翻舞態太嬌嬈，鏡中蛾綠如香點。

沁園春

元 邵亨貞復孺

美人眉

巧鬬彎環，纖凝嫵媚，明妝未收。似江亭曉玩，別作望。遙山拂翠，宮簾暮卷，新月橫鉤。埽黛嫌濃，塗鉛訝淺，能畫張郎不自由。傷春勸，爲皺多無力，翻作別作做嬌羞。　填來不滿橫秋。料著得人間多少愁。記魚榆緘啓，背人偷歛，雁鈿膠併，運指輕揉。有喜先占，長顰難效，柳葉輕黃今在否。雙尖鎖，試臨鸞一展，依舊風流。

前調

清 沈鱄木門

美人眉

新月留痕，曉山橫黛，宮樣堪傳。想卓女鑪邊，依稀嫵媚，唐姬圖裏，仿佛清妍。未語先顰，欲歌還鎖，暗託芳心十四絃。消魂處，有鵝黃初柳，臨去雙尖。　彎環自是天然。也贏得風流京兆憐。更離筵斜倚，輕羅常搵，午窗倦繡，綵筆重添。鈿小偏青，春深易逗，瞥見閒愁此際占。征人至，想不須鏡裏，待掃燈前。歐陽永叔：『擬歌還斂，欲笑還顰。』劉龍洲：『翠袖輕勻，玉纖彈去。』可與爭嫵，邵清溪詞不及也。

眉嫵

清　鄒祇謨程邨

美人眉

問誰家月裏，是處雲邊，初見遙山姣。簾翼空青裏，依稀是，楚峯十二初曉。玉釵聲悄。纔畫時、一半慵掃。縱消受、螺黛蛾黄也，著些的煩惱。　飄渺。輕烟微裊。似張郎留樣，卓女遺稿。柳葉雙尖鎖，渾無語、還將鸞鏡偷照。相思繚繞。憑暗傳、密意多少。試描得鴛鴦，成十樣、知誰好。自注：十樣眉有鴛鴦眉。

眉峯碧

清　曹　寅子清

美人眉

感得郎先愛。假些兒黛。憑你春來那樣山，不敢向，匳前賽。　埽盡從前派。秀色真難改。喜淺愁深便得知，天教壓在秋波外。

前調

清李　符分虎

美人眉

生就彎環細。新月初三似。簪染缸烟勝黛濃，慣畫出，分梢翠。　額鳳銜珠墜。恰映梅鈿綴。縱使含愁蹙遠山，幾曾減了連娟媚。

柳梢青

清金長輿虎文

美人眉

可惜張郎。雙蛾替畫，抹卻清揚。雨後春山，梅間新月，澹寫嫞糚。　輕風半掩紗窗。嫵媚處，春心暗傷。說與雙尖，莫教長皺，孤負韶光。

鷓鴣天

清 彭孫遹羡門

美人眉

麝月纔分一寸彎。長顰短暈淺深間。療飢自有餐來色，消渴因看遠際山。　螺子細，柳絲寒。兩峯天外碧相攢。翠蛾一滴能傳語，畱住春愁不放還。

齊天樂

清 朱澤生芝田

美人眉

鏡鸞半露嬋娟影，嬌羞怕人窺見。帶恨輕描，含顰巧畫，遞出風情無限。傷春欲倦。漸慵倚緗屏，嬾開鴛幔。一種消凝，爲誰偷斂爲誰展。　張郎遺事已遠，縱裁成柳葉，難補鈿扇。鬬月痕低，翻歌黛蹙，轉覺粉濃香淺。殘妝又晚。甚雲斷巫山，夢回吳苑。酒冷燈昏，夜深和淚掩。

采桑子

清蔣春霖鹿潭

美人眉

修蛾帖帖生疏翠，鸞鏡回翔。蘭燭明光。不爲承恩試晚妝。　綠波照影憐谿水，細柳春藏。額印微黃。恨與遥山細細長。

沁園春

孫雲鳳

美人眉

纖似蛾兒，翠分螺子，柳葉半彎。憶錦屏嬌倚，月横秋水，繡衾慵起，霧鎖春山。翻譜鮮新，入時深淺，女伴端詳可否間。消魂處，向碧紗窗下，畫了重看。　含情醉撥么絃。覺紅泛桃顋黛更妍。但傾城一笑，舒來堪愛，捧心無語，顰亦增憐。秀襯風鬟，長侵雲鬢，昔日文君欲比肩。風流甚，怕脂凝粉污，淡埽朝天。

憶江南

清吴尚熹小荷（閨秀）

美人眉

橫玉面，未語意含顰。一帶遠山增嫵媚，半彎新月暗銷魂。澹掃更宜人。

訴衷情

宋歐陽修永叔

畫眉

清晨簾幕卷輕霜。呵手試梅妝。都緣自有離恨，故畫作、遠山長。思往事，惜流光。易成傷。擬歌先斂，欲笑還顰，最斷人腸。

前調

宋黄魯直山谷

畫眉

旋揎玉指鬬彎蛾。遠峯看有無。天然自有殊態，供愁黛、不須多。分遠岫，壓橫波。妙難過。自攲枕處，獨倚闌時，不奈顰何。

菩薩蠻

宋謝絳希深

美人目

娟娟侵鬢妝痕淺。雙眸相媚彎如翦。一瞬百般宜。無端笑與啼。酒闌思翠被。特故瞢騰地。生怕促歸輪。微波先注人。

看花迴

宋周邦彥美成

美人眼

秀色芳容，明眸就中奇絕。細看豔波欲溜，最可惜微重，案：疑『垂』誤。紅綃輕帖。勻朱傅粉，幾爲嚴妝時涴睫。因箇甚，底死嗔人，半晌斜盼費熨貼。　斗帳裏、濃歡意愜，帶困時、似開微合。曾倚高樓望遠，自笑指頻瞤，知他誰說。那日分飛，淚雨縱橫光映頰。搵香羅、恐揉損，與他衫袖裛。玉梅詞隱曰：詠物詞忌黏滯著迹，相此詞歇拍云『搵香羅、怕揉損，與他衫袖裛』，直是言情，非詠物矣，斯爲不黏不脫也。

沁園春

邵亨貞

美人目

漆點填眶，鳳梢侵鬢，天然俊生。記隔花瞥見，疏星炯炯，倚闌延別作凝佇，止水盈盈。端正窺簾，瞢騰凭別作竝枕，睥睨檀郎長是青。銷凝別作端相久，待嫣然一顧別作咲，密意將成。　困酣時倚銀屏。別作曾被鶯驚。强臨鏡、挼挱猶未醒。憶帳中親睹別作見，似嫌羅密，尊前斜注別作相顧，翻怕鐙明。醉後看承，歌時別作闌鬭弄，幾度孜孜頻送情。難忘處，是香羅別作鮫綃搵透，別淚雙蘦。

畫堂春

清　董俞蒼水

美人目

銷魂全在眼波秋，盈盈怕見春愁。暮江人去正凝眸。粉淚難收。　密意鐙前頻送，幽情扇底微鈎。繡幃斜睨半含羞。別樣風流。

眼兒媚

李　符

美人目

玉澤盈盈隔簾窺。容易惹相思。鳳梢模樣，桃花名字，都合稱伊。　人前角睞迴身早，密約有誰知。消魂枕畔，嬌波雙覷，燈未吹時。

沁園春

美人目

曹鑑冰

爍爍清光，低映眉山，桃花是名。慣深遮團扇，背燈角睞，潛迴落月，對影斜凝。歡定含嬌，醉還送俏，懊恨難禁玉筯零。無人處，把鴛巾輕拭，裝出多情。日長何事瞢騰。凭案疊、殘編展未曾。喜纔臨碧澗，盈盈秋水，乍開青鏡，閃閃春星。吟倦窗前，繡慵樓上，瞥見歸舟帶笑迎。風流樣，怕端溪鴝鴿，輸與精瑩。

眼兒媚

美人目

清王倩梅卿（閨秀）

翦水天然入鬢流。無計賺回頭。歌闌燈下，酒醒枕上，半歸橫秋。背人一咲嫣然處，密意暗相酬。銷魂最是，睨郎薄怒，闞客佯羞。

減字木蘭花

徐自華

美人目

雙泓秋水。長記年時生受處。欲寫春嬌。纔近簾兒意已消。　昨宵戲語。幾度佯嗔還似喜。曉起妝慵。自愛橫波鏡裏容。

沁園春

清俞汝言右吉

美人耳

巧附冰腮，輕函寶瑱，最動情襟。似乍弦秋月，鬟雲半掩，初開蘭蕋，釵燕斜臨。被酒墮鐶，聞聲會指，偏得檀郎一片心。情懷懶，暫欹眠犀枕，幾縷紅侵。　隔簾哀弄清音。悄不禁孜孜送納深〔一〕。任手偎脣按，帳中細語，佳期密約，堂上瑤琴。漏息愁多，移歡潛制，慣側雲屏屬意尋。難堪處，是雁書不到，天外疏砧。

【校記】

〔一〕孜孜：底本作『弦弦』，據詞意改。

前調

朱彝尊〔一〕

美人耳

玉琢芳根，魏文帝詩：『玉琢中央。』李白詩：『幽桂有芳根。』《首楞嚴經》：『一根既返源，六根成解脫。』謂眼耳鼻舌身意。麝月初弦，徐陵《王臺新詠》序：『麝月與嫦娥競爽。』韓偓詩：『鴉黃雙鳳翅，麝月半魚鱗。』杜甫詩：『雲掩初弦月。』螺峯遠侵。勝吴綃畫了，微添朱暈，自注：唐張萱畫媍人，以朱暈耳根。秦鐺繫郤，《後漢書·輿服志》：簪珥，耳璫垂珠。《逸雅》：穿耳施珠曰璫。此本出於蠻中媍女，輕淫好走，故以此琅璫垂之。《魏略》：大秦國出明珠。傅休奕《豔歌行》：『頭安金步搖，耳繫明月璫。』密釘神鍼。《留青日札》：女子穿耳，帶以耳環，自古有之。《莊子》：天子之侍御不穿耳。諸葛恪曰：母之於女，天性之愛，穿耳貫珠，何傷於仁？粉拂頻沾，香雲帶掠，秦觀詞：『愁鬢香雲墜。』釵鳳珠垂冷不禁。盤龍鏡，《博古圖》：漢以後鏡形制各異，或龍盤其上，或鳳飾其後。映玉臺素手，薛濤《鏡離臺》詩：『不得華堂上玉臺。』影後斜臨。

小堂誰弄清琴。梁簡文帝詩：『小堂倦縹書。』通一線靈犀直到心。慣春閒易倦，偷黏角枕，《詩》：『角枕粲兮。』夢輕難續，翻恨鶯吟。高瑾詩：『鶯吟上喬木。』細馬馱來，埃風生處，掩就綸巾未易尋。李頎《鄭櫻桃歌》：『織成花映紅綸巾。』羅幃底，董思恭詩：『玉戶照羅幃。』把無聲私語，史達祖詞：『最難忘、遮燈私語。』遞向更深。

【校記】

〔一〕朱彝尊： 底本脱，據底本目録及朱集補。

前調　錢芳標

美人耳

阿母窗前，《漢武内傳》： 紫蘭宫玉女，爲王母所使，傳言元都阿母近領命禄真靈。《博物志》： 王母降九華殿，東方朔從朱鳥窗中窺母。影語微詞，靈犀早通。幾傳來芳信，喜占晴鵲，《開元遺事》： 時人之家聞鵲聲，皆爲喜兆，故曰靈鵲報喜。李紳詩：『潛聽喜鵲望歸來。』送來愁緒，暗數秋蛩。鮑照詩：『秋蛩扶户吟，夜長愁更多。』擫笛層樓，元稹《連昌宫詞》：『李謩擫笛傍宫牆。』注： 明皇嘗於上陽宫，夜偶按新翻曲，明夕，忽聞酒樓上有笛奏前夕新曲，大駭之。賣花深巷，閒處關心幼便聰。纖瓊嫩，倩香貂垂鬟，護取尖風。王維詩：『座客香貂滿。』李商隱詩：『不覺逆尖風。』附時密約喁喁。《漢書·韓信傳》： 張良、陳平躡漢王足，因附耳語。怕侍女猜嫌未許從。《雲笈七籤》： 清虚真人王君命侍女等，使披雲藴，開玉笈，授夫人。儘夢回山枕，半輪攲仄，李白詩：『峨嵋山月半輪秋。』妝成珠珥，兩朵玲瓏。⿱髟委鬌纔梳，劉禹錫詩：『⿱髟委鬌梳頭宫樣妝。』彎環欲吐，李賀詩：『長眉對月鬬彎環。』弦月依稀翠霧籠。重門鎖，怪誰呼小字，熱處微紅。

前調

朱彝尊

美人鼻

滴粉堆成，左譽詞：『帷雲翦水，滴粉搓酥。』陸游《劍南詩藁》有《粉鼻》詩。黄點輕黏，自注：《抱朴子》：玉女常以黄玉爲誌，大如黍米，在鼻上，是真玉女也。運斤可能。《莊子》：郢人堊漫其鼻，若蠅翼，使匠石斲之，運斤成風，盡堊而鼻不傷。見窺簾乍露，斜侵短燭，挑鬟欲偏，元稹詩：『挑鬟玉釵髻。』易近圓冰。自注：圓冰，小鏡名。《女紅餘志》：李月素大鏡名正衣，小鏡名約黄，中鏡名圓冰。愛覷青梅，李白詩：『郎騎竹馬來，繞牀弄青梅。』唐彦謙詩：『獨傍寒村嗅野梅。』慵填香棗，自注：香棗用石崇事。《白帖》：石崇廁中，嘗令婢數十人曳羅縠置漆箱中，盛乾棗奉以塞鼻。大將軍王敦至，取箱棗食，羣婢笑之。扶下秋千喘未勝。韓偓《秋千》詩：『下來嬌喘未能調。』閒中坐，試微噓素指，暗驗鉤繩。自注：《淮南子》：子午、卯酉爲二繩，丑寅、辰巳、未申、戌亥爲四鉤，俗傳鼻息左右，可以驗時。荷風水檻長凭。白居易詩：『水檻風涼不待秋。』盼消息、郎歸嚏定曾。《漢書·藝文志》：鼻嚏耳鳴。《雜占》十六卷。蘇軾詩：『曉來頻嚏爲何人。』伴謝公遊去，聊吟或擁，《晉書·謝安傳》：安能爲洛下諸生詠，有鼻疾，故其音濁，名流愛其詠而弗能及，或手掩鼻以效之。唐彦謙詩：『天涯已有消魂别，樓上寧無擁鼻吟。』徐妃妝後，半面須絙。杜牧詩：『半月絙雙臉。』淚泫低分，汗融先拭，《北史·永安王浚傳》：文宣性雌懦，每參文襄，有時涕出。浚常責帝左右，何不爲二兄拭鼻。紅袖遮來媚轉增。凝神久，想新停月脈，王建《宮詞》：『密奏君王知入月。』《素問》注：婦人懷子，形雖病而脈不病，若經閉，其常耳。旋抱飛蠅。自注：婦人有娠，蠅抱其鼻。

前調

用蔣竹山體，前第四句、後第三句用平聲。　董以寧

美人鼻

閒際相看，見他梨頰，玉準停匀。料楚國夫人，掩來定妒，宜城公主，見後應嗔。花氣嗅來，歌聲收入，蘊得風前無限春。回頭處，又一鉤斜見，半面平分。

不因口過逡巡。願指向、明河索問津。想微亞風櫺，侵寒欲嚏，潛攏月幌，屏息無聞。素手輕挼，薄巾微掩，曾惱蕭郎被酒醺。傷心處，更有時酸甚，悶把香薰。歐公詩：『旁有梨頰生微渦。』楚王夫人用鄭袖教歌人掩鼻事，唐宜城主劓駙馬寵人鼻。

定風波

今周　夔石䶣

美人渦

容易花時輾玉顏。柔情如水語如烟。春意欲流人意輭。深淺。藏愁不够恰嫣然。

都說箇儂禁平酒慣。自注：俗云頰有雙渦者善飲。防勸。無端擠笑綺筵前。吹面東風梨暈孅。妝晚。鏡波無賴學

人圓。

一斛珠

南唐李後主

美人口

曉妝初過。沈檀輕注些兒箇。向人微露丁香顆。一曲清歌，暫引櫻桃破。　羅袖裛殘殷色可。盃深旋被香醪涴。繡牀斜凭嬌無那。爛嚼紅茸，笑向檀郎唾。

沁園春

易順鼎

美人口

荳蔻含芳，檳榔膩吐，天然俊生。記輕吮鸞毫，修將眉史，細研雞舌，誦罷心經。櫻小藏愁，蔥尖掩笑，軟語商量儂慣聽。相偎久，見紅吟有韻，碧唾無聲。　尊邊低唱銷凝。又豔曲新翻點《點絳脣》。正酒暈留渦，隄防客覷，脂香帶沫，僥倖郎吞。夜月吹簫，春風試茗，一點相思畫未成。難忘處，是輕盈喚馬，宛轉調鶯。

前調

曹鑑冰

美人口

小顆含春，那許盤中，櫻桃鬬鮮。爲粉香勻靨，微黏花露，彩毫描黛，淡吮松烟。鳳管調來，鵝笙炙去，一曲清歌鶯溜圓。評茶味，任素磁深淺，嘗盡甘泉。　休隨梁燕呢喃。且教語鸚歌鐵馬前。愛瓜犀難見，茜凝羞鄭，丁香半露，猩滴驚樊。嬾嚼紅茸，愁沾綠蟻，慣使纖纖剔未閒。移情處，在輕輕一笑，百媚嫣然。

前調

孫雲鶴

美人口

薄染輕朱，豔傳樊素，一點紅凝。愛杏花樓畔，吹簫氣怯，海棠風裏，擪篴音清。玉甲偎顋，金釵剔齒，界破盈盈半顆櫻。嚴妝罷，吮毫端螺子，染上微青。　啾囀欲上還停。怕汗溼、冰膚喘未勝。憶午窗嫞繡，綵絨半唾，春朝消渴，花露偷噙。歛黱將吁，低鬟欲笑，一度沈唫萬種情。堪憐甚，更戲調鸚鵲，輭語輕輕。

點絳脣　李符

美人脣

粉著香櫻，玉尖先裹鴛巾拭。茜脂勻滴。較淺珊瑚色。　抹去餘紅，鈿鏡低窺逼。瓜犀白。見時難得。須待蘭聲出。

減字浣溪沙　周夔

美人脣

記向瑤窗寫韻成。重輕音裏識雙聲。自注：五音唯脣分輕重音。石榴嬌欲競珠櫻。自注：唐僖宗時競妝脣，有石榴嬌、嫩吳香、半邊嬌、萬金紅、聖檀心、露珠兒、內家員、天宮巧、淡紅心、猩猩暈等名。　笛孔膩分脂暈浥，繡絨香帶唾花凝。憐卿吻合是深情。

沁園春

朱彝尊

美人齒

文貝編成，《本草·貝腹下》：潔白有刻如魚齒，故曰貝齒。《法輪經》：老子齒如編貝，其堅如銀，數有六八，上下均平。元稹詩：『啓齒呈編貝。』密鎖華池，《尹公内解》：口爲華池。懸漿易霑。自注：《釋名》『口』下曰承漿。《鍼灸經》曰：承漿，一名懸漿也。愛蘭湯乍漱，楊維楨詩：『美人初睡起，内史報蘭湯。』韋莊詩：『漱齒作泉聲。』含朱愈瑩，《黄庭内景經》：含氣養精口如朱。瓠犀難擬，《詩》：『齒如瓠犀。』排玉還銛。自注：醫家《口齒方》有唐邵英俊《排玉集》。刺繡花勻，杜甫詩：『刺繡五紋添弱線。』縫衣結扣，持截餘絲不用添。芳津嚥，韓偓詩：『梅實引芳津。』對青梅一點，軟卻慵拈。韓偓詩：『齒軟越梅酸。』

早鴉啼徧前檐，悄叩罷、潛將心事占。《顔氏家訓》：吾嘗患齒，摇動欲落，見《抱朴子》牢齒之法，早朝叩齒三百下爲良。白居易詩：『叩齒晨興秋院静。』見輕塵動處，歌時定啓，梁昭明太子《七契》：『啓玉齒而按歌。』愁眉展後，齲慣休嫌。《後漢書·梁冀傳》：妻孫壽善爲愁眉啼妝，又能爲齲齒笑。忍病先寒，《輟耕録》：馮子振有《題楊妃病齒圖歌》。《左傳》：脣亡齒寒。因嬌或噤，古詩：『口噤不能開。』孔平仲詩：『固以噤口齒。』佇想頻銜素指纖。相思字，鮑溶詩：『夜裁遠道書，翦破相思字。』漫沈吟齧筆，自注：司馬相如作賦：『把筆齧之似魚。』褪了毫尖。蘇軾詩：『忍凍孤吟退筆尖。』

前調　　董以寧

美人齒

看去纖勻，生成伶俐，掩映偏宜。念襯處參紅，榴編細貝，露時凝素，瓠剖明犀。刷後留芬，談餘賸慧，啓向風前一笑遲。曾儌倖，有姓名輕挂，何福消伊。　問來年紀應知。每剔罷沈思叩欲低。更吟費推敲，咬鬆鵵管，繡商深淺，嚼爛絨絲。漱石應同，拈梅欲冷，難畫楊妃病抵時。銷魂處，向檀郎戲嚙，印臂痕微。孫楚曰：「所以漱石，欲礪其齒。」古詩：「齒冷越梅酸。」《畫譜》有《楊妃病齒圖》。

前調　　周夔

美人舌

慧茁心苗，欲度靈犀，溫馨自然。恰鸚簾客去，香留茶釅，鸞牋句秀，姜夔詞：「象筆鸞牋，甚而今、不道秀句。」粲說花妍。金籥深扃，《黃庭經》「玉笢金籥身完堅。」金籥，舌也。玉津密漱，消得神方長駐顏。閨曾解，羨瀾翻清辯，巾幗儀連。李白詩：「笑吐張儀舌。」又：「誰云秦軍衆，摧卻仲連舌。」　簪花格最嬋娟。更妙吮香毫越倨圓。甚小玉偏饒，幽懷易洩，阿入侯乍學，泥去語輕憐。一角溪山，廣長真諦，蘇軾《贈東林長老》詩：「溪聲便是廣長舌，山色寧非清淨身。」祇在紅樓斜照邊。閒憑弔，憶楚宮淒怨，捫竟三年。詩：「莫捫朕舌。」

減字浣溪沙　周夔

美人頸

延秀雒川鶴未翔。《洛神賦》：「延頸秀項。」又：「余朝京師還，濟洛川。」又：「竦輕軀以鶴立，若將飛而未翔。」蝤蠐玉映鏡中妝，低垂膩粉卻羞郎。書雁遲迴勞引望，繡鴛偎傍慣交相。溜釵情味嚲鬢香。

沁園春　朱彝尊

美人肩

紈質停勻，比似陸郎，何曾暫離。自注：海鹽陸東美妻有容止，夫婦相重，寸步不離，時號比肩人。案：見《誠齋雜記》。被詞人賦就，望中疑削，自注：《洛神賦》：「肩若削成。」畫工減盡，染處恆垂。自注：畫法，美人無肩。虞世南詩：「學畫鴉黃半未成，垂肩嚲袖太憨生。」籬弱纔過，元稹詩：「籬落不蔽肩。」牆低乍及，《論語》：「賜之，牆也，及肩。」

白居易詩：『牆低壘過肩。』結伴還從影後窺。緣紅索，上秋千小立，王建詩：『白衫眠古巷，紅索搭高枝。』恰並花枝。蝤蠐領下訶梨。《詩》：『領如蝤蠐。』孔疏：以生木中白而長，故以比頸。《本草綱目》：訶梨勒，一名訶子，今嶺南皆有，而廣州最盛。樹似木梡，花白，子形似梔子、橄欖，青黃色。和凝詞：『蝤蠐領上訶梨子，繡帶雙垂。』《隨園詩話》：訶梨，婦女之雲肩也。翦雲葉玲瓏一半虧。《元史·輿服志》：雲肩，制如四垂雲，青緣黃羅，五色嵌金爲之。蘇軾詩：『翦裁雲葉卻天然。』記量成尺六，難增分寸，自注：《漢雜事》：肩廣尺六寸。飲過三爵，曹植《箜篌引》：『樂飲過三爵。』易致斜欹。愛拍尊前，郭璞《遊仙詩》：『左挹浮丘袖，右拍洪崖肩。』頻扶倦裏，細步惟應處處隨。昭明太子《七契》：『望宜春以隨肩，入長楊以攜手。』吟飛雪，怕玉樓生粟，自注：蘇東坡《雪》詩：『凍合玉樓寒起粟。』玉樓，謂肩也。《雞肋編》：道家以兩肩爲玉樓。拂袖遮伊。

前調

董以寧

美人肩

此日鴉侵，當年絲覆，格韻偏賒。想向月凭時，削成軟玉，將雲護著，襯出明霞。兩兩同隨，雙雙竝比，應羨風流是陸家。愁多處，似相思擔盡，繞遍天涯。每因午倦頻加。便側著芙蓉自枕他。更昵語羞膺，笑時微聳，慵情漫倚，嚲處恆斜。嬌若難勝，瘦如欲脫，寒倩蕭郎半袂遮。長相竝，覺偎紅擁翠，勝拍洪崖。《洛神賦》：『肩若削成將雲』句，謂婦人所著雲肩。陸東美夫婦相愛，人稱比肩子。婦稱小比肩。鄭雲卿書：

「雙肩欲脱。」《選》詩：「右拍洪崖肩。」

白蘋香　周夔

美人肩

鸞鏡平分瘦影，鳳釵斜溜溫香。齊花年紀嫁王昌。擔甚閒愁不放。　解識睡情嬌怯，暗中一拍須防。覺來小立竝檀郎。窄窄衫兒宮樣。

菩薩蠻　清陳枋

美人臂

塗銀袖裏搖雙釧。深藏卻爲攀花見。紅印記綢繆。長新風月愁。　檀郎貪晝寢。不用鴛鴦枕。夢去莫遊仙。溫柔更可憐。

沁園春　朱彝尊

美人臂

勝母陀羅，八萬四千，自注：《首楞嚴經》：二臂四臂，乃至八萬四千母陀羅臂。非耶是耶。漢武帝李夫人歌：『是耶非耶，立而望之翩，何珊珊其來遲。』效蹋搖娘曲，《舊唐書·音樂志》：蹋搖娘生於隋末，河内有人貌惡而嗜酒，嘗自號曰郎中，醉歸，必毆其妻。其妻美色，善歌，爲悲苦之詞。河朔演其曲而被之管弦，妻悲訴，每搖頓其身，故號《蹋搖娘》曲。聊時宛轉，《隋書·五行志》：周宣帝與宫人夜中聊臂蹋地而歌。胡騰兒舞，《樂府雜録》：健舞曲有《胡旋》、《胡騰》等，元稹《新樂府》：『胡騰醉舞筋骨柔。』旋了交加。晏殊詞：『入破舞腰紅亂旋。』《九州春秋》：馬騰、韓遂之敗，樊稠追至陳倉，俱交臂相加，共語良久而别。拍按《霓裳》，《唐書·王維傳》：客有以按樂圖示者，無題識，維徐曰：『此《霓裳》第三疊初拍也。』張同鳳翅，擫處拖環急鼓撾。自注：李紳《柘枝伎》詩：『畫鼓拖環錦臂攘。』又：『鳳聲初歇翅初張。』呼同坐，把香肩微竦，側倚琵琶。　曲闌凭晚涼些。添羅袖纔令一半遮。《解酲語》：元成宗諸嬪衣碧鸞朱綃半袖衫。更泥他沽酒，元稹詩：『泥他沽酒拔金釵。』卸金跳脱，《盧氏雜記》：唐文宗一日問宰臣，古詩云『輕衫襯跳脱』，跳脱是何物，宰臣未對。上曰：即今之腕釧也。《真誥》言安妃有斮粟金跳脱，是臂飾。教伊展畫，替玉鴉叉。自注：李商隱詩：『展畫玉鴉叉。』待枕先舒，韓偓詩：『但得鴛鴦枕臂眠。』將盟暗齧，自注：齧臂盟，見《左傳》。《左傳》：初，公築臺，臨掌氏，見孟任，從之閟，而以夫人言，許之，割臂盟公。柳宗元《河間傳》：持淫夫大泣齧臂，相與盟而後就車。宜印綢繆小字斜。自注：唐宮人選幸，以綢繆字印臂。《史諱錄》：明皇開元初，被進者曰印選，以綢繆記印臂上，曰風月常新印。以桂紅膏，則水洗不退其色。臨當別，擣花房蜥蜴，《通雅》：蜥蜴在草曰蠑螈，在屋曰守宮。重繫紅紗。《晉書·胡貴嬪傳》：貴嬪名芳，泰始九年，帝多簡良家子女以充內職，自擇其美者，以絳紗繫臂。芳既入，選拜爲貴妃。羅虬《比紅兒》詩：「繫臂先封第一紗。」

風流子

周夔

美人臂

𤫊瓏稱結束，拈菱鏡、翠袖倚晴糊。記冰縠褪綃，那人偷覷，錦衾摺玉，阿母疏防。甚情緒，棃雲扶輭夢，藕雪汗清涼。釧影慣鬆，暗憐綠瘦，枕盟拚嚙，又惜紅香。　欠伸凭闌久，橫斜弄素影，撩亂花光。爭奈繫歡未穩，纏恨偏長。恰眉筆運愁，胷酥擁睡，耐寒籠半，和悶支雙。還憶點砂年紀，揮扇蘭房。

減字浣溪沙

清　周　瓊羽步（閨秀）

美人手

嫩玉纖纖整素絃。慣彈別鵠最堪憐。幾回私語把衣牽。　愛插鮮花時掠鬢，怕沾飛絮故掀簾。

漫籠雙袖倚闌干。

青玉案

清　葉　辰　龍姝（閨秀）

美人手

纖纖玉筍尖如削。菱花細把烏雲掠。淺畫鴉黃嫞更學。琴絃遲理，鑪熏倦撥。紅豆抛雙雀。

閒游漫數花間萼。雙雙戲挽鞦韆索。重整雲翹歸繡閣。停鍼暗想，情懷難卻。悶把蘭腮托。

沁園春

朱彝尊

美人掌

小小瓊田，《十洲記》：祖洲有不死之草，生瓊田中，或名爲神養芝。歐陽修詞：『一片瑩淨鋪瓊田。』煖玉無塵，郭璞《游仙詩》：『仰思舉雲翼，延首矯玉掌。』紋生細波。《論衡》：魯惠公夫人仲子，生而有文在其掌。駱賓王《秋日宴序》：風起青蘋，動波紋於異態。慣先調粉澤，楚詞：『粉白黛黑施芳澤。』上官儀《封禪表》：『敷神仙之粉澤。』吳少微詩：『珠簾粉澤無人顧。』兩邊齊傅，《說文》：粉，傅面者，梁簡文帝詩：『傅粉高樓中。』未昏菱鏡，《飛燕外傳》：飛燕始加大號婕好，奏上三十六物以賀，有七尺菱花鏡一匳。白居易詩：『鏡昏鸞滅影。』一面頻磨。賈島詩：『古鏡曾經幾度磨。』鞵拓真纖，自注：楊无咎詞：『掌拓鞵兒。』指離偏遠，自注：《漢雜事》：指去掌四寸。水上湔裙著意搓。闌干拍，葛長庚詩：『凭闌拍掌呼，天外鶴來一。』周邦彥詞：『凝思又把闌干拍。』惹鴛鴦驚起，飛度風荷。杜牧詩：『驚起鴛鴦豈無恨，一雙飛去卻回頭。』元好問詩：『雲錦十里翻風荷。』尊前一握無多。易一握爲笑。《晉書·涼武昭王傳》：執同心以御物，懷自彼於握掌。縱燕燕身輕無則那。《漢書·五行志》：成帝時，童謠曰：『燕燕尾涎涎，張公子，時相見。』其後帝見舞者趙飛燕而幸之，故曰『燕燕尾涎涎』，美貌好也。《拾遺記》：趙飛燕身輕，能掌上舞。任青紅碧綠，挼成綵縷，《說文》：挼，摧也。兩手相切摩也。權德輿詩：『綵縷同心麗。』裁縫熨貼，杜甫詩：『美人細意熨貼平，裁縫滅盡鍼線迹。』砑就香羅。高啓《秦箏曲》：『嬌絃細語發砑羅。』冷露三霄，自注：李商隱詩：『仙人掌上三霄露。』明珠幾顆，《列仙傳》：許遜，字敬之，母夢金鳳銜珠墮掌而生。傳元詩：『昔君視我掌中珠。』除是仙人不讓他。《長安記》：仙人掌，大七圍，以銅爲之。春來病，周彥邦詞：『甚春來、病懨懨，無會處。』把芳心捧罷，《莊子》：西施病心而矉其里，其里之醜人見而美之，歸亦捧心而矉其里。南唐後主詞：『一片芳心千萬緒。』百偏摩挲。

前調

宋劉　過改之

美人指甲

銷薄春冰，碾輕寒玉，漸長漸彎。見鳳鞵泥污，偎人强剔，龍涎香斷，撥火輕翻。學撫瑤琴，時時欲翦，更掬水、魚鱗波底寒。纖柔處，試摘花香滿，鏤棗成斑。時將粉淚偷彈。記綰玉曾教柳傳看。算恩情相著，搔便玉體，歸期暗訴，劃徧闌干。每到相思，沈吟靜處，斜倚朱脣皓齒間。風流甚，把仙郎暗掐，莫放春閒。

前調

宋　沈景高

美人指甲

新脫魚鱗，平分鵝管，愛勒眉彎。記掐恨香蕉，愁悰細説，劃情嫩竹，怨曲新翻。纔貼梅鈿，旋挑鉛粉，繡領重交猶道寒。嬌無奈，笑輕拈杏帶，淺揭湘斑。宮棋也學偷彈。時綰就同心羞自看。解傳杯頻賭，藏鬮羅袖，歸鞭重數，刻印闌干。暗解綃囊，倦調瑤瑟，餵蕊鶯兒繡閣閒。凝情處，把瓜犀漫剝，消遣春閒。

鷓鴣天

清彭孫遹羨門

美人指甲

知向窗中弄彩毫。墨痕隱隱沁紅幺。手揮玉柱頻教翦，指撥沈烟旋欲焦。　風力折，嫩蘭苕。夜來輕蘸碧雲醪。芳心要使檀奴覺。一掐春肌暈未消。

沁園春

孫雲鶴

美人指甲

雲母裁成，春冰碾就，裹住蔥尖。憶綠窗人靜，蘭湯悄試，銀屏風細，絳蠟輕彈。愛染仙葩，偶挑香粉，點上些兒玳瑁斑。支頤久，有一痕鉤影，斜印顋間。　摘花清露微沾。剖繡線雙虹挂月邊。把《霓裳》悄拍，代他象板，藕絲自雪，掐箇連環。未斷先愁，將修更惜，女伴鐙前比竝看。消魂處，向紫荊花上，故逞纖纖。

繪芳詞卷下

沁園春

清　姚　燮梅伯

美人心

丹府誰窺，冰潔珠纖，含來恰宜。甚略通簾額，緘還到蕙，纔舒扇底，卷又成蓰。春夢甜輸，秋魂苦束，唱到姑溪宛轉詞。相關否，敢深深印得，比月愁虧。　漫須顰效東施。問幾負蘼蕪遠道思。更百迴難測，兔絲縈惹，雙歡暗許，鴛謎猜伊。淺素微紅，迷朱亂碧，三五年華二八時。徐娘慧，記錦般消息，贈到鮮支。丘巨源《扇》詩：『舒心謝錦茵。』李之儀《姑溪詞》云：『只願君心似我心，定不負相思意。』曹鄴詩：『郎有蘼蕪心。』謝朓《兔絲》詩：『安根不可知，縈心終不測。』張耒詞：『看朱成碧心迷亂。』王琚《樂府》：『二八三五閨心切。』徐悱妻《摘梔子贈謝娘》詩：『同心何處根，梔子最關人。』

鳳凰臺上憶吹簫

周夔

美人胷

酥嫩雲饒，李洞詩：『半胷酥嫩白雲饒。』蘭薰粉著，韓偓詩：『粉著蘭胷雪壓梅。』羅裙半露還藏。周濆詩：『漫束羅裙半露胷。』乍領巾微褪，庾信《春賦》：『穿珠貼領巾。』一縷幽香。依約玉山高竝，杜甫詩：『玉山高竝兩峯寒。』皚皚雪、宛在中央。難消遣，填膺別恨，《說文》：膺，胷也。積臆春傷。《釋名》：胷，臆也。閨房。別饒光霽，衹風月叨陪，僥倖檀郎。黄山谷曰：茂叔胷中灑落，如光風霽月。更三生慧業，錦繡羅將。云是埽眉才子，渾不讓，列宿文章。李賀詩云：『是西京才子，文章鉅公。二十八宿列心胷，元精耿耿貫當中。』論平丘壑，楊萬里詩：『何日來同丘壑胷。』遙山澹濃，占斷眉場。秦韜玉《貧女詩》：『不把雙眉鬬畫場。』

沁園春

朱彝尊

美人乳

隱約蘭胷，韓偓詩：『粉著蘭胷雪壓梅。』菽發初勻，自注：《漢雜事》：胷乳菽發。脂凝暗香。《詩》：『膚如凝指。』《廣志》：乳頭香，生南海，是波斯松樹脂。似羅羅翠葉，《漢書·司馬相如傳》：揚翠葉，杌紫莖。劉從益詩：『桐凋翠葉看看盡。』新垂桐子，庾信《馬射賦》：『桐垂細乳。』盈盈紫菂，乍擘蓮房。《爾雅》：荷，其實；蓮，其中菂。注：蓮，謂房也；菂，蓮中子也。《魯靈光殿賦》：『綠房紫菂，窋咤垂珠。』王褒詩：『蓮房採欲空。』竇小含泉，蘇軾詩：『春泉濺濺出乳竇。』花翻露蔕，曹鄴詩：『香泛乳花輕。』張九齡詩：『更憐花蔕弱。』兩兩巫峯最斷腸。添惆悵，有纖袿一抹，《釋名》：婦人上服曰袿。楊修《神女賦》：『纖縠文袿，順風揄揚。』王筠詩：『裲襠雙心共一抹，袙複兩邊作八襵。』毛熙震詞：『繡羅紅嫩抹酥胷。』卽是紅牆。偷將碧玉形相。怪瓜字初分蓄意藏。孫綽《情人歌》：『碧玉破瓜時，情爲郎顛倒。』任昉詩：『蓄意忍相思。』把朱蘭倚處，橫分半截，白居易詩：『雲截山腰斷。』瓊簫吹徹，李白詩：『雲間吹瓊簫。』界住中央。成公綏《星賦》：『銀漢界於中央。』量取刀圭，《本草·丸散藥》有云：刀圭者，十分方寸匕之一，如梧桐子大也。庾信詩：『量藥用刀圭。』韓愈詩：『金丹別後知傳得，乞取刀圭救病身。』調成藥裹，《水經注》：段元章善風角，弟子歸，元章封筒藥授之。生到葭萌，傷其頭，開藥筒，曰破頭者可以此藥裹之。李郢詩：『藥裹關身病，經函寄道情。』寧斷嬌兒不斷郎。樂府《前溪歌》：『寧斷嬌兒乳，不斷郎殷勤。』風流句，讓屯田柳七，劉克莊詩：『相君未識陳三面，兒女多知柳七名。』曾賦酥娘。吳元滿《總要》：乳，胷酥也。

前調

董以寧

美人乳

拊手應留，當胷小染，兩點魂銷。訝素影微籠，雪堆姑射，紫尖輕暈，露滴葡萄。漫說酥凝，休誇菽發，玉潤珠圓比更饒。開襟處，正粉香欲噴，花氣難消。　當年初捲方髫。奈墳起逾豐漸欲高。見浴罷銅窪，羅巾掩早，圍來繡袜，錦帶拴牢。逗向瓜期，褪將裙底，天壤何人吮似醪。幽歡再，爲嬌兒拋下，溼透重綃。楊妃裙腰褪，露一乳，祿山云：『軟溫，新剝雞頭，肉膩滑凝，來塞上酥。』又：祿山醉，傷楊妃乳。《古宮妝》：裙，束乳上也。《漢雜事祕辛》：胷乳菽發。

減字浣溪沙

周夔

美人腹

妙相規前寫祕辛。《漢雜事祕辛》：規前方後，腹與背也。圓肌粉緻麝臍溫。箇中常滿玉精神。　郎若推心誰與置，天教貯恨不堪捫。蘇軾詩：『散步消遙自捫腹。』輖飢可奈別經春。

白蘋香

周　夔

美人腹

屬稿未須鳳紙，兜羅穩稱瓊肌。宣文豔說女宗師。不數便便經笥。玉抱香詞慣倚，自注：詞名有《玉抱肚》。珠胎消息還疑。畫眉也不合時宜。約略檀奴風味。

減字浣溪沙

周　夔

美人臍

可可珠容半寸餘。《雜事祕辛》：臍容半寸許珠。麝熏溫膩較何如。帶羅微勒惜凝酥。酒到暫能酡絳靨，《世說》：桓溫有主簿，善別酒。好者謂青州從事，惡者謂平原督郵。青州有齊郡，平原有鬲縣，從事言好酒到臍，督郵言惡酒在鬲上住。陸游詩：『且泥杯中酒到臍。』藥香長藉煖瓊膚。蘇軾詩：『留氣煖下臍。』自注：今藥肆有煖臍膏。夢中日入叶禎符。《晉書》：南燕慕容德母夢日入臍，生德，頟有日角偃月重文。年未弱冠，博觀羣書，性情清慎，多才藝。

沁園春

朱彝尊

美人腸

婹嬝輕軀，李賀詩：『婹嬝帶金蟲。』《洛神賦》：『竦輕軀以鶴立。』能有幾多，白居易詩：『能有幾多腸。』容萬斛愁。庾信詩：『誰知一寸心，乃有萬斛愁。』傅休奕詩：『青雲徘徊，爲我愁腸。』慣悲銜腹內，杜甫詩：『又如參與商，慘慘中腸悲。』相看脈脈，事來心上，一樣悠悠。鮑照詩：『野風吹草木，游子心腸斷。』鳥道千盤，《南中志》：鳥道西百里，以其險絕，獸猶無蹊，特上有飛鳥之道耳。孟郊詩：『腸中轉愁盤。』蘇軾詩：『蜀道走千盤。』轆轤雙綆，張籍詩：『橫架轆轤牽素綆。』陸龜蒙詩：『愁因轆轤轉。』又類車輪轉未休。樂府《悲歌》：『心思不能言，腸中車輪轉。』孟郊《遠遊》聯句：『別腸車輪轉，一日一萬周。』縈芳寸，戎昱詩：『惟于方寸內，暗佇報恩珠。』穿錦梭暗擲，弱縷中抽。自注：錦梭用『梭腸有意錦絲穿』語，見《內典》。《廣絕交論》：皆願摩頂至踵，隳膽抽腸。柔情曲似江流。柳宗元詩：『江流曲似九迴腸。』怕易割秋山嬾上樓。柳宗元詩：『海畔尖山似劍鋩，秋來處處割愁腸。』況三朝三暮，《荊州記》：宜都西南峽中有黃牛山，江湍紆迴，塗經信宿，猶望見之。行者語曰：『朝發黃牛，暮宿黃牛。三朝三暮，黃牛如故。』李白《入峽》詩：『三朝上黃牛，三暮行太遲。三朝復三暮，不覺鬢成絲。』巴猨峽口，《爾雅翼》：猿善啼，啼數聲，則眾猿叫嘯，如相和焉。故巴峽諺曰：『巴東三峽巫峽長，哀猿三聲斷人腸。』一聲一斷，白居易詩：『一聲腸一斷。』杜宇枝頭。杜牧《子規》詩：『一叫一回腸一斷，三春三月憶三巴。』方千里詞：『柔情千點，杜宇枝頭血危，腸餘寸許誰能接。』百結將離，魚玄機詩：『離腸百結解無由。』九迴猶賸，李商隱詩：『回腸九回後，猶有賸回腸。』杯沃能勝酒力不。又白詩：『三杯自要沃中腸。』尊前曲，陸游詩：『尊前一曲渭城歌。』再休歌《河滿》，淚落難收。自注：唐孟才人歌《河滿子》畢，武宗命醫候之，脈尚溫，而陽已絕矣。案：見張祜詩《孟才人嘆序》，亦載《全唐詩話》。

前調

朱彝尊

美人膽

蘗塢芝芳，樂府《子夜歌》：『高山種芙蓉，復經黃蘗塢。果得一蓮時，流離嬰辛苦。』庾信《步虛詞》：『芝房脆似蓮。』一點中池，《黃庭經》注：『膽爲中池。』生來易驚。李祁詩：『驚膽落虛弦。』吳融詩：『樓高膽易驚。』笑金釵卜就，方千里詞：『空想像，金釵卜。』先能斷決，《素問》：膽主斷決。犀株鎮後，李賀詩：『犀株防膽怯。』纔得和平。樓響登難，李商隱詩：『樓響將登怯。』房空怯最，常理詩：『小膽空房怯。』三斗除非借酒傾。自注：三斗，借用管輅事。《魏志·管輅傳》注：輅時年十五，琅琊太守單子春欲得見輅，大會賓客百餘人。輅問子春：『輅既年少，膽未堅剛。若欲相觀，懼失精神，請先飲三升清酒，然後而言之。』芳名早，喚狗兒吹笛，伴取歌聲。元稹詩：『狗兒吹笛膽娘歌。』沈憂何事牽情。悄不覺人前太息輕。《內經》：膽病者，善太息。怕殘燈枕外，簾旌蝙拂，幽期夜半，謝靈運賦：『石幽期而知賢，張揣景而示信。』謂黃石公、張子房。窗戶雞鳴。《焦仲卿》詩：『雞鳴外欲曙，新婦起嚴妝。』愁髓頻寒，李商隱詩：『冷臂淒愁髓。』《言行錄》：范仲淹、韓琦必欲收復西夏，謠曰：『軍中有一韓，西賊聞之心膽寒。軍中有一范，西賊聞之驚破膽。』回腸易碎，岑參詩：

『膽碎窺龍渦。』長是心頭苦暗并。韓偓詩：『尋思閒事到心頭。』李珣《採葛婦歌》：『嘗膽不苦味若飴，令我採葛以作絲。』天邊月，張籍詩：『畫角天邊月。』縱團圝如鏡，《西京雜記》：始皇有方鏡，照見膽，女子有邪心，即膽張心動。難照分明。薛逢詩：『匣中舊鏡照膽明。』

前調

朱彝尊

美人背

意遠態濃，杜甫詩：『態濃意遠淑且真。』珠壓腰衱，杜甫詩：『背後何所有，珠壓腰衱穩稱身。』冰肌最勻。孟昶詞：『冰肌玉骨清無汗。』盼新月堂前，殷勤匍伏，唐張夫人詩：『拜新月，拜月出堂前。』《說文》：匍，手行，匐伏地也。枚乘《七發》：『蒲伏連延。』注：即匍匐也。秋千架上，推遞逡巡。《荊楚歲時記》：春節懸長繩於高木，女子袨服立其上，推引之，名曰打鞦韆。《樂府古題》：樂府相和歌本一部，魏明帝分爲二部更遞。見客遙來，和羞卻走，《漢書·枚乘傳》：人性有畏其景而惡其跡者，卻背而走。韓偓詩：『見客入來和笑走。』翩若驚鴻望未真。踏青去，惹春遊年少，目送香塵。陸游詩：『細細香塵暗六街。』催歸潛理紈巾。梁簡文帝詩：『向鏡理紈巾。』怕汗浹輕容拭更頻。樓鑰詩：『側行危步汗浹背。』憶閒中指爪，癢須爬慣，蘇軾詩：『但遺麻姑更爬背。』宵分姊妹，擁便情親。《飛燕外傳》：昭儀曰：『姊寧忘共被夜長，苦寒不成寐，使合德擁姊背耶？』每到嗔時，拋郎半枕，難齧猩紅一點脣。《妝樓記》：僖、昭時，都下競事妝脣，婦人以此分妍否。有淡紅心、猩猩暈。堪憎甚，縱千呼萬喚，白居易《琵琶行》：『千呼萬喚始出來。』未肯迴身。孫綽《情人歌》：『感郎不羞赧，迴身就郎抱。』

前調

董以寧

美人背

轉去人看，側來自顧，穩稱停勻。見腰衱壓珠，搭餘半錦，領巾成字，挂下輕雲。羞把闌凭，惱將身撇，俯拜深深總覷真。驚迴首，是檀郎偷立，欲拍逡巡。　浹來香汗還頻。便浴室潛窺此獨親。想郎手繞將，柔鄉熨貼，妹胷擁著，寒夜横陳。翦爪輕搔，靠窗閒曝，問相應封號與秦。偏芒刺，怕無端笑指，向後紛紛。

柳腰輕

李符

美人腰

茜綃緩束春衫翠。柔娥近，酥娘比。倚闌横截，織梭低並，一捻沈檀通體。乍相抱、金鳳屏邊，宛攜來、露桃宮裏。　尺六量成可似。掌擎看、柳條真細。作行雲様，怕風吹去，五色千絲須繫。舞茵上、戲學旋波，慣收裙、鎖蓮垂地。『柔娥幸有腰肢穩』，薛能句。『酥娘一捻腰肢細』，柳永句。『骨香腰細更沈檀』，韓偓句。『露桃宮裏小腰肢』，韋莊句。南齊羊侃舞人張静婉腰一尺六寸，能掌上舞。鎖蓮，帶名。

沁園春　　曹鑑冰

美人腰

軟款圍來，六尺無多，纖柔絶倫。向燈前欹側，驚迴柳影，花邊宛轉，羞睹蜂魂。染恨千絲，縈愁幾縷，半幅曾窺湘水裙。臨風去，怕婷婷嬝嬝，化作行雲。　曉寒料峭難溫。好緩束吴綾茜色新。爲妝成有意，凭闌倦舞，醉餘無力，倚几慵伸。剝棗應憐，偎琴更惜，透體沈檀一捻春。誰堪擬，似盈盈佩玉，洛浦仙人。

前調　　朱彝尊

美人膝

纖骨亭亭，窮袴輕籠，《漢書·上官后傳》：宮人使令皆爲窮袴，多其帶。注：服虔曰：窮袴有前後襠，不得交通也。

師古曰：卽今之裩襠袴也。樂府：『愛惜加窮袴，防閒託守宮。』長裾半懸。辛延年《羽林郎》：『長裾連理帶，廣袖合歡襦。』訝流黃織慣，古樂府《相逢行》：『中婦織流黃，環濟要略問。』色有五：紺、紅、縹、紫、流黃。頻掀綜底，《傅子》：舊機五十綜者五十躡，六十綜者六十躡。今紅女織繒者，惟用二躡，又爲簡要。虞世南詩：『綜新交縷澀。』小車容卻，薩都剌詩：『燕姬白馬小紅車。』《南史·陶潛傳》：審容膝之易安。每觸簾邊。手抱無聊，《蜀志·諸葛亮傳》注：每晨夕從容，常抱膝長嘯。白居易詩：『抱膝燈前影伴身。』心慵易軟，李邴詞：『花骨欹斜終帶軟。』拜起須扶態更妍。留仙皺，見勝常道罷，小立依然。詹玉詞：『東風滿檷腰支，階前小立多時。』試令蹈節歌筵。《抱朴子》：鸞鳥似鳳而白纓，聞樂則蹈節而舞。陸機《日出東南隅行》：『赴曲迅驚鴻，蹈節如集鸞。』翹一足長同沙鷺拳。雍陶《白鷺》詩：『一足獨拳寒雨裏。』把春衣卸盡，有時蔽錦，《方言》：蔽膝，江淮之間謂之褘關，東西謂之蔽膝。溫庭筠詩：『仗官繡蔽膝，寶馬金鏤鍚。』寒衾架處，恨未添緜。張翥詩：『楮帳緜衾且避寒。』醉裏便姍，《上林賦》：便姍嫳屑，與俗殊服。嬌時嬚密，曹植《靜思賦》：行嬚密而妍詳。隨意夭斜坐簸錢。白居易詩：『錢唐蘇小小，人道最夭斜。』教郎坐，放阿侯學步，古樂府：『十六生兒字阿侯。』《女紅餘志》：語曰：『欲知菡萏色，但語看芙蓉。欲知莫愁美，但看阿侯容。』阿侯，莫愁子也。白居易詩：『去歲新嬰兒，今年已學步。』俯視齊肩。李白詩：『小兒名伯禽，與姊亦齊肩。』

前調

董以寧

美人膝

搖動衣紋，蹴開裙衩，似鶴仙仙。正藕覆交籠，垂過素笋，花茵盤坐，加上紅蓮。蜀國琴横，華山錦蔽，補屋纔容也自妍。還堪覷，爲勝常數四，宛曲遷延。　有時晝擁牀邊。好一任蕭郎做枕眠。更愛欲頻登，促來綺席，愁教獨抱，閣盡吟箋。誓月幽窗，拈花法座，屈向氍毹較可憐。如今見，有阿侯旋繞，長在伊前。楊妃膝衣名藕覆，古膝衣在膝上也。《華山畿》：『女有錦蔽膝在席下。』唐詩：『半睡起來思舊夢，見人忘卻道勝常。』注云：即今萬福也，古語愛人欲登膝。

念奴嬌

周夔

今美人足

踏花行遍，任匆匆、不愁香徑苔滑。六寸圓膚天然秀，韓偓詩：『六寸圓膚光緻緻。』穩稱身材玉立。韈不生塵，版還參玉，二妙兼香潔。平頭軟繡，鳳翹無此寧貼。　花外來上鞦韆，那須推送，曳起湘裙摺。試昉鞻杯傳綺席，小戶料應愁絕。第一銷魂，溫存鴛被底。柔如無骨。同偕識好，向郎乞作平借吟舄。

醉春鳳

今卜　娱清歡（閨秀）

今美人足

頻換紅幫樣。低展湘裙浪。鄰娃偷覷短和長，放放放。檀郎雅謔，戲書尖字，道儂真相。步步嬌無恙。何必蓮鉤昉。登登響屧畫樓西，上上上。年時記得，扶教平小玉，畫闌長傍。

沁園春

劉　過

美人足

洛浦淩波，爲誰微步，輕生暗塵。記踏花芳徑，亂紅不損，步苔幽砌，嫩綠無痕。襯玉羅慳，銷金樣窄，載不起、盈盈一段春。嬉遊倦，㗰教人款捻，微褪些根。　有時自度歌聲。悄不覺、微尖點拍頻。憶金蓮移換，文鴛得侶，繡茵催衮，舞鳳輕分。懊恨深遮，牽情半露，出沒風前烟縷裙。知何似、似一鉤新月，淺碧籠雲。

菩薩蠻

明徐　渭文長

美人足

千嬌更是羅鞵淺。有時立在鞦韆板。板已窄稜稜，猶餘三四分。紅絨剛半索。繡滿幫兒雀。莫去踏香堤。遊人量印泥。

憶江南

清卓人月珂月

美人足

癡看想，想煞是淩波。裙底湘江搖素月，鞵尖繞露凝自注：讀如『舞急紅腰凝』之凝嬌荷。何日掌中那。

畫堂春

董　俞

美人足

鳳頭低露畫裙邊。繡幫三寸花鮮。淩波何幸遇嬋娟。瓣瓣生蓮。　怪煞夜來狂甚，溫香一捻堪憐。玉趺褪盡軟行纏。被底燈前。

多麗

清朱光熾昌甫

美人足

度花甎，半規新月娟娟。甚霞綃、淺籠深障，撩人悵望風前。撲蝶去、雙飛綵燕，鬭草處、交頸文鴛。點地聲輕，印苔痕窄，玉山載上小蓮船。可憐見、淩波歸路，嬌齁侍兒肩。柔荑展、鴉吭款搯，偷斂眉端。　記初嫺、女郎容步，鷺拳緊扣霜紈。浪費了、嘘珠盈斛，苦爭得、看袎論錢。筍籜潛魚，桐臺蹲鳳，羅鉤巧製樣重翻。羞惱是、檀奴睥睨，纖指學弓彎。吾儂恨、阿孃好事，替種情田。

少年遊

清　儲　慧　嘯凰（閨秀）

美人足

玉筍纔牙，金蓮未藥，裂帛裹初成。兜羅弓韤，藏來錦韈，點地更輕盈。　香塵留得纖纖印，輭步悄無聲。藕覆輕移，榴裙低掩，瘦處可憐情。

減字木蘭花

周　夔

美人骨

陽秋皮裏。何止肉勻肌理膩。杜甫《麗人行》：『肌裏細膩骨肉勻。』玉瑩去冰清。無俗偏宜百媚生。王貞白詩：『念予無俗骨。』蘇軾詩：『俗骨變換顔如葩。』　銀屏讀曲。藥店飛龍爲誰出。宋《讀曲歌》：『飛龍落藥店，骨出只爲汝。』坦腹才難。消得文章比建安。

金縷曲

周夔

美人骨

畫筆應難到，稱冰肌、清涼無汗，摩訶秋早。東坡《洞仙歌》詞：『冰肌玉骨，自清涼無汗。』歇拍云：『但屈指西風幾時來，又不道、流年暗中偷換。』乃足成蜀主孟昶與花蕊夫人摩訶池上避暑之作。妙像應圖天然秀，《洛神賦》：『骨像應圖。』《神女賦》曰：『骨法多奇，應君之相。』應圖，應畫圖也。難得神清更好。憐瑮子、掌中嬌小。不把畫場雙眉鬭，恰青衫、未抵紅裙傲。論高格，九仙抱。

嗤他皮相爭顰笑。漫銷魂、花柔疑沒，《宣和畫譜》：黄荃有《沒骨花枝圖》。《圖畫見聞志》：徐崇嗣畫沒骨圖，以其無筆墨骨氣而名之，但取其濃麗生態。肉勻足冒。《漢雜事祕辛》：肉足冒骨。可奈相思深如刻，瘦損香桃多少。怕王比、瓓瓏難肖。知己半生除紅粉，莫艱難、市駿金臺道。祇無俗，是同調。

減字浣溪沙　周　夔

美人肉

絲竹平章總不如。屏風誰列十眉圖。自注：楊國忠冬月令美姬環之，名肉屏風。收藏慣貼是郎書。似燕瘦纔能冒骨，如環豐卻不垂腴。雞頭得似軟溫無。

滿庭芳　周　夔

美人色

倚醉微頳，佯羞淺絳，相映妒煞桃花。崔護詩：『人面桃花相映紅。』豔名增重，顰莫傚西家。王維詩：『豔色天下重，西施寧久微。』又：『持謝鄰家子，傚顰安可希。』旭日魫窗穿照，光豔射，和雪朝霞。《漢雜事祕辛》：時日晷薄晨，穿照魫窗，光送著瑩面上，如朝霞，和雪豔射，不能正視。東風裏，紅紅翠翠，生怕繡簾遮。嫌他。自注：《方言》讀若塔，平聲。脂粉污去，蛾眉淡掃，張祜詩：『卻嫌脂粉污顏色，淡掃蛾眉朝至尊。』芳澤無加。《洛神賦》：『芳澤無加，鉛華弗御。』更佳如秋菊，陶潛詩：『秋菊有佳色。』鮮若晨葩。束皙《補白華》：鮮侔晨葩，莫之點辱。任爾芙蓉三變，濃和澹、莫漫驚誇。蘭閨靜，秀餐長飽，相對茜窗紗。

沁園春

清　黄憲清韻珊

美人汗

點點星星，帶水芙蓉，娉婷似伊。漸引鍼手膩，暫抛金線，按徽指滑，易潤琴絲。帕搵桃花，衫黏杏子，想像溫泉出浴時。花陰裏，笑迷藏捉得，熱了冰肌　依稀。似露還非。帶粉氣盈盈怯不支。正闌干凭徧，就風攜扇，鞦韆扶下，避月鬆衣。酒後微生，茶餘略透，溼暈猩脣一點脂。黄昏近，倩檀郎分帳，祗許相思。

菩薩蠻

唐　溫庭筠飛卿

美人淚

玉纖彈處真珠落。流多暗溼鉛華薄。春露浥朝華。秋波浸晚霞。　風流心上物。本爲風流出。看取薄情人。羅衣無此痕。

沁園春　黃憲清

美人淚

兩點微波，閣住星眸，思量可憐。看香痕和墨，秋風題扇，零絲界粉，春雨凭闌。別母盈盈，催妝脈脈，是喜還悲欲嫁天。傷心處，嘆誰人解得，月底花前。　淒然斷了還連。直透出梅心一縷酸。記投懷掩袂，問歡薄倖，支頤泣枕，借夢纏綿。鸞鏡慵開，蛾眉見嫉，也似才人失意年。無聊夜，替青衫嗚咽，溼暈鵑絃。

八歸　清顧復初道穆

美人淚

悽悽楚楚，盈盈脈脈，行行點點滴滴。是誰搯破情天漏，寫入秋波一寸，春星雙睫。鐙下尊前斷腸處，縱不語、佯羞也溼。祇多少、銅仙鉛水，撇卻漢宮月。　試向鏡中偷看，日來堪洗面，都似朝潮夕汐。恩恩怨怨，生生死死，絮絮離離別別。把酸鹹辛苦，滋味嘗來怎分得。問幾時、紅豆搓圓，夜珠穿起，袖上唾華滅。

踏莎行

王德璉

恨鎖春山，嬌橫秋水。臉桃零落臙脂碎。故將羅帊搵嗁痕，寄情欲比相思字。

前調

清張令儀柔嘉（閨秀）

美人嗁痕

粉結紅冰，香消獺髓。鏡鸞影裏人顛頷。梨花帶雨不禁愁，玉纖彈盡真珠淚。

美人嗁痕

漢帝恩衰，蕭郎情薄。釀成種種情懷惡。兩行玉筯界殘妝，翠鬟低處珍珠落。　雨打梨花，烟籠芍藥。嗁多衹恐秋波涸。時時偷搵繡羅巾，背人佯整鞦韆索。

小桃紅

清來鴻瑨雪珊

美人匿笑

欲語情還淺。似近身仍遠。眼底佯驚，眉間暗舞，嬌嗔一半。怪千金難買此時情，未肯輕回面。已把瓠犀展。猶怕郎窺看。欲謔還莊，似舒仍斂，雲鬟低閃。覺釵頭吃吃不聞聲，但見金蟲顫。

柳枝第二體

清吳洪化二公

美人顰

小玉糍成新破瓜。髻堆鴉。嬌羞雙頰淚生花。暈朝霞。　明知不是檀郎錯，惱相加。低蹙眉山面向斜。越憐他。

踏莎行

張令儀

美人顰

幾筆輕勻，雙峯碧聚。幽情都向其間露。吳宮多病捧心時，清歌聽到銷魂處。　芳草凝烟，遠山含霧。珠簾獨捲嬌無語。春尖偷蹙溼啼痕，一腔心事憑誰訴。

沁園春

清張炳堃鹿仙

美人聲

非色非香，隔花人遠，清泠可憐。乍輕敲寒玉，早知意遠，微搖秋佩，已覺情牽。脆恐鶯羞，輭教燕妒，不是篌笙不是絃。消魂處，聽喁喁絮絮，忽近人前。　底須趁拍歌筵。有珠玉隨風落九天。況春屏勸酒，嬌宜侍夜，秋閨話雨，悄不成眠。暱笑低幃，含啼角枕，乍喜還嗔蕙性偏。吞將去，看粉痕界淚，一倍增妍。

前調　　姚燮

美人息

脈脈依依，顧影低吁，相思邈然。甚雲屏吹燭，定時還喘，月窗試笛，尖處能圓。魚沫浮茶，麝冰凍硯，歕綠呵紅總可憐。聽私語，怕觸醒鸚鵡，屏上立闌邊。　看伊欲斷仍連。似空際游絲颺碧烟。想貼來兒面，一般嬌細，泥從郎枕，半晌纏綿。酒氣微含，花風暗噎，弱到難禁春病年。欠平伸罷，又東鄰姊妹，催上秋千。

前調　　清吳藻蘋香（閨秀）

美人息

鼻觀香通，息息停勻，如蘭氣和。問秋千扶下，喘絲定否，房櫳病起，脈候如何。細畫蛾眉，近窺鸞鏡，似月籠雲不待呵。茶溫未，鎮擎甌無語，乳面生波。　尊前已覺顏酡。偏酒力難勝笑語多。比深宮晝漏，六時頻驗，華胥仙夢，一曲能歌。半晌誰調。幾回欲屏，花底迷藏慣避他。黄昏後，聽聲聲只在，斗帳紅羅。

前調

姚燮

美人唾

屑玉霏珠，紺袖分將，璚壺貯殘。怪春深病渴，啣愁蓮苦，夜涼回夢，咽忍梅酸。齧臂潛盟，偎顋私語，留得些些溼未乾。摹郎字，卻羞郎偷見，嚼碎還團。　倦腰半晌低彎。驀點出華池氣若蘭。記拆時偏急，同心尺素，卸來嫌緊，約指連環。搓線穿鍼，抱篋拭粉，更貼殘花扇底看。歌聲噎，又丁香舌小，卷上櫻丸。

前調

清　郭麐　祥伯

美人唾

金屋阿嬌，霧沫九天，明珠颺風。記越梅如豆，華池先嚥，石華成紺，廣袖偏工。慢臉輕偎，香痕偶著，欲拭還愁惱箇儂。幽懽遂，又何須銀液，始鎮心忪。　私書寫就悤悤。愛猶帶脂香著意封。正瓊簫吹徹，印留一縷，玉梧餘潤，飲過三鍾。巧溼文窗，戲塗粉蝶，易褪櫻桃小注紅。重簾下，惹檀郎驚認，笑是殘絨。

前調　姚燮

美人嚏

病骨微酥，不寐如何，詩篇細詳。認含嗁若怨，氣舒仍鬱，迴聲似笑，頤翕旋張。唾恐霏衫，風愁顫燭，特地羅巾背掩將。難堪處，更麝添焠火，橙擘酸漿。值伊半晌昏茫。敢祕鑰玄珠啓顋堂。記筵邊噎酒，濃香驟噴，花陰覓約，急響難防。眼角跳輕，耳輪熱重，一例鴛鞵卜未妨。郎歸後，問孤衾那夕，曾否思量。

前調　吴藻

美人嚏

忽注橫波，漸透華池，靈犀暗通。似香參禪味，雨花飛白，真傳仙笈，日影移紅。呼吸難調，瞢騰欲醉，幾點荷珠瀉碧筒。嬌喉錯，把九天咳唾，粉碎虛空。　無端愁上眉峯。算寂寞何人念玉容。縱未輕一笑，也能噴飯，自從多病，更怕傷風。呪泣鴉娘，占同蟢子，慎莫偷窺隔綺櫳。誰曾見，只誤疑清哄，聲出瑤宮。

前調

姚燮

美人呵

一息蘭絲，款款綿綿，誰懷麗娟。儘簾脣寫螲，畫膠凝去易，鏡心貼鈿，粉髓融難。釭蔼微冰，瓶漪淺凍，消受紅窗幾度憐。相思字，慣嘘將几潤，劃與伊看。　夜來嫞醉思眠。認周昉圖中意態閒。更吹花氣輭，因誰內熱，調箏指澀，耐恁初寒。鬱恨含吁，撓肩引笑，約略微聲隔幔傳。宮嬪侍，記香生綵筆，詔罷青蓮。

踏莎行

王德璉

美人跡

金谷遊情，消磨不盡。軟紅香裏雙鴛印。蘭皋步滑翠生痕，金蓮脱落淩波影。　蝶徑遺蹤，雁沙凝潤。爲誰留下東風恨。玉兒飛化夢中雲，青蘋流水空仙詠。

木蘭花令

陳玉堪

美人跡

石闌干外苔痕碧。一寸香泥留輭跡。落花幾點覆香泥。情多故把芳蹤匿。　落花如笑還如泣。恰比鴛衾遮護密。那知多事是東風，將花吹去教郎覓。

踏莎行

美人跡

張令儀

鬬草閒階，鞦韆芳徑。落紅輭處依稀認。雨餘沙淺露微痕，蒼苔翠滑偷尖印。　檀屑鋪勻，金蓮嬌襯。晚風欲起扶初定。馬嵬人去尚留香，屧廊枉作千秋恨。

喜遷鶯

美人影

清毛　健今培

驚鴻飛燕。送一霎風流，憑誰牽挽。嫩柳陰中，小梅枝下，恰值玉階春淺。閒共秋千搖曳，輕逐湘裙旋轉。者情態，比陽臺，短夢朝雲初見。　堪戀。知別有脂媚粉香，無計回嬌面。月轉斜廊，燈移幽幌，最是惹人腸斷。滿鏡春酣自賞，一幅離魂難喚。料那裏，有金籠鸚鵡，偷窺渾慣。

沁園春

張炳堃

美人影

嫋嫋亭亭，學步隨肩，何曾暫離。記鬟雲晚墮，銀燈炙後，秦觀詞：『甫能炙得燈兒了，雨打梨花深閉門。』臉霞曉映，菱鏡開時。商略穠纖，評量修短，費爾描摹繫我思。驚相顧，比花枝還瘦，自也猜疑。　病來强與扶持。更卻立逡巡下玉墀。把真真呼起，春風圖畫，卿卿喚取，秋水丰姿。月榭追歡，夜屏寫怨，自別蕭郎只共伊。相憐甚，待兜衾款密，不見些兒。

詞餘坿

黃鶯兒

清尤　侗悔菴

美人乳

寶袜纏紅羅。紫葡萄，白露和、軟紅新剝雞頭顆。膏凝玉波。香吹粉荷。蘭湯浴罷花心彈。襯金訶、繡衾低臥，未許阮郎摩。

前調

美人足

尤侗

素足裹紅鞾。印芳塵，玉一梭、弓彎斜疊蓮花朵。氍毹踏歌。鞦韆笑拖。伴郎春夜鴛鴦臥。解淩波、巫山雨過，怕溼襪兒羅。

前調

美人醋

尤侗

新釀醋葫蘆。翦金屏，仕女圖、夢中不許高唐賦。嗔青溪小姑。罵黃鬚老奴。津頭波浪公無渡。笑兒夫、窮酸措大，風味略如吾。

美人長壽盦詞集況評抄

詞集作者程頌萬（一八六五—一九三二），字子大，號十髮居士。湖南寧鄉人。少卽工詩，喜研詞章，在里結湘社，與易順鼎等唱酬。早年入湖北總督張之洞幕。擢候補知府。曾創設廣藝興公司，又督建造船廠。入民國，長爲寓公，與況周頤等名流多有唱和。有《寧鄉程氏全書》、《定巢詞》等。

《美人長壽盦詞集》序作於光緒二十六年（一九〇〇），有《寧鄉程氏全書七種》本，今有《湖湘文庫·程頌萬詩詞集》本。茲以《湖湘文庫》本整理。

美人長壽盦詞集況評抄

美人長壽盦詞集總目題後[一]

況周儀

十髮先生《美人長壽盦詞》，于宋人近清真、白石，其緻密綿麗之作，又似夢窗。于國朝近朱錫鬯《載酒》、《琴趣》兩集，勝處兼而有之，清而不枯，豔而有骨。以昔之鄒、董，今之郭、姚例君，非知君詞者也。詞最六卷，都三百六十闋，附十四闋。

庚子燕九前十日，校畢于武清杏花天之劍爲琴室。玉楳詞人況周儀記。

【校記】

〔一〕題目，爲編者所擬。

卷一　言愁閣笛譜上

《高陽臺》『殫雨篷心』

況周儀曰：　此詞爲通卷之冠，應名虹橋詞。又曰：　便饒烟水迷離之致，令人輒喚奈何。

卷二　言愁閣笛譜下

《月華清》『月懶蘭閨』

況周儀曰：精穩，雅與題稱。

《高陽臺》『翳曉疏欞』

況周儀曰：自然從追琢中來，此境不易能，並不易知，然韻尤得清真神髓。

卷三　蠻語詞

《虞美人》『前年記得頻相見』

況周儀曰：此言夜深寒重耳，妙在詞意不盡。

《虞美人》『朱脣乍啓櫻桃破』

況周儀曰：梅溪詞：『歸臥文園猶帶酒，柳花飛度畫牆陰。』『樓』均情中寫景，即是此意。

《虞美人》『菊花天氣新霜早』

況周儀曰：豔詞亦貴厚，消息可參。

卷四　湘社雅詞

《桂枝香》『層層卍字』

況周儀曰：止乎禮義，風人之旨。

《淒涼犯》『垂羅四角』
況周儀曰：換頭意佳，邵復孺詞『魚吹翠浪柳花行』，亦小言之，致有味者。

卷五　十鞬詞鈔

《繞佛閣》『楚峯乍斂』
況周儀曰：兩詞倡和，工力悉敵。

《洞仙歌》『酒闌人並』
況周儀曰：歇拍情真景真，意境便厚。

卷六　十鞬後詞

《小樓連苑》『倩魂飛向人間』
況周儀曰：離神得似，乃輕黄金。又云：白石詠物，卽用此法。

《買陂塘》『乍連宵』、又『兩三人』、又『兩三花』
況周儀曰：三調渾成，不似連句之作。

東海漁歌況評抄

詞集作者爲顧春（一七九九—一八七六後），字子春，號太清，又稱西林春，自署西林太清。清
高宗玄孫貝勒奕繪之側室。有《天遊閣集》。
《東海漁歌》鈔本很少，況周頤殷勤搜集校勘。今有民國癸丑（一九一三）序、民國間西泠印
社活字印本，兹據之整理。

東海漁歌況評抄

東海漁歌序

況周頤

光緒戊子、己丑間，與半塘同客都門，於廠肆得太素道人所著《子章子》及顧太清春《天游閣詩》，皆手稿。太清詩，楷書秀整，惜詞獨缺如。其後僅得聞《東海漁歌》之名，或告余手稿在盛伯希處，得自錫公子。或曰文道希有傳鈔本，求之，皆不可得，思之思之，二十年於兹矣。癸丑十月索居海隅，冒子甌隱自溫州寄《東海漁歌》來，欹牀炳燭，雒誦竟卷，低徊三復而涵泳玩索之。太清詞得力於周清真，旁參白石之清雋，深穩沈著，不琢不率，極合倚聲消息。求其詣此之由，大槩明以後詞未嘗寓目，純乎宋人法乳，故能不煩洗伐，絕無一豪纖豔涉其筆端。曩閱某詞話，謂鐵嶺詞人顧太清與納蘭容若齊名，竊疑稱美之或過，今以兩家詞互校，欲求妍秀韶令，自是容若擅長；若以格調論，似乎容若不逮太清，太清詞其佳處，在氣格不在字句，當於全體大段求之，不能以一二闋爲論定一聲一字爲工拙，此等詞無人能知，無人能愛。夫以絕代佳人而能填無人能愛之詞，是亦奇矣。夫詞之爲體，易涉纖佻。閨人以小慧爲詞，欲求其深穩沈著，殆百無一二焉。吾友南陵徐君乃昌刻閨秀詞至百家，旁搜博采，幾於無美不臻，而唯太清詞未備，亦遺珠之惜也。末世言妖競作，深文周内，宇内幾無完人。太清之才之美，不得免於微雲之滓，變亂黑白，流爲丹青，雖在方聞騷雅之士，或亦樂其新豔，不加察而揚其波，亦有援據事實，鉤考歲月，作爲論説，爲之申辯者。余則謂言爲心聲，讀太清詞，可決定太清之爲人，無庸斷斷置辯也。

余有詞癖，唯半塘實同之。曩在京師，搜羅古今人詞，以不得《漁》、《樵》二歌爲恨事，宋朱希真《樵歌》及《東海漁歌》也。洎余出都後數年，半塘乃得《樵歌》刻之。今又十數年，而余竟得《漁歌》，而半塘墓木拱矣。嗟乎！一編幸存，九原不作，開茲縹帙，能無悁悁以悲耶？《東海漁歌》凡四卷，缺第二卷，曩閲沈女士善寶《閨秀詞話》，得《太清詞》五闋，録入《蘭雲菱夢樓筆記》，今此三卷中適無此五闋，當是編入第二卷者，則是第二卷亦不盡缺，惜乎不得與半塘共賞會也。

上元癸丑仲冬，桂林況周頤夔笙序於海上寓廬。

卷一

《鷓鴣天》「窻外寒梅報早春」

詠花四闋另三詞爲《定風波・水仙》「翠帶僊僊雲氣凝」、《入塞・盆梅》「好花枝、正清香欲破時」、《玉連環影・燈下看蠟梅》「瑣瑣」，極合宋詞消息。若多看近人詞，一中其病，便不能如此純粹。

《定風波》「花裏樓臺看不真」

饒有烟水迷離之致。

《醉桃源》「花肥葉大兩三枝」

不黏不脱，詠物上乘。

《冉冉雲》『秋雨瀟瀟意難暢』
質而拙，卻近宋人，政復不俗。
《鷓鴣天》『夜半談經玉漏遲』
過拍具大澈悟。
《定風波》『斑竹簾櫳亞字闌』
歇拍情景絕佳，詠物聖手。

卷二

《杏花天》『倚樓目送人歸去』
情深乃爾，是亦獨酷。
《江城子》『西溪溪水拍長天』
不煩色澤，漸近深穩。
《賀新涼》『小宴神仙宅』
不必以矜鍊勝，饒有清氣，撲人眉宇。
《碧芙蓉》『一帶小紅橋』
清雋沈著，恰到好處。
《江城梅花引》『故人千里寄書來』

情文相生，自然合拍。

《東風齊著力》『燕子來時』

刻畫工緻，是矜心作意而爲之，然亦不犯雕琢。

《金縷曲》『三載交情重』

妥帖易施，卻不犯滑。

《祝英臺近》『古松陰幽』

近緊勁。

《浪淘沙慢》『又盼到』

樸實言情，宋人法乳，非纖豔之筆、藻繢之工所能夢見。

卷四

《壽樓春》『鵑聲中春歸』

肆口而成，豪不喫力，似此功候，碻從宋詞中得來。

《定風波》『曉起庭除徧落花』

清穩，絕無時氣。

《江城子》『花開花落一年中』

一片空靈，天仙化人之筆。

《惜花春起早》「曉禽鳴」
直入清真之室，閨秀中不能有二。
《陽臺路》「未天晚」
此等詞非時下人所能，並非時下人所知。
《江神子》「畫堂春暖日光晴」
琴名鶴鳴。

東海漁歌校記

右詞五闋指《浪淘沙》「花木自成蹊」、《南柯子》「絺綌生涼意」、《早春怨》「楊柳風斜」、《惜分釵》「春將至」、《醉翁操》「悠然」，見錢唐沈湘佩女史善寶《閨秀詞話》，適爲三卷中所無，當是編入第二卷者。

甲寅六月蕙風詞隱記。

《東海漁歌》三卷坿補遺五闋，甲寅荷花生日校畢。各闋後間綴評語，太清詞亦未卽卓然成家，閱者能知其詞之所以爲佳，再以評語參之，則於倚聲消息思過半矣。

蕙風再記。

宜秋館詩餘叢抄況評抄

《宜秋館詩餘叢抄》，浙江圖書館藏本，三冊。著録爲宜秋館抄本，況夔笙批校，朱祖謀重校。書末有況氏題識云：『丙辰中秋後六日蕙風校讀竟卷。』時在一九一六年。又鈐印『夔笙』。此只録評析之言，至於文字校異則不録。

宜秋館詩餘叢抄況評抄

仲並《浮山詩餘》

《浣溪沙》「淡蕩春光寒食天」

確是易安風格，必非仲氏之作。

王義山《稼村樂府》

《水調歌頭·壽湖南胡太初》「沆瀣金莖露」

「光」字太俗。

《念奴嬌·題臨湖閣，閣在東陽，向巨源所創。洪容齋作記，舊贅、漕幕，居其下》：

贅字不誤，元高居漕幕，謙詞。

曾協《雲莊詞》

《水龍吟·別故人》

「楚鄉菰黍」作「淞」字，郡名但作松江，似乎作松亦可。

王之望《漢濱詩餘》

《好事近》『五載復相逢』

『翠微珍重』是否應作『幃』、『帷』，『翠微』訓近山最高處。（編者按：『微』字旁改作『帷』）

趙文《青山詩餘》

《阮郎歸》『舞紅一架』

□易成不易成。　□乃佳小令。

《蘇幕遮》『綠秧平烟』

□處雖宋人不可能學得其他處，只學得此等空滑無肉心矣。

《鶯啼序》『東風何許』

『音』字不入律。

趙文《青山詩餘補遺》

補遺各闋並皆佳妙，青山詞格在日湖、玉田之上。　又：此等詞，非其至者，□復深穩沈著。

《疏影》『寒爾濺』序

詞亦何其不然。

李洪《芸庵詩餘》

《木蘭花慢·秋意》『占西風早處』

□宕不可一世。

況周頤批點陳蒙庵填詞月課

陳蒙齋，卽陳運彰，原名陳彰（一九〇五—一九五五），字君謨，一字蒙庵，號華西。原籍廣東潮陽，生長於上海。早年從況周頤研究詞學，爲入室弟子。後爲之江文理學院、太炎文學院及聖約翰大學教授。工詩詞，擅書畫，精篆刻，又是書畫金石收藏家。

本編收錄況周頤批點，未注明的均眉批，旁批則標『旁批』，鍼對具體詞句者，於批語下括號內標出該句。一詞多段批者，以『又』字間之。況周頤於原詞個別文字（甲），有圈畫，旁批他字（乙），則以『乙原作甲』標示。

兹據中華書局二〇一六年影印稿本整理。

況周頤批點陳蒙庵填詞月課

癸亥四月第二課

《水調歌頭・擬東坡快哉亭作用均》『山水好登覽』

公獨未知其趣耳，臣今聊復一中之。（『莫問酒清濁，得趣便須中』）

《黄鶯兒・詠鶯用屯田均》『東風嘑徹誰爲主』

雜花生樹，羣鶯亂飛。

癸亥四月第三課

《洞僊歌・初春用李元膺均》『鳥聲破寱』

『放曉晴庭院』，一領四。

癸亥八月第二課

《瑣窻寒・金風》『菡萏香銷』

此題『金』字須刻畫。　又：金縷衣，漢宫人以辟寒金飾釵鈿，《孟子》：『豈謂一鉤金。』金風，西風，西方於行爲金。　又：月稱金波，此二句便好。（『絳原作秋河吹渡，舒波皓月』，旁批：『秋』字，不應平聲。）　又：褭蹏金，見《漢書》武帝詔。（『褭蹏慣識芳草路』）　又旁批：略切金。（『更鏦錚』）

《瑣窗寒·玉露》『月地雲階』

月雲映合露，瑚碧映合玉。　又：玉鏡臺、茗華玉、玉顔、玉樹生庭階，喻王謝子弟。　又旁批：『秋興』句：『綵筆昔曾干氣象。』（『少陵綵筆詩興寄』）

癸亥八月第三課

《蘇幕遮·送燕》『惜離情』

『將』字，平聲，誤。（『送汝原作將歸何處』）

《蘇幕遮·竝鴈》『月如霜』

『蒲』字，平聲，誤。（『目極遙天顰晚翠原作：目極西風菰蒲裏』）

癸亥九月第一課

《紫萸香慢·展重陽作》『展重陽』

少年人作文字，不拘何題，宜切戒衰颯語。　又：『舒』有展意。（『錦舒晚晴』）　又：改處均切展重陽，參之。　又：凡經改定之句，四聲均不誤。　又詞末：改筆似此，認真之至，亦至不易，毋忽。

《探芳信・題六舟上人畫梅立軸》『暗香驟□，絕本字，反□爲□。　又：　六舟有《寶素室金石書畫編年錄》。　又：　六舟有《剔鐙圖》，竟寧鴈足鐙。（『《剔鐙圖》罷餘情在』）

《鷓鴣天・重陽不登高示綿初、密文兩女，客有作重陽詞者，用避、災二字，此字不易用也》『秋是愁鄉鴈不來』：　右吾師蕙風詞隱所作，余賦《紫萸香慢》『展重陽』詞用避、災二字，師爲備論此字不易用，越數日，復作此詞，以示所以用之法，詞題所稱客者，卽謂余也。此闋曾披露于十三年元旦《申報》。甲子歲正月甲子陳彰坿志。

癸亥九月第二課

《夢芙蓉・題張紅橋研象拓本》『紅橋留韻事』

前段『幾』字、『賸』字，後段『應』字、『耶』字、『羨』字，平仄均誤。　又：　『臐』字，平仄誤。　又：　葉小鸞眉子硯。（『竝巧蘇家蕙，小鸞標格，珍重到眉子。』）　又：　『琉璃』句，夢窗作『仙雲深路杳』。

《珍珠簾・奈加瀑布》『桂流噴壑呈奇趣』

第二句與《詞律》所據夢窗、玉田、六一三體均不合。（『海客談瀛何據』原作『渺烟波海客何據』，旁批：

此句改從夢窗。）又：『勢』字入第三部，不與第四部叶。過從之過，平聲。此二字，平仄誤。

癸亥九月第三課

《華胥引・題花午夢圖》『南華蘧栩』

加△之字平仄誤（旁朱筆：共誤六字。編者按，六字原爲：停、應、香、憐、輕、娩。）改定無誤字。又旁批：本事見《天春樓漫筆》。（『故樹難忘，春濃未抵人意切』）

《婆羅門引・題綴玉軒畫佛象》『莊嚴色相』

不必出『軒』字。又：聽與聆同訓，不必竝叶。又：般若，音波惹，此云智慧。

癸亥十月第一課

《瑞鶴僊・題丁龍泓象拓本從樵隱體》『佇雲懷舊』

龍泓集名硯林，自號鈍子。（『恁才調硯林，說似丁鈍。』）又：西泠八家印譜，龍泓第一。（『篆仙心印，楷模後進。奚黃輩旁批：鐵生、大易，或驂靳。』）又詞末：龍泓象絕奇，延頸秀項，蓋鶴格也。（『問誰傳、望古遙情，畫中領引。』）

《清平樂・無題四首》之一『春寒還又』

時字平聲。

《清平樂・無題四首》之四『玲瓏小扇』

花影吹笙，滿地淡黃月。

甲子正月第二課

《浣溪沙·憶桃華》『含笑臨春歎翠堤』

『前』字，不應平聲。　又：誤落『嘶』字。　又旁批：『懸知惆悵』四字，應仄仄平平。

純飛館詞況評抄

詞集作者徐珂（一八六九—一九二八），原名昌，字仲可，浙江杭縣（今浙江杭州）人。光緒年間（一八八九年）舉人。後任商務印書館編輯，參加南社。一九〇一年在上海擔任《外交報》、《東方雜誌》的編輯。一九一一年接管《東方雜誌》的『雜纂部』。編有《清稗類鈔》等。《純飛館詞》一卷，有民國間上海商務印書館排印《天蘇閣叢刊》本，兹據以整理。

純飛館詞況評抄

《清平樂》『幾重香霧』

況夔笙先生曰：不琢不率，亦無纖佻淺露之失，倚聲正軌，斯爲得之。

《疏簾淡月》『羅浮春暖』

況夔笙先生曰：格調渾成，微闚宋賢三昧。

《南歌子》『微病逢疏雨』

況夔笙先生曰：首句未經人道。

《雨霖鈴》『高樓殘笛』

況夔笙先生曰：清真法乳。

《掃花遊》『淚痕點點』

況夔笙先生曰：『溝水』句雋。

《定風波》『一徑斜陽草色深』

況夔笙先生曰：今、心，雨韻，融景入情，於宋人中似史梅溪。

《摸魚子》『繞迴闌半空香雪』

況夔笙先生曰：賦物不爲題縛，自是能品。

《齊天樂》『情波不斷珠江水』

況夔笙先生曰：新綾豔錦，出色當行。

《尉遲杯》『蘇隄側』

況夔笙先生曰：不必求澀，而自然不流，不必沾沾學宋人，卻微闚宋人堂奥。

《青門引》『篆縷銷金鼎』

況夔笙先生曰：清穩。

《臺城路》『湘江昨夜西風緊』

況夔笙先生曰：頗似金風亭長愜心貴當之作。

《南鄉子》『疏雨晚來晴』

況夔笙先生曰：漸近自然。

《湘春夜月》『黯魂銷』

況夔笙先生曰：後段勝處，入樊榭之室。

《踏莎行》『袨夢湔裙』

況夔笙先生曰：過拍意甚佳，歇拍雖未爲警句，而恰到好處，甚合消息。

《南浦》『愁根欲剗』

況夔笙先生曰：藻思綺合，清麗芊緜。

《好事近》『咫尺說蓬萊』

況夔笙先生曰：言近指遠，景與情會。

《渡江雲》『碧闌閒幾曲』

況夔笙先生曰：娟靜。

《二郎神》『臉霞印枕』

況夔笙先生曰：勁緻。

《蘇幕遮》『篆烟青』

況夔笙先生曰：過遍三句非不佳，但止此尚可，若再過半分，即流入纖佻矣。

《百字令》『雕雲團暝』

況夔笙先生曰：雋健而不叫囂，是善學稼軒者。

《永遇樂》『雪意垂垂』

況夔笙先生曰：近厚重。

《清平樂》『梨雲弄暝』

況夔笙先生曰：『共眠一舸聽秋雨，小枕輕衾各自寒』，與歐拍二句異曲同工。

《瑤花》『回風殢笛』

況夔笙先生曰：語意雅近沈著，風骨漸能騫舉。

《夢玉人引》『有斜陽處』

況夔笙先生曰：以淡勝。

《臨江仙》「過盡歸鴻來盡燕」

況夔笙先生曰：不琱不琢，按腔合拍。

《蝶戀花》「斜日槐陰燕市路」

況夔笙先生曰：疏倩。

《芳草渡》「澹暮色」

況夔笙先生曰：周規折矩，於碧山爲近。

《徵招》「天涯漫觸飄萍感」

況夔笙先生曰：清微淡遠，意境絶佳。

《陌上花》「閒園日暮」

況夔笙先生曰：拊時感事，得意内言外微恉。

《玉漏遲》「戰雲城下繞」

況夔笙先生曰：此等題極不易作，凡激昂慷慨之詞，最易落套，此闋沈鬱中有靜穆之氣，佳搆也。

《洞仙歌》「旗亭倚醉」

況夔笙先生曰：《洞仙歌》調，求之昔人，頗少清剛雋上之作，此闋卻能超然高舉，所以爲佳。

《浣溪沙》「一曲清歌殢玉簫」

況夔笙先生曰：疏宕渾成。

《虞美人》『短亭殘葉西風急』

況夔笙先生曰：字字穩勁，題詞中罕見如此傑作。

《滿江紅》『天末樓臺』

況夔笙先生曰：不必刻意求工，卻於倚聲消息無過不及。

《八聲甘州》『過清明春老杜鵑愁』

況夔笙先生曰：妥帖易施，歇拍尤雅近片玉。

《鎮西》『淵襟如接』

況夔笙先生曰：此等題視詠物爲難，蘇齋《金石詩》以疏俊之筆，說樸實之理，斷無不可製之題，此詞似之。

《絳都春》『相逢客裏』

況夔笙先生曰：秀不在句而在骨，密不在字而在意。世人以枯淡之筆自命白石，以餖飣之辭自命夢窗者，知此可以反矣。同時余與程子大贈答皆用此韻，勿謂可與言人無二三也。

《絳都春》『前塵夢裏』

況夔笙先生曰：淡遠。

《浣溪沙》『小劫華鬘惜轉蓬』

況夔笙先生曰：換頭巧不傷雅。

《洞仙歌》『簫聲簾底』

況夔笙先生曰：過拍融景入情，題來受我駕馭，我不受題束縛。嘯韻三句，肆口而成，尤極清剛疏秀之妙，近人中於《彈指詞》間一見之。

《浪淘沙》『未雨已瀟瀟』

況夔笙先生曰：歇拍在陳髯、朱十之間。

《清平樂》『石交餘幾』

況夔笙先生曰：有淡穆之致，頗近宋人風格。

《一叢花》『滿城風雨近重陽』

況夔笙先生曰：清老。

《傳言玉女》『祖研摩挲』

況夔笙先生曰：以勁雋之氣，運卓立之筆，斯爲傑構。

《定風波》『曲曲迴闌徙倚頻』

況夔笙先生曰：《定風波》調中三短拍，以此二句中間必不能少此二字爲佳，此詞後段得之。

《望雲涯引》『薊門烟樹』

況夔笙先生曰：促節繁柱，慨當以慷。

《浣溪沙》『舊夢新歡兩不真』

況夔笙先生曰：換頭警句。

《惜奴嬌》『遠岫疏林』

況夔笙先生曰：後半如竹嬋娟，如石皺瘦。

《摸魚子》「又西風滄江高臥」

況夔笙先生曰：沈著。

《浣溪沙》「雁陣橫空起暮寒」

況夔笙先生曰：數十字中著得如許感慨語，殊醞藉而勁氣直達。

《探芳信》「寄愁處」

況夔笙先生曰：後半闋頗近王半唐《味梨》一集，視近人纖靡之作，相去不知幾塵！

《喜遷鶯》「臨歧津鼓」

況夔笙先生曰：深穩渾成。

《蝶戀花》「百尺高樓連碧樹」

況夔笙先生曰：言中有物，溫、韋勝境。

純飛館詞續況評抄

《純飛館詞續》一卷，作者徐珂後記作於癸亥（一九二三），有民國間上海商務印書館排印《天蘇閣叢刊》本，兹據以整理。

純飛館詞續況評抄

《西河》『歌舞地』

況夔笙先生曰：沈鬱質重，清真之遺。

《減字木蘭花》『斜陽如水』

況夔笙先生曰：句意生動，賦物上乘。

《千秋歲》『絳紗高矩』

況夔笙先生曰：精穩。

《御街行》『夢回笳吹江城曙』

況夔笙先生曰：歇拍事外遠致，不卽不離。

《花犯》『撫危闌』

況夔笙先生曰：組繡鐫瓊，拍肩花外。『玉窗何地』四字佳，『瓊陰扶困起』五字能肖櫻花之精神。

《眉嫵》『是朱顏儒士』

況夔笙先生曰：藻思綺合，清麗芊緜。

《清平樂》「蘭風疊翠隔岸明」

况夔笙先生曰：　後段因寄所託，融情入景。詞能馭題，不爲題馭。

《惜紅衣》「砌菊迎霜」

况夔笙先生曰：　清穩閒逸，勝情徐引。

《祭天神》「倚小樓江上聽疏雨」

况夔笙先生曰：　骨幹清癯，神情肅括。語不嫌質樸，恰能得氣味；筆無庸搖曳，卻別有丰姿。詞境臻此，進而愈上，便直入南宋羣賢之室。乾、嘉已後詞人何能夢見？

《浣溪沙》「客裏佳辰菊已殘」

况夔笙先生曰：　「一蝶」、「萬鴉」是名句。

《新雁過妝樓》「倦旅江關魂消處」

况夔笙先生曰：　賦情之作，不佻便佳。起調好。

《百字令》「笛聲吹怨」

况夔笙先生曰：　骨秀魂清，月香冰豔，非梅不稱此詞。非貞愍《畫梅》亦不稱此詞。

《八聲甘州》「莽乾坤能得幾人閒」

况夔笙先生曰：　格調穩成，雅近南宋。

《金縷曲》「結想烟霞久」

况夔笙先生曰：　守韻託恉絶高，是種梅，是靈峯，種梅他題挪移不得。「片雲」句，生趣盤然。

《還京樂》『昔遊憶』

況夔笙先生曰：詞調齟齬難安，詞筆妥帖易施，非造詣甚深不辦。

《減字木蘭花》『家虞國故』

況夔笙先生曰：簡重之筆，於詩爲賦體，可以教忠孝。

《燭影搖紅》『翠竹便娟』

況夔笙先生曰：遙情赴題，有聲之畫。

《秋霽》『千里嬋娟』

況夔笙先生曰：有勁氣，收束得住。

《祝英臺》『舊河山』

況夔笙先生曰：惠心綺緒，詞人之詞。

《霜葉飛》『白雲深處山容豔』

況夔笙先生曰：攬物興懷，筆亦冷豔。

《徵招》『柝聲迢遞』

況夔笙先生曰：清疏瘦秀，詞筆最宜。

《玲瓏玉》『廉吏輕裝』

況夔笙先生曰：音節入古，雅與題稱。

《臨江仙》『消得滄洲金粉淚』

況夔笙先生曰：肆口而成，不煩追琢。

《繫裙腰》『菱鉤新樣似連枝』

況夔笙先生曰：豔而緻，與題稱。

《烏夜啼》『中澤嗷鴻正急』

況夔笙先生曰：南渡雅音，自然妙造。

《定風波》『輭玉吳波綠到門』

況夔笙先生曰：沈著清老，登南宋之堂。

識語

徐　珂

光緒癸未，生十有五年矣。先子方爲餘姚校官，延周茗湄名啓邠，餘姚人，廪貢生師於學舍，授珂讀。一日，先子以《白香詞譜》贈師。越翼日，師出以畀珂，曰：『爾好音韻之文，盍依譜習之？毋終日爲舉業所困也。』珂受而讀之，間有所作，彌自憙。其明年甲申，偶填《摸魚子》詞以寄宗小梧名山，漢軍人。署浙江乍浦同知，嘗司榷餘姚，有《嘯吾遺集》先生於杭州，爲俞小甫名廷瑛，吳縣人。浙江候補通判，有《瓊華室詩》、《瓊華室詞》所見，亟獎借之，亦填此調見賜。未幾，兩先生皆納之門下，遂以詞自策。卅年以來，先後請益於譚復堂名獻，仁和人。安徽含山縣知縣。已行世者，有《復堂文》、《復堂詩》、《復堂詞》、《復堂日記》、《篋中詞》師、況夔笙名周頤，臨桂人，內閣中書，知府。行世者有《新鶯詞》、《玉梅詞》、《錦錢詞》、《蕙風詞》、《蔆景詞》、《存悔詞》、《二雲詞》、《餐櫻詞》、《菊夢詞》，合之曰

《第一生修梅花館詞》先生，可謂能自擇師者矣，而所造乃僅若是。視昔所梓，甲寅即中華民國三年，所輯《天蘇閣叢刊》一集，有《純飛館詞》。曾無寸進之可言，非第人事牽率，鮮有餘力及此也。限於天，乃自畫耳，愧負師友，夫何言？

癸亥中華民國十二年立秋徐珂仲可識於上海寓廬之南榮下。

東海勞歌況評抄

詞集作者爲黄孝紓（一九〇〇—一九六四），字公渚，號匑厂，福建閩縣（今閩侯）人，善繪畫，辛亥革命後，隨其父隱居青島；一九二四年，鬻畫上海，旋主劉承幹嘉業堂十年。十年間主要活動於上海和湖州，一九三六年至一九四六年的十年主要活動於北京。曾執教於青島山東大學。有《匑厂文稿》六卷。

此集有《近代中國史料叢刊續編》影印《勞山集》本，兹據以整理。

東海勞歌況評抄

《青房並蒂蓮》『御長風』

況蕙風評：　蕭曠空靈，神遊物表。

《瑞龍吟》『青山道』

況蕙風評：　下筆鎮紙，言有寄託。

《鷓鴣天》『叠嶂攢峯翠插天』

況蕙風評：　神似六一翁。

《喝火令》『草蝕烟璈石』

況蕙風評：　棖觸萬端，文外獨絕。

附

歷代詞選集評·況評

一卷

徐珂編有《歷代詞選集評》、《清詞選集評》、《歷代閨秀詞選集評》等，於所選詞後多輯錄時人評語附於後，其中徵引況周頤的評語條目較多，其中有的並不見於況氏諸詞話中，如後二書所載。至於《歷代詞選集評》所引雖多見諸況周頤詞話中，但有的文字出入，又個別條目也有不見於況氏詞話中者。本編予以全部彙編，其中有數則爲卜清媌女士評語，也一併輯錄。

有民國十七年商務印書館發行本，茲據以整理。

歷代詞選集評・況評

劉禹錫《憶江南》『春去也，多謝洛城人』

況蘷笙曰：流麗之筆，下開宋人張子野、秦少游一派。唯其出自唐音，故能流而不靡，所謂風流高格調者，其在斯乎。

劉禹錫《憶江南》『春去也，共惜豔陽年』

況蘷笙曰：亦流麗之筆。

李後主《鷓鴣天》『塘水初澄似玉容』

況蘷笙曰：楊用修席芬名閥，涉筆瑰麗。自負見聞賅博，不恤杜譔肆欺。迹其忍俊不禁，信有奇思妙語，非尋常才俊所及。嘗云：李後主《搗練子》『深院靜』、『雲鬢亂』二闋，曩見一舊本，並是《鷓鴣天》。又曰：以『塘水初澄』比方玉容，其爲妙肖，匪夷所思。『雲鬢亂』闋前段尤能以畫家白描法形容一極貞靜之思婦，綾羅間之暖寒，非深閨弱質、工愁善感者體會不到。『一樹藤花』，確是人家庭院景物。曰『獨自看』，其殆《白華》之詩，無營無欲之旨乎？『扉無風而自掩』，境至清寂，無一點塵，如此云云。可知『遠岫眉攢』、『倚闌和淚』，皆是至真至正之情，有合風人之旨。卽詞境、詞格亦與之俱高。雖重光復起，宜無間然。或猶譏其嚮壁虛造，寧非固歟？

歐陽炯《浣溪沙》「相見休言有淚珠」

況蘷笙曰：自有豔詞以來，殆莫豔於此矣。半唐曰：「奚啻豔而已，直是大且重。」苟無《花間》詞筆，孰敢爲斯語者？

韓維《胡搗練令》「夜來風横雨飛狂」

況蘷笙曰：詞境以深靜爲主，「燕子漸歸春峭，簾幙垂清曉。」境至靜矣，而此中有人，如隔蓬山。思之，思之，遂由淺而見深，蓋寫景與言情，非二事也。善言情者，但寫景而情在其中，此等境界，惟北宋人詞往往有之，持國此二句尤妙在一「漸」字。

晏幾道《阮郎歸》「天邊金掌露成霜」

況蘷笙曰：「緑杯」二句，意已厚矣；「殷勤理舊狂」，五字三層意；「狂」者，一肚皮不合時宜，發見於外者也。狂已舊矣，而理之，其狂若有甚不得已者。「欲將沈醉换悲凉」是上句注腳，「清歌莫斷腸」仍含不盡之意。此詞沈著厚重，得此結句，便覺竟體空靈。小晏，神仙中人，重以名父之貽，賢師友相與沆瀣，其獨造處，豈凡夫肉眼所能見及？「夢魂慣得無拘管，又逐楊花過謝橋」，以是爲至，烏足與論小山詞耶？

蘇軾《青玉案》「三年枕上吳中路」

況蘷笙曰：歇拍上三句未爲甚豔，「曾溼西湖雨」是清語，非豔語，與上三句相連屬，遂成奇豔，絕豔，令人愛不忍釋。坡公，天仙化人，此等詞猶爲非其至者，後學已未易橅昉其萬一。徐珂按：朱竹垞采入《詞綜》作姚進道。

李鷹《虞美人》『玉闌干外清江浦』

況夔笙曰：『好風』二句春夏之交，近水樓臺，確有此景。『好風』句絕新，似乎未經人道。『碧蕪』二句尤極淡遠清疏之致。

賀鑄《浣溪沙》『雲母窗前歇繡鍼』

況夔笙曰：『柳花』句融景入情，丰神獨絕。近來纖佻一派誤認輕靈，此等處何曾夢見？

謝薖《蝶戀花》『一水盈盈天女渡』

況夔笙曰：『君似』五句循環無端，含意無盡，小謝可謂善言愁。

周邦彥《望江南》『歌席上』

況夔笙曰：『惺忪』句熨帖入微。

晁端禮《水龍吟》『嶺梅香雪飄零盡』

況夔笙曰：自『微嚬』句已下婉麗清空，不黏不脫，尤能熨帖入妙，移詠他花不得。嘗謂北宋詞不易學，此等詞卻與人以可學，其寫情景有含蓄，及其用事靈活處，具有消息可參。

李祁《點絳脣》『樓下清歌』

況夔笙曰：後段意境不求甚深，讀者悅其輕倩。竹垞《詞綜》首錄此闋，固浙西派之初祖也。其《鵲橋仙》云：『小舟誰在落梅村，正夢繞、清溪烟雨。』《西江月》云：『瓊珫珠珥下秋空，一笑滿天鸞鳳。』皆警句可誦。

廖世美《燭影搖紅》『靄靄春空』

況蘷笙曰：『塞鴻』三句神來之筆，卽已佳矣。『催促』六句語淡而情深，令張子野、秦少游輩爲之，容或未必能到。此等詞一再吟誦，輒沁入心脾。《花庵絕妙詞選》中，真能不愧『絕妙』二字，如世美之作者，殊不多覯。

趙鼎《鷓鴣天》『客路那知歲序移』

況蘷笙曰：清剛沈至，卓然名家，故君故國之思，流溢行間句裏。

趙鼎《蝶戀花》『盡日東風吹綠樹』

況蘷笙曰：閒情綺語，不爲盛德之累。

滎諲《南鄉子》『江上野梅芳』

況蘷笙曰：『似箇』句豔而質，猶是宋初風格，《花間》之遺。

侯寘《菩薩蠻》『樓前曲浪歸橈急』

卜清似女士曰：『終日』二句，眼前語卻似未經人道。

姚述《好事近》『梅子欲黄時』

況蘷笙曰：進道爲南宋理學家張子韶詩云：『環顧天下間，四海唯三友。』三友者，施彥執、姚進道、葉先覺，其見重於時如此。顧亦能爲綺語、情語。可知《蘭畹》、《金荃》，何損於言坊行表也？

張綱《浣溪紗》『臘日銀甖翠管新』和『象服華年兩鬢青』

卜清似女士曰：清新流麗。

韓玉《且坐令》『閒院落』

況夔笙曰：韓玉《東浦詞・且坐令》云『但冤家何處貪歡樂，引得我心兒惡』，毛子晉刻入《六十家詞》，以『冤家』字涉俚跋語譏之。桉宋蔣津《葦航紀談》：『作詞者流多用「冤家」爲事，初未知何等語，亦不知所出。後因閱《烟花說》有云冤家之說有六：情深意濃，彼此牽繫，寧有死耳，不懷異心，所謂冤家者一；兩情相繫，阻隔萬端，心想魂飛，寢食俱廢，所謂冤家者二；長亭短亭，臨歧分袂，黯然魂銷，悲泣良苦，所謂冤家者三；山遙水遠，魚雁無憑，夢寐相思，柔腸寸斷，所謂冤家者四；憐新棄舊，孤恩負義，恨切惆悵，怨深刻骨，所謂冤家者五；一生一死，觸景悲傷，抱恨成疾，迨與俱逝，所謂冤家者六。此語雖鄙俚，亦余之樂聞耳』云云。樸質爲宋詞之一格，此等字不足爲疵病。唯是宋人可用，吾人斷不敢用；若用之而亦不足爲疵病，則駸駸乎入宋人之室矣。徐珂按：玉本金人，爲北方之豪。宋之司馬朴使金不屈，生子名通國，通國有大志，嘗結玉舉事，未得要領。紹興初挈家而南，授江淮都督府計議軍事。工詞，嘗與康與之、辛棄疾相唱和，有《東浦詞》。

張孝祥《菩薩蠻》『東風約略吹羅幕』

況夔笙曰：緜麗蕃豔，直逼《花間》，求之北宋人集中，未易多覯。

洪适《生查子》『桃疎蝶惜香』

卜清似女士曰：意境空靈可喜。

呂勝己《醉桃源》『去年手種十枝梅』

卜清似女士曰：『來』、『顋』二韻，意趣絕佳，『來』韻更勝。

劉克莊《玉樓春》『年年躍馬長安市』

況蘷笙曰：楊升菴謂其壯語足以立懦，此類是已。

俞國寶《風入松》『一春常費買花錢』

況蘷笙曰：流美。

趙昂《婆羅門引》『暮霞照水』

況蘷笙曰：近沈著。

劉過《賀新郎》『曉印霜花步』

況蘷笙曰：『誰念』五句與前調云：『衣袂京塵曾染處，空有香紅尚軟，料彼此、魂銷腸斷。』又云：『但託意、焦琴紈扇，莫鼓琵琶江上曲，怕荻花楓葉俱淒怨。』《祝英臺近・游東園》云：『晚來約住青驄，踏花歸去，亂紅碎、一庭風月。』《唐多令・八月五日安遠樓小集》云：『柳下繫船猶未穩，能幾日、又中秋。』《醉太平》云：『翠綃香暖雲屏，更那堪酒醒。』此等句是其當行本色。蔣竹山伯仲間耳，其激昂慨慷諸作，乃刻意橅擬幼安。至如《沁園春》『斗酒彘肩』云云，則尤橅擬而失之太過者矣。

楊炎《蝶戀花》『離恨做成春夜雨』

況蘷笙曰：前段婉曲而近沈著，新穎而不穿鑿，於詞爲正宗中之上乘。

魏杞《虞美人》『冰膚玉面孤山裔』

況蘷笙曰：兩宋鉅公大僚能詞者多，往往不脫簪紱氣，魏文節詠梅『只應』二句輕清婉麗，詞人之詞，專對抗節之臣，顧亦能此，宋廣平鐵石心腸，不辭爲梅花作賦也。徐珂按：專對抗節云者，文節以右僕射兼樞密使使金，不辱命也。文節驟登相位，乾道丁亥以災異同葉顒策免。

盧祖皋《清平樂》『柳邊深院』

況夔笙曰：末二句是加倍寫法。

盧祖皋《江城子》『畫樓簾幕捲新晴』

況夔笙曰：後段與劉龍洲詞『欲買桂花重載酒，終不似、少年游』，可稱異曲同工，然終不如少陵之『詩酒尚堪驅使在，未須料理白頭人』爲倔彊可喜。

高觀國《金人捧露盤》『楚宫閒』

況夔笙曰：風格遒上。

高觀國《齊天樂》『晚雲知有關山念』

況夔笙曰：宋人詞亦有疵病，斷不可學。『古驛』三句鉤勒太露，便失之薄。

史達祖《臨江仙》『倦客如今老矣』

況夔笙曰：『向來』二句人人能道，『幾曾』句妙絶，似乎不甚經意，所謂得來容易卻艱辛也。

史達祖《壽樓春》『裁春衫尋芳』

況夔笙曰：前段『因風飛絮，照花斜陽』，後段『湘雲人散，楚蘭魂傷』，風、飛、花、斜，雲、人，蘭、魂，並用雙聲疊韻字〔一〕，是聲律極細處。

【校記】

〔一〕聲：底本脱，據文意補。

翁孟寅《摸魚兒》『捲西風』

況夔笙曰：『沙津』云云，東坡送子由詩：『時見烏帽出復沒。』是由送客者望見行人，極寫臨歧眷戀之狀。《五峯詞》乃由行人望見送者，客子消魂，故人惜别，用筆兩面俱到。

趙汝茪《戀繡衾》『柳絲空有萬千條』

況夔笙曰：詞衰於元，當時名人詞論，卽亦未臻上乘。如陸輔之《詞旨》所謂警句，往往抉擇不精，適足啓晚近纖妍之習。宋宗室名汝茪者，詞筆清麗，格調本不甚高。《詞旨》取其《戀繡衾》『怪别來』二句，此不過新巧而已。

趙汝茪《漢宮春》『著破荷衣』

況夔笙曰：『故人』以下等句以清麗之筆作淡語，便似冰壺濯魄，玉骨横秋，綺紈粉黛〔一〕，迴眸無色。但此等佳處猶爲自詞中出者，未爲其至。如欲超軼碧山、草窗，伯仲白石、夢窗，而上企東坡、稼軒，其必由性情學問中出乎？

【校記】

〔一〕粉：底本作『紛』，據文意改。

馮去非《喜遷鶯》『涼生遙渚』

況夔笙曰：此詞多矜鍊之句，尤合疏密相間之法。

洪瑹《南柯子》『柳浪搖晴沼』

況夔笙曰：『印』字從追琢中出。

洪瑹《菩薩蠻》『斷虹遠飲橫江水』

況夔笙曰：『明』字從追琢中出。

陳以莊《菩薩蠻》『舉頭忽見衡陽雁』

況夔笙曰：歇拍略失敦厚之旨，所謂盡其在我，何也？然而以謂至深之情，亦無不可。

周密《少年游》『簾銷寶篆捲香羅』

況夔笙曰：『一樣』三句，卽『梨花雪，桃花雨，畢竟春誰主』之意，俱從義山『鶯啼花又笑，畢竟是誰春』脫胎而來。

周密《朝中措》『綵繩朱乘駕濤雲』

況夔笙曰：末二句庶幾得夢窗之神似。

張炎《水龍吟》『幾番問竹平安』

況夔笙曰：末二句空滑粗率。

石孝友《眼兒媚》『愁雲淡淡雨蕭蕭』

卜清似女士曰：過拍三句用秦少游『也應似舊，盈盈秋水，淡淡春山』句意而稍變化之，究不如秦句渾雅。

韓疁《高陽臺》『頻聽銀籤』

況夔笙曰：語淺情深，妙在字句之表，便覺刻意求工是無端多費氣力。

黃蘭《柳梢青》『病酒心情』

況夔笙曰：『驚』字、『認』字，屬對絕工，昔人用字不苟如是，所謂詞眼也。

薛夢桂《醉落魄》『單衣乍著』

況夔笙曰：詞筆麗與豔不同，『豔』如芍藥、牡丹，慵春媚景；麗若海棠、文杏，映燭窺簾。此詞工於刷色，當得一『麗』字。

周端臣《木蘭花慢》『芳陰未解』

況夔笙曰：『料今朝』三句與朱服『而今樂事他年淚』句同意合，『而今』句，及白石『少年情事老來悲』句，參之，可悟一意化兩之法。

劉辰翁《浣溪沙》『遠遠游蜂不記家』

況夔笙曰：《須溪詞》風格遒上似稼軒，情辭跌宕似遺山。有時意筆俱化，純任天倪，竟能略似坡公。往往獨到之處，能以中鋒達意，以中聲赴節。世或目爲別調，非知人之言也。《促拍醜奴兒》云：『百年已是中年後，西州垂淚，東山攜手，幾箇斜暉。』《踏莎行·九日牛山作》云：『向來吹帽插花人，盡隨殘照西風去。』《永遇樂》云：『香塵暗陌，華燈明晝，長是嬾攜手去。』《摸魚兒·海棠一夕如雪無飲余者賦恨》云：『無人舉酒，但照影隄流，圖他紅淚，飄灑到襟袖。』前調《守歲》云：『古今守歲無言說，長是酒闌情緒。』《金縷曲·五日》云：『欸乃漁歌斜陽外，幾書生、能辨投湘賦。』余所摘警句視此。其《江城子·海棠花下燒燭》云：『欲睡心情，一似夢驚殘。』《山花子·春暮》云：『更欲徘徊春尚肯，已無花。』若斯之類，是其次矣。如衡論全體，大段以骨幹氣息爲主，則必舉全首而言。其中卽無如右等句可也。由是推之全卷，乃至口占漫與之作，而其骨幹氣息具在此，須溪之所以不可及乎？然《須溪詞》中亦間有輕靈婉麗之作，似乎元、明以後詞派導源乎此。詎時代已入元初，風會所趨，不期然而然者耶？如《浣溪沙·感别》、《春日卽事》二闋及《山花子》後段云：『早宿半程芳草路，猶寒欲雨暮春天。小小桃花三兩樹，得人憐。』此等小詞，乃至略似清初顧梁汾、納蘭容若輩之作，以謂《須溪詞》中之别調可耳。

王易簡《慶宮春》『庭草春遲』

況蘷笙曰：末十二字絶佳，能融景入情，秀極成韻，凝而不佻。

金章宗璟《蝶戀花》『幾股湘江龍骨瘦』

況蘷笙曰：真字是詞骨，情真、景真，所作必佳。此詠物兼賦事，寫出廷臣入對時情景，確是詠聚頭扇，確是章宗詠聚骨扇，他題他人挪移不得，所以爲佳。

完顏璹《青玉案》『凍雲封卻駝岡路』

況蘷笙曰：幽秀。其《臨江仙》云：『薰風樓閣夕陽多，倚闌凝思久，漁笛起烟波。』淡淡著筆，言外卻有無限感愴。

古齊僕散汝弼《風流子》『三郎年少客』

況蘷笙曰：詞筆藻耀高翔，極慨慷低徊之致。其『浴酒發春』、『笑波生媚』，句法矜鍊，雅近專家。唯起調云『三郎年少客』，則誤甚。按：唐玄宗生於光宅二年乙酉，而楊妃以天寶四年乙酉入宮，玄宗年已六十一，何得謂『三郎年少』耶？『但淚滿關山』句之『但』字襯。

劉仲尹《琴調相思引》『蠶欲眠時日已曛』

卜清姒女士曰：一『大』字，寫出桑之精神，無他字可易。

劉迎《烏夜啼》『菱鑑玉篦秋月』

況夔笙曰：『宿酲』二句清勁，運實入虛，巧不傷格。『離愁』二句近纖、近衰颯。此等句雖名家之作，亦不可學。

党懷英《月上海棠》『傲霜枝裊團珠蕾』

況夔笙曰：後段情景中旨淡而遠，迂倪畫筆庶幾似之。

景覃《天香》『百歲中分』

況夔笙曰：『閒階』二句小中見厚。

景覃《鳳棲梧》『倦客情悰紛似縷』

況夔笙曰：意境清絕高絕。

趙秉文《促拍醜奴兒》『風雨替花愁』

況夔笙曰：此詞幾於無復筆墨痕迹可尋。

張行信《薦山溪》『山河百二』

況夔笙曰：以清遒之筆寫慨慷之懷，昔人評詞有云剛健含婀娜，余於此詞亦云。徐珂按：信甫一名行忠。

元好問《木蘭花慢》『渺漲江東下』

況蘷笙曰：幽靜芳蒨，卻有難狀之情，令人低徊欲絕。

元好問《清平樂》『離腸宛轉』

況蘷笙曰：用馮延巳『雙燕來時，陌上相逢否』句意，彼未定其逢否，此則直以爲知，唯消息近遠未定耳，妙在能變化。

佚名《卜算子》『我有一枝花』、《浪淘沙》『今日綺筵中』、《調笑令》『花酒』、《花酒》『花酒』

況蘷笙曰：四詞近質重，是元以前風格。

耶律楚材《鷓鴣天》『花界傾頽事已遷』

況蘷笙曰：末二句高渾之至，淡而近於穆矣。庶幾合蘇之清、辛之健而一之。

李治《邁陂塘》『雁雙雙』

況蘷笙曰：託恉甚大。

王惲《鷓鴣天》『短短羅袿淡淡妝』

況蘷笙曰：『馭說』即說書。此詞清渾超逸，近兩宋風格。

劉因《菩薩蠻》『吾鄉先友今誰健』

況蘷笙曰：此與程大昌之壽人詞，皆非性情厚、閱歷深，未易道得。程之《臨江仙·和正卿弟生日》云：『紫荊同本但殊枝，直須投老日，常似有親時。』《感皇恩·淑人生日》云：『人人戴白，獨我青青常保。只將平易處，爲蓬島。』又宋王質《西江月·借江梅蠟梅爲意壽董守》云：『試將花蕊數層層，猶比長年不盡。』元李庭《水調歌頭·史侯生朝》云：『側聽稱觴新語，一滴願增一歲，門外酒如泉。』並巧語，不涉纖。又曰此詞《念奴嬌・憶仲良》十四闋寓騷雅於沖夷，足穠郁於平淡，讀之如飲醇醪，如鑒古錦。涵泳而玩索之，於性靈懷抱胥有裨益。

詹正《齊天樂》『相逢喚醒京華夢』

況夔笙曰：末二句看似平淡，卻含有無限悲涼。

彭元遜《漢宮春》『十月春風』

況夔笙曰：『夜來』二句便是元詞，去南渡諸賢遠矣。

羅志仁《木蘭花慢》『漢家糜粟詔』

況夔笙曰：『漢家』三句語極莊，卻極謔。

羅志仁《菩薩蠻慢》『曉鶯催起』

況夔笙曰：『悵別後』五句十二分決絕，卻十二分纏綿，詞人之筆，如是如是。

李琳《六幺令》『淡烟疏雨』

況夔笙曰：《六幺令》調情娟倩，如髫年碧玉，凝睇含顰，讀之令人悵惘。此詞語淡態濃，筆留神往。初春早花，方其韶令，庶幾不負此調。

劉鉉《少年游》『石榴花下薄羅衣』

況夔笙曰：『意重子聲遲』，五字凝鍊，如聞子著楸枰。

劉鉉《蝶戀花》『人自憐春春未去』

況夔笙曰：『只道』二句信手拈來，自成妙諦。以『鬆秀』二字評之，宜。

段弘章《洞仙歌》『一庭晴雪了』

況蘷笙曰：　起調以前人『開到荼蘼花事了』詩意爲故國銅駝之感，『睡起』句言南宋湖山歌舞，皆在睡夢中，卽南唐宋虛白所謂『風雨揭卻屋，渾家醉未知』也；『翠蛟白鳳』是留夢炎一輩，『飛瓊弄玉』，是信國文公及其以次諸賢；『清淚滿檀心』，新亭之淚也；歇拍云云，不揮返日之戈，翻落下井之石，爲新朝而推刃故國者，方自詡爲識時豪傑。哀莫大於心死，讀先生此詞，猶有天良觸發否乎？詞能爲悱惻，而不能爲激昂。蓋當是時，南宋無復中興之望。餘生薇葛，歌歗都非，我安適歸，忍與終古，安得『瓊樓玉宇』無恙高寒？又安得尺寸乾淨土著我鐵撥銅琶唱『大江東去』耶？

劉天迪《虞美人》『子規解勸春歸去』

況蘷笙曰：『春亦』句淡而鬆，卻未易道得，並『子規解勸』之『解』字亦爲之有精神。竊謂詞學自宋迄元，乃至雲間等輩，清妍婉潤，未墜方雅之遺，亦猶書法自六朝迄唐，至褚登善、徐季海輩，餘韻猶存，風格毋容稍降矣。設令元賢繼起者，不爲詞變爲曲，風會所轉移，俾肆力於倚聲，以語南渡名家，何遽多讓？雲間輩所詣止此，豈曰其才限之耶？

曾允元《點絳脣》『一夜東風』

況蘷笙曰：後段看似毫不喫力，正恐南北宋家未易道得，所謂自然從追琢中出也。

曾允元《水龍吟》『日高深院無人』

況蘷笙曰：作慢詞，起處必須籠罩全闋。近人輒作景語徐引，乃至意淺筆弱，非法甚矣。此詞起調從題前攝起題神，以下逐層意境，自能迤邐入勝。『儘雲山』至『金鞍遠』數句尤極迷離惝怳，非霧非花之妙。

周孚先《鷓鴣天》『曾唱《陽關》送客時』

況蘷笙曰：句中有韻，能使無情有情，且若有甚深之情，是深於情、工於言情者，由意境醞釀得來，非小慧爲詞之比。

王從叔《阮郎歸》『風中柳絮水中萍』

況蘷笙曰：『別時』二語前人或摘爲警句，余嫌其說得太盡，且『心』、『真』非韻。

蕭漢傑《菩薩蠻》『春愁一段來無影』

況蘷笙曰：國朝郭麐《浪淘沙》云：『裌衣剛換又增緜，只是別來珍重意，不爲春寒。』何嘗不婉麗可喜，古今人不相及，當於此等句參之。『鶯蟄』入詞僅見，合上句觀之，乃特韻。

蕭漢傑《浪淘沙》『愁似晚天雲』

況蘷笙曰：『貧』字入詞夥矣，未有更新於此者。無月非貧者所獨，卽亦何加於貧？所謂愈無理愈佳。詞中固有此一境，唯此等句以肆口而成爲佳。若有意爲之，則纖矣。

彭泰翁《念奴嬌》『九華驚覺』

況蘷笙曰：『鶯燕』五句詞旨悽絕，仿佛貞元朝士，白髮重來；上陽宮人，青燈擁髻。

彭泰翁《拜星月慢》『霧罥觚稜』

況蘷笙曰：去路縹緲中，仍收束完密，神不外散，是爲斲輪手。世之以空泛寫景語爲『江上峯青』者，直未喻箇中甘苦也。

虞集《風入松》『頻年清夜肯相過』

況夔笙曰：此詞意境較沈淡，便不如寄柯敬仲詞悅人口耳。

張翥《摸魚兒》『問西湖』

況夔笙曰：善寫情景，寓於忘言之頃，至靜之中，非胷中無一點塵，未易領會得到。筆能達出，新而不纖，雖淺語，卻有深致，倚聲家於小處規橅古人，此等句卽金鍼之度矣。

袁易《臺城路》『落紅填徑東風惡』

卜清姒女士曰：『但詩惱』二句屬對穩稱。

倪瓚《太常引》『柳陰濯足水侵磯』

況夔笙曰：壽詞如此著筆，脫然畦封，方雅超逸，『壽』字只於結處見之，可以爲法。

顧德輝《青玉案》『春寒惻惻春陰薄』

況夔笙曰：『晴日』四句眼前景物，涉筆成趣，猶在宋人範圍之中。『可恨』四句，卽墮元詞藩籬，再稍纖弱，卽成曲矣。元、明人詞亦復不無可采，視抉擇何如耳。

蕭東父《齊天樂》『扇鸞收影驚秋晚』

況夔笙曰：『軟玉』三句穠豔極矣，卻不墮惡趣。下接『如今』三句，極合疏密相間之法。

趙雍《人月圓》『人生能幾渾如夢』

況夔笙曰：『別時』三句從秦淮海『也應似舊，盈盈秋水，淡淡春山』句出，可謂善於變化。

趙雍《燭影搖紅》『新綠成陰』

況夔笙曰：清真詞『最苦夢魂，今宵不到伊行』、『天便教人，霎時相見何妨』等句，愈質愈厚。趙待制《燭影摇紅》云：『莫恨藍橋路遠，有心時、終須再見。』略得其似。待制詞以婉麗勝，似此句，不能有二也。

舒頔《小重山》『碧艾香蒲處處忙』

況夔笙曰：其寄託如此。

湯胤績《浣溪沙》『燕壘雛空日正長』

況夔笙曰：清潤入格。『擁』字鍊，能寫出榴花之精神。

夏完淳《燭影摇紅》『孤負天工』

況夔笙曰：聲哀以思，與《蓮社詞》『雙闕中天』闋，託旨略同。

補遺

張耒《風流子》『亭皋木葉下』

況夔笙曰：張文潛《風流子》：『芳草有情，夕陽無語，雁横南浦，人倚西樓。』景語亦復尋常，惟用在過拍，卽此頓住，便覺老當渾成。换頭『玉容，知安否』，融景入情，力量甚大，此等句有力量，非深於詞不能知也。『香牋』至『沈浮』微嫌近滑。『奈愁』韻四句深婉入情，爲之補救，而芳心翠眉又稍稍刷色。下云『情到不堪言處，分付東流』，蓋至是不能不用質語爲結束矣。雖古人用心未必如我所云，要不失爲知人之言也。『香牋共錦字，兩處悠悠』，吾人填詞斷不肯如此率意，勢必縮兩句爲一句，下句更添一意，由情中景中生出，皆可情景兼到，又盡善矣。雖然突過前人不易，或反不逮前人，視平昔之功力、臨時之杼軸何如耳。

董解元《哨徧》『太皞司春』

況夔笙曰：此詞運情發藻，妥帖易施，體格於樂章爲近。

附

清詞選集評·況評

徐珂編，參《歷代詞選集評》提要説明。

《清詞選集評》有一九八八年中國書店影印民國排印本，兹據以整理。

清詞選集評·況評

卷上

陳聶恆《臨江仙》『曉色也知晴更好』

況夔笙曰：恰合分際，不犯刻露，南宋人遜北宋以此。

陳聶恆《定風波》『窣地谿聲裏月流』

況夔笙曰：不黏不脱，題畫詞斯爲合作。

吴鎮《玉蝴蝶》『扼腕炎靈』

況夔笙曰：後段字字勁偉。

吴鎮《意難忘》『纔上離筵』

況夔笙曰：換頭稼軒勝處。

吴鎮《憶少年》『飄飄梧葉』

況夔笙曰：蘇、辛卻無此娟雋。

卷下

程頌萬《解連環》「返魂難曳」

況夔笙曰：離神得似，詠物上乘。

程頌萬《高陽臺》「殢雨篷心」

況夔笙曰：便饒烟水迷離之致，令人輒喚奈何。

程頌萬《浣溪沙》「昨夜西風冷翠樓」

況夔笙曰：詞境亦幽。

程頌萬《虞美人》「小小迴廊花逕轉」

況夔笙曰：寒韻加一，只是更娟楚。

程頌萬《小樓連苑》「可憐人日天涯」

況夔笙曰：精穩。

程頌萬《月華清》「月孏蘭閨」

況夔笙曰：精穩，雅與題稱。

程頌萬《浣溪沙》「六曲闌干一尺波」、又「舊夢紅橋已十年」、又「臥酒吞花惱阿儂」、又「別酒芳襟半已闌」

況夔笙曰：四詞清脆緜婉，神似《炊聞》。

程頌萬《玉樓春》「纖鉤立握雲鬟側」

況蘷笙曰：規倣清真，得其神似。

程頌萬《浪淘沙》『十二碧闌斜』

況蘷笙曰：此却是國初人好句，嬌憨如是如是。

程頌萬《高陽臺》『翳曉疎檽』

況蘷笙曰：自然從追琢中來，此境不易能，並不易知，然韻尤得清真神髓。

程頌萬《清平樂》『十三年紀』

況蘷笙曰：此却恰好，甚可愛，在衆豔中不易摘出。

程頌萬《大酺》『對柳邊樓』

況蘷笙曰：出色當行。

程頌萬《離亭燕》『繞過蘋鄉幾曲』

況蘷笙曰：可與宋人『一帶江山如畫』闋並傳，境界似之。

程頌萬《金縷曲》『今夕愁來也』

況蘷笙曰：前闋『愁鴛』二句及此闋後段具有消息，可爲知者道耳。

程頌萬《虞美人》『前年記得頻相見』

況蘷笙曰：此言夜深寒重耳，妙在詞意不盡。

程頌萬《虞美人》『朱脣乍啓櫻桃破』

況蘷笙曰：梅溪詞『歸臥文園猶帶酒，柳花飛度畫牆陰』，樓韻情中寫景，卽是此意。

程頌萬《虞美人》『菊花天氣新霜早』

況夔笙曰：豔詞亦貴厚，消息可參。

程頌萬《生查子》『闌畔握香荑』

況夔笙曰：奇豔而近清空。

程頌萬《清平樂》『綠陰如網』

況夔笙曰：煞拍絕唱。

程頌萬《長亭怨慢》『甚一片愁烟夢雨』

況夔笙曰：清空婉約，兼白石、玉田勝處。

程頌萬《湘春夜月》『乍來時』

況夔笙曰：『巾』韻極似清真，此卻非質。

程頌萬《唐多令》『五月已如秋』

況夔笙曰：有爽氣。

程頌萬《桂枝香》『層層卍字』

況夔笙曰：止乎禮義，風人之恉。

程頌萬《淒涼犯》『垂羅四角』

況夔笙曰：換頭意佳。邵復孺詞『魚吹翠浪柳花行』，亦小言之致，有味者。

程頌萬《鳳凰臺上憶吹簫》『髻趁盤鴉』

况夔笙曰：巧不傷雅。

程頌萬《鷓鴣天》『樓上阿鬟似柳枝』

况夔笙曰：渾成温婉，似賀東山。

程頌萬《水龍吟》『青天一髮神州』

况夔笙曰：一氣呵成，另爲一派。

程頌萬《長亭怨慢》『乍卸了征颿海色』

况夔笙曰：氣格蒼秀，置之《江湖載酒集》中，不可復辨。又曰：極似竹垞《李晉王墓》、《函關》諸作。

程頌萬《徵招》『狐奴磧外秋聲送』

况夔笙曰：紈綺濯餘，性靈流露。

程頌萬《洞仙歌》『酒闌人並』

况夔笙曰：歇拍情真、景真，意境便厚。

程頌萬《洞仙歌》『別來鴛夢』

况夔笙曰：有真性情便厚。

程頌萬《玉燭新》『中原孤騎走』

况夔笙曰：起三韻竟似稼軒。

程頌萬《玲瓏四犯》『驛柝遞寒』

況夔笙曰：直入南宋，非國朝人所能，竟體精整。

程頌萬《迎春樂》『瓊瓊小小真無賴』

況夔笙曰：頗似《花間》。

程頌萬《摸魚兒》『問珠孃』

況夔笙曰：沈著語，雅近南宋。

程頌萬《買陂塘》『乍連宵』，又『兩三人』，又『兩三花』

況夔笙曰：三調渾成，不似連句之作。

何維樸《齊天樂》『貂裘匹馬皋蘭道』

況夔笙曰：極磊落光明之致。

附

歷代閨秀詞選集評·況評

徐珂編，參《歷代詞選集評》提要説明。
《歷代閨秀詞選集評》，今有中華書局《詞話叢編補編》本，兹據以整理。

歷代閨秀詞選集評·況評

聶勝瓊《鷓鴣天》『玉慘花愁出鳳城』

況夔笙曰：自然妙造，不假追琢，愈渾成，愈穠粹。於北宋名家中頗近六一、東山。

西林顧春《鷓鴣天》『窗外寒梅報早春』

況夔笙曰：詠花四闋極合宋詞消息，若多看近人詞，一中其病，便不能如此純粹。

西林顧春《定風波》『花裏樓臺看不真』

況夔笙曰：饒有烟水迷離之致。

西林顧春《醉桃源》『花肥葉大兩三枝』

況夔笙曰：不黏不脱，詠物上乘。

西林顧春《冉冉雲》『秋雨瀟瀟意難暢』

況夔笙曰：質而拙，卻近宋人，政復不俗。

西林顧春《鷓鴣天》『夜半談經玉漏遲』

況夔笙曰：過拍具大澈悟，嫌其説得太盡，乏絃外音。

西林顧春《定風波》『斑竹簾櫳亞字闌』

況夔笙曰：歇拍情景絶佳，詠物聖手。

西林顧春《杏花天》『倚樓目送人歸去』

況夔笙曰：情深乃爾，是亦獨造。

西林顧春《江城子》『西溪溪水拍長天』

況夔笙曰：不煩色澤，漸近深穩。

西林顧春《賀新涼》『小宴神仙宅』

況夔笙曰：不必以矜鍊勝，饒有清氣，撲人眉宇。

西林顧春《碧芙蓉》『一帶小紅橋』

況夔笙曰：清雋沈著，恰到好處。

西林顧春《江城梅花引》『故人千里寄書來』

況夔笙曰：情文相生，自然合拍。

西林顧春《東風齊著力》『燕子來時』

況夔笙曰：刻畫工緻，是矜心作意而爲之，然亦不犯雕琢。

西林顧春《金縷曲》『三載交情重』

況夔笙曰：妥帖易施，卻不犯滑。

西林顧春《祝英臺近》『古松陰』

況夔笙曰：近、緊、勁。

西林顧春《浪淘沙慢》『又盼到冬深』
況夔笙曰：樸實言情，宋人法乳。非纖豔之筆、藻繢之工所能夢見。
西林顧春《壽樓春》『鵑聲中春歸』
況夔笙曰：肆力而成，毫不喫力。似此功候，碻從宋詞中得來。
西林顧春《定風波》『曉起庭除偏落花』
況夔笙曰：清穩，絕無時氣。
西林顧春《江城子》『花開花落一年中』
況夔笙曰：一片空靈，天仙化人之筆。
西林顧春《惜花春起早》『曉禽鳴』
況夔笙曰：直人清真之筆，閨秀中不能有二。
西林顧春《陽臺路》『未天晚』
況夔笙曰：此等詞非時下人所能，並非時下人所知。
顧翊徽《瑞鶴仙》『流螢侵砌碧』、《青玉案》『鈿車寶馬重遊地』、《浣溪沙》『風雨重陽載酒遊』、又『朱閣層陰夢未通』
況夔笙曰：四詞莊雅不佻，於重字爲重。
俞因《清平樂》『爲君裁綺』
況夔笙曰：此詞情深一往，昔人『寒到君邊衣到無』之句未足以喻，歇拍尤見慧心。